Ry Cooder
In den Straßen von Los Angeles

Ry Cooder ist Gitarrist, Sänger, Komponist und einer der bekanntesten Protagonisten der amerikanischen Rock- und Rootsmusik, außerdem wurde er bekannt als Produzent von Musikern wie Buena Vista Social Club. Er hat Soundtracks für mehr als zwanzig Filme komponiert, u.a. für »Paris,Texas« von Wim Wenders. Dies ist sein erstes Buch.
Der Übersetzer und Autor Franz Dobler veröffentlichte zuletzt: »Rock'n'Roll Fever« (mit Guido Sieber) und »Letzte Stories«.
Titel der Originalausgabe: »Los Angeles Stories«, City Light Books, San Francisco, 2011.
Copyright © Ry Cooder, 2011

Edition
TIAMAT
Deutsche Erstveröffentlichung
Herausgeber:
Klaus Bittermann
1. Auflage: Berlin 2012
© Verlag Klaus Bittermann
www.edition-tiamat.de
ISBN: 978-3-89320-164-8

Ry Cooder

In den Straßen von Los Angeles

**Aus dem Amerikanischen übersetzt
und mit einem Glossar versehen von
Franz Dobler**

**Critica
Diabolis
195**

**Edition
TIAMAT**

Für Susie, Joachim & Juliette

INHALT

Normale
Arbeitstage

1940

Ich arbeite für das *Los Angeles Stadtregister*, ein Buch voller Namen, Adressen und Berufsbezeichnungen. Ich bin nur einer von vielen. Unsere Aufgabe ist es, rauszugehen und die Fakten einzusammeln. Dann übernehmen andere Leute unsere Arbeit und füllen damit das Buch. Aber das, was wir machen, ist der wichtige Teil. Los Angeles ist eine große Stadt, und das *Stadtregister* ist ein großes Buch.

»Wie möchten Sie im *Stadtregister* aufgeführt werden?« Ich zeige den Leuten, worum es sich handelt. Sie befürchten, dass man ihnen peinliche Fragen stellt, wie »Haben Sie eine Toilette?« und »Kann ich sie sehen?« Ich erkläre ihnen, dass sie eintragen lassen können, was sie wollen – den Beruf, den Namen des Ehemanns, den Namen der Ehefrau –, einfache Sachen, gegen die die meisten Leute nichts einzuwenden haben. Den meisten Leuten gefällt es, wenn sie beachtet werden, und wenn man ihnen Fragen stellt.

Der Abteilungsleiter meinte, ich hätte die richtige Art und Erscheinung: mittlere Größe, mittleres Alter, dunkles Haar, Brille. Ich wurde eine Woche eingearbeitet, ehe ich ein Gebiet zugeteilt bekam. Das Buch erscheint jährlich. Meine Bezahlung sind 25 Cent pro Eintrag.

Ich lebe in einem Ein-Zimmer-Apartment auf der Alta Vista, im alten Stadtteil Bunker Hill, und deshalb gehört Bunker Hill zu meinem Gebiet. Das ist mit viel Kletterei verbunden, aber es macht mir Spaß, herumzukommen. Für diese Art von Arbeit sind Apartmenthäuser angenehm, und davon gibt's in Bunker Hill eine ganze Menge. Viele ältere Leute leben hier, und ältere Leute haben nichts dagegen, sich ein bisschen Zeit zu nehmen, denn sie müssen nirgendwo hin. Dass ich nicht erwarte, hereingebeten zu werden, macht es den Leuten einfacher. So eine Eintragung ins *Register* ist eine einfache Sache, das ist meine Botschaft.

Ich machte die Bekanntschaft eines gewissen Mr. John Casaroli. Mr. John, wie er genannt wurde, war ein pensionierter Opernsänger und Gesangslehrer. Ich registrierte ihn als *Casaroli, John, Gsg-Lhr, New Grand Hotel 257 Grand Ave.* Es ergab sich, dass wir uns anfreundeten und ich ihn öfter in seinem Apartment besuchte. Eines Abends kam ich dort an und stand vor einer Menge Polizisten und Gaffer, die sich auf dem Gehsteig um etwas drängten, das wie ein Körper aussah. Die Polizei erklärte, dass Mr. John vor wenigen Minuten vom Dach gesprungen und tot war. Sie fragten mich, ob ich ein »Partner« von ihm wäre, und ich erklärte ihnen, dass er mein Freund war, und dass er mich zu einem Spaghetti-Abendessen eingeladen hatte. Sie nahmen mich mit ins Polizeipräsidium und ich wurde eine Stunde lang verhört. Als ich fragte, warum, meinte der Beamte, das sei nur Routine. Dabei erfuhr ich, dass Mr. John ein Testament hinterlassen und mir seinen Plattenspieler und alle Schallplatten und italienischen Gedichtbände vermacht hatte. Die nächsten Abende verbrachte ich damit, alles einen Block weiter in mein Apartment zu schaffen. Und dabei entdeckte ich, dass er bereits ein Exemplar des *Stadtregisters* besaß. Es war ausgehöhlt, und da drin steckten fünftausend Dollar – in Hundert-Dollar-Scheinen! Ich hatte noch nichtmal einen Hunderter jemals auch nur gesehen. Ich entschied mich, das Geld zu lassen, wo es war, und meine Anstellung zu behalten. Ich erzählte niemandem etwas, denn da gab's niemand, dem ich's hätte erzählen können. Mr. John war der einzige Freund, den ich gehabt hatte. Aber ich fragte mich – warum sollte ein Mann, ein Italiener, einen Topf Spaghetti kochen und dann vom Dach springen?

Die Schätze von Mr. John machten mein Leben viel interessanter. Ich fing damit an, mir abends Schallplatten anzuhören und Cribari-Rotwein zu trinken, so wie er es getan hatte. Für mich war das eine neue Erfahrung. Dann kam ich auf die Idee, dass ich doch versuchen könnte, italienisch zu lernen, um die Gedichtbände lesen zu können. Warum nicht? In meinem Haus wohnte eine Italienerin, die ich nur als Cousine Lizzie kannte. Sie war einverstanden, mich für fünfzig Cent die Stunde zu unterrichten. Und ich verzeichnete sie als *Giordano, Lizzie (verw Benito), Nhrn, Alta Vista Apts. 255 Bunker Hill Ave.*

Wir benutzen Abkürzungen für unsere Eintragungen: *Nhrn* für Näherin; *Arb* für Arbeiter; *Bglrn* für Büglerin; *Blchschlssr* für Blechschlosser, und so weiter. Doch trotz der Abkürzungen und obwohl die Buchstaben so klein sind, dass manche Leser ein Vergrößerungsglas benötigen, ist das *Register* riesig. Wir sind angewiesen, auf die Schreibweise der Namen genauestens zu achten. Ich treffe auf Menschen, die kaum eine Schule besucht haben und sich nichtmal sicher sind, wie ihr eigener Name geschrieben wird. In dem Fall muss ich bei Familienmitgliedern oder Nachbarn nachfragen, oder es anhand ihrer Post überprüfen, falls sie nichts dagegen haben. Macht mir nichts aus, mir die Zeit zu nehmen; das alles gehört zu meinem Job.

Eines Tages klopfte ich an die Tür von Mr. und Mrs. H. D. Clark, und eine Frau öffnete mir. In der Wohnung schien eine Art Gottesdienst abgehalten zu werden, ich hörte, wie jemand aus der Bibel vorlas. Die Frau hob einen kleinen Kasten vom Boden auf, verpasste mir einen Stoß damit und schrie: »Ihr könnt ihn nicht in Frieden lassen, oder? Er ist tot, aber ihr Bastarde könnt ihn nicht in Frieden lassen!« Sie schlug die Tür zu. Ich nahm den Kasten mit nach Hause und öffnete ihn, es war eine Klarinette. Auf der Innenseite des Deckels war eine Karte befestigt, auf der stand: »Im Verlustfall bitte zurück an Howdy Clark.« Ich sah nach, ob er im *Register* eingetragen war. Er war aufgeführt als *Clarke, Howard D. (Margaret), Msk, New Grand Hotel 257 Grand Ave.* Ich machte mir eine Notiz, dass Margaret Clark mit *Wtw*, der Abkürzung für Witwe, neu registriert werden musste. Aber als ich in der folgenden Woche wieder dort war, um die Schreibweise von Clark zu überprüfen, war sie verzogen, ohne eine neue Adresse zu hinterlassen. Ein alter Italiener, der für eine Umzugsfirma arbeitete, sah, wie ich an den Briefkästen nachschaute. »Sie ziehen ein, sie ziehen aus«, sagte er.

Von irgendwo hörte ich Musik und stieg die Treppe zur vorderen Veranda hoch. Da saß ein Mann und spielte auf einer Ukulele. Er sah mich und sagte: »Nichts frei.«

»Die Witwe Clark ist ausgezogen«, sagte ich.

»Ich mag's nicht, wenn Cops hier rumhängen.«

»Ich bin kein Cop, auch kein Schuldeneintreiber«, sagte ich. Ich zeigte ihm das Stadtregister-Buch.

»Ein lausiges Buch, das fünfundzwanzig Dollar kostet? Hat doch niemand das Geld, um's dafür rauszuwerfen, aber wirklich niemand.«

Ich musste an Mr. John denken. »Man soll kein Buch nach seinem Umschlag beurteilen«, sagte ich. Aber in gewisser Weise hatte er schon recht. *Das Buch* ist nicht für normale Haushalte gedacht; sondern als Service für Geschäftsleute, wie es offiziell heißt. Ich hatte einmal die Idee gehabt, man könnte es für Hausbesitzer zu einer Ratenzahlung von fünfzig Cent pro Woche anbieten, aber mein Vorgesetzter meinte nur: »Ist nicht machbar, kümmern Sie sich nur um Ihren Job.«

Ich wurde neu eingeteilt und bekam den in der Nähe des L.A.-River gelegenen Bezirk Aliso Flats, oder einfach nur die Flats genannt. Dort leben viele Mexikaner, und Russen, die dem molokanischen Glauben angehören. Mexikanische Frauen sind normalerweise zuhause, und manchmal bekomme ich eine Kleinigkeit zu essen angeboten – was, das weiß man nie. Oft bieten die Frauen eine Mahlzeit zum Verkauf an, um etwas Geld dazu zu verdienen, und ich trage sie dann als »Imbiss« ein. In einigen Häusern werden möblierte Zimmer vermietet und das bedeutet, dass ich auch mit den Mietern sprechen muss. In meiner ersten Woche in den Flats schickte mich also eine Hausfrau zum Hinterhaus, in dem ein Mieter wohnte. Ich klopfte, bekam aber keine Antwort. Ich sagte: »Hallo, ich bin vom *Stadtregister*, ich würde Ihnen gern einige Fragen stellen. Es dauert nur fünf Minuten.« Ich hörte ein Radio. Ich klopfte wieder. Ich drückte die Fliegengittertür auf und sah die Füße eines Mannes. Und dann seinen Körper, der in der Küche lag. Blut auf dem Boden und Blut an den Wänden. Die Frau fing zu kreischen an und rannte zurück ins Vorderhaus, und ich musste das Telefon des Nachbarn benutzen, um die Polizei zu verständigen. Auch das gehört zu unserer Ausbildung.

Die Polizisten fragten mich, ob ich den Mann kannte, ob es irgendeine Verbindung zwischen uns gab. Ich zeigte ihnen meine Karte, wie man's uns in der Ausbildung beigebracht hatte. Sie nahmen meinen Namen und meine Adresse auf und sagten, ich dürfe die Stadt nicht verlassen. Ich fragte die Beamten, ob sie nicht ins *Stadtregister* eingetragen werden möchten. »Nicht während der Dienstzeit«, sagten sie. Aber einer gab mir seine Privatadresse und schlug vor, ich solle ihn später anrufen.

Nachdem sich diese Geschichte herumgesprochen hatte, bekam ich Schwierigkeiten in den Flats. Ich belauschte, wie eine Molokanin, Sadie Tolstoy, zu ihrer Freundin sagte: »Er trägt die Namen auf die dunkle Seite.« Und schließlich hörte ich auf, in die Flats zu gehen. Was ich vermisste, war der kleine Chili-Stand auf der Utah Street. Eine Schüssel kostete nur fünfzehn Cent und es schmeckte sehr gut.

Dank Mr. John kann ich essen, wo's mir passt, doch meistens mache ich mir mein Mittagessen selbst. Pershing Square ist der beste Platz, um dazusitzen und Leute zu beobachten. Da gibt es große schattige Bäume und Blumen und religiöse Eiferer. Eines Tages saß ich gegenüber einer Frau mit verfilzten Haaren, die ganz in schwarz gekleidet war und bizarre Fingernägel hatte, die so lang waren, dass sie sich wieder zurückbogen. Sie schwang ihre Bibel drohend gegen mich und krächzte: »Falscher Prophet!« Und auch gegen einen anderen Mann, der vorbeiging, erhob sie die Bibel: »Judas!« Der Mann zog den Kopf ein und machte, dass er schnell weiterkam. »Hure von Babylon!«, schrie sie einer Frau in High Heels nach, die einen Kinderwagen schob.

Ich aß mein Schinkensandwich und machte Eintragungen in meinen Tageskalender. Der Mann, der eine Bank weiter saß, sprach mich an. »Was schreiben Sie da? Geschichten von der schmutzigen Sorte, irgendwas Reißerisches?« Ich zeigte ihm das *Stadtregister*. Er war ziemlich alt und ärmlich gekleidet, aber man soll jemanden nicht nach Äußerlichkeiten beurteilen. Er hob die Hand und sagte:

»Finchley mein Name, Hobo mein Beruf, ohne festen Wohnsitz.«

»Das Register verzeichnet diesen Beruf nicht«, antwortete ich.

»Oh, ich hab schon viel gemacht. Wenn Sie die ganze Geschichte hören wollen, kostet Sie das aber was.«

»Das Register bezahlt nicht für Informationen.«

»Und ob die zahlen werden, weil das nämlich erstklassiges Garn ist. Komödie, Tragödie, und Sünden – von der übelsten Sorte! Werde gleich alle Verabredungen absagen. Sie müssen für die Dauer unseres Gesprächs nur'n Kundenkonto bei Gordon's Schnapsladen eröffnen.« Er schlurfte davon.

Den restlichen Tag verbrachte ich in Little Tokyo, wie das japanische Viertel genannt wird. In nur einem Gebäude interviewte ich drei Zahnärzte, zwei Anwälte, einen Arzt und zehn Restaurantköche – alles alleinstehende Männer. Die Geschäftsmann-Typen sprachen alle gut englisch, aber diese Köche dachten, ich wollte ihr Gesundheitszeugnis überprüfen und sagten keinen Pieps. Ich brauchte eine halbe Ewigkeit in diesem Gebäude, und es war heiß und stickig.

Im Erdgeschoß gab's eine Bar, sie hieß Tokyo Big Shot, ein netter kleiner Laden mit einer Theke und acht Barhockern. Außer dem japanischen Barkeeper und einer weißen Frau war niemand da. Ich bestellte ein Brew 102 – das ist billig und stark. Der Barkeeper zapfte mir ein Glas und grinste mich höhnisch an.

»Bist du 'n Checker?«, fragte er misstrauisch.

»Der sieht doch nicht wie'n Checker aus«, sagte die Frau. Von den unteren Vorderzähnen fehlten ihr ein paar, deshalb hörte es sich wie »Schecker« an.

»Wie gottverdammter Checker sieht aus?«, sagte der Barkeeper.

»Der hat zschwar 'ne Schultasche wie die haben, aber der hat schlechte Augen. Der's kein Schecker.«

»Was ist denn ein Checker?«, fragte ich.

»Schtaatliche Schnapslizschenzschkontrolle«, sagte die Frau. Abgesehen von den Zähnen und einem leichten Zittern in der einen Hand sah sie gar nicht so schlecht aus. Ich legte das Buch auf die Theke. »Das ist es, was ich mache«, erklärte ich ihr. »Wie wär's, möchten Sie eingetragen werden? Kostet nichts.«

»Ein Schnüffler«, sagte sie.

»Hab dir gesagt«, sagte der Barkeeper.

»Gibt's denn hier in der Gegend keine japanischen Frauen?«, fragte ich.

»Was will er'n von denen?«, sagte die Frau.

Der Barkeeper zeigte mit dem Finger auf mich. »Gottverdammter Checker. Trink aus, geh heim.«

Das *Register* verzeichnet keine Bars. Ich zahlte und ging.

»Und mach keine fieschen Tricksch mit ihm«, rief mir die Frau nach.

Am nächsten Tag suchte mich Billy, unser Laufbursche, und fand mich am Pershing Square. »Der Chef will dich sprechen«, sagte er auf seine unfreundliche Art. Ich kann Billy nicht leiden.

»Wozu?«, fragte ich, nur um ihn zu verunsichern. Billy hasst Fragen, denn er hasst es, Antworten geben zu müssen.

»Zur Hölle, was weiß denn ich«, sagte er.

Ich verstaute mein Schinkensandwich wieder in der Tasche. »Und Daniel ward geworfen in die Höhle des Löwen«, tönte von der Bank auf der anderen Seite des Wegs die Frau in schwarz.

Sie nennen es die Stadtregister-Bibliothek. Aber ich habe noch nie einen Besucher dort gesehen, und deshalb nennt man's wohl nur aus geschäftlichen Gründen Bibliothek. Um genau zu sein, ist der Chef unserer Abteilung, soweit ich weiß, die einzige Person, die sich dort aufhält. Man spricht ihn mit Sir oder Herr Abteilungsleiter an. Ich kenne nichtmal seinen richtigen Namen.

»Habe wegen Ihnen einen Anruf von einem gewissen Sergeant Spangler vom Polizeipräsidium bekommen.« Wenn der Chef mit dir spricht, dann tut er das, ohne von seinem Schreibtisch aufzublicken.

»Zwei tote Männer, da fragen sie sich, was ist los?«

»Drei, wenn wir den Klarinettisten Howdy Clark dazuzählen.«

»Nicht gemeldet?«

»Er lag schon im Sarg, in seinem Apartment. Ich sprach mit Mrs. Clark, aber sie lehnte es ab, registriert zu werden.« Damit hatte ich genau das Falsche gesagt. Der Chef explodierte.

»Ich gebe einen Scheiß auf irgendeine Frau Clark, kümmern Sie sich nicht um *diesen* Kram. Es geht um das, was ich Ihnen sage, und ich will, dass Sie *das* kapieren. Keine Leichen. Wenn das nochmal vorkommt, sind Sie gefeuert«, brüllte er und hämmerte mit dem Finger auf den Tisch ein.

»Aber es wird zwangsläufig wieder passieren, sehen Sie sich doch mal diese Masse von Leuten an«, sagte ich.

»Sie hören *mir* zu. Sie widersprechen *mir* nicht. Ich versetze Sie hiermit zu den Schönheitssalons, *ab sofort*. Und jetzt verschwinden Sie.«

»Jetzt weißt du's«, sagte Billy, als ich rausging.

Klingt einfach, nicht wahr? Aber du musst sie da draußen erstmal finden, und das kann dich deine ganze Zeit kosten. Da ist es nützlich, dass ich das Gespür eines Jagdhunds habe – eine Nase dafür, wo man suchen muss. Mit einem Salon, der neben einem schicken Bekleidungsgeschäft lag, legte ich also los. Er hieß Beauty by Rene. Ich ging rein, und der Geruch warf mich um. Darauf war ich nicht vorbereitet! Und ein Lärm – die Trockenhauben und die Frauen, die mit einer Lautstärke und einem irren Tempo quasselten, wie ein Baum voller Krähen. Ich sprach die erstbeste der beschäftigten Damen an. »Ihr Geschäft könnte ins *Stadtregister* aufgenommen werden.« Aber sie machte einfach damit weiter, auf die Frau im Stuhl vor ihr einzuquatschen. Ich ging zur Nächsten und hielt ihr das aufgeschlagene Buch hin. »Beauty by Rene, fett gedruckt, ohne Aufpreis«, sagte ich schwungvoll.

»Boss!«, schrie sie.

»Wo ist er?«, schrie ich zurück.

»Sie! Da hinten!«

Eine sehr dünne Frau saß an einem winzigen Schreibtisch und telefonierte. Sie rammte den Hörer auf die Gabel, starrte mich an und sagte: »Ja, was ist denn?«

Ich hielt ihr das aufgeschlagene Buch hin. »Das ist eine einmalige Gelegenheit für eine Eintragung im *Stadtregister*, und es entstehen keinerlei Kosten für Sie, den Geschäftsmann.«

»Komm mir nicht auf die Tour«, sagte sie. »Ich schmeiße diesen Laden, und für mich ist jeder da draußen ein durchgeknallter Höllenhund, bis zum Beweis des Gegenteils, du und dieser Hurensohn von Vermieter am Telefon eingeschlossen.« Sie zündete sich eine Zigarette an und blies mir den Rauch ins Gesicht. »Dieser Hurensohn versucht mich bei den Eiern zu kriegen, kannst du dir das vorstellen?«

»Warum versuchen Sie's nicht mal für ein Jahr mit dem *Register*?«

»Also gut, du Kanone, wie heißt du?«

»Frank.«

»Und wie weiter?«

»Frank St. Claire.«

»Entzückend. Dann leg mal los, und fang nicht mit diesem ›kein Aufpreis‹-Gelaber an, mach was, damit's gut klingt, bring etwas Klasse rein, donner's mal 'n bisschen auf um Himmelswillen.« Sie füllte das Formular aus. »Wieso bist du ausgerechnet hier reingekommen?«

»Das ist mein Bereich, Schönheitssalons.«

»Gibt verdammt zu viele davon. Ist 'ne Halsabschneiderbranche, harter Konkurrenzkampf. Tu mir 'n Gefallen und nimm nicht alle auf, die's hier in der Ecke gibt. Und stell mich gut raus. Das Biltmore, das ist ja vielleicht ein nobler Haufen, bei denen klimpern die Schekel im Höschen.« Ich versprach ihr, mein Bestes zu geben und bedankte mich. Ich ging, drehte dann aber nochmal um.

»Ich hätte noch eine Frage«, sagte ich.

»Schieß los, Frankie.«

»Wie lange können Fingernägel wachsen, wenn man sie nicht schneidet?«

»Wer weiß? Sie wachsen immer weiter, wie Haare. Hat was mit Molekülen zu tun.«

»Danke.«

»Wieso?«

»Da gibt's eine Frau am Pershing Square, die ich jeden Tag sehe, wenn ich dort mittags esse. Ihre Fingernägel sind wahrscheinlich dreißig Zentimeter lang, aber so eingerollt.«

»Sag ihr, sie soll mal zur Maniküre vorbeikommen, ich geb ihr den Rabatt für Profis.«

»Danke.«

»Du bist ein sehr dankbarer Junge, Frankie. Besorg dir mal 'ne neue Brille.«

Ich ging zum Pershing Square zurück. Die Frau in schwarz war verschwunden. Es war Abend geworden, und ich schloss meine Augen und schlief ein. Als ich aufwachte, war sie wieder da. »Vorschrift für Vorschrift, Zeile für Zeile, ein wenig hier, ein wenig da.« Sie schien in einer entspannten Geistesverfassung zu sein. »Doch der Habsucht hat etliche gelüstet. Und sind abgeirrt vom Glauben und haben sich selbst zugefügt viel Schmerz.« Ich wartete und hoffte, mehr zu hören. Ich versuchte ihr einen Vierteldollar zu geben, doch sie verbarg ihr Gesicht hinter der Bibel und wollte mich nicht beachten. Ich ging weg.

Die Los Amigos-Bar ist am Ende der Grand Avenue. Es gibt ein automatisches Klavier, das zu spielen anfängt, wenn man eine Münze einwirft, einen Shuffleboard-Spieltisch, und Sitzecken entlang der einen Seite. Der Barkeeper heißt Russell. Es war spät, und es war ruhig in der Bar. Russell sah mich reinkommen.

»Mensch, wie geht's 'n, Frank. Lange nicht gesehn. Das Übliche?«

»Nein. Ich hätte gern einen Whiskey sour. Das ist doch ein guter Drink, oder?«

»Aber ganz sicher, Frank. Ein Whiskey sour.« Eine Frau saß allein in einer der Sitzecken, und als sie meine

Stimme hörte, sah sie rüber. Es war die Chefin von Beauty by Rene.

»Der dankbare Frankie«, sagte sie. Ich setzte mich ihr gegenüber.

»Wie geht's Ihnen heute Abend, Rene? Es überrascht mich, dass wir uns in meiner Nachbarschaft begegnen.«

»Muss es nicht.«

»Wie läuft's denn mit dem Vermieter?«, fragte ich, nur um etwas mitfühlend zu sein.

»Dieser eiertretende Hurensohn? Ich kann jetzt nicht umziehen, die Dinge fangen doch grade erst an sich zu entwickeln. Und wenn der Krieg ausbricht, wird's in Downtown richtig losgehn.«

»Krieg?« Ich wusste nicht genau, was sie damit meinte, oder wieviele Drinks sie schon gehabt hatte.

»Krieg, Kleiner. Auch als Adolf H. bekannt? Schon mal was von dem gehört?«

»Ich bin mir nicht sicher, ich hab schon länger in keine Zeitung geschaut. Wo ist dieser Krieg?«

»Jetzt hau aber ab, so lang kann sich doch kein Mensch in die Mittagspause verpisst haben. Du solltest mal deine Nase lieber nicht mehr in dieses Buch stecken. Besorg dir ein Mädchen, steht doch an jeder Ecke eins rum.«

Mir war jetzt aufgefallen, dass sie eine etwas schleppende Sprechweise hatte. »Woher kommen Sie ursprünglich?« In Los Angeles ist das eine harmlose Frage.

»Amarillo, Texas. Hab das erste Ding genommen, das von da abzischte. Ende der Story.«

»Und wie sind Sie in der Schönheitsbranche gelandet?«

»Ich war Barkeeper in Amarillo, aber die L.A.-Bullen erlauben's in ihrer schönen Stadt nicht, dass eine Frau Barkeeper ist. Also ging ich auf die Kosmetikschule. Ich hab's amtlich.«

Russell brachte uns neue Drinks. »Dieser Whiskey sour ist nicht schlecht«, sagte ich.

»Hör mal, irgendwie kann ich dich nicht richtig einschätzen, ich meine, du bist doch in Ordnung, oder? Im

Oberstübchen?« Sie deutete auf ihren Kopf und drehte den Finger im Kreis. »Das ist kein Theater – dieses *Buch* und dein Job und das alles?«

»Das ist kein Theater. Das ist harte Arbeit für mich, und mein Boss ist genauso ein Bastard wie Ihr Vermieter. Ich erzähle Ihnen eine kleine Geschichte, falls Sie sie hören möchten.«

»Schieß los, Frankie. Schieß los und bleib cool.«

»Ich hatte einen Freund hier in Bunker Hill. Mr. John, ein italienischer Opernsänger. Aber er singt nicht mehr, und wollen Sie wissen, warum? Weil er tot ist, darum. Er ist vom Dach des New Grand Hotel gesprungen.«

»Ein Springer.«

»Kommen Sie mit zu mir und ich zeige Ihnen etwas, was Sie seit Christi Himmelfahrt nicht gesehen haben. Ich kann's selber nicht glauben.«

»Ich muss noch ans andere Ende von Hill, bevor die letzte Bahn weg ist. Und morgen ist auch wieder ein schöner Tag, stimmt's, Frankieboy?«

»Sie glauben mir nicht. Sie denken, ich bin einer von diesen durchgeknallten Hunden, wie Sie's genannt haben.«

»Vielleicht, vielleicht auch nicht. Whiskey sour ist ein verdammt guter Drink.«

Sie stand auf und ging, einfach so. Russell lief durch die Bar und sah nach, ob Trinkgeld auf den Tischen lag. »Kannst nicht alle kriegen!«, sagte er und schlug mir so hart auf den Rücken, dass ich kaum noch Luft bekam. Ich wollte mich ebenfalls auf den Weg machen, aber dann tauchte Louie Castro auf. Louie ist ein fetter, öliger Kerl mit einer fetten, öligen Stimme. Nicht die Art von Mann, die man unbedingt näher kennenlernen möchte. Er ist der Besitzer des Los Amigos und wohnt im Stockwerk drüber.

»Schön, dich zu sehen, Frank. Ist doch immer schön, einen alten Freund zu treffen.« Er wälzte sich in die Sitzecke hinein. »Hab's schon gehört, das mit Mr. John. Tragisch.« Ich nickte nur, als wäre ich zu traurig, um irgendwas zu sagen. »Ich hab gehört, dass du zu einer netten kleinen Erbschaft gekommen bist. Ja, so ein Mann war er, immer großzügig zu seinen Freunden.« Für Louie gehört das zum Geschäft, über solche Sachen Bescheid zu wissen; er will immer wissen, welchen Wert die Leute und die Sachen haben. Da saß er, glotzte mich an, schätzte mich ein.

Ich musste irgendwas dazu sagen. »Das stimmt. Schallplatten und Bücher, italienisches Zeug. Aber ich versteh kein italienisch.« Im Wesentlichen die Wahrheit.

»Mr. John war einer von den sentimentalen Männern. Und ich bin ein sehr emotionaler Mann, Frank. Deshalb macht mich die Sache mit Mr. John so wütend.« Louie erwartete eine Antwort von mir, aber weil mir selbst nichts Emotionales einfiel, hielt ich lieber den Mund. »Hat mich gefreut, mit dir zu plaudern«, sagte er. Dann manövrierte er seinen umfangreichen Körper aus der Nische und ging nach oben. Russell wuselte eine Weile nervös herum, ehe er sagte: »Ich muss schließen, Kumpel. Bis bald hoffentlich!« Ich ging raus.

Da unten vor mir lag die Stadt und glimmerte und summte wie ein gigantischer Bienenstock. Ich spazierte nach Hause. Das Apartmenthaus, in dem ich lebe, ist das älteste Gebäude aus Holz in Bunker Hill. Jede Etage hat zur Vorderseite einen überdachten Balkon, den man von jedem Zimmer aus betreten kann. Nachts sieht man, wie sich die Lichter der Stadt nach Osten ausdehnen. Der Fluss, die Eisenbahnlinien, die Gaswerke, Lincoln Heights, El Sereno, und noch weiter. Ich wohne gern hier, auch wenn ich zum Duschen eine Treppe runter muss. Als ich zuhause ankam, kontrollierte ich sofort das Exemplar von Mr. Johns *Register*, um sicherzugehen, dass das Geld noch drin war. Ich hörte ein paar Opernplatten und schaute mir die Gedichtbände an. Mit dem Unterricht war ich noch nicht viel weitergekommen. Ich kannte einige der Worte, aber ich verstand die Gedichte nicht. »Gib dir mehr Mühe«, sagte Cousine Lizzie immer wieder.

Am nächsten Morgen ging ich raus, um mir bei Lou Lubin eine Zeitung zu kaufen, dem grauhaarigen Zeitungsjungen, der immer an der Haltestelle Angel's Flight herumsteht. »'lo Lou«, sagte ich, so wie ich ihn immer begrüße. »Was ist denn das mit diesem Krieg, was ich gehört habe?«

»Wo bist'n du abgeblieben? Im Knast?« Er ist klein, und er kippt den Kopf wie ein Hahn auf die Seite, wenn er zu dir hochschaut.

»Ich bin ein hart arbeitender Mann, Lou, ich hab nicht die Zeit, über alles auf dem Laufenden zu sein. Klär mich mal auf.«

»Hitler und Mussolini haben den Sack zugemacht und fest verschnürt. Ich hab von der Familie seit zwei Jahren nichts gehört, weiß nicht, wo sie sind. Das is' fester verschnürt als Tante Fannie ihr Korsett.« Lou war früher Nachtclub-Tänzer und hatte auch Auftritte in Filmen.

»Das tut mir leid, Lou. Ich hoffe, es geht ihnen gut.«

»Dank dir.«

»Und weißt du irgendwas über Mr. John?«

Lou drehte sich um, sodass er mit dem Rücken zur Straße stand. »Da waren ein paar Typen, die mit ihm was zu reden hatten. Ziemlich harte Typen in einem Cadillac. Fällt ja auf, so'n Cadillac.«

»Was wollten die?«

»Ich bin nur der Zeitungsfritze hier auf der Straße. Muss meine Nase aus sowas raushalten. Aber du warst ein Freund von ihm. Die dachten, er hätte irgendwas. Was Kleines, das er in seiner Wohnung versteckt hat. Aber sie haben's nicht gefunden und fuhren wieder weg. Aber dann kamen sie zurück.«

»Die Polizei sagt, dass es Selbstmord war.«

»Dann hätten die Katholiken aber schon lang nichts mehr zu tun.«

»Wo geht man hin, wenn man Klarinette lernen will?«

»Schau's selber nach.«

Lou war nervös geworden und wollte, dass ich weiterging. Ich schaute bei »Musiklehrer« nach. Es waren hauptsächlich Frauen, die zuhause unterrichteten, und die meisten Klavier und Geige. Und dann landete ich bei *Saxophon Shop, Leo Schenck, 319 Spring St. R1121.* Ich rief von einem Münztelefon an. Die Stimme klang nach einem älteren Mann.

»Hier Leo.«

»Geben Sie Klarinettenunterricht?«

»Alter?«

»Achtunddreißig.«

»Zu alt.«

»Ich würd's gern versuchen.«

»Warum?«

»Ich hab eine Klarinette geschenkt bekommen.«

»Bringen Sie sie mit.«

Leo klang müde, obwohl es erst elf Uhr vormittags war. Ich machte mich auf den Weg. Es war Samstag, und die Straßen im Zentrum waren verstopft mit Leuten, die Einkäufe erledigten. Vor jedem Restaurant eine Schlange, die für einen Tisch anstand. Während ich ein Salami-Sandwich in meiner Tasche hatte.

Der Laden in der Spring Street war winzig und dunkel, überall hingen und lagen Saxophone und Saxophonteile herum. Leo war ein dürrer Glatzkopf mit Hornbrille und hatte so ein grünes Sonnenschild wie's die Pfandleiher tragen in die Stirn gezogen. Er öffnete den Klarinettenkasten. Und stand dann da und schaute sich's an. Die Klarinette war in vier Teile zerlegt. Man sah, dass sie alt, aber gut gepflegt war. Leo schaute mich durch seine dicken Brillengläser an.

»Ich will nicht wissen, wie Sie die bekommen haben«, sagte er. »Ich will nicht wissen, wer Sie sind oder wer Sie geschickt hat.« Er machte den Deckel zu und ließ die Verschlüsse zuschnappen. »Ich hab hier 'ne Abgesägte.

Hab ich selber gemacht. Egal, wie Sie's versuchen, ich werde Sie mitnehmen.«

»Ich bin im Auftrag des *Stadtregisters* hier. Kein anderes Medium kann – «

»Ich hab hier in beiden Läufen sechzehn 8,4mm-Schrotkugeln. Die spülen dich wie mit 'nem Schlauch raus und die Straße runter.« Er holte sie unter dem Ladentisch hervor und zeigte sie mir. Das bösartigste kleine Ding, das ich je gesehen hatte. Ich packte den Kasten und haute ab, hastete die Spring Street runter, blieb an keiner roten Ampel und nirgendwo stehen, bis ich bei meiner Bank am Pershing Square war.

Ich versuchte mich zu beruhigen. Um mich herum ein Kommen und Gehen: Kinder, Alte, Männer und Frauen, sie lachten und unterhielten sich, trafen Freunde, sprachen sich an. Ich konnte mich nicht bewegen vor Angst. Irgendwann öffnete ich den Kasten und sah mir die vier Teile der Klarinette an, so wie auch Leo sie angesehen hatte. Ich nahm jedes Stück heraus und drehte es nach allen Seiten, aber es sagte mir einfach nichts. War nur eine Sache mehr, die ich nicht verstand.

»Wie ein Rohrblattspieler sehen Sie nun aber nicht gerade aus«, sagte jemand neben mir. Ich sprang auf, aber es war nur Finchley, der Hobo im Ruhestand. Er schnappte sich den Kasten und fing an, die Teile zusammenzubauen, als würde er sich damit auskennen. »Eine Le Blanc, sehr schön. Und da steckt irgendwas drin.« Er fingerte in einem der Instrumententeile herum und fischte ein zusammengerolltes Stück Papier heraus. »Da haben Sie Ihr Problem«, sagte er und gab's mir. Im Kasten befand sich eine kleine Schachtel mit dünnen Holzblättchen. Er nahm eines und befeuchtete es mit der Zunge; dann passte er das Blättchen ins Mundstück ein, setzte die Klarinette an und begann eine kleine Melodie zu spielen. Ich erkannte sie, »Over the Waves«, was jeder schonmal irgendwo gehört hat. Die Frau in schwarz erschien auf der Bildfläche. Mit waagrecht ausgestreckten

Armen kam sie hinter einer Palme hervor und tanzte zur Musik im Kreis herum. In einer Hand hielt sie ihre Bibel, aber sie schien sie vergessen zu haben. Passanten blieben stehen, um sich das anzusehen. Sie war eine Schau, mit ihrem zerrissenen schwarzen Kleid und den verfilzten Haaren und diesen Fingernägeln! Nach einer Weile hörte Finchley zu spielen auf und lüpfte seinen Hut. »Vielen Dank, Freunde und Nachbarn, ich weiß Ihre Liebenswürdigkeit sehr zu schätzen.« Er ließ den Hut herumgehen. Manche warfen Geld rein, andere gingen weiter. Die Frau setzte sich auf ihre Bank gegenüber und schien sich für die Nacht einzurichten. »Wir haben gute Einkünfte gemacht«, sagte Finchley. »Kommen Sie, wir wollen uns zu einer netten, coolen Bar begeben. Sollen wir Ihre Freundin einladen?« Ich schüttelte den Kopf. »Ihr geht's hier gut«, sagte ich. »Aber ich habe einen Drink verdammt nötig.«

Es stellte sich heraus, dass diese nette, coole Bar Tokyo Big Shot hieß.

»Finchley!«, sagte der japanische Barkeeper, und seine Goldzähne blitzten auf.

»Und der Schecker«, sagte die Zahnlückenfrau am Ende der Bar.

»Mein Freund hier befindet sich in einer verzwickten Lage, an einer Wegkreuzung sozusagen«, sagte Finchley, »und wir haben uns heute hier eingefunden, um eine Lösung zu finden. Zu diesem Zweck beanspruchen wir den Tisch Ihres Hinterzimmers und eine Flasche von Ihrem billigsten Whiskey, *tout suite.*« Die Frau schnappte sich ihr Glas und bewegte sich schnurstracks in Richtung des Vorhangs hinter der Bar, aber Finchley sagte: »Sie bleiben besser hier auf Beobachtungsposten, meine Liebe. Achten Sie auf einen Liliputaner mit einem Regenschirm.«

Hinter dem Vorhang war ein kleiner Raum mit einem runden Tisch und vier Stühlen. Außer einem Telefon und einem mexikanischen Kalender mit Pinup-Girls von 1936 war sonst nichts im Raum. Von einem Nagel in der Decke hing eine Glühbirne. Der Barmann brachte eine Flasche und zwei Gläser. »Das wäre alles, Sammy. Wir rufen Sie, falls wir Sie brauchen.« Sammy lachte und ging wieder nach vorn.

»Ein Mann versteckt etwas in einer Klarinette. Er nimmt an, dass es irgendwann von jemandem entdeckt wird, genauer gesagt von jemandem, der versteht, worum es sich dabei handelt.«

Finchley wickelte das Papier auseinander und strich es auf dem Tisch glatt. Es war ein Foto von drei Männern, die an einem Tisch in einem Restaurant saßen. Sie sahen direkt in die Kamera. Ihre Gesichter waren flach und glänzten, als hätte jemand ein Blitzlicht benutzt. Es war eine alte Aufnahme, und die Kleidung der Männer stammte aus einer anderen Zeit.

Einen Mann erkannte ich. »Das ist Mr. John«, sagte ich. »Er war mein Freund, wohnte auch in Bunker Hill. Vor kurzem gestorben. Aber er ist es, vor vielen Jahren, ich bin mir sicher, dass er's ist.«

»Sie haben die Klarinette und Sie kennen diesen Mann.«

»Aber ich weiß nicht, warum ich sie habe«, sagte ich, und erklärte, wie es dazu gekommen war, dass die Witwe Clark mich mit jemandem verwechselt hatte.

»Aber Sie hätten der richtige Mann sein können. Sie erwartete jemanden. Und dem gab sie die Schuld.«

Ich erzählte Finchley von Leo und seiner Schrotflinte.

»Dazu kommen wir in Kürze«, sagte er.

»Aber was ist, wenn die jetzt nach mir suchen?«, sagte ich. »Leo hatte Angst. Ich habe Angst.«

»Das ist gut. Gefahr schärft unser Denken.« Die Frau schlüpfte durch den Vorhang ins Zimmer. »Der Liliputaner hat nach dir gefragt. Hab ihm gesagt, du warscht da und bischt weg.«

»Gut gemacht, Lydia. Nehmen Sie einen Schluck.«

»Hätt' ich nischts dagegen.« Sie hielt ihm ihr Glas hin.

Finchley schenkte ihr einen Großen ein, und sie kippte ihn mit einem Zug runter.

»Schammysch Fuschel ischas Schlimmschte scheit heischße Luft in Doschen«, sagte sie.

»Nehmen Sie noch einen«, sagte Finchley. Sie nahm ihren Drink in beide Hände und verschwand durch den Vorhang.

»Was hat es mit diesem Liliputaner auf sich?«, fragte ich.

»Nur ein Bekannter. Er zieht Ärger an wie ein menschlicher Blitzableiter. Ein absolut sicheres Zeichen, dass etwas im Busch ist.« Finchley rieb sich die Hände vor Begeisterung.

Langsam bildete ich mir meine Meinung über diesen Finchley. Hatte ich mich jetzt mit einem Verrückten eingelassen? Immer wieder hörte ich Leo sagen: »Die spül'n dich raus und die Straße runter.« War nicht schwer, sich das vorzustellen: Die Gosse in der Spring Street, die Abwasserkanäle, und am Ende der Müll im Flussbett unten in den Alison Flats. »Und was ist mit dem Toten in der Utah Street?«, sagte ich.

»Lassen Sie nichts weg«, sagte Finchley. Ich versuchte, mich an Details zu erinnern. Das Blut erregte seine Aufmerksamkeit. »Blut an den Wänden, reizend! Wie sah das aus, wie versprüht oder wie verschmiert? Denken Sie nach, Mann, denken Sie nach!«

»Verschmiert, würde ich sagen. Aber ich war nicht lang drin, ich lief sofort los, um ein Telefon aufzutreiben.«

»Wie verschmiert? Bis nach oben hoch? Nur unten?«

»Nur unten, ganz sicher. Sah irgendwie wie Buchstaben aus. Vielleicht hatte es was zu bedeuten.«

»Schließen Sie die Augen. Was sehen Sie? Sie klopfen. Sie öffnen die Fliegentür. Sie versuchen zu erkennen, ob jemand im Haus ist. Irgendetwas bringt Sie dazu, nach unten zu sehen. Bewegt sich da irgendetwas?«

»Nein, da sind nur diese Füße.«

»Was riechen Sie?«

»Bratenfett.«

»Musik?«

»Ein Radio. Eine Seifenoper. Vielleicht *Ma Perkins*?«

»Ausgezeichnet. Von elf Uhr bis fünfzehn nach elf, und danach kommt *Our Gal Sunday*. Verstehen Sie den Zusammenhang?«

»Nein, keine Spur.«

»Denken Sie mit, mein Freund. Ein Mann hört Radio, während er sein Mittagessen zubereitet, irgendwann zwischen elf und fünfzehn nach elf. Zum Zeitpunkt Ihres Erscheinens wurde er bereits ermordet, sein Blut ist am Boden an der Wand verschmiert. Ich vermute, dass er den Namen des Killers mit seinem eigenen Blut geschrieben hat, sich dann in die Küche schleppte und starb. Was stand da mit Blut geschrieben?«

Und da erkannte ich es. »Da stand ›Buch‹.« Finchley nahm das Telefon und wählte eine Nummer.

»Mord«, sprach er in den Hörer. Er wartete. Dann sagte er: »Stellen Sie mich durch.«

Es kam mir vor, als hätte es ein paar Tage lang gedauert, bis endlich ein Mann in einem Anzug den Raum betrat und sich an den Schreibtisch setzte. Sie hatten mich mit Handschellen an einem Stuhl festgemacht. Er schob ein paar Blätter herum und schaute mich an.

»Also, Mr. St. Claire. Frank St. Claire. Ich wäre nicht hier und würde meine Zeit verschwenden, aber da gibt's zu viele Verbindungen.«

Mein Mund war trocken und meine Zunge fühlte sich an wie ein Bügelbrett, aber ich musste etwas sagen. »Was meinen Sie denn damit, Verbindungen?«

»Ein Selbstmord in Bunker Hill, ein toter Musiker, der bei den Buchmachern in der Kreide stand, und ein verstümmelter Mex in den Flats. Und Frank St. Claire kannte jeden von ihnen.«

»Ich treffe Leute in meinem Job, aber ich kenne sie nicht. Mr. John war eine Ausnahme.«

»John Casaroli springt vom Dach, und der Erbe sind Sie. Warum? Erklären Sie mir das. Und so, dass es sich gut anhört.«

»Ich weiß es wirklich nicht.«

»Man hat gesehen, wie sich zwei Mafiajungs dort herumtrieben. Freunde von Ihnen?«

»Ich habe keine Freunde, seit Mr. John tot ist.«

»Sie sorgen für einen Haufen Verwirrung in der Wohnung der Clarks, während dort eine Totenmesse abgehalten wird. Anscheinend haben Sie keinerlei Respekt vor den Toten. Wie kommt's?«

»Ich habe nur meinen Job gemacht, wie hätte ich das denn wissen können?«

»Die Witwe sagt, Sie hätten ihr befohlen, die Klarinette rauszugeben. Sie hätten sie bedroht.«

»Sie lügt. Sie hat sie mir gegeben.«

»Warum sollte sie lügen?«

»Ich weiß es nicht.«

»Also gut, Utah Street. Ein Unbekannter schneidet diesem Typen den Arm ab und erschlägt ihn damit. An den Wänden Blut. Vielleicht steht da ›Buch‹, vielleicht hätte er längst eins in der Leihbücherei zurückgeben müssen, ich habe keine Ahnung. Aber nur wenige Minuten später haben wir Frank St. Claire am Tatort, und damit taucht er in meinem Buch einmal zu oft auf.«

»Mein Vorgesetzter trifft alle Entscheidungen. Ich glaube, er wollte mich für den Ärger mit Howdy Clark bestrafen. Niemand will in den Flats arbeiten.«

Der Kriminalbeamte stand auf. »Niemand ist so blöd, dass er's wie Sie machen würde«, sagte er und ging aus dem Zimmer. Wenig später kam ein uniformierter Polizist und brachte mich den Gang runter in einen anderen Raum. Hinter dem Schreibtisch saß ein Mann in einem weißen Kittel, der meinte, ich solle mich setzen und entspannen. Entspannen! Wie konnte ich?

»Ich bin Dr. Sonderborg«, sagte er. »Ich werde Ihnen einige Fragen stellen.«

»Ich habe nichts getan«, sagte ich.

»Wenn Sie wollen, erzählen Sie doch zuerst etwas über sich. Einfach, was Ihnen so einfällt.«

»Mir fällt nichts ein.«

»Ich lese hier, dass Sie alleinstehend sind, allein leben. Haben Sie eine Freundin?«

»Ich kenne ein Mädchen. Ich kenne insgesamt drei Mädchen, aber speziell eine habe ich kürzlich kennengelernt.«

»Erzählen Sie mir von ihr. Wie heißt sie?«

»Rene. Sie betreibt einen Schönheitssalon an der Olive, Ecke Fünfte.«

»Ist sie freundlich zu Ihnen, ist sie zärtlich? Entgegenkommend?«

»Sie meint, ich könnte ein durchgeknallter Höllenhund sein. Aber ›da hat die Jury noch keine Entscheidung gefällt‹, so drückt sie's aus.«

»Und das macht Sie wütend.«

»Nein.«

»Würden Sie sagen, dass ihr Verhalten Ihnen gegenüber grausam ist? Oder erniedrigend?«

»Aber nein. Sie ist eine wirklich nette Frau.«

»Haben Sie sie jemals gebeten, Sie zu schlagen, oder Sie zu bestrafen?«

»Wie bitte? Was soll das denn, wer sind Sie?« Ich fragte mich, ob die Polizei verrückt geworden war.

»Hassen Sie die Polizei?«

»Nein.«

»Sind Sie an einem Umsturz gegen die Regierung der Vereinigten Staaten beteiligt?«

»Nein.«

»Sind Sie ein Kommunist?«

»Was ist das?«, fragte ich. Der Doktor drückte einen Knopf auf seinem Schreibtisch, und dann betrat der Kriminalbeamte den Raum.

»Was haben wir?«, sagte er.

»Was fällt Ihnen ein, meine Zeit zu verschwenden?

Schaffen Sie ihn aus meinem Büro. Werfen Sie ihn im Griffith Park raus. Ich habe acht Jahre Medizin studiert, Spangler. Acht verdammte Jahre.«

»Und jetzt haben Sie den *ganz harten* Job hier, Sonderborg«, sagte Spangler mit deutlichem Ekel.

Detective Spangler gab mir meine Brieftasche zurück und die Anweisung, die Stadt nicht zu verlassen. Ich ging aus dem Polizeigebäude raus und nach Bunker Hill rauf. Polizisten glauben, dass alles nach einem Muster funktioniert. Wenn sie eine Struktur erkennen, glauben sie, das Ganze zu kennen, und glauben, sie haben dich. Aber so funktioniert das Leben nicht. Glauben Sie mir, das Leben besteht aus Zufällen und ist undurchschaubar, wie das *Stadtregister*. Oder mein Name ist nicht *St. Claire, Frank, Chckr, Alta Vista Apts 255 Alta Vista Ave., Ls Angls.*

Wen kennst du, den ich nicht kenne?

1949

Die Straßenbahn hielt an der Ecke, um eine Gruppe von Frühaufstehern aufzunehmen, die auf dem Weg zu ihrem Aushilfsjob waren. Ein einzelner Fahrgast stieg aus und ging in die Berendo in südlicher Richtung, eine staubige Straße in einem schäbigen Viertel, das nur einen Sprung westlich von der Innenstadt entfernt war. Er schloss die Eingangstür von Nr. 39 auf, ein zweistöckiger Ziegelbau, der einen Anstrich nötig hatte seit Elefanten im Hancock Park durch die La Brea-Teergruben streiften.

»Jazz Man Records« stand auf dem Schild im Fenster zur Straße, das nicht mehr geputzt worden war, seit Joaquin Murietta im Laurel Canyon wild um sich geschossen hatte. Der Mann bückte sich und hob die Wurfsendungen vom zerschrammten Linoleumboden auf, dann schloss er die Tür hinter sich und sperrte ab. Alle Wände waren mit Regalen bedeckt. In den Regalen standen 30-mal-30-cm große Papierhüllen, und in den Hüllen steckten alte 78er-Schallplatten, Tausende. Und es gab einen kleinen Schreibtisch, der mit Staub bedeckt war, eine Schreibtischlampe im Design von Abraham Lincoln, und ein schwarzes Telefon. Der Mann zog einen Vorhang auf und ging nach hinten in einen weiteren Raum voller Regale. 78er, Tausende mehr. Neben einem Polstersessel, der beim Brand des Edwin Hotels 1910 gerettet worden war, stand auf einem kleinen Tisch ein tragbarer Plattenspieler. Der Mann zog eine Platte raus und legte sie auf. »Clarinet Marmalade« mit Johnny Dodds, 1927 aufgenommen und auf dem Okeh-Label erschienen. Er lehnte sich im Polstersessel zurück, zündete seine Pfeife an und schloss die Augen. Die zerkratzte alte Platte drehte sich und der kleine Song fing an – ein ungelöstes Rätsel aus der Vergangenheit: den 4/4-Takt auf der Basstrommel schlug Brother Baby Dodds, die Klarinette spielte die Melodie, zweideutige Einwürfe von Trompete und Posaune, und das Banjo machte Chank-chank-chank. Das Gesicht des Mannes verwandelte sich in eine geistesabwesende Maske. Nach vier Minuten war die Platte vorbei, und die an einem schweren Tonarm befestigte Stahlnadel fing an, in der Auslaufrille zu scheuern und machte einen sshh-sshh-sshh-Sound, der immer weiter und weiter lief.

***

Niemand kommt an einem Freitag, um sich für einen Anzug die Maße nehmen zu lassen. Unsere Leute glauben, dass der Leichenbestatter an einem Freitag kommt, um dich zum letzten Mal einzukleiden. Trotzdem kam er reingeschneit – Johnny »The Ace of Spades«[*] Mumford.

»Ray, ich will den Einteiler wiederhaben!«, verkündet er, »ich will Epauletten auf den Schultern! Hosen mit drei Bügelfalten von unten bis oben, und ich brauch mein' elastischen Bund, der mein' Hüftspeck wegmacht, hörst du mir zu, Ray? Einmal violetter Gabardinestoff und der andere Anzug kokossnussbraun, und ich brauch das bis in zwei Wochen!«

* Pik-Ass.

»Wen kennst du, den ich nicht kenne, Johnny?«, lachte ich.

»Ich sag's dir, Mann, ich hab ganz genau jetzt die Nr.-1-Rhythm-and-Blues-Scheibe. Ich bin so heiß wie 'ne Ladung Dynamit, Geld spielt keine Rolle«, sagte Johnny, ein gutaussehender Mann mit schokoladenfarbener Haut, einssiebzig groß und mit sehr langen Gliedmaßen. Also gab ich ihm den Termin, am Freitag in zwei Wochen sollte er wieder vorbeikommen. Johnny rauschte in seinem neuen Cadillac ab, eine Sonderanfertigung für ihn, alles in lila und cremefarbenen Tönen, ein schönes Auto.

Ich hatte den Auftrag auf den Tag genau erledigt und keine Zweifel, dass ihm alles wie angegossen passen würde. Und dann streckte Lenny vom Styling & Smiling & Profiling-Friseurladen seinen Kopf durch meine Tür. »Hast du schon die Neuigkeiten über Johnny Mumford gehört?«

»Welche Neuigkeiten, Kumpel?«, sagte ich.

»Johnny wurde erschossen, in der Garderobe vom Ballroom 54.«

»Im 54? Jemand hat Johnny getötet?«

»Hat sich selber gekillt, als er mit 'ner Kanone rumgespielt hat! Der Herr sei ihm gnädig, wo immer der arme Kerl jetzt hin is'!« Ich rannte raus, um mir eine Zeitung zu besorgen. Da stand es: »Selbst zugefügt.« Ich sperrte meinen Laden ab und ging sofort los, um denen einen Besuch abzustatten. Ich sagte, dass ich den Reporter sprechen wollte und dass ich eine Information in Sachen Johnny Mumford hätte. Man brachte mich zu einem Typen im ersten Stock.

»Ich möchte Sie darauf hinweisen, dass da was nicht stimmt«, sagte ich. »Das hat Johnny auf keinen Fall getan, und ich sage Ihnen, warum: auf'n Tag genau vor zwei Wochen hat er zwei totschicke Anzüge bei mir in Auftrag gegeben. Auf keinen Fall hätte der Ace of Spades solche Klamotten bei mir bestellt und wäre dann rausgegangen, um sich selber in den Kopf zu schießen.«

»Geben Sie mir Ihren Namen und Adresse.« Der Zeitungsmann schaute mich nichtmal an.

Es war eine große Beerdigung. Die Afrikanische Methodistenkirche in der fünfundzwanzigsten Straße war bis auf den letzten Platz besetzt. Was Johnnys weggeschossenen Hinterkopf betraf, da hatten die Leute vom Ebenezer Brothers-Bestattungsunternehmen ihr Möglichstes getan. Ich war mit den Anzügen gekommen, und Johnnys Mutter hatte den violetten ausgesucht. Oopie McCurn, der Basssänger der Pilgrim Travelers, nahm mich nach dem Gottesdienst beiseite. »Das mit dem Anzug war eine schöne Geste, Ray. Der Meinung waren wir alle. Ray macht die besten Schultern, mehr muss man nicht sagen.« Er schaute mir tief in die Augen: »Wenn du verstehst, was ich meine, Bruder.«

Die Travelers trugen ihre Version von »See How They Done My Lord« für Johnny vor. Little Cousin Tommy übernahm die erste Stimme bei »Somewhere to Lay My Head«, Johnnys Mutter und seine Schwester wurden ohnmächtig und mussten hinausgetragen werden. Tommy ist ein kleiner Mann, 153 Zentimeter mit Schuhen, aber er hat eine große Stimme, die er auch zum Einsatz bringt. »Übertrieben«, wie Bill Johnson von den Golden Gates später beim Leichenschmaus bemerkte, und Bill ist nicht der Mann, dem man widersprechen würde.

Vor der Kirche parkte ein Ford, ein Polizeiwagen. Zwei unscheinbar gekleidete Zivilbeamte kamen rein. Sahen unscheinbar aus.

»Nehmen Sie doch im Büro Platz«, sagte einer von ihnen, gut gelaunt. Ohne dass'n Sinn dabei wär, wie Jimmy Scott zu sagen pflegt, und er sollte es wissen. Ich nahm Platz.

»Ich bin Detective McClure. Sie haben da ein wenig Unruhe in die Angelegenheit reingebracht, verstehn Sie? Und einige uns bekannte Leute macht das ein wenig nachdenklich. Unsere Überlegungen gehen in die Richtung, dass Sie sich mehr auf Ihr kleines Schneiderhandwerk konzentrieren sollten.«

»Ich hab nur versucht, zur Klärung der Umstände beizutragen. Scheint aber niemand zu interessieren.«

»Man hat gesehen, dass Sie mit diesem Niggerjungen vom *Sentinel* gesprochen haben. Egal, was er Ihnen bieten könnte, wir haben mehr zu bieten.«

»Sie können die Wahrheit überbieten?«

»Aber absolut. Wir können Sie atmen lassen. Noch einen schönen Nachmittag, Mr. Montalvo.«

»Ray Montalvo, der Maßschneider für Hipsterkleider! If It's All Vootie, It's All Rootie!«[*] Der Spruch war Slim Gaillards Idee. Der steht auf alles, wenn's nur'n hipstertauglich heißes rootie-und-reetie-pootie-Ding ist. Slim ist ein sehr gut aussehender, gutgebauter und talentierter Mann, aber er ist das, was man einen Springer nennen könnte – er ist nie sehr lange an einem Ort. Ich dagegen bin aus dem District-Viertel hier im Zentrum. Und das ist schon seit langer Zeit gemischt – Schwarze, Mexikaner und Italiener. Ich selbst bin auch so eine Mischung. Meine Mama kommt aus der Karabik, Papa war ein Sizilianer – Pietro, oder Pete, wie er genannt wurde. Papa war hergekommen, um Baseball-Profi zu werden, aber er wurde nicht genommen, weil er zu klein war. Er arbeitete bis zu seinem Tod als Steinmetz, ein frustrierter kleiner Mann mit einem gefährlich schnellen Wurf, was für eine Verschwendung. Das Schneidern lernte ich von Onkel Gustavo, der Gus genannt wurde. Gus war ein Experte für die Charro-Tracht der Mariachi-Musiker, die vor allem drüben in Boyle Heights herumhängen. Eine sehr gute Kundschaft, sehr verlässlich. Wenn sie dich mögen, dann bleiben sie bei dir. Und ihr Stil ändert sich nie! Du machst immer dasselbe, den kurzen schwarzen Mantel,

---

[*] Heißt soviel wie: »Denn ist es hip, ist es der Hit!«

enge Hosen ohne Taschen, silberne Knöpfe, Brokat, und den großen Hut.

Oft redete Gus mit einem Kopfschütteln auf mich ein: »Schau mal, Ray, was willst'n du macke, eh? Warum du nicht willst arbeiten für mich, ich weiß nicht! Ich habe gutes Geschäft, die Mexikaner. Gute Jungs, zahlen sie immer pünktlich. Und was ist, was du hast, Jazza-Musiker! Sie zahlen nicht, das weiß ich! Ich bin ein alter Mann. Habe keine Söhne, an die ich gebe das Geschäft! Große Verschwendung! Also was denn los jetzt mit dir, Ray?« Auf den Tag genau zwei Wochen nach Johnny Mumfords Beerdigung hatte er seine dritte Herzattacke. Und die größte. Das letzte Hemd hat keine Taschen, Onkel Gus.

Kann sein, dass ich einen Fehler gemacht habe, aber ich konnte es mir nie vorstellen – ein Mann mit schwarzer Hautfarbe und einem italienischen Namen, der für den Rest seines Lebens Charro-Anzüge schneidert? Obwohl die Sache die war, dass ich Musik liebte! Jazz, Jump, Jive, Rhythm'n'Blues! Ich hab's selbst versucht, aber es gab nichts, das ich halbwegs gut spielen konnte. Ich habe Harmonielehre und all das gelernt, aber aus einem Buch kriegst du keinen Ton raus. Bei uns im Downtown-District musst du auf den heißen Stoff einsteigen oder du kannst einpacken, und deshalb fing ich stattdessen an, den Musikern die Klamotten zu schneidern. Aber was die Bezahlung anging, da hatte Gus recht gehabt. Jazzmusiker sind etwas unzuverlässig, sie sind immer auf dem Sprung, die Stadt zu verlassen.

Als meine Mutter meinte, ich hätte eine Verantwortung gegenüber Gus' Familie, besuchte ich sie, um mit seiner Frau Graziesa zu sprechen. Sie war in einer schlechten Verfassung, hysterisch, und die Mädchen standen wie unter Schock. Ich versprach, einen Blick aufs Geschäft zu werfen und zu überlegen, was zu tun sei. Tatsächlich war es jedoch so, dass man schon seit Johnnys Tod die dunklen Wolken über meinem eigenen Geschäft sehen konnte.

Lenny, der Friseur, hatte damit aufgehört, auf einen Kaffee bei mir vorbeizukommen, als die beiden Cops damit anfingen, in ihrer Mittagspause direkt vor meinem Laden zu parken. Sie musterten jeden, der vorbeiging und schnippten ihre Zigarettenkippen über den ganzen Gehsteig.

Ein Maßschneider ist sowas wie eine Vertrauensperson. Es ist eine Arbeit, bei der es um vertrauliche Dinge geht, und das macht einen Mann wachsam und ein wenig einsam. Du fertigst Kleidung, die andere Menschen tragen, sie gehen aus und trinken und tanzen den Hucklebuck. Das ist in Ordnung, liegt in der Natur dieser Arbeit. Aber ein Schneider, der überwacht wird, ist vollkommen abgemeldet. Meine vout'n'rootie-&-reetie-pootie-Gemeinde blieb weg. T-Bone Walker kam mit seinem neuen Lincoln Continental kurz vorbei. »Ich glaube, du *ziiiiiiehst* besser mal raus irgendwo an' Stadtrand da draußen!« T-Bone war auf dem Sprung. Ich hatte was von einem neuen Schneider am Sunset Boulevard gehört.

Auf meiner neuen Geschäftskarte stand: »Ramildo of Hollywood! El Último en Charro!« Ich schaffte meine Nähmaschine und allen Gabardinestoff in Gus' Laden in der Ersten, nur zwei Blocks vom Mariachi Hotel am Garibaldi Plaza entfernt. Ich erzählte jedem, dass ich das Geschäft übernehmen würde, und um die Sache bekannt zu machen, gab ich auf jeden Auftrag zehn Dollar Rabatt. Alle waren sehr freundlich und wegen Gus tat's ihnen leid. Für sie gehörte er zur Familie, aber ich hatte offensichtlich eine andere Hautfarbe, und irgendwie glaubten sie die Ich-bin-der-Neffe-Leier nicht so recht. Ist Ihnen schon mal aufgefallen, wie Möbelhändler in der Tür stehen und die Straße beobachten? Ich fing an, es genauso zu machen, schaute die Straße rauf und runter, manchmal stundenlang. Ich warb mit einem 30%-Rabatt plus einem kostenlosen Hut für jeden Kunden. Die Leute winkten und lachten mir zu, doch niemand wollte einen Anzug oder einen Hut oder wenigstens eine Gürtelschnalle. Ich

versuchte es damit, mich am Garibaldi Plaza herumzu-
treiben, aber wenn sie mit ihren Trompeten zu tröten
anfingen, bekam ich Zahnschmerzen.

Dann kamen eines Tages zwei Pachuco-Jungs[*] in den
Laden. Sie waren um die zwanzig, einsachtundsechzig
und sehr dünn. Nicht die Statur, an der man sich einen
Charro-Anzug vorstellen kann. Sie hießen Kiko und
Smiley, und sie boten mir einen verrückten Handschlag
an, den ich noch nie bei jemandem gesehen hatte. »Was
kann Ramildo von Hollywood für euch Hipsters tun?«,
fragte ich aufgekratzt. »Den ersten Sombrero gibt's umsonst!«

»Queremos einen Zoot«, sagten beide gleichzeitig.

»Großartig! Ich habe schon Anzüge für Mr. Ace of
Spades gemacht, er ruhe in Frieden. Schon mal von ihm
gehört?«

»Ay te huatcho, vato.« Hörte sich an, als hätten sie.

»Also gut, zwei komplette Zoot-Anzüge. Farbe?«

»Einen«, sagte Smiley, »wir tauschen.«

»Oh, jetzt versteh ich euch, ihr wollt ihn euch teilen.
Wie's der Zufall will, haben wir grade unsere Zoot-
Spezial-Woche, und ich kann euch einen Anzug mit zwei
Paar Hosen zum selben Preis anbieten. So wie ihr ange-
zogen seid, werdet ihr beide gut aussehen.«

»Toll! Dann violett!«

Ohne dass ich gefragt hätte, blätterten sie mir zwanzig
Dollar in Ein-Dollar-Scheinen als Anzahlung hin, und
dann schlackerten sie raus und weiter die Straße runter.
Zwei Tage später waren sie wieder da, mit mehr Ein-
Dollar-Scheinen und einem Stapel Silber, aber ich sagte,
dass die Sache mit ihren zwanzig erledigt war, ein
Schnäppchen. Sie drehten völlig durch deswegen, und

---

[*] Amerikanisierte mexikanische rebellische Jugendkultur mit Zentrum
Los Angeles. Die vor allem gegen sie gerichteten massiven rassisti-
schen Unruhen von 1943 wurden nach ihrem bevorzugten Kleidungs-
stil benannt: Zoot Suit Riots. Die noch jahrelang nachwirkten.

beide sahen sie scharf aus und zu allem bereit. »Schaut jederzeit vorbei«, sagte ich zu ihnen. »Fühlt euch nicht wie Fremde.«

Die große Nummer im Einzelhandelsgeschäft mit Bekleidung von der Stange war die Victor Clothing Company, 214 South Broadway. Leo »Sonnenschein« Fonerow hatte den Traum vom Kredit auf Anzahlung gehabt und verwirklicht. In seinem Laden konnte man jedes Stück für eine Anzahlung von 2,50 Dollar mitnehmen und mit einer wöchentlichen Rate von 2,50 Dollar abbezahlen. Es funktionierte wie ein Zauber, und indem er die Armen einkleidete, wurde Leo ein reicher Mann. Er beschäftigte sechs Schneider, die rund um die Uhr mit Änderungen beschäftigt waren. Einer von ihnen, ein alter Mann namens Daddy Bassey, fiel tot um, während er Hosenaufschläge absteckte, und ich raste sofort hin in der Hoffnung, mir den Posten vielleicht unter den Nagel reißen zu können. Ich erklärte Leo, dass ich die Arbeit bei mir zuhause machen und ihm deshalb einen Preisnachlass geben würde, und er stellte mich ein. Die abgeänderten Kleidungsstücke mussten Freitagnacht wieder in der Firma sein, damit der Kunde sie am Wochenende abholen konnte. Leo hatte die Vermutung gehabt, dass es der arbeitenden Bevölkerung gefallen würde, wenn er sein Geschäft auch an den Sonntagen öffnete. Und nun kamen die Familien nach der Kirche und waren aufgeregt und freuten sich, in Downtown zu sein, als wäre das ein besonderes Ereignis. Vor dem Geschäft verkaufte ein mexikanisches Mädchen Teigtaschen und machte damit guten Umsatz. Ich fand, sie war eine Schönheit – drall und handfest, etwa einsdreiundsechzig groß, mit einer imposanten Frisur und schnippischem Blick. Ich versuchte, mich mit ihr zu unterhalten, aber sie sprach kein Englisch und ich verstand ihren Slang nicht. Ich zeigte auf das, was ich wollte und streckte zwei Finger aus. »De qué?«, fragte sie. »Mach sie für mich leicht und locker, aber ich meine natürlich stark und fettig!«, antwortete ich. Sie lachte; sie hatte die Botschaft verstanden.

An einem Freitag fuhr ich spät nachts nach Hause, nachdem ich eine Ladung Unterhosen abgeliefert hatte, als ich mich einer Polizeisperre an der Kreuzung Broadway und Zweite näherte. Es hatte geregnet, und die Straße war glänzend rot von der Alarmbeleuchtung der Streifenwagen. Ich bog sofort rechts ab und sah zwei Typen auf dem Gehweg wegrennen, einer in einem Anzug, der andere in Hosen und einem ärmellosen Unterhemd. Das war's, was in der Dunkelheit meine Aufmerksamkeit erregte, dieses Unterhemd.

Ich fuhr neben ihnen her und rief den einzigen Satz, den ich aus Filmen kannte: »Vamos muchachos!« Sie sprangen rein. Ich kümmerte mich nicht um die rote Ampel an der Spring, bog verbotenerweise links ab, fuhr in die Gasse hinter dem *Times*-Gebäude, hielt an und schaltete die Scheinwerfer aus.

»Zoot-Kontrolle«, sagte Smiley. »Sie greifen sich alle Mexikaner, die Zoot-Klamotten tragen.«

»Verfickte Gringos!«, sagte Kiko. Zwei Ford-Streifenwagen rasten mit kreischenden Sirenen über die Spring.

»Zum Glück hab ich einen Freund hier in der Nähe«, sagte ich. »Dann lasst uns mal Hallo zu Herman sagen.« Herman »JuJu« Doxey war Nachtwächter bei der *Los Angeles Times*, verbrachte die meisten Abende auf der Rückbank seines '37er-Buick, hörte Radio, blieb von der Straße weg, war nicht zu sehen. Ich klopfte zweimal an die Scheibe. Herman drehte sie runter und spähte durch eine dicke Wolke von Zigarettenrauch.

»Wenn das nicht Bruder Ray mit zwei jungen Kameraden ist«, sagte Herman. »Freut mich immer, die Bekanntschaft von jungen Leuten zu machen. Die Hektik drüben am Broadway schlägt mir etwas auf den Magen.«

»Wir müssen nur für paar Minuten von der Straße runter«, sagte ich und setzte mich nach vorn. Kiko und Smiley stiegen hinten ein.

»Beruhigt euch erstmal, Jungs«, sagte Herman. »Hört mal, im Radio kommt Johnny Mumford, und jetzt ist er schon über 'n Jordan. Ist es nicht 'ne Schande?« Er reichte seine Packung Chesterfield herum und wir alle zündeten uns eine an.

»Chonny hat bei uns drüben im Big Union gespielt, wir haben ihn gesehn!«, sagte Kiko. »Er sang ›My Heart Is in My Hands‹.«

»Mit seinen Augen auf Florencia«, sagte Smiley.

»Wer ist Florencia?«, fragte ich.

»Qué chula chulita!« Smiley pfiff.

»Das ist mir bekannt, dass ihr in euren Reihen ein paar süße und gesunde Muttis habt, das ist mal Tatsache«, sagte Herman.

»Gesund?«

»Du weißt schon, handfest.«

»Handfest?«

»Mann, kapier's einfach und merk's dir!« Herman schwieg, während die letzte Platte des armen Johnny weiter im Radio lief – ein langsam stampfender Blues, unter den die Bläser ein Dröhnen setzten, als würde der Southern Pacific Daylight in die Union Station einfahren:

Got me a fine healthy mama, she's long and she's tall
Built up solid, like the L.A. City Hall
From the top of her head right down to her feet
She's a high-grade load of sugar freightin' up Main Street
Fine and healthy, yes she fine and healthy
So doggone fine and healthy, boys, and she ain't no
hand-me-down![*]

---

[*] Ich hab eine schöne, gesunde Frau, sie ist groß, hochgewachsen / Kräftig gebaut wie die L.A. City Hall / Von den Haarspitzen bis zu den Füßen / Ist sie wie eine hochwertige Ladung Zucker, die auf der Main Street transportiert wird / Schön und gesund, ja, sie ist schön und gesund / So verdammt schön und gesund, Jungs, und sie ist nicht wie ein abgelegtes Stück Stoff!

»Was ist eine hochwertige Ladung Zucker?« Kiko sprach es *Suukar* aus.

»Oder auch saftig!«, sagte Herman.

»Sólido!«

Herman legte los. »Also, von mir aus. John Mumford, geboren in Los Angeles 1923, starb 1949 in der Blüte seiner Jahre. Der verlorene Sohn war ein vorlautes Kind und sowas wie Gehorsam gab's in seinem Kopf nicht, aber er gab alles, was er auf der Pfanne hatte. Die Band legt los, als wollte sie dir den Beat ins Herz einpflanzen, und dann der Umschwung, Johnny schlängelt sich nach vorn an die Spitze, ganz sanft, doch wenn's an der Zeit für'n Refrain ist, fängt er an, sich ans linke Knie zu schlagen im Rhythmus, und mit der rechten Hand hat er sich's Mikrophon schon geschnappt. Der alte Johnny macht sich bereit! Nur so'n bisschen hält er sich in der zweiten Strophe noch zurück, da geht er herum und wirft die Schultern so raus wie'n Boxer, nächster Refrain, da fährt er die Spannung hoch! Greift sich 'ne handvoll von Rays Gabardine, so in der Mitte des Oberschenkels, klammert sich an das Stück! Und die kleinen Mädchen stürmen nach vorn, so nah ran wie's nur geht, jetzt lässt er die Gitarre mal arbeiten, und zieht sich zurück. Dann der letzte Refrain, zu stampfen fängt er an! Ergreift sein' Hosenbund und zieht mit 'nem schnellen Ruck die Hose hoch ganz genau auf'm Beat! Alle Mädchen werfen ihm ihre Handtäschchen und Taschentücher hin oder sonstwas, das sie später nicht mehr benötigen. Sie werfen nicht ihre Hutnadeln oder ihre Pistolen, nein, Sir, damit werfen sie nicht! Heh, heh, nein, Sir, das tun sie nicht.«

»War's eine Frau, die ihn getötet hat?«, sagte ich. »Du weißt, dass er's nicht selbst getan hat.« Herman hatte vertrauliche Informationen zu allen Vorgängen, die von hier bis dort bekannt, aber längst nicht klar waren.

»Es ist soweit, muss jetzt meine Runde drehen. Wofür das gut sein soll, weiß ich wirklich nicht. Sieht das für euch wie ein Zeitungsgebäude aus? Es ist ein Tempel für

Geheimnisse, es ist die Ehrwürdige und Mächtige Kirche des Nächsten Dollars, und nichtmal so'n einziger davon gehört mir. Wofür brauchen sie einen Wachmann? Unser Herr und Erlöser hat eine wunderbare Trickkiste, wurde mir gesagt, aber nichtmal er könnte da einbrechen.« Kiko und Smiley bekreuzigten sich. Herman lachte. »Macht euch keine Sorgen, Jungs, ich bin streng gläubig! Meine Gedanken sind immer bei Jesus! Ich bin Diakon in der Kirche der Schnellen Bibel und des Erstgeborenen, die ist auf der Dreiunddreißigsten. Gottesdienste werden spontan abgehalten, gibt keine festen Anfangszeiten, aber jeder ist willkommen! Und jetzt, Freunde, bleibt ihr einfach hier sitzen und lasst mich meinen Kontrollgang auf dem Boulevard machen. Bin bald zurück.«

»Mann, der hat viele Shows besucht«, sagte Kiko.

»Im Gegenteil. Du triffst Herman jede Nacht genau hier. Gibt keinen Grund, ihn woanders zu suchen. Er wird bald im Radio sein. Und wir werden ihn nicht mit leichtem Stoff prüfen.«

Samstag- und Sonntagnacht kam die Radioshow von Leon dem Salonlöwen, *The Rump Steak Serenade*. Leon präsentierte die coolen Jazzsounds von Mitternacht bis drei Uhr morgens. Die Sendung wurde live aus Doctor Brownie's Famous Big Needle übertragen, dem Jazz-Plattenladen auf der San Pedro, der täglich 24 Stunden geöffnet hatte. Um zwei Uhr kam Herman für ein fünfzehn Minuten langes Intermezzo in die Sendung: »Und nun ist es wieder Zeit für *Dig It and Pick Up On It*[*], mit Herman der Menschlichen Jukebox!« Leute riefen mit ihren Fragen an und versuchten es zu schaffen, dass JuJu keine Antwort wusste; was bisher noch nie vorgekommen war. Wenn ein Anrufer etwas über eine Platte wissen wollte, konnte er ihm alle Musiker nennen, die Farbe des Labels, die Matrix-Nummer und die Position, die sie in

[*] Hier in etwa: »Überleg dir was und mach mit.«

den Charts erreicht hatte. Er wusste, wie viele Anzüge Billy Eckstine besaß und welche Gin-Marke Fats Waller bevorzugte. In dieser Nacht war JuJu schlagfertig und lag absolut richtig, wie immer. Ein Weißer aus Glendale, der seinen Namen nicht nennen wollte, fragte: »Ist es legal, dass farbige Männer sich selbst ›King‹, ›Duke‹ und ›Count‹ nennen?« JuJu antwortete höflich: »Ja, falls Jazz legal ist. Falls nicht, dann kann alles passieren und Sie sollten Glendale besser nicht verlassen!« Als nächstes kam ein Bruder aus Watts, ein gewisser Horace Sprott. »Wie oft wurde Gitarrist Irving Ashby vom Los Angeles Police Departement angehalten, als er auf dem Heimweg von seinem Nachtclub-Job mit Nat Cole war?« Antwort: »87 mal bis heute, und immer vom gleichen Motorradpolizisten, William ›Der bittere Bill‹ Spangler, Dienstnummer 666. Wachtmeister Bill behauptet, dass John von seiner, Bills Gattin Mabel in ihrem Haus bewirtet wurde, wiederholt und mehrmals, während er selbst auf Streife war. ›Sie spielt die Platten von diesem Nigger, der sich Cole nennt. Ich hasse Musik! Jedes Mal, wenn ich von der Arbeit komme, stinkt das Haus nach Fisch. Ich hasse Fisch!‹« Der dritte Anruf kam von einer Weißen, die in diesem breiten Ost-Tennessee-Dialekt redete, der aus allem eine Frage macht: »Hallo, Herman? Hier ist Ida aus der Dreiunddreißigsten Straße, und ich habe eine Garage voll mit alten 78er-Platten? Sie gehörten meinem Gatten; ihm gefiel die Musik, die Ihnen gefällt? Ich ziehe nach Spokane um, also was soll ich denn damit machen?«

»’tschuldigen Sie jetzt mal ganz kurz, Fräulein Ida, verehrte Frau, aber das bin ich, den Sie da grade bei sich anklopfen hör’n!« JuJu lachte. »Ich erkläre hiermit, öffnen Sie die Tür keiner Menschenseele außer mir!«

Wir saßen vor ihrem Haus in Chavez Ravine, das Viertel oben in den Hügeln hinter Chinatown. Kiko hatte aus dem Haus einen Krug gebracht, wir ließen ihn herumgehen und hörten dabei Billie Holiday aus der öffentlichen

Jukebox, die mit einem Draht an der einsamen Straßenlampe angeschlossen war.

My man, he don't love me, he treats me awful mean
He's the lowest man I've ever seen [*]

»Helft mir, bringt mir was bei«, sagte ich. »Sowas wie ›Darf ich fragen, wie du heißt?‹, ›Wann bist du mit der Arbeit fertig?‹, ›Möchtest du einen Drink?‹, solche Sachen.«

Kiko lachte: »Mann, *daaas* merk du dir und kapier's!«

»Was hast du vor, Mann?«, fragte Smiley.

»Ich möchte dieses Mädchen ausführen, Mann, was denkst du denn?«, sagte ich.

»Du willst eines von unseren Mädchen ausführen, pendejo?«

»Yeah. Auf einen Drink, verstehst du.«

»Oh.«

He wears high-drape pants, stripes of lovely yellow
When he starts in lovin' me, he is so fine and mellow [**]

»Wo kommt die Jukebox her? Und was macht sie da auf der Straße?«, fragte ich.

»Cousin Beto ›Sechsfinger‹ hat sie gefunden. Niemand hier im Viertel hat Dinero für ein Radio.«

»Er hat eine brandneue Wurlitzer-Jukebox gefunden?«

»Cousin Beto findet Sachen für Leute.«

»Und helft ihr ihm dabei?«, fragte ich. Weil ich mich schon länger wunderte, was Kiko und Smiley Tag und Nacht wohl so machten. Ich traf sie ständig an den seltsamsten Orten. »Und was ist, wenn's regnet?«

---

[*] Mein Mann, er liebt mich nicht, er behandelt mich verdammt gemein / Er ist der mieseste Kerl, der mir je begegnet ist.
[**] Er trägt hoch-drapierte Hosen, mit hübschen gelben Streifen / Wenn er kommt, um mich zu lieben, ist er sanft und zärtlich.

»Sie läuft«, sagte Smiley.

Love is like a faucet, it turns off and on
Just when you think it's on, baby, it's turned
                                    off and gone. [*]

Die Platte hörte zu spielen auf. Die grellen bunten Lichter gingen aus, und die Maschine ging schlafen.

***

Die letzten Sonnenstrahlen fielen auf das schmutzige Fenster zur Straße und erloschen beim Versuch durchzukommen. Der Mann saß im vorderen Zimmer des Plattenladens und studierte ein Auktionsmagazin für rare 78er. Neben manchen Beschreibungen machte er kleine Haken mit einem roten Stift und nahm hin und wieder einen Schluck aus einem schmierigen Wasserglas. Eine Halbliterflasche Four Roses-Bourbon stand in seiner Reichweite.

Das rote Lämpchen an der Decke fing zu blinken an. Der Mann legte das Blatt weg und ging durch den Vorhang zur Hintertür. Er sah durch den Spion, öffnete dann die Tür einen Spalt. »Boss«, flüsterte eine vertrauliche Stimme aus der Dämmerung. Auf dem Weg hinter dem Laden parkte ein alter Lieferwagen. »Cousin Beto's Schrotthandel« war an den Seiten aufgemalt. Ein kleiner zierlicher Mann mit einem großen Pappkarton stand da und wartete.

Der Karton enthielt 78er-Schallplatten, und der Mann mit der Pfeife fing an, welche herauszuziehen und zu begutachten. Er nahm die Platten wie ein Fachmann in die Hand, so wie ein Kassierer auf seine Art Geld zählt. Der kleine Mann war Mexikaner, oder eine Mischung aus

---

[*] Die Liebe ist wie ein Wasserhahn, geht aus und an / Wenn du grade denkst, es läuft, Baby, ist's aus und vorbei.

mexikanisch und etwas anderem, was Griechisches vielleicht, mit öligen schwarzen Haaren, die im Pachuco-Stil zu einem Entenschwanz frisiert waren, und mit einem geradezu obszön breiten Mund voller Goldzähne. Er beobachtete den Mann sehr genau.

»Ist doch *nett*, Boss. Sieh dir mal diesen *Zustand* an«, wisperte er. Der Mann mit der Pfeife betrachtete den Mexikaner und sagte zum ersten Mal was, die Pfeife zwischen die Zähne geklemmt. »Whiteman, Whiteman, Whiteman, Nick Lucas, Vernon Dalhart. Ein Haufen Mist. Und wo sind die Hüllen?«

»Ich musste dort *schnell* verschwinden, Boss, musste die Hüllen liegen lassen. Aber ich hab was ganz Spezielles erwischt, etwas, das Sie wirklich *lieben* werden. Columbia Black Label, und *brandneu*.« Er hielt sie sorgfältig an den Rändern. Der Mann hatte ihm eingeschärft, sie nur so und nie anders zu halten. Seine Goldringe blitzten im Licht, besonders die an seiner rechten Hand, denn da hatte er, anstatt der üblichen fünf, sechs Finger.

Der Mann nahm die Platte und drehte sie auf diese und jene Seite, prüfte die Rillen und den Aufdruck. Da stand in silbernen Buchstaben: »Ma Rainey, farbige Sängerin mit Klavierbegleitung von Clarence Williams, aufgenommen in New York, 1923.«

»Wo hast du das her?«, sagte er in einem entschiedenen, anklagenden Ton.

»Boss, *hör mir zu*. Ist von einer Lady, die unten an der Dreiunddreißigsten wohnt. Ihr verstorbener Ehemann war ein Sammler, genau wie Sie. Sind alle in der Garage! Bluebird, Paramount, Columbia, Okeh! Das ist das Beste vom Besten, Boss.«

»Wie sieht's dort ansonsten aus?«

»Sie ist'n Mischling. Seit zwanzig Jahren in dem Haus. Hat zwei Pudel. Die Garage geht nach hinten raus. Original-Verpackungen. Du wirst es *lieben*, Boss!«

»Wer weiß noch davon?«

»Ein Junge liefert ihr die Lebensmittel vom Laden an

der Ecke. Und er sucht in der Gegend immer nach alten Autos. Bekam von ihr den Schlüssel und ging in die Garage. Und hat das gefunden. Und sagt, dass es davon noch viele Geschwister mehr gibt.«

»Und der Schlüssel?«

»Sie mag ihn. Sie erlaubt ihm, es sich anzusehn.«

»Besorg ihn.«

»Sie trägt die Schlüssel an einer Schnur am Gürtel.«

»Besorg den Schlüssel.«

Der Lieferant zeigte auf den Karton mit Schallplatten: »Y éstos?«

»Müll«, sagte der Mann und trat in den Flur zurück. Der Lieferant nahm den Karton und stellte ihn in den Lieferwagen. Der schon bessere Tage gesehen hatte, völlig verrostet war. Aber der Motor war kaum zu hören, als er wegfuhr.

***

Es war Sonntagmorgen, als die Glocke an meiner Ladentür läutete. Es war Herman. »Bruder Ray, was ist dein Plan für den heutigen Tag?«

»Wollte mich grade zwischen einer Bank an der Union Station und einer Bank am Pershing Square entscheiden.«

»Wir werden unseren sozialen Verpflichtungen bei einer ehrwürdigen, christlichen, weißen Dame namens Ida nachkommen.«

»Ist das die mit der Tonne Platten?«

»Genau davon spreche ich! Ich bin der Meinung, wir sollten uns etwas öfter in der Kirche sehen lassen. Da brauchen ein paar alte Leute unsere Unterstützung, und einigen jungen Leuten muss ebenfalls geholfen werden. Leute, die nicht so viele Möglichkeiten hatten wie du und ich.«

»So viele Möglichkeiten?«

»Jawohl. Du hast ein nützliches Handwerk erlernt, oder nicht? Du musst dich zwar grade etwas neu orientieren,

aber du kriegst das hin. Einige von diesen jungen Leuten
jedoch werden wohl eines Tages aufwachen und erkennen, dass sie nichts haben, und auch niemals irgendeinen
verdammten Scheiß haben werden. Was dann? Deshalb
versuchen wir etwas Geld aufzutreiben, um eine Abend-
schule zu gründen. Ich habe Ida erklärt, dass sie das von
ihrer Einkommenssteuer absetzen kann!«

Es dauerte fast den ganzen Sonntag, die Kartons mit den
Schallplatten in den Gemeinderaum der Kirche zu schaffen. »Das wird'n Riesenverkauf mit diesen Babies! Wir
werden es ›Heißer Tanz im Plattenladen‹ nennen!« Herman war enthusiastisch, Ida war zufrieden. Sie servierte
uns Eistee. Ein Getränk, das ich nie besonders mochte,
aber es war gut, um den Staub runterzuspülen.
   Es war ein im alten Stil gebauter Bungalow. Außen
überall riesige Hortensien in rosa und blau. Innen überall
weiße Spitzendeckchen. Und viele Photographien von Ida
mit einem kurzsichtigen Mann mit fliehendem Kinn, bei
dem es sich vermutlich um den verstorbenen Herrn Ida
handelte. Ich befürchtete, ich könnte die Deckchen mit
Staub beschmutzen und trank meinen Tee deshalb im
Stehen. »Wenn es für Ihre Leute irgendeinen Nutzen hat,
dann macht mich das zufrieden? Mein verstorbener Gatte
hatte den Wunsch, mit seinen Schallplatten begraben zu
werden, was meinen Wünschen jedoch in keinster Weise
entsprach. Korla Pandit persönlich spielte für uns die
Orgel   beim   Beerdigungsgottesdienst?   Ein   überaus
freundlicher Mann, und sehr ermutigend. Und er hatte
eine Vision, in der er sah, dass ich nach Spokane, Washington, umziehen würde, um ein neues Leben zu beginnen. Korla sagt, Spokane sei ein bedeutendes spiritu-
elles Zentrum. Sie müssen wissen, dass ein anderer Mann
ebenfalls Interesse an den Schallplatten bekundet hat,
aber mich hat seine Aura doch etwas gestört. Außerdem
hatte er sechs Finger an der rechten Hand? Sechs und
fünf ist elf, ein Zeichen des Unheils würde Karla es nen-

nen. Setzen Sie sich, junger Mann, seien Sie nicht so schüchtern. Noch etwas Tee?« Ich setzte mich. Einer ihrer französischen Pudel wollte mich ins Bein beißen. »In diesem Sessel hat mein verstorbener Gatte immer seine Abendzeitung gelesen. Seine Schallplatten hörte er sich immer draußen in der Garage an, wenn sich unser Zirkel traf. Frank war sehr aufmerksam und rücksichtsvoll.«

Mein Rücken tat weh, nachdem wir den ganzen Tag gehoben und geschleppt hatten. Ich zog mich um und fuhr ins Zentrum. Da war das Mädchen mit ihrem Teigtaschen-Stand. »Dos de pollo«, sagte ich. Sie war verblüfft.
    »Bueno, habla espanol?«, fragte sie.
    »Was halten Sie von vamos por nettes ruhiges Lokal?«
    »Tierre un carro?« So wie's in jeder Sprache heißt.
    »Ich habe ein Auto, un Chevy.«
    »Una ranfla!«
    »Cuándo bist du hier fertig?«
    »A las siete.« Jetzt hatte sie mich, Zahlen konnte ich nicht. Sie nahm mein Handgelenk und zeigte auf meiner Uhr auf die sieben.
    »Kräftig!«, sagte ich.
    »Que?«
    »Das ist gut, meinte ich. Hasta sieben Uhr?«
    »Hasta las siete en punto.« Es schien einfach zu sein. Vielleicht ein bisschen zu einfach.
    Um 6:30 war ich wieder da und parkte etwas weiter weg, aber so, dass ich das Mädchen sehen konnte. Ich wusste selber nicht, was zur Hölle ich da eigentlich wollte. Sie zu einem mexikanischen Essen ausführen? Sie ausführen, um englisch zu lernen? Vielleicht gibt es Leute, denen dieses Englisch egal ist, weil sie mit ihrem Leben zufrieden sind, so wie's ist. Es fing zu regnen an. Um 6:45 kam ein alter Ford-Lieferwagen. Zwei Typen stiegen aus und hievten den Tamale-Stand hinten rein. Konnte man sehen, dass das Ding schwer war, und

schmale Typen waren sie außerdem. Diesmal trug Kiko das Jackett und Smiley war im Unterhemd. Tja, aber wie entschieden sie das denn eigentlich? Das war die Sache, die mir am meisten Rätsel aufgab. Das Mädchen stieg ein, der Laster fuhr ab.

Kiko und Smiley kannten mein Auto, aber in der Dunkelheit sehen sich alle Chevys ähnlich. Ich folgte ihnen. Wer auch immer von ihnen fuhr, er machte das sehr geschickt, wie er den Straßenbahnen auswich und die Ampeln ignorierte. Der Laster fuhr viel schneller als es den Anschein hatte. Sie fuhren nach Westen auf dem Pico Boulevard, über die Hoover, über die Vermont, und bogen dann rechts ein in die Gasse hinter der Berendo. Ich parkte um die Ecke und ging zurück. Als ich ein paar Meter in die Gasse gegangen war, sah ich im Scheinwerferlicht eine weiß verputzte Garage mit einem runden Dach. Das Tor stand offen. Ich ging in die Hocke, wie sie's im Western machen, um sie zu beobachten. Der Laster stand mit laufendem Motor in der Garage, Aufschrift an der Seite: »Cousin Beto's Schrotthandel«. An einer Wand Autos, diagonal geparkt, tolle Schlitten, Cadillacs, Lincolns. An der Wand gegenüber standen aufgereiht Jukeboxes, fünfzig oder mehr. Eine Treppe führte zu einer kleinen Plattform im zweiten Stock.

Ein Mann trat auf diese Plattform raus, sah den Lieferwagen und kam die Treppe runter. »Wo ist Beto?«, fragte er. Barsch, unfreundlich. Ich verstand die Antwort nicht, aber es war klar, dass sie dem Mann nicht gefiel. »Du sagst ihm, dass ich hier keine gottverdammten Itaker sehn will!« Kiko und Smiley hoben den Teigtaschen-Stand aus dem Laster und stellten ihn an die Wand. Der Mann ging zum Laster und schaute rein. »Was haben wir denn da?« Er klang etwas betrunken. Das Mädchen schaute stur gradaus.

»Meester O'Leedy, ist meine Schwester, Florencia. Sie verkauft tamales es muy buena, sie macht *guuutes* Geld für Sie!«

»Vielleicht sollten wir 'nen kleinen Drink zusammen nehmen, vielleicht war ich vorhin etwas voreilig. War nicht böse gemeint, und gibt auch nichts, was ich krumm nehmen würde, okay, *Schwester*?« Jovialer Ton, hohles Gewäsch, fies.

»No entiendo«, sagte das Mädchen zu Smiley.

»Entschuldigung, Meester, pero, aber sie sprechen nicht viel Englisch, que lástima, was für eine Schande! Heute Sonntag, deshalb will sie für die Kirche gehen! Die Mutter macht *großen* Ärger, wenn ich nicht sofort dorthin fahre! Ist okay?«

Der Mann winkte angeekelt ab. »Gottverdammte Bande von Kirchgängeraffen!« Er drehte sich um und ging wieder die Treppen hoch. Ich rannte die Gasse zurück und schaffte es gerade noch bis zu meinem Chevy, als der Laster aus der Gasse geschossen kam und zurück Richtung Pico Boulevard raste.

Der Regen wurde heftiger. Da saß ich in meinen nassen Klamotten und bemühte mich, einen klaren Kopf zu kriegen. Was hatte ich mitbekommen? So gut wie nichts. Nur eine Kleinigkeit. Trotz der schwachen Beleuchtung in der Garage war mir einer der weiter hinten geparkten Wagen aufgefallen. Ein nagelneuer Cadillac mit einer auffälligen, nicht serienmäßigen, lila- und creme-farbenen Lackierung. Lila und creme. Keine Frage, dass es in ganz Los Angeles nur einen einzigen Wagen wie diesen gab. Und der hatte dem verstorbenen, großen Johnny The Ace of Spades Mumford gehört. Wenn ein Mann in einem Anzug begraben wird, den du für ihn gemacht hast, dann hast du eine Verantwortung.

Ich fuhr zu meinem Laden zurück, legte mich aufs Bett im Hinterzimmer und schaltete das Radio ein. Es war zehn Uhr, und Leon der Salonlöwe kam nicht vor Mitternacht. War noch Zeit, und ich döste ein. Was ich als Nächstes hörte, war die Stimme einer Frau. »Hier ist Judy aus dem Echo Park. Wer hat den Ace of Spades ermordet?« Es entstand eine Pause, ehe Herman antwortete, mit einer merkwürdigen und traurigen Stimme. »Pik-Ass wurde ermordet von den *39 Verleumdern und Mobstern,* einer Organisation von Auftragskillern unter der Führung von – « Aber er konnte den Satz nie beenden. Ein Schuss knallte aus dem Radio. Dann war's eine Minute lang totenstill. Dann ging's mit »Jumpin' at the Woodside« von Count Basie weiter. Ich geriet in Panik. Sprang aus dem Bett, stürmte in den Chevy und jagte zu Doctor Brownie's Plattenladen. Leon machte sich soeben bereit, um auf Sendung zu gehen. »Wozu die Aktion, mein Sohn?«, fragte er.

»Mann, wo ist Herman!«

»Vor zwei ist er nich' dabei!«

»Pass auf, ich muss ihn finden! Wenn er hier auftaucht, dann lass ihn auf keinen Fall auf Sendung gehen!«

»Was ist der Punkt, gibt's vielleicht Stunk?«

»Ich hatte eine Vision. Wenn Herman heute in der Show dabei ist, dann wird was Furchtbares passieren, ich hab's gesehen! Du musst mir einfach glauben und darfst ihn nicht ans Mikro lassen, bis ich zurück bin!«

»Ach, du liebe Zeit! Man bringe mir sofort eine doppelte Portion Areecheepoochies!« Und schon war Leon weg und swingte mit Jive-Schritten hinaus ins Radio-Märchenland.

Ich schätzte, dass es nur eine Chance gab, Herman zu warnen. Ich fuhr auf der San Pedro bis zur Dreiunddrei-ßigsten und dann links. Mit fünf Stundenkilometern schlich ich den Block entlang, auf der Suche nach irgendwas, das nicht stimmte. Sein Buick parkte vor der Unsichtbarkeits-Kirche, genau hinter Cousin Betos Lieferwagen. Ich parkte und stellte den Motor aus. Und selbst wenn ich noch zehntausend Jahre leben sollte, wird mich nie wieder irgendwas überraschen, dachte ich.

Ich klopfte, die Tür öffnete sich.

»Genau zur rechten Zeit, Ray«, sagte Herman. In einem kleinen Kreis von Stühlen, der im Altarraum der Kirche aufgebaut war, saß er in einem Lehnstuhl. Zu seiner Linken saß Ida, gekleidet in einer Robe aus irgendeinem dünnen, hellen Stoff. Zu seiner Rechten saß Kiko, neben ihm Smiley und Florencia. Zwischen Florencia und Ida saß ein Mann in einem Pyjama und mit einem kunstvoll verschlungenen Tuch auf dem Kopf. »Setz dich doch, Ray«, sagte Herman, und ich nahm den freien Stuhl. In der Mitte lag auf einem Sockel eine Glaskugel, die von innen erleuchtet wurde, und durch irgendeinen schlauen Mechanismus veränderte sich das Licht permanent. »Ich hatte einen schlimmen Traum«, sagte ich, »in der Radioshow wird was Schreckliches passieren.« Herman sagte: »So ist es, aber wir sind dran, und wir wollen uns jetzt um die Sache kümmern. Lehn dich einfach zurück und beruhige dich.« Er schloss die Augen.

Es wurde dunkel im Raum. Auch das Licht in der Glaskugel wurde gedimmt, und der Mann mit dem Kopftuch begann zu sprechen. »Wir wollen uns an den Händen fassen.« Hände fanden meine Hände. »Lasst uns beten.« Seine Stimme war kräftig und tief, wie die eines Radiosprechers. Für eine Minute war es still. »Lasst uns beginnen. Es liegt eine Faszination in der Magie des Außergewöhnlichen«, hob er zu sprechen an.

»Die Welt ist ein wunderbarer Ort, um geboren zu werden«, antwortete die Gruppe.

»Und hin und wieder ist es gut, innezuhalten bei der Suche nach Glückseligkeit«, fuhr er fort.

»Die Welt ist ein wunderbarer Ort, um geboren zu werden«, wiederholte die Gruppe.

»… und einfach glücklich zu sein. Wer möchte beginnen?« Die Frage blieb im Raum stehen. Dann war Ida die erste, die dafür bereit war. »Werde ich in Spokane glücklich sein?«

Der Kopftuch-Mann rutschte auf seinem Stuhl herum, und ich beobachtete, dass in seinem Gesicht eine Veränderung vor sich ging. Er grinste, neigte den Kopf auf die eine, dann auf die andere Seite, und begann mit einer

Frauenstimme zu sprechen. Dazu bewegte er seine Hände, als würde er Klavier spielen. »*Das Glück ist nur ein Lächeln entfernt ...*«

»Wer spricht da?«, wollte Ida wissen.

»Ich heiße Billy Tipton. *In Spokane ist es manchmal ein wenig kalt / Und vielleicht ein wenig verregnet / Aber ein guter Ort ist's / Wenn du weiß bist.*«

»Aber werde ich mich dort zuhause fühlen? Ich muss mich an einem Ort zuhause fühlen«, sagte Ida.

»Von wo rufst du an?«, fragte Billy.

»Los Angeles.«

Kopftuch tat nun, als würde er am Klavier Akkorde greifen und sang mit einer Altstimme, wobei er die Vokale betonte wie Marlene Dietrich: »*Du gehörst nicht nach Los Angeles / Da ist nichts mehr, was dich hält / Komm vorbei und besuch mich / In Spokane ist's, wo man mich / Finden kann.* Das Billy Tipton Trio, jeden Freitag und Samstag in der Rumpus Bar, 517 North E Street. *'s ist keine kühle Bar / 's ist eine Du-wirst-nicht-gelinkt-Bar / 's ist keine vornehme Bar / Aber die richtige Bar / Für jemand wie diiiiich.*«

Er lehnte sich zurück, seine Augen blieben geschlossen. »Noch jemand, der Klarheit haben möchte?« Plötzlich war ich mir nicht mehr sicher, was ich wissen wollte. Was machte es für einen Unterschied, wer Johnny Mumford getötet hatte? Wen kümmerte es, wo sein Cadillac geblieben war?

Dann fing Florencia zu weinen an. Hob den Kopf und sah hinauf zur Decke und sprach unter Tränen. »Chonny, mi amor, mein Herz«, flehte sie. »Tu hijo wird bald kommen. Dein Kind. Was soll ich nur tun? In meiner Welt ist nur noch Trauer. Ich habe nichts. No tengo nada. Bitte hilf mir, Chonny.« Es war bemitleidenswert und herzzerreißend. Der Mann mit dem Tuch auf dem Kopf beugte sich vor, stützte sich mit einem Ellbogen aufs Knie und rollte eine imaginäre Zigarette zwischen den Fingern, genau so wie es Johnny Mumford immer gemacht hatte. Er lächelte ein trauriges Lächeln. »Hey Baby, es tut mir leid, wie's gekommen ist. Ich hab's nicht böse gemeint. Die haben sich an mich rangemacht, als ich high war. Ich war auf der Bühne gestanden und hatte meinen Hit gebracht. Die Menge war wild geworden, alle aufgeladen und schwer drauf.« Kopftuch stieß imaginären Rauch aus und wedelte ihn weg. »Jemand sagte zu mir: ›Da ist'n Typ, der'n Autogramm von dir will.‹ Ich sagte: ›Bin gleich da.‹ Dann drückte mir ein Mann ein Stück Papier in die Hand, und während ich signierte, zog er seine Pistole und schoss mich tot. Ich hab nichtmal sein Gesicht gesehen. Wenn's ein Junge wird, gib ihm bitte meinen Namen. Und wenn's ein Mädchen wird, soll sie Florence heißen. Ich weiß, dass sie süß und gesund sein wird, genau wie du, Baby. Genau wie du.« Seine Stimme fing langsam an, zu entschwinden.

Smileys Hand schoss nach oben, als wäre er in der Schule.

»Chonny! Warte! Im Himmel, mit was für 'nem Auto fährt Jesus herum?«

Johnny antwortete mit einem Gekicher. »Hör mal, mein Freund, sobald wir hier raufkommen, müssen wir einen Eid schwören, dass wir nichts ausplaudern. Sonst wär's ja ein unfairer Wettkampf. Doch soviel will ich verraten, es ist klein und langsam, aber es ist total aufgetakelt! Viele Lampen und Spiegel und verrücktes Zeug hat er drin. Der Herr sieht *guuut* aus, wenn er bei uns vorbeikurvt! Wir sehn uns, wenn die Schwalben einst zur Central Avenue nach Hause kommen!«

Kopftuch klappte zusammen, saß da mit dem Kopf auf der Brust und bewegte keinen Finger mehr. Ich dachte, das wäre das Ende der Vorstellung, doch Herman ergriff das Wort.

»Ich habe eine Frage an Korla Pandit. Können Sie mich hören, Korla? Jemand will mich töten. Sie wollen's tun, wenn ich im Radio auf Sendung gehe. Warum?«

Korla, der Kopftuch-Mann, schien in seinem Körper zu

strampeln, als würde er gegen etwas oder jemanden kämpfen. Sein Kopf zuckte in alle Richtungen, und plötzlich kamen die Worte schnell aus ihm heraus, zu schnell. »Hier ist nochmal Billy Tipton. Wer von euch da draußen ist der Schneider?«

»Bin ich«, brachte ich mit Mühe heraus.

»Großartig, hör zu, ich kann nichts von der Stange tragen, und mein Schneider starb letzten Monat, ist erfroren in einem fünf Zentimeter tiefen Wasser, man glaubt's ja nicht, deshalb dachte ich, ich lass dir mal meine Maße zukommen, weil ich unbedingt ein paar neue Anzüge brauche und ich – «

»Aufhören!«, sagte Herman in einem aggressiven Ton, den ich nie zuvor bei ihm gehört hatte. »Geht zurück! Das ist nicht Billy Tipton, das ist jemand anderes, jemand, der uns nah ist. Wer bist du! Was willst du!« Nichts passierte, nichts war zu hören. »Niemand von uns wird diesen Kreis auflösen, ehe du nicht rauskommst und dich stellst!« Herman hatte jede Haltung verloren, und das machte mir große Angst. Korla saß einfach nur da mit hängendem Kopf und sagte nichts. Er schien nichtmal zu atmen. Und dann brach die Hölle aus. Ida begann zu fauchen und zu knurren wie eine Wildkatze. Ihr Gesicht verzerrte sich, mit gefletschten Zähnen kam's aus ihr mit dem Klang einer Kreissäge: »Ich will meine Schallplatten wiederhaben ihr habt meine Platten gestohlen diese Platten sind MEINE!!!«

Sie fiel um, lag zuckend und sich windend auf dem Boden, fauchte und zerkratzte sich. Herman stand auf und ging aus dem Raum. Mit einem Hammer kam er zurück, und mit einer von Mr. Idas 78ern. Er las laut vor, was auf dem Label stand: »The Growlin' Baby Blues, Blind Lemon Jefferson, farbiger Bluessänger mit Gitarre, Paramount Label, 1926.« Herman ging mit der Platte zur Wand, steckte einen Nagel durch das Loch in der Mitte und schlug ihn in die Wand. Bei jedem Schlag riss es Idas Körper eine Fußlänge hoch in die Luft. Als er damit fertig war, blieb sie ruhig liegen. Sie schien sich zu erholen und wieder normal zu atmen.

Herman schaltete das Licht ein. »Das war's, Freunde. Ging nicht anders, musste herausfinden, wer da dermaßen wild auf 'nen Haufen alter Platten ist.« Ich half Ida vom Boden auf. Sie war etwas verwirrt. »Sehr freundlich von Ihnen, es geht schon wieder«, sagte sie. Herman und ich brachten sie nach Hause, und Herman bedankte sich bei ihr, dass sie den Kreis auf die Schnelle organisiert hatte. »Ach, wenn ich damit etwas helfen konnte, dann bin ich zufrieden. Und ich bin mir jetzt sehr sicher, was Spokane betrifft.« An den Vorfall mit den Schallplatten schien sie sich nicht zu erinnern, und das war auch verdammt gut so. Ich ging rüber zu dem Laster. Florencia saß auf dem Vordersitz zwischen Kiko und Smiley. Sie sah mich nicht an. »Es tut mir leid«, sagte ich, »ich hoffe, dass für dich alles gut wird.« Der Laster fuhr los. Herman sah auf die Uhr. »Muss los zu meinem Auftritt, ich kann doch die Leutchen im Radioland nicht enttäuschen.«

»Und was passiert jetzt?«, fragte ich.

»Mach dir keine Sorgen, von hier ab übernehme ich.« Und dann fuhr er mit seinem Buick davon. Und die Dreiunddreißigste Straße schlief wieder ein. Ich sah mich überall nach Korla Pandit um, aber er war verschwunden, und ich habe ihn oder Florencia nie wieder gesehen.

***

Fünfzehn Menschen wurden bei einer rätselhaften Explosion auf der Berendo verletzt, einer ruhigen Gegend in der Nähe des Zentrums von Los Angeles. Die Detonation fand in Berendo Nr. 39 statt, einem Schallplattenladen, der von einem gewissen Don Brown betrieben wird. Das Gebäude wurde vollständig zerstört. Polizeibeamte und Feuerwehrleute fanden vor Ort die verkohlten und geschmolzenen Überreste dessen, was ein umfangreiches Lager von Schellackplatten gewesen sein muss. Sergeant

Blaine McClure vom Los Angeles Police Department stellte die Vermutung auf, Chemikalien könnten die Explosion verursacht haben. »In einem Fall wie diesem ziehen wir alles in Betracht. Unsere Jungs von der Wissenschaft arbeiten sehr genau, das kann ich Ihnen versichern.« Auf die Frage, ob das FBI informiert wurde, antwortete Sergeant McClure: »Das LAPD bearbeitet den Fall, Freundchen.« Und gefragt, ob Don Brown bereits ausfindig gemacht wurde, sagte McClure: »Wir sind sehr daran interessiert, mit Mr. Brown zu sprechen. Und wir werden ihn finden.«

Der Motorrad-Polizist William »Bill« Spangler war außer Dienst, als er gestern in Haft genommen wurde, nachdem Nachbarn gemeldet hatten, dass er seine Frau Mabel auf dem Gehweg verfolgte und sie dabei mit seinem Dienstrevolver bedrohte. Spangler befand sich in alkoholisiertem Zustand, als er den Polizeibeamten berichtete, dass ihm seine Frau zum Mittagessen ein Thunfisch-Sandwich serviert hatte, in dem sich ein Zettel befand, welchen er den Beamten zeigte. Das Papier konnte identifiziert werden, es handelt sich um das Label einer 78er-Platte von Louis Armstrong, einem farbigen Sänger und Trompeter. Sergeant McClure vom LAPD stellte die Vermutung auf, es könnte sich dabei um Treibgut von der kürzlich erfolgten Explosion auf der Berendo handeln, die nur einen Block entfernt ist. Die Spanglers wohnen in der Catalina Nr. 33. Nachbarn informierten die Polizei, dass es zwischen den Eheleuten regelmäßig und häufig zu Auseinandersetzungen kam. Spangler äußerte sich laut Zeugenaussagen mit den Worten: »Man erwartet von mir, dass ich das hinnehme und gut finde und dann rausgehe, um diesen beschissenen Job zu erledigen?« Mabel Spangler trug keine Verletzungen davon und wurde inzwischen entlassen.

»Mein lieber Herr Montalvo. Ich hoffe, mein Brief erreicht Sie bei guter Gesundheit. Ich habe hier in Spokane ein neues Zuhause gefunden. Und ich stelle fest, dass ich mich an neuen Dingen erfreuen kann, zum Beispiel an Musik! Das verdanke ich Herrn Billy Tipton, der sich als echter Gentleman erwiesen hat, und wie Sie wissen, ist das eine Seltenheit! Bitte grüßen Sie auch Ihren Freund Herman von mir. Mit herzlichen Grüßen, Ida Kirby, Postlagernd, Spokane, Washington.«

Der Manager des Bundy-Filmtheaters an der Ecke Pico Boulevard und Vierunddreißigste Straße in Santa Monica stand draußen, aß einen Schokoriegel und sah dem Verkehr zu. Es war ein Mittwoch, wie üblich ein ruhiger Abend für's Nachbarschaftskino. Der Manager war ein schwerer Mann, hundertdreißig Kilo mindestens, die ihm die Schokoriegel während der Arbeitszeit draufgepackt hatten. Ein Santa Monica-Stadtbus hielt auf der anderen Straßenseite und fuhr dann in westlicher Richtung weiter, um fünfunddreißig Blocks später seine Endstation an der Küste zu erreichen. Ein einzelner Fahrgast war ausgestiegen. Jetzt sperrte er die Eingangstür an der West Pico 3406 auf. Auf einem Schild im Fenster stand »Jazz Man Records«. Der Manager beobachtete, wie der Mann in den Laden ging und die Tür schloss. »Neuer Besitzer«, sagte er zu sich selbst. »Aber wer zur Hölle interessiert sich denn für Schallplatten?« Über seinem Kopf flackerten die Glühbirnen am Vordach, gingen an und wieder aus und machten dabei ein sirrendes Geräusch wie ein Morseapparat. *Gottverdammte Salzluft, als hätte ich nicht schon genug Unkosten*, dachte er. Und dieser Gedanke machte ihn hungrig. Er drehte sich um und ging wieder ins Kino.

Die neuen Besitzer des Hauses Dreiunddreißigste Straße Ost Nr. 968 liebten das Haus. Es war in perfektem Zustand und für ein junges Ehepaar bezahlbar. Sie wohnten noch nicht lange dort, als dieses Problem auftauchte. Ihr Hund entwickelte einen Hass auf die Garage. Das ging soweit, dass er nichtmal mehr in den Garten rauswollte. Er blieb im Haus und zitterte und fraß kaum noch was. Und das machte den Mann verrückt. »Da draußen ist nichts, Jerry«, erklärte er dem Hund. Doch Jerry jaulte und zitterte. Nur um es sich selbst zu beweisen, holte der Mann seine Taschenlampe und ging raus, um sich umzusehen. Als er zurückkam, schien er einem Geist begegnet zu sein. »Schatz, in der Garage ist ein Mann, sitzt im großen Sessel. Als ich näherkam, war er plötzlich verschwunden. Aber der Sessel war warm. Ich weiß auch nicht, vielleicht hat Jerry doch recht. Was zur Hölle...« Die Frau schaute den Mann an und sagte nichts. Jesus Christus, dachte sie, was ging's mir doch gut in Spokane.

Das Leben ist nur ein Traum

1950

Ein Trio-Musiker ist ein Mann, der auf der Bühne steht, im Scheinwerferlicht. Er spielt das Requinto, er singt den Bolero, und er beobachtet. Er beobachtet Sie, Señor, und Sie, Señorita – Sie besonders. Er beobachtet das Publikum, dieses nächtliche Fließband, das beladen ist mit Liebenden, Hassenden und Betrunkenen – und das von der Erde bis zum Mond reicht.

Er muss die richtigen Songs kennen, muss ein Repertoire von Songs haben, die die einfachen Geschichten des Lebens erzählen, die zur Lebensgeschichte jedes Mannes und jeder Frau gehören: von Liebe, Glaube und Tod. Er muss das Publikum berühren können, ein Gespür für die Menge haben, für ihre Stimmung. Sie sind fröhlich und ausgelassen? Dann müssen die Songs darauf eingehen. Sie sind betrunken und melancholisch? Dann haben sie Sehnsucht nach den Songs über *la lucha*, die Kämpfe des Lebens.

Einige von uns sind besser als die anderen. Einige sind durch den Verkauf von Schallplatten und signierten Fotos sogar reich und berühmt geworden. In dieser Kategorie spielt kaum jemand, nur die großen Stars der mexikanischen Leinwand: das Trio Los Panchos, das Trio Los Tres Reyes. Sie tragen maßgeschneiderte Gabardine-

Stoffe mit Faltenwurf und lächeln, wenn bezaubernde Stars wie Ninon Sevilla oder Maria Felix an ihnen vorübergleiten. Aber ich bin keiner von ihnen. Nein, ich bin irgendwo in der Mitte. Ich bin nicht bekannt, aber ich bin nicht unbekannt. Mein Instrument ist alt, aber der Instrumentenbauer war angesehen. Hernando Aviles aus Los Panchos hat einmal geschrieben, dass meine Intonation akzeptabel sei. Los Angeles ist nicht Mexiko City, aber wir haben viele elegante Nachtclubs und Restaurants. Vollkommen ausreichend. Man muss nicht zu hoch hinauswollen. »Ya Estoy Con Mi Destino.«[*]

Ich habe mich dafür entschieden, mich nicht einzumischen. Manchmal kommt es zu Meinungsverschiedenheiten. Worüber? Vielleicht eine Beleidigung auf der Tanzfläche, ein respektloser Blick auf die Gattin, ein Streit wegen einer Liedzeile? Harte Worte werden ausgestoßen, Messer gezogen, solche Sachen passieren. Der Trio-Mann stellt sich nie auf eine Seite: »Und nun, Ladies und Gentlemen, Ihnen allen vielen Dank, ein wunderbarer neuer Song aus der Feder des Dichterfürsten der Liebe, des Genies der Empfindsamkeit, des einzigartigen Agustin Lara! Und es ist mir eine Ehre, Ihnen mitteilen zu dürfen, dass dieser großartige Mann heute, in dieser Nacht, im Club La Bamba unter uns weilt! Er lebe hoch!« Auf diese Art kann man die Gemüter wieder beruhigen. Fehlt es dem Sänger und Sprecher eines Trios an Sensibilität, verlieren Frauen bald das Interesse. Und erweckt einer den Anschein eines verweichlichten Typs, fühlen sich die Männer brüskiert. In der Welt der Trio-Musik bin ich als Mann mit Erfahrung und Rafinesse bekannt. Wobei ich nicht zu einem speziellen Trio gehöre, sondern es vorziehe, freischaffend zu arbeiten. Weshalb ich den Ruf habe, eine Art Original zu sein.

* »Ich bin mit meinem Leben zufrieden.«

Los Angeles ist ein Labyrinth von Klassenunterschieden. Ich lebe im großen Barrio, das East Los Angeles genannt wird, mit Blick über den Hollenbeck Park. Meine Straße ist so eine mit großen alten Häusern, und es gibt eine Hotel-Pension, das Edmund, in dem ich ein Zimmer mit Balkon habe. Blumenkästen, Bäume, Gärten – es ist ein bisschen bohème, könnte man sagen, aber nicht links; das linke Milieu findet sich weiter nördlich in Boyle Heights. Dort können Sie den Verfassern von revolutionären politischen Traktaten begegnen, oder den Gelehrten und Professoren, die zur Unterschicht gehören. Mein Viertel wird von Entertainern bevorzugt. Nicht von Berühmtheiten, aber von solchen, die, wie ich, regulär arbeiten. Wir sind keine Mariachis! Mariachis sind kaum mehr als Straßenbettler. Die können Sie am Garibaldi Square geballt antreffen, auf der Ersten Straße, nahe dem Bezirk Aliso Flats, eine armselige Gegend. Mariachis gehören zur Klasse der Mestizen und haben sich auf die primitive Musik der Einwanderer und Heimwehkranken spezialisiert. Ich habe eine Schulbildung genossen. Ich kann Noten lesen, ich weiß, was Ostinato, crescendo, obligato bedeutet. Trio-Musik ist verfeinert und elegant.

Als Trio-Musiker bist du ein Nachtmensch. Ich komme zwischen ein und zwei Uhr morgens nach Hause und stehe mittags auf. Ich habe mir angewöhnt, in Graziesa's Squeeze Inn Kaffee zu trinken. Graziesa macht meinen Kaffee mit heißer Milch, so wie ich ihn mag. Sie hat etwa meine Größe, gerade mal einsfünfzig, und ist immer guter Laune. Wenn ich reinkomme, begrüßt sie mich mit einem Lied. Und ich sage zur ihr: »Graziesa, ich werde Sie im La Bamba präsentieren und Sie werden eine Sensation sein.« Sie meint, das Publikum würde sicher kein Geld bezahlen, um so eine kleine, dicke Frau zu sehen, und sie sollte besser dabei bleiben, Teigtaschen und Milchkaffee zu machen.

Ich lese sowohl spanische als auch englische Zeitungen. Mein geistiger Horizont ist nicht so begrenzt, wie das bei Musikern üblicherweise der Fall ist, die sich nur für Boxen und Frauen interessieren. Ich interessiere mich für alles, was um mich herum geschieht – Literatur, Kunst, Wissenschaft, Politik. Vor allem jedoch liebe ich das Kino!

An diesem speziellen Samstagnachmittag war ich in einem Zustand intensivster Anspannung. Der neueste Film aus Mexiko City hatte im Million Dollar-Kino am Broadway Premiere, mit der Diva des Leids, mit der Königin des Schamgefühls, mit Marga Lopez in der Hauptrolle. Ich stand als Erster in der Schlange. Regen war angekündigt, deshalb trug ich einen leichten Übermantel und hatte einen Regenschirm bei mir. Meine Kleidung lasse ich bei Ramildo of Hollywood maßschneidern – für einen Mann von meiner Statur gibt's nichts von der Stange. »Mach das Beste aus deiner Erscheinung«, ist mein Motto. Ich setzte mich auf meinen üblichen Platz in der letzten Reihe, direkt am Gang, wo ich eine bessere Sicht habe.

Die Masse strömte herein, sie huschten auf ihre Plätze. Die Lichter gingen langsam aus, was für ein aufregender Moment! Plötzlich ging eine Welle der Furcht durch die Menge, Köpfe drehten sich, Augen spähten herum. Ein stattlicher Mann, der am Eingang stand, wurde angestarrt. Ich erkannte ihn sofort. Alberto Salazar! Dieser Salazar wagte es tatsächlich, sich bei diesem Ereignis blicken zu lassen, vor diesem Publikum, in diesem Kino? Was für eine unsagbare Unverschämtheit! Denn Alberto Salazar war der Filmkritiker von *La Opinion*, der wichtigsten spanischsprachigen Tageszeitung von East Los Angeles, ein intriganter, alles begrapschender Egoist, der seine Zeit damit verbrachte, in den Cafés einem Gefolge von feigen Speichelleckern zu predigen und in seinen Artikeln jeden zu verleumden. Seit Jahren führte er eine Hasskampagne gegen Marga Lopez, trompetete was von einem Schwachpunkt bei jenem Auftritt oder freute sich hämisch über ein mieses kleines Skandalgerücht zu ihrem

Privatleben. Und um meinen Horror komplett zu machen, setzte sich Salazar auf den Platz vor mir! Direkt vor meine Nase! Ich war entsetzt! Die letzte Reihe ist absolut wichtig für mich, denn nur dort hat der Boden eine Neigung, die es mir ermöglicht, einen Blick auf die ganze Leinwand zu haben. Und jetzt saß da dieser Hurensohn und versperrte mir die Aussicht.

Der Film startete. Ich hatte keine Wahl, alle Plätze waren besetzt. Bis auf einen. Es war fast unmöglich, aber ich versuchte, der Story zu folgen, die vor allem vom Doppelleben einer armen Frau in Mexiko City zu erzählen schien, die ihr eigenes Glück opferte, um ihre jüngere Schwester zu unterstützen, die auf ein kirchliches Oberschicht-Internat ging. Um etwas Geld dazu zu verdienen, verdingte sich die Frau jede Nacht als Miettänzerin im berühmten Ballsaal Salon Mexico, den jeder von uns Musikern kennt. Der große Miguel Inclan spielte die männliche Hauptrolle, den sympathischen Polizisten, der die Frau mit der Glut der unerwiderten Liebe beschützt. Que emoción!

Eine halbe Stunde war vorbei, als jemand, der zu spät kam, sich auf den freien Sitz neben Salazar setzte. Ein schlanker Mann mit gewellten schwarzen Haaren, die er lang und mit viel Pomade trug, wie es bei Filipinos in Mode ist. Sein Mantel war nass, es hatte also zu regnen begonnen. Ein paar Minuten vergingen. Ich hörte zu, ich konzentrierte mich. Die von Marga Lopez gespielte Frau tappte blind in eine brutale Beziehung mit einem der Zuhälter, die im Ballsaal verkehren, der von dem widerwärtigen Rodolfo Acosta gespielt wurde – ein Schläger, der sie dazu zwingt, bei Tanzwettbewerben mitzumachen und das Preisgeld einkassiert. Sie ist verzweifelt, klaut das Geld von ihm zurück, der Zuhälter schlägt sie, aber der heldenhafte Polizist platzt in dieser Szene herein und ruft: »Schlag dich mit einem Mann, du verdammter Macho!« Die beiden Männer kämpfen, die Frau flieht. Der Polizist gewinnt den Kampf, ist jedoch verwundet. Er sucht nach ihr im Salon Mexico. Sie weint vor Dankbarkeit. Und der Polizist weint vor Dankbarkeit, weil sich ihm die Möglichkeit geboten hatte, ihre Ehre zu verteidigen! Wunderbar! Sensationell!

An dieser Stelle stand der Filipino auf und ging. Seltsam, dachte ich. Es sei denn natürlich, dass er die miese Ausstrahlung von Salazar nicht mehr länger ertragen konnte, der tatsächlich zu schlafen schien. Ay caramba, deswegen! Dieses Monster schläft während des Films, und geht dann raus und schlachtet ihn in seiner Zeitung ab! Dafür war ich jetzt in der Lage, die obere Hälfte der Leinwand sehen zu können. Der Polizist offenbart ihr seine Liebe und Hingabe. Er bietet ihr seine Hilfe an, er ist von ihrem unwürdigen Lebensstil und ihrer Erniedrigung nicht abgestoßen. Doch sie weist ihn ab! Glaubt, dass sie wertlos ist, sein Ruf und sein Posten stehen auf dem Spiel, und so weiter. Die soziale Ordnung muss eingehalten werden, die Frau muss dafür bezahlen; so war es immer. »Hör doch zu weinen auf«, bittet der Polizist, aber wir wissen, dass der Strom der Tränen weiter und weiter fließen muss. »Pa' Qué Me Sirve La Vida«[*], wie die Mariachis sagen.

Plötzlich gab es Schreie im Kino. »Sangre! Viel Blut!« Die Beleuchtung ging an. Es stimmte, ich roch Blut. Ich kenne den Geruch, mein Onkel war ein Geflügelmetzger, und als Kind hatte ich die Aufgabe, die Federn der geschlachteten Hühner zu rupfen. Und dann entdeckte ich, dass das Blut unter Salazars Sitz hervorströmte. Als ich seinen Rücken berührte, kippte er vornüber zu Boden. Aus seinem Nacken ragte so ein Messer, wie es Metzger zum Abziehen des Fells benutzen. »Le gusta el pleito, el Filipino«[**], sagte meine Großmutter immer. Sie war sehr alt, aber ich kann mich gut an sie erinnern, mit ihrem

---

* »Was nützt mir dieses Leben.«
** »Der Filipino streitet sich gern.«

Kneifer, und wie sie Zigarren rauchte, ganz im Stil der Komödiendarstellerin Dona Sara Garcia.

Die Polizei traf ein. Sergeant Morales leitete den Einsatz. Morales ist unverzichtbar, wenn es um Ermittlungen innerhalb der spanisch-sprechenden Bevölkerung geht. Weil ich in der Nähe des Verstorbenen saß, wurde ich als Erster befragt.

»Haben Sie Salazar bei seinem Kinobesuch begleitet?«

»Garantiert nicht!«

»Aber er saß sehr nah bei Ihnen.«

»Ja, unglücklicherweise.«

»Warum sagen Sie das?«

»Weil ich keine gute Sicht auf die Leinwand hatte.«

»Was hatten Sie gegen ihn?«

»Er war ein Mann, der von jeder einzelnen Person in diesem Kino verachtet wurde. Sie können alle fragen und werden von jedem dieselbe Antwort bekommen.« Ein unschuldiger Mann hat nichts zu befürchten und nichts zu verbergen, pflegte mein Großvater zu sagen, aber sag der Polizei nicht deinen richtigen Namen.

»Warum?«

»Weil er Richter, Geschworener und der Henker in einer Person war. Er hat seine Stellung missbraucht. Er hat Marga Lopez beleidigt, und mich und jeden.«

»Wie hat er Sie beleidigt? Wer sind Sie? Welche Art von Geschäft betreiben Sie?«

»Ich bin kein Geschäftsmann, sondern Künstler, ein Musiker und Sänger. ›Er handelt wie ein Mann und sieht aus wie ein dummes Huhn!‹ Gut, dass er tot ist!«

»Das war eine Hinrichtung. Haben Sie das getan?«

»Ich preise den Mann, der das getan hat.«

»Wir müssen nochmal mit Ihnen sprechen. Bitte verlassen Sie die Stadt nicht.«

»Hier bin ich geboren, hier bleibe ich, hier werde ich sterben. ›Hasta la Tumba Final.‹«[*]

---

[*] »Wir sehen uns am Grab.«

»Meiner Frau gefällt Trio-Musik sehr. Wo treten Sie auf?«

»Im Bamba Club, Donnerstag, Freitag und Samstag. Erlauben Sie mir, Sie und Ihre Frau als meine Gäste einzuladen.«

»Vielen Dank, das wäre uns ein Vergnügen. Bis demnächst, Señor.«

»Zu Ihren Diensten, Capitán Morales.«

»Sergeant Morales.«

Ein rechtschaffener Mann, dachte ich, dem Polizeibeamten im Film nicht unähnlich. Aber der Film war unterbrochen worden. Wie war es für Marga Lopez ausgegangen? Natürlich ist es so, dass sich diese Filmgeschichten alle ähnlich sind; und immer mit demselben Ende. Das echte Leben ist sehr viel unberechenbarer, siehe Salazar zum Beispiel! Und jetzt war aber noch etwas passiert. Ich wurde in eine mysteriöse Sache, in ein Verbrechen hineingezogen. Ich hatte Morales nichts von diesem unheimlichen Filipino erzählt. Ohne darüber nachzudenken, war ich zum Komplizen geworden.

An der Ecke Sechste und Boyle nehme ich die Straßenbahn »A« bis zur Spring Street, eine Fahrt von zehn Minuten. Ich treffe in der Straßenbahn oft Musikerkollegen – die schwarzen Jazzer, die in ihrem speziellen Geheimcode palavern, die Karten spielenden Filipinos aus den Tanzlokalen in der Temple Street, die nihilistischen Pachuco Boogie-Jungs – wir alle fahren mit den großen roten Wagons, außer die Mariachis, die lieber zu Fuß gehen. Der La Bamba Club ist im Herzen von Downtown, und für Mexikaner wurde zwar nach den Aufständen ein Ausgehverbot im Zentrum verhängt, aber das La Bamba hat einen guten Ruf und ist davon ausgenommen. Von außen könnte man es für eine bescheidene Gaststätte halten, aber innen ist der Effekt überwältigend. Papierlaternen mit dezenten Lichtern in leuchtenden Farben schaffen eine festliche Atmosphäre, und überall stehen echte Pflanzen und Zwergpalmen. Und an einem Ende des Raums eine imposante Bühne und eine mehr als ausreichende Tanzfläche. Eine bestens bestückte Bar und eine Speisekarte mit vor allem mexikanischen Gerichten wie Chile Rellenos nach Art des Hauses und Chicken Enchiladas Supreme. Sehr fein. Der Barkeeper heißt Julio »Kid« Quiñones und er präsentiert seine Boxerohren mit einem Das-Leben-ist-schön-Grinsen. Die Show beginnt um neun Uhr. Zeremonienmeister Manuel »El Flaco« Zepeda begrüßt das Publikum, dann werden wir vorgestellt. Meistens beginnen wir mit einer Auswahl von populären Boleros. Boleros haben eine besänftigende Ausstrahlung, die die Diner-Gäste schätzen. Ich nehme Wünsche entgegen. Den Frauen gefällt es, ein Zettelchen auf die Bühne zu reichen, es macht sie aufgeregt.

An diesem Abend, es war der Freitag danach, nahm ich einen Zettel entgegen, auf dem stand: Señora Morales wünscht sich »Sin Ti.« Ich fing den Blick von Sergeant Morales auf, der heute abend mit seiner Frau und einigen Freunden ausging. Ich hatte alles für sie arrangiert. Er nickte in meine Richtung – wir verstanden uns vollkommen. Ich wandte mich an unseren Solo-Trompeter Angel und sagte: »Den Harmon-Dämpfer.« Der Harmon verleiht der Trompete bestechende Eleganz und verfeinerte Melancholie.

Sin ti
No podré vivir jamás
Y pensar que nunca más
*Estarás junto a mi**

Ja, es stimmt, ich habe dieses Lied vielleicht schon tausend Mal gesungen. Doch die Wirkung ist immer dieselbe. Es versetzt einen unmittelbar in Kontemplation und

---

* Ohne dich / Werde ich nicht weiter leben können / Mit diesem Gedanken / Dass du nicht mehr bei mir bist.

Träumerei. Der Komponist schenkt uns etwas Zeit, einen kleinen Moment, der auf jede Strophe folgt, um ihre Bedeutung ganz auszukosten, ehe es zur nächsten weitergeht, nur einen trägen Schritt weiter, doch ein Schritt, der auf höchst subtile Weise Gefühl und Stärke schafft, ohne eine Distanz zur Stimmung, zur intimen Welt des Songs zu bewirken.

Sin ti
Qué me puede ya importar
Si lo que me hace llorar
*Está lejos de aquí**

Die Poesie ist einfach, das Gefühl kennen wir alle. Aber diese Kunstfertigkeit! Alles ist aufeinander abgestimmt, und ohne Anstrengung wird ein Gedanke nach dem anderen für den Zuhörer aneinander gesetzt, wie Perlen, die von der Hand einer schönen Frau zu einer Kette aufgereiht werden.

Sin ti
No hay clemencia en mi dolor
La esperanza de mi amor
*Te la llevas al fin***

Und dann schmiegt sich die Trompete harmonisch hinzu, wenn die wundervolle Auflösung entblößt wird. Wie konnte der Autor aus zwei Worten ein so gefühlvolles Werk schaffen?

---

* Ohne dich / Ist mir nichts wichtig / Du, um die ich weine / Bist jetzt weit weg von hier.
** Ohne dich / Gibt es keine Milderung für meine Schmerzen / Alle Hoffnung meiner Liebe / Hast du mir endgültig genommen.

Sin ti
Es inútil vivir
Como inútil será
El quererte olvidar. *

»Wir bedanken uns bei Ihnen allen! Und jetzt zu Ihrem Tanzvergnügen das Orchester Bebo Guerrero!« Ich ging von der Bühne. Die Paare drängten auf die Tanzfläche. Ich hatte ein Auge auf Sergeant Morales und seine Frau. Als Gentleman begleitete er sie zur Damentoilette und wartete an der Tür.

»Buenas noches, Señor Morales. Amüsieren Sie sich gut?«

»Ah, mein Freund, buenas noches! Meine Frau ist verzaubert, und ich bin hocherfreut!«

»Darf man fragen, ob es im Fall von Alberto Salazar schon Fortschritte gibt? Die Musiker fragen sich das …«

»Unsere Ermittlungen haben ergeben, dass ein Mann neben Salazar saß, der schon früh wieder gegangen ist. Wir sind sehr daran interessiert, eine genauere Beschreibung von diesem Mann zu bekommen. Egal, wer er ist, wir werden ihn finden. Aber jetzt, erlauben Sie, dass ich Ihnen meine Frau vorstelle.«

Hatte ich meine Haltung verloren? Zweifellos. War ich auch noch stumm geworden? Wahrscheinlich. »Aquellos Ojos Verdes« … Das Lied fing in meinem Kopf zu spielen an. Seltsam, dachte ich – dieses Gesicht kenne ich, ich bin ihr schon irgendwo begegnet – diese grünen Augen, dieser dunkle Ausdruck, die glänzenden schwarzen Haare. Sie gingen zu ihrem Tisch zurück, und ich verließ das Gebäude durch einen Seiteneingang. Es war eine kühle Nacht. Langsam erholte ich mich. In der Gasse stand Angel, rauchte eine Zigarette und trank aus seinem Flachmann. Ich nahm ihn ihm aus der Hand.

---

* Ohne dich / Ist das Leben nutzlos / Sowie es nutzlos ist / Zu versuchen, dich zu vergessen.

»Ay, hombre, qué paso? Du? Trinkst? Heiliger Stroh-sack!« Er lachte. Es ist nämlich nicht meine Art, während des Auftritts etwas zu trinken. »Ah, ja, ich verstehe, die Dame mit den grünen Augen, sie ist mir aufgefallen! Scharfe Braut! Aber ihr Mann ist'n Cop, ich kenn ihn! Vorsicht, mein Brüderchen!«

»Nein, Unsinn. Die Musik hat mich berührt.« Und ich spürte noch etwas. Da war jemand in der Dunkelheit und beobachtete uns. Angel ging wieder rein, um nach Bräuten Ausschau zu halten. Der rasende Beat einer Rumba ließ die Hausmauer vibrieren wie eine Trommel. Rumba ist für mich primitiv und unmusikalisch. Ich blieb draußen. Weiter unten in der Gasse begann jemand zu husten – ein harter, rasselnder Klang.

»Die Tuberkulose liebt Mexikaner«, sagte mein Großva-ter, als er im Sterben lag. Ich war fünfzehn Jahre alt, als diese furchtbare Krankheit ihn, meine beiden Eltern und meine Schwester umgebracht hatte. Ich kann mich erin-nern, wie meine Mutter sich einmal heulend mit einem Amerikaner-Arzt gestritten hatte. Ich glaube, da war ich vier Jahre alt. »Dieses Kind ist mit Tuberkulose geboren worden. Er wird nie ordentlich wachsen. Er wird immer kränklich sein. Er wird die Stadt Los Angeles eine Menge Geld kosten!« Ich lag auf der Tuberkulose-Station in der Kinderabteilung des Zentralkrankenhauses auf der Mis-sion Avenue. Eine Station nur für mexikanische und Ne-gerkinder. Unvergesslich! Dieser lange Raum – in einem giftigen Grüngelb gestrichen. Diese alten Eisenbetten – so nah aneinander gestellt, dass sie sich fast berührten. Und dieses endlose Husten. Und die Gesichter voller Angst.

Aber meine Mutter war tapfer. Eines Tages kam sie in die Station reingestürzt, sie rannte, hob mich in ihre Ar-me und flüchtete mit mir. Die Ami-Schwestern rannten hinter uns her und schrien um Hilfe und nach der Polizei. Es war nach dem Abendessen, alles war ruhig. Draußen wartete mein Onkel in seinem Ford-Laster, mit dem er Hühner transportierte. Wir entkamen. Viel später erfuhr ich, dass die Polizei versucht hatte, uns aufzuspüren, um mich in dieses Krankenhaus zurückzubringen, das in Wahrheit nichts anderes als ein Gefängnis für die Armen und Kranken war. Sie hatten Schiss, dass die Bleichgesichter von dem ausgebrochenen, tbc-verseuchten Mexikanerjungen erfahren würden, der nun durch die Straßen von Los Angeles lief. Könnte eine Massenpanik auslösen! Zivilen Ungehorsam! Politischen Aufruhr! Aber wir haben sie verarscht. Meine Mutter brachte mich in das kleine mexikanische Krankenhaus auf der Hammel Street, hinter dem Friedhof. Sie vermutete, dass sich die Polizisten niemals dem Gebäude nähern würden; weil sie zuviel Angst hatten, sich die grausame und unheilbare Mexikanische Krankheit einzufangen.

Dr. Ricardo Chavez behandelte mich ein Jahr lang. Ich durfte bei meinen Großeltern bleiben. Der Arzt stellte fest, dass sowohl meine Mutter als auch mein Vater infiziert waren, mein Vater im fortgeschrittenen Stadium. Er starb wenige Wochen nach der Diagnose; meine Mutter ein Jahr später. Nur ich schaffte es irgendwie zu überleben. Und für Dr. Chavez ein Rätsel zu sein. Aber er sagte zu meiner Großmutter, ich würde gesund bleiben, solange ich nur genug zu essen bekam. Das war kein Problem, denn, wie ich Ihnen bereits erzählte, mein Onkel war Metzger. Und so aßen wir Hühnchen, ja, wir stopften uns mit Hühnchen voll und ich blieb gesund. Die Größe, zu der ich heranwuchs, hatte mit Tuberkulose nichts zu tun. Die Ami-Ärzte glaubten, dass alle Mexikaner von Geburt an körperlich und moralisch tuberkulös wären, und dass das auch die Erklärung für alle ihre Probleme sei. Heute bin ich nicht mehr scharf auf Hühnchen, aber das mexikanische Krankenhaus besuche ich immer noch. Ein sentimentales Gefühl für meinen alten Doktor. Heute arbeiten dort drei Ärzte mit lateinamerikanischen Namen. Der Fortschritt!

Es war mein Onkel Chuy, der mir die Musik nahebrachte, damit mir das Hühnerrupfen besser von der Hand ging. Alle hörten das Radioprogramm *Los Madrugadores – Die Frühaufsteher*. Musik zum Wachwerden um 5:00 morgens, um dann loszuhetzen und einen Tag mehr mit Sklavenarbeit zu überstehen! Lokale Musiker spielten die mexikanischen Hits des Tages. Onkel Chuy sang mit, während er jedes gerupfte Huhn über einer blauen Gasflamme absengte, um die letzten Federnstifte zu entfernen. Und sagte schließlich einmal zu mir: »Du hast geschickte Hände, ich werd's dir beibringen.« Aber seine Gitarre war zu groß für mich, ich konnte sie nicht richtig halten. Onkel Chuy kannte einen Requinto-Spieler auf der Olvera Street, der noch ein zweites Instrument besaß. An meinem zehnten Geburtstag tauschte es Onkel Chuy gegen ein Dutzend Hühner ein. Das Requinto ist etwa ein Drittel kleiner als die Gitarre und ein Fünftel höher in der Tonlage. Es wurde speziell für Trio-Arrangements erfunden. Damit war meine Zukunft vorgegeben: »Der Junge ist zu klein für normale Arbeit. Aber mit der hilfreichen Hand Gottes wär's möglich, dass er als Musiker überlebt.« Ja, ich habe überlebt. Mit häufigen Schmerzen. Mein alter Doktor sagt, dass meine Knochen schwach sind. Das Gehen bereitet mir oft Schwierigkeiten. Aber ich hatte eine Nachbarin im Edmund-Apartmenthaus, und die war Krankenschwester. Und hatte Zugang zu der Medizin, die ich brauchte. Man nennt sie Morphium.

Meine Krankenschwester war Italienerin. Sie hieß Rose und arbeitete im Zentralkrankenhaus. Roses Mann war im Krieg getötet worden. Wenn ich spät nachts heimkam, hörte ich manchmal Akkordeon-Musik aus ihrer Wohnung. Als wir uns eines Abends im Korridor begegneten, stellten wir uns einander vor.

»Ich bin Musiker, mir gefällt das Akkordeon.«

»Mein Mann hat gespielt. Das sind seine Platten«, sagte sie. Wir lernten uns kennen, rein freundschaftlich. Eines

Tages klopfte es an meiner Tür. Ich lag schon seit Tagen auf dem Sofa und konnte mich nicht bewegen. Sie rief nach mir: War ich da? War ich in Ordnung? Ich rief ihr zu, die Tür wäre offen. Sie wusste sofort, was mit mir nicht stimmte.

»Osteoarthritis. Kann man nichts machen in deinem Fall, aber es gibt ein Mittel, das die Schmerzen beseitigt. Kriegt man nur, wenn's der Arzt verschreibt, du darfst keinem davon erzählen. Würde mich den Job kosten, vielleicht sogar Knast.« Das Paradies! Neben Musik und Kino war die Droge die wunderbarste Sache der Welt. Das Leben konnte also auch schön sein. Rose erzählte mir, dass sie mexikanische Musik mochte, und sie hörte sogar *Los Madrugadores*, bevor sie morgens zur Arbeit ging. Es war kurze Zeit nach der Ermordung Salazars, als sie in mein Apartment kam und ich dachte, sie wollte mir eine Spritze geben. Es ging um was Anderes.

»Ich muss dir eine Geschichte erzählen, Arturo«, fing sie an. »Ich hab dir gesagt, mein Mann wäre in Deutschland getötet worden. Aber er hat nie im Krieg gekämpft, er wurde hier in Los Angeles von der Polizei erschossen. Mein Mann war überzeugter Sozialist und Gewerkschafter, er war Drucker. Hat gegen Mussolini agitiert. Einer seiner Genossen war ein Filipino, der andere Filipinos über den Faschismus in Los Angeles aufzuklären versuchte. Eines Nachts hatten sie ein Treffen auf der Temple Street. Jemand verriet sie, und die Polizei stürmte den Treffpunkt. Sie wollten die Anführer kriegen, besonders diesen Freund meines Mannes. Die Polizisten eröffneten das Feuer. Mein Mann wurde angeschossen. Kein Doktor wollte ihn anfassen. Ich habe getan, was ich konnte, aber er starb in meinen Armen. Das ist jetzt sieben Jahre her. Und jetzt ist dieser Filipino Patient bei uns im Krankenhaus. Und über mich leitet er diese Gruppe immer noch. Ich gebe seine Anweisungen weiter, und sie führen sie aus. Er will mit dir sprechen. Warum, weiß ich nicht, aber es muss sehr wichtig sein. Die Polizei weiß nicht, dass er dort liegt, sein Name ist außerhalb der Gruppe nie bekannt geworden, soweit ich weiß.«

Ich war verblüfft: hinter jeder Tür eine fremde Welt.

»Was möchtest du, das ich tun soll?«

»Komm bitte morgen ins Krankenhaus, am Nachmittag, geh zur TBC-Station und sag ihnen, dass du ein Verwandter von Mr. Bulosan bist. Carlos Bulosan.«

»Muy buenos dias, mein Sohn«, sagten die Wände. »Du warst so lange weg!«

»Buenos dias«, gab ich zurück. Dasselbe Gelbgrün, dieselben Eisenbetten, und der schreckliche Geruch.

»Der Mann, den Sie besuchen möchten, ist gleich hier drüben. Sie sind ja doch noch ein bisschen gewachsen, Gratulation!«

Auf einer Diagrammscheibe war eine Kurve eingetragen, die Kurve ging nach unten. Bulosan, C., schien zu schlafen. Derbes, asiatisches Gesicht. Haare lang, nach hinten gestrichen. Spitze Knochen und Falten von den Schmerzen. Er öffnete seine Augen, schläfrige Katzenaugen. Die einen etwas falschen Eindruck erweckten, wie ich später herausfand.

»Wie sehe ich aus?«, fragte er.

»Ich hab schon Schlimmeres gesehen. Mein Großvater und meine Schwester sind hier gestorben.«

»Aber Sie hat dieser Raum nicht gefressen. Sie hatten Glück.« Eine sanfte, hohe Stimme, wie der Countertenor in einem Trio. Er hustete – ein hartes Rasseln.

»Ich bin froh, dass ich hin und wieder ein bisschen Glück habe«, antwortete ich. Hat man zuviel, kommt das Schicksal zu Besuch. La Visita, nannte es meine Großmutter.

»Rose hat dich ausgesucht.«

»Ich werde tun, was Rose möchte.«

»Sie haben einen Freund bei der Polizei. Sergeant Morales. Er ermittelt im Mord an Salazar, dem Zeitungsmann. Was weiß er? Wen verdächtigt er?«

»Er hat mich befragt, und er erwähnte einen unbekannten Mann, der gesehen wurde, wie er das Kino verlassen hat. Was er genau unternimmt, weiß ich nicht.«

»Finden Sie's raus.« Sprechen war eine große Anstrengung für ihn. Bulosan fing so stark zu husten an, dass sein Körper vom Bett hochgerissen wurde. Und ich fühlte mich selbst, als würde ich jeden Moment kollabieren. Als ich aus dem langen Raum ging, verfolgten mich viele Augen. Wird er wohl bei uns einziehen? – das fragten die Augen. »Komm bald wieder, m'ijo, wir feiern 'ne Party!«, grölten die Wände.

Ich hatte furchtbare Schmerzen. Meine Knochen taten weh, mein Kopf tat weh. Irgendwie schaffte ich es zurück zum Edmund. Die TBC-Station hatte mich geschockt und machte mich krank. Ein Auftritt im La Bamba war undenkbar, allein der Gedanke an den Laden ekelte mich an. Rose hatte für genügend Vorrat an Morphium gesorgt. Ich spritzte mich selbst, zum ersten Mal ohne ihre Hilfe. Die Nadel traf sofort eine Vene, Gott sei Dank. Und ich flog ab. Aber nicht über die Grenze des Bewusstseins. Ich blieb wachsam. Lag auf dem Sofa und taumelte auf dem Highway des Teufels, auch als Straße der Schmerzen bekannt. Es ist eine brutale Straße, an der immer wieder kleine Totenschreine auftauchen: Aida Manzano, meine Mutter; Mateo Manzano, mein Vater; Ignacio Abrego, mein Großvater. Dann rief mich irgendetwas zurück. Ein Mann stand in meinem Zimmer. Kein Mann, sondern eine Gestalt, die aus Laub geformt war. Gab keinen Ton von sich, hatte keine Kontur, kein Fleisch, aber das Licht meiner Leselampe gab ihm eine Form. Abrupt bewegte er sich, machte ängstliche, flehende Gesten. Was willst du? Ich bin krank, lass mich in Ruhe, bat ich ihn. Er öffnete die Tür und drehte sich nochmal zu mir um, als wollte er sagen, du musst mir folgen.

Ich ging auf der Sechsten nach Westen. Der Mann aus Laub wies mir den Weg, verkroch sich hier und da hinter

Bäumen, tauchte ab und tauchte im Licht der Straßenlampen wieder auf und führte mich weiter. Der rote
Wagon kam angerumpelt, die Linie »A«. Ich stieg ein
und setzte mich ans Fenster. Der Laubmann rannte auf
dem Gehweg mit, rannte ins Licht rein und wieder raus,
verschwand hinter Bäumen. Beobachtete mich. Die Straßenbahn schlingerte und ruckte und fuhr mit einer irrsin-
nigen Geschwindigkeit. Kann man wohl sagen, dass ich
entsetzt war. Der Fahrer drehte sich zu mir um. Das war
kein Mensch, der war 'ne Aubergine! 'ne Aubergine in
Straßenbahneruniform und Kappe! Kein Körper, kein
Gesicht! Und er bellte wie ein Hund. Und dann öffneten
sich die Türen direkt vor dem Polizeihauptquartier. Eine
schwarze Limousine hielt mit quietschenden Reifen an
der Bordsteinkante. »Buenas noches, mein Freund«, rief
Sergeant Morales aus dem Auto, »nach dir hab ich gesucht!« Hinten ging eine Tür auf und unsichtbare Arme
schoben mich rein. Die Limousine zischte ab auf die
Grand Avenue. »Wohin soll's gehen, Sarge?«, fragte der
Fahrer und drehte sich um. Eine Kartoffel in einer Los
Angeles-Polizeiuniform.

»Hab im La Bamba nach dir gefragt, sie meinten, ich
soll's in deiner Wohnung versuchen. Also sind wir hin,
die Tür war offen. Hat bei mir Alarm ausgelöst, weil das
Edmund-Haus polizeibekannt ist. Tut mir leid, das sagen
zu müssen, aber das ist ein zwielichtiger Schuppen. Du
solltest besser aufpassen. Und übrigens, ich hab eine
Spritze und eine Ampulle mit Stoff in deinem Zimmer
gefunden. Wir sprechen später drüber. Kann es sein, dass
du mir erstmal was Wichtiges mitzuteilen hast?«

Ich beobachtete die Straßenlampen, eine alte Angewohnheit. Das Design der Lampen ändert sich, wenn man
von einem Bezirk in den nächsten fährt, von einer Gegend zur anderen. Sehr interessant für jemanden, der
nachts mit der Straßenbahn unterwegs ist. Aber Morales
wurde ungeduldig. Meine Knochen taten weh, mein Kopf
tat weh. Wo kommen alte Straßenlampen hin, wenn man

sie nicht mehr haben will? Bei dem Gedanken füllten sich meine Augen mit Tränen.

»Ich brauche deine Aufmerksamkeit, mein romantischer Freund. Hör mir zu. Man hat dich gesehen, als du aus dem Krankenhaus gekommen bist. Was hast du dort gemacht?«

»Ein kranker Mann, den ich kaum kenne. Hab jemand einen Gefallen getan.«

»Wer ist der Kranke? Ein Musiker?«

»Ein Arbeiter, kein Musiker.«

»Woher kriegst du Morphium her?«

»Ich bin mit einer Knochenkrankheit infiziert, schon von Geburt an.«

»Der Besitz von Morphium ist absolut illegal. Ich dachte, wir hätten uns verstanden, muss ich dich an die Konsequenzen erinnern, wenn du Informationen zurückhältst? Ich fürchte, wir müssen dich als wichtigen Zeugen festnehmen. Und in unserem Hotel gibt's keine Boleros, kein Morphium, kein Garnichts. Ich will, dass du mir sagst, ob das der Mann ist, den du gesehen hast, als er am Tag von Salazars Ermordung das Million Dollar-Kino verlassen hat.« Er knallte mir ein Foto vor's Gesicht, eine Aufnahme von Carlos Bulosan.

Mein Kopf wurde langsam etwas klarer. »Das ist unmöglich, ich hab den Mann gesehen, mit ihm gesprochen. Er kann nicht gehen, und schon gar nicht das Krankenhaus verlassen, sich bis zum Kino schleppen und jemanden umbringen. Er ist nur ein armer Obstpflücker, und er liegt im Sterben. Ich weiß es, weil ich die Anzeichen kenne.«

»Was ich glaube ist, dass du und dieser Obstpflücker zusammen geplant habt, Salazar zu ermorden!« Morales' Gesicht war bis auf Zentimeter an meines rangekommen. Er war wütend. »Und außerdem glaube ich, dass man dich für's Dealen mit Morphium bezahlt!«

»Glauben Sie, was Sie wollen, aber ich bin krank und muss nach Hause. Diese Beschuldigungen sind sinnlos.«

»Aber sicher. Du fühlst dich nicht gut, tut mir sehr leid für diese Unannehmlichkeiten. Polizeiarbeit – ist manchmal ekelhaft. Meine Frau lässt beste Grüße ausrichten. Buenas noches.«

Wir hatten die Edmund-Apartments erreicht und hielten. Morales lehnte sich zurück, sein Gesicht verwandelte sich in eine Maske. Und der Fahrer hatte menschliche Gestalt angenommen. Der Polizeiwagen fuhr davon und ließ mich am Bordstein stehen. Ich betrat das Gebäude und ging die Treppen hoch bis zu meiner Etage. Meine Tür war zu und abgesperrt. Mit meinem Schlüssel sperrte ich auf. Legte mich auf's Sofa. Und fragte mich, warum Morales keinen linken Schuh trug. Hatte er einen Huf als linken Fuß? Mit der Morgendämmerung schlief ich ein.

Mein Großvater Ignacio sagte oft: »Wenn alle Mexikaner in Los Angeles, die behaupten, sie hätten mit Pancho Villa gekämpft, tatsächlich mit ihm gekämpft hätten, wäre die Revolution im Triumphzug über die Olvera Street marschiert.« Es gibt ein Foto von Villa, wie er seinen Arm um meinen Großvater legt, der in Frauenkleidern steckt, datiert Durango, 1919. Bis zu seinen letzten Tagen im Krankenhaus trug Großvater einen Derringer im Stiefel und in der Jacke ein sehr großes Messer mit Elfenbeingriff. »Sie haben Flores Magon erwischt, aber mich kriegen sie niemals«, rief er aus. Er hatte den Anarchisten bei sich im Keller versteckt, behauptete er. »Oben drüber waren die Amerikaner zu Tausenden. Ricardo und ich feuerten bis zur letzten Patrone. Dann haben sie ihn geschnappt. Aber ich konnte entkommen – durch einen Tunnel unter Chinatown.« Nach einer anderen Version wurde Flores Magon von einem Verräter in den Rücken geschossen, während er ein Foto von Trotzki glattstrich. »Diese Porfiristen-Revanchistenschweine![*]

* Anhänger von Porfirio Díaz, mexikanischer General und Präsident.

Auf das Land und die Freiheit!« Da kamen ihm die Tränen.

Bevor sie 1930 nach Los Angeles emigrierten, zogen meine Großeltern als Wanderschauspieler und Komiker durch Mexiko. Als »Mantequilla y Huevos« hatten sie damals in den kleinen Provinztheatern großen Erfolg. Mein Großvater trat als Frau auf, und meine Großmutter als Mann. Der Mann macht der Frau unschickliche Anträge, denen die Frau widersteht, aber der Mann macht unermüdlich weiter. Bis es der Frau schließlich zu bunt wird und sie den Mann überwältigt – und an dieser Stelle wurde das wahre Geschlecht der Schauspieler auf anstößige Art aufgedeckt. Sehr beliebt bei General Villa und seinen Männern! Und ebenso beliebt bei den staatlichen Truppen, deshalb war's meinen Großeltern möglich, strategische Informationen aus ihnen rauszuholen, oder so ähnlich, falls ich's richtig verstanden habe. »Wenn ein Offizier so besoffen ist, erkennt er den Unterschied nicht mehr«, sagte Großmutter Beatrice, die Zigarre zwischen die Zähne geklemmt.

Sie kamen nach Los Angeles mit genügend Ersparnissen, um sich einen kleinen Bungalow auf der Bernard Street kaufen zu können, in einem Viertel hinter Chinatown. Mexikanische Familienorchester waren eine heiße Sache in den Dreißigern, also ließ Großvater Ignacio die übertrieben großen Genitalien aus Pappmaché von den Theaterkostümen einfach weg, heuerte ein paar Musiker an und gründete zu Ehren ihrer neuen Heimatstadt die »Los Alegres de Los Angeles«. Als Beatrice sich zur Ruhe setzte, übernahm meine Mutter die erste Stimme. Nachdem Mutter gestorben war, zogen meine Schwester Encarnación und ich bei den Großeltern ein. Als meine Schwester starb, zog ich aus.

Als ich am Morgen nach dieser schrecklichen Nacht aufwachte, wurde mir klar, dass das Edmund kein guter Ort mehr für mich war. Der Trio-Mann steht auf der Bühne, im Scheinwerferlicht, trägt Nacht für Nacht dieselben Bolero-Songs vor, aber was passiert außerhalb der vier Wände des La Bamba? Vielleicht weiß er doch viel zu wenig von der Welt. Ich hatte ein schlechtes Gefühl bei dem, was um mich herum geschah. Es gefiel mir nicht, dass mich die Polizei observierte, und der Gedanke, dass dieser Typ aus Laub jederzeit unangemeldet bei mir reinplatzen konnte, gefiel mir noch weniger. Ich packte meinen Koffer, nahm die Familienfotos von den Wänden, und flüchtete. Zurück in die Bernard Street. Das Haus der Großeltern gehörte inzwischen meiner verwitweten Tante Louisa, der einzigen Verwandten, die ich noch hatte. Als wir uns an der Tür gegenüberstanden, bekam sie große Augen. »Pablito, endlich bist du wieder da!« Pablito, ihr einziger Sohn, war bei den anti-mexikanischen Aufständen getötet worden – ein achtzehnjähriger Pachuco-Halbstarker, vom Los Angeles Police Departement erschossen, weil er eine Faltenhose trug, die bis hoch über die Hüften reichte.

»Nicht Pablito, liebe Tante, hier ist Arturo.«

»Arturo und Encarnación! Dem Herrn sei Dank!« Louisa besuchte immer noch zweimal täglich die Messe in der Plaza Church.

»Encarnación ist im Kloster. Sie hat jetzt ihre Ordenstracht bekommen.«

»Bei der Gnade Gottes, des Allmächtigen! Ich werde Kerzen anzünden. Du hast mir so gute Neuigkeiten gebracht, das müssen wir dem Pfarrer berichten! Was für ein segensreicher Tag!« Für sie ein weiterer segensreicher Tag der Unkenntnis, und ein Tag voller Furcht und Unsicherheit für mich, den Trio-Mann auf der Flucht. Wir setzten uns auf die kleine Veranda mit dem durchhängenden Dach und der abblätternden Farbe. Finken zwitscherten in dem alten Rosenstock, der inzwischen riesige Ausmaße erreicht hatte. Ein paar Blocks weiter brummte der Alameda Boulevard.

»Und wie geht's deinen Nachbarn?«, fragte ich.

»Sind älter geworden, wie ich. Mit den Chinesen kann

man gut zusammenleben. Sie haben nicht unseren Glauben, aber sie schätzen Ruhe und Frieden. Wir helfen uns gegenseitig. Ich bringe ihnen Tamales, und sie mir ihr seltsames Essen. Schmeckt mir besser, seit ich keine Zähne mehr habe. Ich bin so einsam, Arturo. Gottvater hat dich zu mir geschickt.«

»Und dich gleichfalls, Tante Louisa. Ich habe niemanden, nur meinen Job im La Bamba.«

»Du hast deine Gitarre, etwas, das viele Menschen in ihrem Leben niemals kennenlernen. Ist dieses La Bamba ein sündiger Ort? Muss ich mir Sorgen machen?«

»Ist harmlos. Unsere Leute können für eine Weile ihre Probleme vergessen.«

»Gott hat dir ein Talent für Musik gegeben. Pablito liebt Musik, er wird sich so freuen, wenn er dich sieht!« Es wurde Abend, und ich zog mich um und ging mit dem Requinto die vier Blocks zur Alameda. Ich stieg in einen Wagen der Linie »U« und fuhr auf der Spring Street nach Westen. »El Show Time«, wie mein Großvater mir im Krankenhaus zugeflüstert hatte, als das wahnsinnige Leuchten in seinen gelben Augen am Ende langsam erlosch.

»Mensch, Hermanito, du hast hier 'ne große Nacht verpasst!« Angel lachte und schüttelte seinen Kopf. Er stand in der Gasse unter dem Licht der Bühnentür, rauchte und trank aus seinem Flachmann. Er hielt ihn mir hin. »Dieser Cop, Morales. Hat nach dir gesucht. Ist mit dem Boss aneinandergeraten! Toller Scheiß!«

»Was wollte er?«

»Die mit den grünen Augen hatte er jedenfalls nicht dabei. Der Boss sagt: ›Wenn es was Geschäftliches ist, wenden Sie sich an Cobby. Ihr habt bekommen, was euch zusteht.‹ Morales wurde sauer! ›Ich bin nicht von der Sitte, ich bin bei der Mordkommission‹, sagt er. Du weißt, dass der Boss eine Menge Probleme mit seiner blonden Schlampe hat? Und was passiert! Die kommt dazu, total betrunken. ›Was soll der Scheiß hier, wieso sin' hier überall die Cops‹, tönt sie rum. Morales sagt: ›Sagen Sie ihr, sie soll sich hinsetzen und ruhig sein.‹ Sie macht den Boss an: ›Du lässt das zu, dass 'n Mex-Cop hier reinkommt und so mit mir spricht?‹ Der ganze Laden schaut zu. Der Boss sagt zu ihr: ›Das Wort sprichst du hier drin nicht aus, wenn du'n braves Mädchen bist.‹ Macht sie aber weiter: ›Ein Mexen-Bulle in 'ner Mexen-Bude voller Mexen!‹ War 'ne tolle Nacht, Hermanito!«

Ich nahm einen Schluck aus seinem Flachmann. Schmeckte brutal und brannte, aber beruhigte mich. »Behalt ihn«, sagte Angel, »du siehst gar nicht gut aus.« Wir gingen hinein. Der Lärm und der Rauch hauten mich fast um, aber ich schaffte es bis zur Bühne. »Nur eine Show, Hermanito, wir machen's ganz locker heute.« Er half mir hinauf. Das Mikrophon fühlte sich schwer an am Anfang. »Señoras y señores, bienvenidos!«, sagte ich zur Begrüßung. Angel reichte mir einen Zettel: Señora Morales wünscht sich »Aquellos Ojos Verdes«. Wir fingen an. Sie saß an einem Ecktisch und sah uns zu. Sie war allein.

Es war während der zweiten Strophe, als mir klar wurde, wo ich sie schon mal gesehen hatte – im Barbiersalon auf der North Main Street. Nick Acosta schneidet mir die Haare so wie's mir gefällt und er macht eine messerscharfe Rasur. Hinter dem Stuhl hängt der Kalender der mexikanischen Staatslotterie an der Wand, La Loteria National, mit dem bezaubernden Bild von zwei mexikanischen Mädchen. Die eine lacht und hat den Kopf zurückgeworfen. Und die andere sieht den Betrachter mit ihren dunklen grünen Augen an, die Hände im Schoß gefaltet.

Ich spürte, wie mein Selbstvertrauen zurückkehrte. Warum? Was machte das für einen Unterschied aus? Sergeant Morales' Frau war das Modell eines Künstlers, na und? Glauben Sie nicht, dass ich mir Illusionen mache, was Frauen betrifft. Ich weiß, was sie sehen, wenn sie mich ansehen, das kann ich Ihnen versichern. Aber auf einmal war meine Neugier wieder da, mein Interesse an allem!

Wir beendeten unser Set. Das Bebo Guerrero-Orchester fing mit seinem Lärm an, und die Tänzer fingen an sich herumzuschleudern wie Zombie-Aufziehfiguren, die irre geworden waren. Menschenskinder, dieses Baila-Getanze! Ich bahnte mir einen Weg zu ihrem Tisch. »Buenas noches, Señora Morales, ich bin hocherfreut, Sie hier zu sehen. Ich darf annehmen, dass es dem Sergeant gut geht?«

»Sergeant Morales ist im Moment in einer Polizeiangelegenheit unterwegs«, sagte sie. Ich setzte mich zu ihr. Sie trank irgendwas Grünes aus einem winzigen Glas. »Schmeckt Ihnen Ihr Drink?«, fragte ich.

»Nein. Ich hasse diesen Club, er ist so vulgär und *recherché*. Ich habe eine Verabredung, zu der ich nicht zu spät kommen darf. Ich möchte, dass Sie mich begleiten. Ein Auto habe ich.«

Wir verschwanden durch den Seiteneingang. Eine sehr große Cadillac-Limousine kam vorgefahren. Der Fahrer hielt uns die Hintertür auf. Er trug einen langen Überzieher und einen Fedora mit breiter Krempe, typischer Mexiko City-Stil. Wir versanken in riesigen Polstersitzen, wie ich sie bisher nur in Filmen gesehen hatte. Vorn saß noch ein Passagier, eine Frau. Sie drehte sich nach hinten, um uns zu begrüßen. »Guten Abend, Arturo, und danke, dass du gekommen bist«, sagte Rose, meine Krankenschwester.

»Bedank dich nicht bei mir, bedank dich bei der Dame«, sagte ich.

»Mein Name ist Florence.« Sie sprach es Flor*onse* aus. Mein Bar*baire* wird sich freuen, das zu hören, dachte ich.

»Ist die Frage gestattet, wohin ich euch begleite? Ein Mann möchte sowas immer wissen.«

»Ein Mann wird's an der Richtung bald erkennen.«

»Einige sehr bedeutende Leute möchten dir für deine Hilfe danken, Arturo«, sagte Rose.

»Und darf man erfahren, welche Hilfe das war, die ich da jemandem erwiesen habe?«

»Bald.«

Ich lehnte mich zurück. Betrachtete die Straßenlampen. Wir fuhren aus Downtown raus und auf dem Sunset Boulevard weiter Richtung Westen. In diesem großen Auto saß man in seiner Privatsphäre, im Gegensatz zu den Straßenbahnen, mit denen ich täglich unterwegs war. Immer weiter fuhren wir raus, und mir fiel auf, dass ich in meinem ganzen Leben noch nie so weit nach Westen gekommen war. Dann bogen wir vom Sunset ab und fuhren Richtung Norden auf einer schmalen Bergstraße weiter, die immer höher und höher führte, um schließlich vor einem großen Eisentor zu enden. Der Fahrer hupte und das Tor ging auf. Wir landeten im Hof des merkwürdigsten Hauses, das ich je gesehen hatte. Es bestand aus zwei langen zementierten Plattformen oben und unten, und dazwischen waren gigantische, erleuchtete Fensterscheiben. Hinter dem Glas sah man Menschen herumspazieren, die in Licht gebadet waren wie in einem Film. Die Konstruktion schien von keinerlei Stützen gehalten zu werden und jeden Moment in den schwarzen Canyon dahinter zu kippen, aber wenn man drin war, stellte sich ein Gefühl der Schwerelosigkeit ein, fast als würde man fliegen. Es herrschte eine Aura und eine Stimmung von einer Abgeklärtheit, wie ich sie nie erlebt hatte. »Da hat wohl jemand in der mexikanischen Lotterie gewonnen«, sagte ich und versuchte das alles erstmal aufzunehmen. »Versuchen Sie wenigstens diskret zu sein«, zischte mich La Morales an.

Jeder hier war eine elegante und außergewöhnliche Erscheinung. Das war alles neu für mich. Mexiko City-Typen mit Ascot-Krawattenschals, abgemagerte weiße Frauen in bäuerlicher Tracht und beladen mit schwerem Goldschmuck, Leute vom Typ Filmschauspieler und Filmschauspielerin standen da und dort herum. Ich stieß auf einen sehr berühmten Hollywood-Boss, der hinter einem großen Gummibaum lag und sich aufstützte. Er hatte sich schon blind gesoffen, aber sein Lächeln und die Kinngrübchen strahlten mich an. »Gut, dich mal wieder zu sehen, Amigo. Lass uns nach Mexiko gehen und zusammen einen Film machen«, sagte er und zwinkerte mir zu und grinste mich an. Ein fetter Mexikaner mit wehenden Haaren und einem bleistiftdünnen Moustache kam herbeigeeilt. »Ich habe Sie schon beim Hereinkommen mit Florencia gesehen! Ich bin Fernando Lazlo-Pozzo!«

»Arturo Manzano«, antwortete ich.

Er wandte sich an seine Gruppe von Freunden. »Arturo Manzano, ein großer Fan von Covarrubias! Florencia war so bezaubernd als Modell bei Covarrubias, oder nicht? Aber sie hat sich, wie sagt man, *entwickelt*, das hat sie allerdings, werdet ihr sagen, ich weiß schon, ha ha! Und dieses Haus ist meine *Homage* an Los Angeles!« Die Gruppe der Freunde applaudierte. Ich spürte, wie mich eine starke Hand am Arm packte und hörte hinter mir eine kräftige Stimme sagen: »Señor Manzano wird woanders benötigt.«

»Aber natürlich! In diesen Zeiten ist das alles verständlich.« Der Architekt verbeugte sich, seine Freunde zerstreuten sich. Ich drehte mich zu meinem neuen Begleiter um. War das möglich? Ein Mann, der aussah wie Miguel Inclán, schob mich durch eine Tür, möglicherweise die einzige Tür in diesem Gebäude. Es war eine Bibliothek mit niedriger Decke, und die gedämpfte Beleuchtung kam von Lampen, deren Schirme wie rosa Weinbergschnecken aussahen. In einem großen Sessel saß in einem indigo-farbenen Abendkleid aus Seide Marga López. »Wir sind entzückt…«, fing sie an. Aber ich schleuderte meine Hände in die Luft. »Stop! Was hat das alles zu bedeuten? Ich bin nur ein armer Requinto-Spieler aus East Los Angeles! Ich habe keine Ahnung von Architekten, Cadillacs und Filmschauspielern, die von der Leinwand herabsteigen, um in den Glashäusern der Reichen herumzuspazieren! Das muss ein Missverständnis sein!«

»Das ist kein Missverständnis«, sagte eine sanfte Stimme hinter mir. Carlos Bugosan hustete, ein hartes, rasselndes Geräusch.

Auf der Uhr am Armaturenbrett war es Mitternacht, als sie mich vor dem La Bamba rausließen, das geschlossen und dunkel war. Der Cadillac säuselte davon und reihte sich in den spätnächtlichen Verkehr ein. Ich nahm die letzte rote Bahn, die an diesem Abend fuhr, es war die »U«-Linie nach Chinatown und Lincoln Heights. Der Fahrer grüßte mich. Nur ein Mann, kein Gemüse, Gott sei Dank. »'n Am'd! Wo ist'n Ihre Gitarre? Hab Sie noch nie ohne gesehn! Meine letzte Fahrt für heut' Nacht, und dann geht's heim ins Bett!« Der Wagon klapperte und arbeitete sich vorwärts. In der Bernard Street war es still wie im Grab. Die kleinen Häuser auf Tante Louisas Seite sind sechs bis acht Stufen höher als der Gehsteig und so weit nach hinten gebaut, dass man nachts draußen sitzen kann und dabei zurückgezogen ist. Und da saß jemand draußen. Louisa geht pünktlich um acht ins Bett, und sie raucht keine Olvidados. Und kein Einbrecher mit einem Rest Selbstwertgefühl würde diesen Ort stören, nicht in dieser Straße. Ich stieg rauf. Sergeant Morales war im alten Korbsessel eingeschlafen. Er hob den Kopf. »Ich brauch 'nen Drink«, sagte er mit belegter Stimme. Ich gab ihm Angels Flachmann. »Aus gesellschaftlichen oder geschäftlichen Gründen hier?«, fragte ich, ein Spruch aus *Schrei in Gefahr* mit Dick Powell.

»Wo ist meine Frau?«, fragte Morales.

»Weiß ich nicht«, sagte ich. Was den Vorteil hatte, die Wahrheit zu sein.

»Nicht auf die Tour, mein romantischer Freund. Ich glaube, du weißt eine Menge, und ich bin der Mann, der das alles rausfinden wird. Heilige Mutter, das schmeckt grauenhaft!« Er starrte den Flachmann entsetzt an, dann trank er ihn aus.

»Woher wussten Sie, wo Sie mich finden?«

»Dummkopf! Ich bin Morales, der Sergeant über dem Ganzen! Ich kenne die Säufer an jeder Taco-Bude und jeden Pachuco-Rowdy und jeden Pferdejockey in East Los Angeles! Und ich habe eine Botschaft für einen anbaggernden, kleinen, abgesägten Kotzbrocken, der glaubt, er könnte sich in eine besonders gute Position 'ranschieben, und ich werde dir genau sagen, wie die lautet. Willst du hören, wie die Botschaft heißt? Bleib weg von meiner Frau! Sie ist zu groß für dich.«

»Das ist'n schmutziger Witz, Bruder«, antwortete ich. Konnte es mir nicht verkneifen, Elisha Cook aus *Der große Schlaf* zu zitieren, einem meiner Lieblingsfilme.

Morales ließ den Kopf hängen. »Millionen mal Entschuldigung, du hast vollkommen recht. Ich bin ein lausiger Polizist. Hat der Revier-Chef zu mir gesagt. ›Morales, du könntest doch nichtmal eine Fliege in einer chinesischen Metzgerei fangen. Du gehst wieder auf Streife.‹« Er war den Tränen nah.

»Ich glaube, meine Tante hat etwas Kochwein in der Küche«, bot ich an.

»Du bist'n guter Mensch, Manzano, und was tu ich, ich mach dir's Leben schwer. Du hast mir klar gesagt, was Sache ist, und ich hab dich 'rumgeschubst. Meine Frau verachtet mich. Ich bin *outré*, ich bin *déclassé*, was soll'n das heißen, bitte?« Ich brachte eine Flasche und Gläser nach draußen. Ich schenkte zwei ein und sagte: »Auf ein ehrliches Wort, und möge einer den andern verstehen.« Sydney Greenstreet in *Der Malteser Falke*.

»Ich habe ein paar Antworten für dich«, fing ich an.

»Ist doch jetzt verdammt scheißegal. Ich bin aus dem Fall draußen. Es gibt keinen Fall.«

»Salazar war ein Polizei-Informant. Aber er war mehr als das, er war ein FBI-Spitzel.«

»Glaube ich auch. Alles, was er uns gegeben hat, war gesäubert, ich wusste es«, sagte Morales.

»Und er hat selbst eingegriffen. Hat bei Polizeiermittlungen falsche Spuren gelegt.«

»Jemand hat ihn geschützt.«

»Klar. Aber er wurde ermordet, genau wie du gesagt hast. Ein umherziehender Obstpflücker, der ohne Namen bleiben soll, hat ihn an diesem Samstag im Million Dollar-Kino erstochen.«

»Aber du hast zu mir gesagt, dass der Mann dazu nicht in der Lage war!«

»Das glaubte ich, dass er's nicht war. Aber heute Abend musste ich erfahren, dass er mit Hilfe esoterischer, chinesischer Drogen für kurze Zeit in Aktion treten kann. Er liegt im Sterben, das ist die Wahrheit. Und er ist ein Märtyrer für die Sache.«

»Welche Sache?«

»Ich habe erfahren, dass Salazar Informationen über die Arbeiterbewegung hier und ihre Verbindungen zur Kommunistischen Partei in Mexiko besorgt hat. Er hat für das FBI Arbeiterführer enttarnt, er hat Verdächtige erfunden, er hat völlig zu Unrecht sogar die Harmlosesten und Unschuldigsten beschuldigt. Ein widerwärtiger Typ, ein Feigling – aber nur eine Figur im großen Spiel, nicht mehr. Mexikanische Künstler und Schriftsteller versuchen für ein freundschaftliches Klima zu werben, aber Männer wie Salazar sind eine Bedrohung, weil sie gierig nach Macht sind und vor nichts zurückschrecken, um ihre Macht zu erhalten. Man könnte sagen, bei der Sache geht's um arme Leute, die nie in einem Cadillac fahren oder in Glashäusern Krabben-Tacos essen werden.«

»Der Wein ist gar nicht so schlecht«, sagte Morales. Der arme Morales, er war nur eine kleine Speiche im großen Rad. Wie ich. Irgendwo weiter oben in der Straße fing eine leise Musik zu spielen an und wehte zu uns rüber. Ich erkannte sie sofort. »La Vida Es Un Sueño«, der berührendste von allen Bolero-Songs. »Das Leben ist ein Traum«, geschrieben von Arsenio Rodríguez, dem großen kubanischen Dichter, nachdem er erfahren hatte, dass seine Erblindung nicht mehr zu heilen war. Morales und ich saßen da und hörten zu. Um drei Uhr morgens erhielten wir Trost von einem kubanischen Song, der auf einer chinesischen Straße im Zentrum von Los Angeles vorbeisegelte. Ich fühlte mich wohl und entspannt, weil ich wusste, dass ich von der Polizei nichts mehr zu befürchten hatte. Endlich hatte sich alles zum Guten gewendet.

Después que una vive veinte desengaños
Que importa uno más?
Después de conocer la acción de la vida
No debes llorar
Hay que darse cuenta que todo es mentira
Que nada es verdad
Hay que vivir el momento feliz
Hay que gozar lo que pueda gozar
Porque sacando la cuenta en total
La vida es un sueño y todo se va.*

---

* Nachdem eine zwanzig Enttäuschungen erlitten hat / Was macht eine mehr für einen Unterschied? / Nachdem man das Leben kennengelernt hat / Muss man nicht weinen / Man muss erkennen, dass alles nur eine Lüge ist / Dass nichts wahr ist / Man muss jeden glücklichen Moment leben / Man muss genießen, was es zu genießen gibt / Weil einst alles vorbei ist / Das Leben ist nur ein Traum und alles vergeht.

Töten Sie mich, bitte

1952

Wir hatten ein drei Wochen langes Engagement im Zentrum von Kingman, Arizona, in einer Mischung aus Bowling-Center und Cocktail-Bar. Harry Spivak hatte den Auftrag angenommen, denn er war zugleich der Manager. Was streng genommen illegal ist, weil die Vorschriften sagen, dass diejenigen, die einen Auftrag annehmen, Musiker sind, und keine Manager. Es ist ein Interessenskonflikt, aber man braucht ja ein paar Bohnen in den Topf. Unser vorhergehendes Engagement war nicht so gut gelaufen. Ich musste einen guten Mantel dort liegenlassen, und ein guter Mantel ist manchmal schwer aufzutreiben, besonders wenn so'n Verkäufer ein misstrauischer Typ ist. Und so saßen wir jetzt eben in Kingman, einer Stadt, in der das Pulver sicher nicht erfunden wurde.

Mein Partner hieß Ramon Sanchez, aber für die Jobs in diesen Tanzbands nannte er sich Smokey Ray Saunders. Und ich trete als Al Maphis auf. Aber wenn wir in einer Stadt auf der mexikanischen Seite spielen, benutze ich meinen richtigen Namen, Alphonso Mephisto. Smokey ist Bassist und ich bin Schlagzeuger. Hat sich als praktisch für uns rausgestellt, dass wir die Verträge als 'ne Einheit machen. Ich nenne es ungern Zwei-zum-Preisvon-einem, denn das wäre eine Verletzung der Bestimmungen. Aber man muss ja essen.

Wir erwischten das letzte Zimmer in der Stadt, schmissen ihnen zwanzig Dollar pro Kopf und Woche in den Rachen, und stiegen die ausgetretenen Stufen rauf, um uns etwas frisch zu machen, bevor wir zur Arbeit gingen.

Neben dem verrosteten Waschbecken hing ein einzelnes Handtuch – zwei Männer sollten sich ein Handtuch teilen. Ich griff's mir, rannte nach unten, wedelte damit vor dem Gesicht der Vermieterin und fragte: »Was soll das denn?«

»Für jedes Zimmer ein Handtuch«, antwortete sie. »Das gilt für alle meine Mieter, und Sie sind auch nichts Besseres. Sie sollten auf Ihre Manieren achten und mir danken.«

»Wofür denn?«

»Benehmt euch, oder ich werde meinem Mann sagen, dass er euch rauswerfen soll. Wird ihm nämlich nicht gefallen, dass ein Mex hier reingekommen ist. Ich führe ein anständiges Haus.«

Das ist wahr. Von mütterlicher Seite habe ich spanisches Blut. So wie die Hälfte der Leute in Tulsa, Oklahoma. Ich lächelte mein schönstes Musikerlächeln und sagte: »Ma'am, Sie haben vollkommen recht. Als halber Mexikaner weiß ich, was Ihnen Angst macht. Für einen Mexikaner ist nicht viel dabei, jemandem das Leben zu nehmen, sie haben's mir selber gesagt, dass es ihnen Spaß macht, und das ist auch der Grund, warum die so auf Messer stehn; weil's ihnen einfach Freude macht. Ich hab wirklich versucht, mich zu bessern, aber der Drang zu töten ist stark, und man weiß nie, wann's passiert. ›Que será, será‹, wie meine Mutter immer gesagt hat. Und Ramon, der hat in seinem Leben noch nichtmal 'ne Toilette auch nur gesehen. Der arme Junge!«

Falls Sie mal einen Job in einem Bowling-Center angeboten bekommen, dann hören Sie auf meinen Rat und verlassen Sie die Stadt. Der Lärm macht deine Konzentration und deinen Rhythmus kaputt, es ist schlimmer als ein Haufen von total Besoffenen. Aber drei Wochen sind drei Wochen. Es war etwa sechs Uhr abends, als wir unsere Sachen packten und uns auf den Weg machten. Zwei Trompeten, zwei Posaunen, Tenor- und Altsaxophon, Gitarre, Smokey und ich. Alles gute Gewerkschaftsmitglieder und schwer in Ordnung.

Ich zählte drei Paare auf der Tanzfläche und fünf Leute drüben an den Bowlingbahnen. Die Tänzer waren dabei, sich zu betrinken, die Bowler waren schon betrunken, und jedesmal, wenn sie einen Kegel trafen, hüpften und jodelten sie. Harry Spivak hatte uns angewiesen, die Charts zu spielen, und das waren ausnahmslos Standards, sodass ich auf der Bühne ein bisschen schlafen konnte. Der Trick dabei ist, immer weiter zu lächeln. Ein Mädchen wollte »Sweet Lorraine« hören, weil sie Lorraine hieß, also taten wir ihr den Gefallen. Nachdem wir's dreimal gespielt hatten, fing ein Mann auf der Tanzfläche an, wüst herumzuschreien. Beschwerte sich, dass es ihn krank machte und dass er den verdammten Song nicht mehr hören konnte und dass wir was anderes spielen sollten. Lorraines Freund forderte ihn auf, mit ihm rauszugehen und das zu wiederholen, und das machte er. Spivak kündigte eine Pause an.

Smokey und ich setzten uns ins Auto und tranken etwas und rauchten. »Die Sache mit dem dreckigen Handtuch hat mich nachdenklich gemacht«, sagte ich. »Stell dir vor, wir hätten einen Trailer, einen großen Trailer, der speziell für umherreisende Männer wie uns umgebaut ist. Wir könnten das Ding managen, wir vermieten Schlafkojen an die Jungs, mit denen wir arbeiten, und haben selber 'nen netten Platz zum Schlafen und so viele saubere Handtücher wie wir wollen.«

»Ich will Pussy«, sagte Smokey.

»Alles, was wir dafür brauchen, ist Bargeld«, sagte ich.

Am nächsten Tag fand ich einen Wohnwagen-Händler in der Stadt. Ich stellte ihm einige Fragen. Zuerst machte er sich über die Idee einer mobilen Pension nur lustig, aber schließlich meinte er, ich solle meine Pläne zu Papier bringen und sie einem Trailer-Konstrukteur in Chicago schicken und abwarten. Ich würde als Antwort entweder nur Hohngelächter bekommen oder vielleicht einen Stall auf Rädern, den die Welt noch nicht gesehen hatte.

Als nächstes besuchte ich einen der örtlichen Banker, und der hatte zum Glück was für Trailer übrig. Er sagte, er wüsste keinen Grund, warum ich kein Darlehen von der Bank bekommen sollte, vorausgesetzt, ich könnte einen guten Ruf, einen festen Wohnsitz, einen seriösen Job und gute Referenzen vorweisen – was bedeutete, dass ein weißer Mann die Bürgschaft unterschreiben musste.

Wieder draußen auf der Hauptstraße der Langweiler, fragte ich mich, was jetzt? Die Trailer-Idee hatte sich in meinem Kopf festgesetzt und ich war keine Spur bereit, mich durch eine Kleinigkeit wie Geld davon abbringen zu lassen. »Irgend so'n Affe macht mir die Show nicht kaputt«, erklärte ich Smokey.

Der Ehemann unserer Vermieterin hatte uns wissen lassen, dass wir hier nicht willkommen waren. Ich wies ihn darauf hin, dass alte Holzhäuser wie seines extrem leicht entflammbar waren, was ihn auf die Idee brachte, die ganzen vierzig ausstehenden Dollar von uns zu verlangen und einen kleinen Zuschlag für die gute Kameradschaft.

Wir hatten den Buick oft genug als Wohnung benutzt. Ich hab ihn der Frau eines professionellen Predigers abgekauft, der im Staatsgefängnis von Texas seiner Arbeit nachgehen musste. Es war ein 1938er-Modell für sieben Personen, die Rücksitze waren ausgebaut. Der ehrwürdige Hochwürden hatte ein Bett einbauen lassen, ein ausklappbares Bügelbrett mit Bügeleisen, eine Schiffstoilette mit Waschbecken, und außen gab es eine Duschvorrichtung, die aus einem 150-Liter-Tank gespeist wurde, der auf's Dach montiert war. Wie Sie vielleicht wissen, ist ein Musiker oft gezwungen, direkt von der Straße auf die Bühne zu gehen, ohne dass er 'nen Zugang zu den Waschräumen hätte, aber ein Mann, der eine Matinée und zwei Abendshows vor sich hat, braucht einen Ort, wo er 'nen Schiss machen, sich waschen und seine Hosen bügeln kann. Einige von diesen Tanzschuppen haben keinen Backstage-Bereich, geschweige denn irgendeine Garderoben-Ausstattung, und oft verbietet es das Management dem Arbeiter, sich unter die Kundschaft zu mischen, als würde es die Stimmung kaputt machen, wenn jemand neben einem Schlagzeuger pissen muss.

Alle Städte am Highway 66 haben dieselbe Struktur. Die Weißen im nördlichen Teil, die Farbigen im südlichen, und der Highway geht durch die Mitte. Wir entdeckten einen kleinen Tamale-Imbiss namens Berta's Pollo Encantado auf der dunklen Seite der Stadt. Smokey stand gleich auf Berta; sie war dick und weich wie ein Schinkensandwich von gestern. Ist nicht mein Lieblingsessen, aber ich nehm's wie's kommt.

Wir bestellten gefüllte Teigtaschen und Bier und setzten uns an einen der drei Tische. Smokey fing sofort an, sich mit Berta auf spanisch zu unterhalten und fragte sie, ob's in der Gegend Zimmer zu mieten gab, und sie meinte, sie könnte uns eins im ersten Stock geben, wenn's uns nicht störte, dass wir uns das Plumpsklo draußen mit einem Weißen teilen müssten. Ich fragte, was ein weißer Mann hier in der Gegend zu suchen hatte. Berta setzte sich und erzählte uns alles über den Burschen namens Jim, der sich vor ein paar bösen Männern versteckte, aber ein freundlicher Mann war und geschickt außerdem.

Geschickt womit, fragte ich. »Todo!«, sagte sie. »Er hat den Herd repariert, die ganze Elektrik und das Bad! El baño es muy bueno.« Ich verhandelte mit Berta und wir gingen hoch. Dann war's Zeit für unsere Show, und Smokey lud Berta ein, ins Lanes zu kommen, aber sie erzählte, dass sie es den Mexikanern verboten hatten,

Gaststätten zu betreten, wo man zugleich tanzen und bowlen konnte.

Mir ging die Idee mit der Trailer-Pension nicht mehr aus dem Kopf. Nach der Arbeit versuchte ich, einen genauen Plan zu zeichnen. Im Zimmer über mir hörte ich die Matratze quietschen und ächzen, aber ich ließ mich nicht stören. Der Trailer-Händler hatte gemeint, dass die Umbauarbeiten, die ich ihm beschrieb, wahrscheinlich fünftausend Dollar kosten würden. Aber ich war entschlossen, die Kosten möglichst auf weniger als viertausend Dollar zu drücken. Ich musste genügend Mieter mit Schlafplätzen und Essen versorgen, um die laufenden Kosten reinzubekommen und noch was zu verdienen. Acht Mieter zu sechzehn bis fünfundzwanzig Dollar die Woche würden die Unkosten decken und mein Bankkonto fett machen. Jeder Pensionsgast brauchte eine Schlafkoje, einen verschließbaren Spind, und der Raum musste groß genug sein, dass die Jungs nicht einer über den andern fielen. Zwei Waschbecken. Was anfangs wie 'ne einfache Sache ausgesehen hatte, wurde zu einem logistischen Problem.

Die Latten im Bett über mir machten ohquie-ohquie, dann Kräckckck! und Berta schrie. Dann übernahm der knarrende Boden den Rhythmus. Aus einem Radio kamen Boleros. Und draußen rauchte jemand. Ich folgte dem Rauch. Er kam von einem kleinen Mann, der im Mondlicht im Hinterhof auf einem Metallstuhl saß. »Buenas noches«, sagte ich.

»Fünf zu eins, dass ich weiß, warum ihr hier seid«, antwortete der Mann mit leiser Stimme.

»Mein Partner und ich sind grade erst in der Stadt angekommen. Wir sind Musiker«, sagte ich.

»Hab ich verloren. Zigarette?« Er stellte den Blechbüchsenaschenbecher ab und hielt mir die Packung hin. Ich nahm eine. Er gab mir Feuer und nutzte die Flamme, um mich zu mustern. Ich bekam ihn auch kurz zu sehen – er war schon etwas älter und auf die Art ausgemergelt wie man's von Hobos kennt. Aber er hatte die wachen Augen eines Mannes, der mit allen Wassern gewaschen war.

»Danke. Ich bin Al Maphis. Und Sie sind'n Spieler?«

»Jim McGhee. War ich, immer mal wieder. Und bin irgendwie hier gestrandet. Ich mag Mexikaner, sie drücken nicht ständig auf die Tube.«

»Sie haben jemand anderen erwartet?«

»Immer, seit meinem letzten miesen Blatt immer. Das war oben in Joplin. Ich habe euren Buick vorne gesehen. Ein interessantes Fahrzeug. Sie können quer durch's ganze Land fahren, ohne irgendwo bleiben zu müssen.«

»Haben wir gelegentlich schon gemacht.«

»Was ist in dem großen Kasten auf dem Dach, wenn ich fragen darf?«

»Wassertank. Und die Instrumente sind oben. Kontrabass und Schlagzeug. Der Schlagzeuger bin ich, Ray ist der Bassist. Wir treten jede Nacht hier in der Stadt auf.«

McGee schien sich etwas zu entspannen. Er lehnte sich im Stuhl zurück und sah in den schwarzen, mit Wolken gestreiften Himmel.

»Einen Nachthimmel wie hier draußen hab ich nirgendwo sonst je gesehen«, sagte er. »Schon mal in Joplin gewesen?«

»Hab noch nie da oben gearbeitet. Das hier ist 'ne Drecksstadt. Arizona ist'n Drecksstaat und hat null Swing, außer man sitzt gern da und sieht den Wolken zu.«

»Ich krieg meine Kicks immer. Alles, was ich brauche, ist ein Einsatz.«

Ich ließ den Spruch ein bisschen stehen. »Berta hat mir gesagt, dass Sie ein guter Mechaniker sind.«

»Maschinenschlosser-Meister, Abschluss mit Bestnote. Ich war Chef der Werkzeug- und Materialabteilung bei Martin-Marietta während des Kriegs.«

»Tatsächlich? Ich frage mich, ob Sie mir helfen könnten. Ich hab da eine Idee, mit der man Geld machen kann, aber ich brauche fachmännische Beratung. Es ist so, Jim, das Musikgeschäft ist'n doppelter Beschiss. Du bringst es nicht weit, wenn du keine Platten machst, und genau das kontrolliert aber der Mob. Also was willst'n da als Schlagzeuger machen? Aber ich bin hier im Westen viel herumgekommen und hab dabei eine wichtige Sache kapiert. Der Straßenbau und die Ölförderung und die wachsende Bevölkerung seit dem Krieg, das alles hängt mit dem Wohnen zusammen. Unterkünfte sind der Schlüssel. Du kriegst für einen Job keine Arbeiter, wenn sie nicht zu 'nem erschwinglichen Preis wohnen können. Und erst dann können sie den Rest von ihrem Lohn für Musik und Mädchen und Alkohol ausgeben.«

»Für gezinkte Karten und Würfel und Pferde«, sagte McGee.

»Ich würde Ihnen meine Idee wirklich gern erklären. Ich wette, dass ein ausgebildeter Mann wie Sie alles bis auf den letzten Cent berechnen könnte.«

»Dann testen Sie mich.«

»Wir sehen uns morgen.« Ich ließ ihn mit seinem Rauch und seinen Wolken in seinem Stuhl sitzen.

Ich roch Schweinefett, als ich aufwachte, und glaubte, ich wäre wieder daheim in Tulsa. Frag einen Mexikaner nach seiner frühesten Erinnerung, und du bekommst von allen dieselbe Antwort: in der Pfanne bruzzelndes Schweinefett. Mein Vater war ein Weißer und ein Gesetzeshüter, aber die Zustände in seinem eigenen Haus bekam er nie unter Kontrolle, und daran zerbrach er. Ich konnte zusehen, wie es dazu kam. Mama war ein mexikanischer Hitzkopf. Sie war ein dunkler Typ und so anders als Papa wie Tag und Nacht. Sie lebte für's Tanzen, Cain's Ballroom war ihr eigentliches Zuhause. An jedem Abend der Woche war sie dort zu finden, und sie tanzte mit jedem der anwesenden Männer. Es war völlig normal, dass Blut floss, wenn's darum ging, wer als nächster mit ihr dran war. Eines Nachts kam Papa rein und teilte ihr mit, wir würden nach Kalifornien umziehen. Ein Schrank von einem Mann, wahrscheinlich ein Hilfsarbeiter von einem der Ölfelder, sagte zu Daddy, er solle sich aus Dodge verpissen.[*] Papa war in Uniform, und er zog seinen Dienstrevolver und forderte den Mann auf, im Namen des Gesetzes aus dem Weg zu gehen. Der Mann schaffte es jedoch, ihm die Waffe zu entreißen, er haute sie ihm über den Schädel und schlug ihn zusammen, während die Meute zusah. Damit war die Ehe meiner Eltern beendet, und die Karriere meines Vaters als Gesetzeshüter. Er verschwand und wir sahen ihn nie wieder, hörten nur manchmal irgendein Gerede. Mama starb fünf Jahre später an ihrer kaputten Leber. Ich bekam die Nachricht von ihrem Tod während ich in Catoosa, Oklahoma, auf der Bühne war. Ein Mann aus dem Publikum reichte einen Zettel rauf. Ich spielte weiter, was hätte ich sonst tun können? Mama liebte den Rhythmus. Wenn ich eine Sache in Tulsa gelernt habe, dann dass die Dinge besser laufen, wenn du als Weißer auftreten kannst; Papas Beispiel war kein Widerspruch dazu. Und auch wenn's nicht immer funktioniert, ist das meine Theorie. Deshalb sagte ich zu Smokey, als wir anfingen zusammen rumzuziehen: überlass das Reden mir. »No problema, mi jefe«, sagte er.

Ich wusch das Geschirr und ging runter. Da saß Smokey mit seiner Nase in einer Schüssel Gemüsesuppe, die mexikanische Medizin gegen Kater. »Zuviel Pussy«, sagte er.

»Vergiss es. Wir haben hier eine echte Chance. Langsam passt alles zusammen, das Ding läuft.«

»Ich hab nicht soviel Saft, Chef.« Mit besorgter Miene aß Smokey seine Gemüsesuppe weiter.

Harry Spivak wies uns darauf hin, dass wir eine Gruppe von der High School in der Matinée hatten und uns bes-

---

[*] Redensart nach der beliebten Fernsehserie *Gunsmoke* bzw. *Rauchende Colts*, die in Dodge City spielte.

ser wie Gentlemen benehmen sollten. Der Pianist Billy Tipton war grade in der Stadt angekommen und man durfte davon ausgehen, dass das 'ne heiße Sache werden würde – der Live-Auftritt einer bekannten Persönlichkeit in einem verschnarchten Kaff wie Kingman! Bei einem früheren Engagement in der Dallas-Fort Worth-Gegend hatte ich bereits mit Billy gespielt, wir kannten uns also. Billys Karriere im Showbusiness war ungewöhnlich. Seit Jahren trat sie als Mann auf, und sie hatte es geschafft. Sie trug einen Kurzhaarschnitt, elegante, maßgeschneiderte Gabardine-Anzüge – und eine Fliege, die ihr Markenzeichen war. Ein normale Krawatte wäre zu auffällig, wenn Sie wissen, was ich meine. Billy stand auf Frauen – wer denn nicht? – und der Spruch, der die Runde machte, lautete, dass sie mehr Ärsche bekam als 'ne Klobrille. Sie führte die Hinterwäldler schön an der Nase herum. Zum Beispiel sagt Billy: »Meine Damen und Herren, besonders Sie, meine Damen! Zum Vergnügen für Ihre Tanzbeine und Gehörgänge ist es dem Billy Tipton-Orchester jetzt eine Freude, Ihnen eine kleine Nummer zu präsentieren mit dem Titel ›Ich wusste nicht, wie spät es war‹. Leg los, Al Maphis!«

Und ich legte los. Billy war wirklich ein Pianist mit einem sehr tollen Swing. Und »Falling in Love Again« war dann ein spezieller Song, um Billys Gesang zu präsentieren: »Die Liebe ist mein Spiel, und ich spiel's wie ich will. Ich glaube, so wurd' ich eben geschaffen, und dagegen kann ich nichts machen.« Die High School-Mädchen waren hingerissen. Billy saß am Klavier und schrieb Autogramme. Was meiner Meinung nach ein typischer Spießersport ist. Die Leute überlegen sich, dass sie ein Erinnerungsstück mit nach Hause nehmen wollen; und dann vergessen sie das alles wieder und verlieren ihr Autogramm auf dem Parkplatz. Die Mädchen drängten sich um's Klavier und schienen gleich durchzudrehen wegen ihr.

Wegen ihm, sollte ich sagen. Sie waren ganz normale

weiße Jugendliche. Aber sie wussten eben nicht, wie spät es war.

Billy war charmant, und ich durchschaute sie und blieb in der Nähe. Auf zwei der Mädchen hatte sie ein Auge geworfen, eine Blondine und ihre Freundin, eine dickliche kleine Brünette. Zwei Freundinnen lassen sich gut abschleppen. Zusammen fühlen sie sich sicher und man kann sie leicht vom ganzen Rudel trennen. »Ich geb im Hotel eine kleine Party«, sagte Billy, »für ein paar Freunde von mir aus der Stadt. Wie steht's mit euch Mädchen, wollt ihr mit mir in der Limbo fahren?« Für eine Frau hatte Billy eine raue Stimme.

»Was ist 'ne Limbo, Mr. Tipton?«, fragte das blonde Girlie.

»Ich meinte Limo, das ist nur Musikergequatsche, ihr wisst ja, wie's mit Entertainern so ist, wir machen gern Blödsinn, ihr werdet sie alle kennenlernen auf der Party, wir machen 'ne Sause!«

Die Brünette sagte: »Also, ich weiß nicht, ob wir in ein Hotel gehen.«

»Oh, sicher, das ist der lustige Teil«, sagte die Blonde, »ich war noch nie bei sowas. Wart mal ab, wenn Maxine das hört!«

»Sicher«, wurde sie von Billy unterbrochen, »und passt mal auf, wenn eure Freunde hören, wen ihr getroffen habt. Hey, Al Maphis, sag ihnen, wer da erscheinen wird!« Billy schaute mich an und ich wusste, wo's langgehen sollte.

»Dann passt mal auf, Mädchen. Genau jetzt ist ein VIP in eurer Stadt, um Billy wegen einem echt großen Geschäft zu treffen. Ich hoffe, ich kann mich drauf verlassen, dass ihr das absolut niemandem erzählt.«

»Bei meiner Mutter!«, sagte die Blondine. Sie fand's aufregend.

»Sein Name ist Johnny Dollar, er ist einer der Top-Spieler in Los Angeles. Er gibt jedem, dem er zum ersten Mal begegnet, einen Silberdollar, damit man sich für immer an ihn erinnert, aber das bleibt unter uns. Johnny hat Menschen einfach gern, und wenn er in 'ner Runde dabei ist, dann will er, dass jeder einen Riesenspaß hat.«

»Er ist ein Spieler?«, fragte die Brünette. Ihr Widerstand bröckelte langsam. Und der Getränke-und-Essen-frei-Hinweis gab ihr den Rest.

»Johnny ist der Mann mit dem Spesenkonto für Action«, sagte Billy. »Du weißt nie, was passiert. Geht immer nur darum, dass die Leute gut drauf sind.« Sie legte ihren Arm um die Blondine und drückte sie fest an sich. Der Deal war perfekt, ich konnte es riechen.

Wie allgemein bekannt, sind Hotels in Hinterwäldler-städten so nett wie ein juckender Arsch. Keine Farbigen, keine Frauen ohne Begleitung, Trinken und Glücksspiel verboten. Billy hatte eine Suite im obersten Stockwerk, im vierten, und das Management hatte nichts gegen ihn. Es hieß nur: »Bitte hier entlang, Mr. Tipton, wir freuen uns, Sie wieder begrüßen zu dürfen, Mr. Tipton«, und so weiter. Ich fuhr mit Billy und den beiden Mädchen nach oben.

Billy bestellte beim Hotelpagen Sandwiches und Alkoholika. Die Mädchen untersuchten die Suite. Das Kingsize-Bett gefiel ihnen, sie hüpften darauf herum und lachten und wollten nicht mehr damit aufhören. Und Billy saß da und sah ihnen zu. Betty Newlands hieß die Blondine, sie hatte süße schlanke Beine und konnte wirklich gut hüpfen. »Betty ist an unsrer Schule Cheerleader«, erklärte Joyce, die Brünette. Und Betty hüpfte echt toll. Sie hob ihr Kleid hoch, wie es Cheerleader machen, und zeigte ihr Höschen. »Betty, lass dein Kleid *unten*!«, mahnte Joyce. Und plötzlich war ich wieder in Oklahoma. Ich sah die weißen Laken vor mir, das brennende Kreuz, ich spürte die Hitze.

»Al, warum begleitest du Joyce nicht ins Wohnzimmer und besorgst ihr was zu essen und zu trinken?«, sagte Billy zu mir. Billy machte große Augen, sie war scharf.

Ich schob Joyce raus und machte die Schlafzimmertür hinter uns zu. »Also, mal sehn, was wir haben. Es gibt Schinken, Käse, Schinken mit Käse, und, Joyce, Schätzchen, es gibt ein paar von diesen kleinen Tamale-Cocktails. Und hier haben wir Scotch, Bourbon und Ginger Ale. Ich schätze, du bist bereit für 'nen Teller und 'nen Drink. Mir ist ein bisschen warm geworden, was hältst du von einem großen kalten Drink? Wie wär das? Und mal sehn, was das Radio zu bieten hat. Schau mal, wir sind hier ganz oben im vierten Stock, sieh dir mal diese Aussicht an.« Zwei Blocks hinter dem Hotel hatte Kingman schon aufgegeben. Und dahinter kam nichts als Wüste, hunderte von Kilometern, vielleicht mehr.

Joyce nahm sich einen Tamale-Teller. »Sowas hab ich noch nie probiert«, sagte sie. Ich mixte ihr einen schwachen Highball und für mich einen starken.

»Das sind mexikanische Teigtaschen, innen Schweinefleisch, drumrum der Teig.« *So wie du, Schätzchen.* Aber ich bekam ein schlechtes Gefühl. Als würde der Saxophonist ein Solo in der falschen Tonart spielen und du kannst nichts dagegen tun. *Schulmädchen gefangen gehalten. Öffentlichkeit fordert Gerechtigkeit.*

»Mein Daddy hat uns gesagt, dass wir uns von Mexikanern immer fernhalten sollen.«

»Das ist ein guter Rat. Trink deinen Drink, Süße.«

»Wo sind die denn alle? Wann fängt die Party endlich an?«, fragte sie. Im Schlafzimmer war es still. Die Party hatte angefangen. Und genau in dem Moment klopfte es an der Tür der Suite. Ich wusste, dass es ein Fehler war, aber ich machte auf. Ein Mann in einem wie 'ne Haifischhaut glänzenden Western-Anzug, mit polierten schwarzen Cowboystiefeln und einem Stetson mit 'ner Krempe, wie sie für Spieler typisch ist. Seine Klamotten kosteten mehr als ich in sechs Monaten verdienen konnte, selbst wenn ich jeden Tag arbeitete. Einsfünfundneunzig groß, schmal und so hart wie'n Telephonmast. *Bitte, töten Sie mich einfach nur*, dachte ich.

»Ich habe gehört, dass Billy Tipton hier ist«, sagte er.

»Da haben Sie aber richtig gut zugehört, kommen Sie rein, trinken Sie was, Jackson, außer uns Hühnern ist niemand hier«, sagte ich. Wollte kess aufgedreht rüberkommen, als wäre da schwer was los in unserem Schuppen.

»Wer sind Sie, mein Freund? Und wo ist Billy?«, sagte er.

»Ich bin Al Maphis. Sag mal, hast du was dagegen, wenn ich dich Hurley Jim Bowling nenne?« War natürlich bescheuert, ihn so anzuquatschen, aber ich hatte den ganzen Tag nichts gegessen außer diesem Highball.

»Warum sollten Sie?«

»Weil das dein Name ist. Joyce, darf ich dir Hurley Jim vorstellen, ein bekannter Mann in gewissen Kreisen. Ich hab dir ja gesagt, dass die Party in Schwung kommt.«

»Ich versteh Ihren Witz nicht«, sagte er, viel zu ruhig.

»Was läuft hier für'n komisches Spiel? Du siehst wie ein Mex für mich aus.«

»War nicht böse gemeint. Ich bin Billys Schlagzeuger. Wieviele Schlagzeuger braucht man, um 'ne Glühbirne auszuwechseln? Drei: Einer schraubt sie rein, einer zählt mit.«

»Vielleicht gehst du jetzt mal besser an die Luft, Pancho. Und schaff das Kind raus, es gibt Gesetze in diesem Staat.«

»Wir waren grade am Gehen. Joyce, Hurley Jim hat völlig recht. Sollen wir vamonos por ein nettes, ruhiges Lokal?«

»Und was ist mit Betty? Ich kann hier nicht weg ohne Betty«, sagte Joyce.

»Wer ist Betty?«

»'ne andere gute Freundin von Billy. Schon mal in Joplin gewesen?«

»Von da komm ich grade. Was ist damit?«

»Gar nichts. Ich selber war noch nie so weit oben im Norden, hab's nie geschafft.« Ich schob Joyce in den

Gang raus und trieb sie dann schnell die Hintertreppe runter.

Die Nacht war angebrochen, und der Wind blies feinsten Staub von den Bergen runter und durch die Hauptstraße, in der um diese Zeit keine Menschen und keine Autos waren. Alle waren niedergestreckt von ihren gebratenen Hühnersteaks mit Kartoffelbrei. Wir gingen in Richtung Bowling-Center. Der Himmel verfärbte sich von orange in rot und violett, und um unsere Füße wirbelte Staub und Papiermüll. »Das war keine so gute Party«, sagte Joyce.

»Was meinst du damit?«

»Ich dachte, Mr. Billy Tipton wäre viel netter. Ich dachte, wir würden Spaß haben und Leute kennenlernen.«

»Hast du doch.«

»Ugh, dieser Mann hat mir gar nicht gefallen. Warum hat er gesagt, dass du wie'n Mexikaner aussiehst? Bist du einer? Also mir kommst du ziemlich weiß vor.« Sie hielt sich die Hand vor den Mund. »Oops, tut mir leid.«

»Keine Ursache. Hurley Jim Bowling ist kein Mann, den man sympathisch findet, das geb ich zu. Er ist'n Profi-Spieler, und das ist 'ne kleine Stadt. Ich weiß nicht, was er hier zu tun hat, aber ich werde versuchen, ihm aus dem Weg zu gehen.«

»Betty Newlands spielt immer ihre blöden Spielchen mit mir. Wir gehen zusammen weg, und dann lernt sie jemanden kennen und verschwindet, ohne mir was zu sagen. Ich bin nie dabei, wenn's spannend wird.«

»Dann sag ihr, dass dir das nicht gefällt.«

»Oh, nein. Betty ist'n sehr hübsches Mädchen, für sie ist das was anderes.«

»Warum? Du siehst doch auch ganz nett aus.«

»Das musst du nicht sagen, ich weiß, dass ich fett bin.«

»Dann tu irgendwas, geh Tanzen.«

»Ich mag Bowling. Dicke Leute sind gut im Bowling. Magst du Bowling?«

»Hab's noch nie versucht.«

»Ich kann's dir beibringen! Betty will's nicht versuchen, ist ihr doch egal, was mir gefällt.«

»Das ist sehr nett von dir, aber ich bin in der Band, und das Management will nicht, dass wir uns auf der andern Seite von der Bühne irgendwo blicken lassen, verstehst du?« Mit einem Adios verabschiedete ich mich von Joyce. Und schlug den Weg zurück ins Latino-Viertel ein.

Jim McGee hatte im Hinterzimmer von Berta's über den ganzen Tisch Papiere ausgebreitet. Ich holte mir ein Bier und setzte mich ihm gegenüber. Er hatte gearbeitet.

»Acht Männer können auf einer Bodenfläche von 18,5 Quadratmeter bequem wohnen. Die meisten Bundesstaaten beschränken auf ihren Highways die Breite für Trailer auf 250 Zentimeter, und eine Mehrzahl der Staaten erlaubt eine Gesamtlänge von bis zu 10,5 Meter. Falls du in allen Staaten fahren willst, musst du die erlaubten Maße einhalten. Und wenn du außerdem auch auf Landstraßen herumkurven willst, gilt, je kürzer und schmäler desto besser. Um die benötigten 18,5 Quadratmeter zu bekommen und dabei die gesetzlichen Vorschriften einzuhalten, würde ich für den Wohnwagen eine Breite von 226 Zentimeter und 8,2 Meter Länge vorschlagen. Macht 18,5 Quadratmeter. Man braucht etwa zwanzig Minuten für Waschen, Zähneputzen und Rasieren – mal zwei Personen. Was rein rechnerisch bedeutet, dass an zwei Waschbecken und einer Dusche drei Männer zugleich beschäftigt sind, und somit wären acht Pensionsgäste gewaschen, rasiert und feinstens rausgeputzt innerhalb von 45 Minuten. Ein 120-Liter-Tank mit Boiler versorgt dich mit dem benötigten heißen Wasser. Jeder Spind hat einen Rauminhalt von 0,5 Kubikmeter, das ist ausreichend für Kleidung und Arbeitszeug, falls deine Mieter Tagarbeiter sind. Dann haben wir noch die Außentoilette. Eine automatische Druck-Spülung mit einer Entleerung durch einen 5-cm-Schlauch müsste die Lösung sein. Für den

Rahmen solltest du extra-starke Eisenträger nehmen, 15-cm-Stärke statt der üblichen Zehner. Für den Zwischenraum der Trailer-Wände eine 5-10-cm-Füllung mit Glasfaser und Steinwolle. Mach dir'n Kreditkonto im Schnapsladen für die Bauzeit. Hundertzwanzig Päckchen Chesterfield-Zigaretten. Bargeld – ein guter Tausender, um anzufangen. Ich brauch einen Monat, falls ich nicht wegen irgendwas unterbrechen muss. Hast du Fragen?«

»Nur eine. Was macht ein Mann wie du in der Wüste?«

McGee drückte seine Zigarette in der Blechbüchse aus und zündete sich die nächste an. In der El Otro Lado-Bar auf der anderen Straßenseite ging's gut zur Sache und die Jukebox gab alles, um sich im Lärm Gehör zu verschaffen. »Ingrato Amor«, schluchzte sie.

»Ich hab keinen Grund zur Klage«, sagte er leise. »Es gibt jemanden, bei dem ich ziemlich Mist gebaut habe. Wenn ich diesen Job für dich machen kann, hätte ich wieder Startkapital. Und wenn ich den Einsatz erhöhen und mich mit einigen Leuten arrangieren kann, könnte ich mich wieder um mein eigenes Geschäft kümmern, und vielleicht sogar wieder mit meiner Frau und dem Kind zusammenkommen.«

»Einige Leute in Joplin?«

»So sieht's aus.«

»Okay, wir sind im Geschäft. Irgendwie werd ich's zusammenkriegen, was du brauchst.« Wir schlugen ein. McGee hatte kleine Hände und sein Händedruck fühlte sich schwach an, aber er hatte eine Menge im Kopf. Sie wissen ja, was man über Schlagzeuger und Glühbirnen sagt.

Harry Spivak ließ die Band auf der Bühne antreten. »Jungs, ich habe den Vertrag um zwei Wochen verlängert. Und Billy hat mir mitgeteilt, dass er für die Dauer des Gastspiels bei uns bleibt.«

»Hast du ›Erhöhung‹ gesagt oder hab ich mich verhört?«, sagte ich.

»Ich will saubere Hemden und gebügelte Hosen sehen. Wenn es sechs Uhr Showtime heißt, dann will ich euch um 5:45 in bester Verfassung hier haben. Euer persönlicher Scheiß hat auf der Bühne nichts verloren, und damit meine ich dich, Maphis.«

»Wir wollen fünf Dollar die Woche Lohnerhöhung, fünfzehn Minuten Pause, und Benutzung von Toiletten- und Waschräumen«, sagte ich.

»Ich hab Nierenprobleme, ich muss oft pissen«, sagte Junior Tommy McClennan, unser kleiner Gitarrist.

»Maphis, ich erwarte etwas Dankbarkeit. Ich führe ein Haus, zu dem Farbige ohne Ausnahme keinen Eintritt haben, vergiss das nicht«, sagte Spivak. In dem Moment kam Billy durch den Haupteingang – Hurley Jim zu seiner Linken, Betty Newlands rechts, knackig und munter.

»Hab grade eine freundschaftliche Diskussion mit den Jungs«, sagte Harry zu Billy, ohne weiter darauf einzugehen.

»Solange nicht drüber abgestimmt wird, sind wir aus dem Spiel«, sagte ich. »Wir kennen unsere Rechte.« Ich wandte mich an die Band. »Sind alle dafür?« Die Okays hatten es.

»Was wollt ihr, Al?«, fragte mich Billy.

»Wir verhandeln über acht Dollar Lohnerhöhung die Woche und bessere Arbeitsbedingungen. Man erwartet von uns, dass wir hinten in der Gasse pissen.«

»Maphis, du bist gefeuert«, schnarrte Spivak.

Hurley Jim machte einen Schritt auf ihn zu. »Gib ihnen zehn Dollar mehr die Woche. Toiletten. Maphis bleibt.«

»Wer zur Hölle sind Sie, dass Sie mir Befehle geben? Das ist mein gottverdammter Laden, ich bin Harry Spivak.«

»Ich bin Billys Manager. Nimm's an und schluck's runter.«

Smokey nahm Berta mit zum Einkaufen, sie gingen ins Geschäft für Western-Bekleidung an der Route 66. Er kaufte sich einen neuen Stetson und ein schickes Gabardine-Cowboyhemd mit Pfeilen und Strasseinlagen.

»Verleiht einem Mann elegancia«, sagte Berta. Sie bekam ein Paar Indianermokkassins aus schönem Wildleder mit Büffelhornknöpfen und einen Schal, der mit der Heiligen Jungfrau bestickt war. Sie sah sehr hübsch und frech aus.

Dann gingen wir über die Straße ins Otro Lado, um zu feiern, dass wir mehr Geld bekamen. Jim McGee hatte sich in den Trailer-Plänen vergraben, aber Berta ließ nicht locker und er kam mit. »Immer Arbeit und kein Vergnügen, el señor!«

Ich fragte McGee, ob er Hurley Jim Bowling kannte. Er sagte, dass Bowling ebenfalls in Joplin gewesen sei und dass er dort das Spiel machte. Ich erzählte ihm, Hurley Jim wäre nun hier in Kingman, und er meinte, dass es dann in Kingman wohl heiß werden würde.

Wir ließen die Jukebox laufen: Lalo Guerrero, Beto Villa, Chelo Silva, Lola Beltran. Ich tanzte mit Berta, Smokey tanzte mit Berta, Jim tanzte mit Berta. Jim war ein sehr geschmeidiger Tänzer. »Supersüß!«, sagte Berta. Und die ganze Nacht nannte mich niemand einen verdammten Kommunisten oder einen miesen Mex.

Der Streit um die Arbeitsbedingungen war beigelegt. Hurley Jim sah wie ein Gewinner aus, Harry Spivak sah alt aus. Aber die eigentliche Story war die von Billy Tipton und Betty Newlands. Frank Napolitano, unser erster Trompeter, war gierig auf Neuigkeiten.

»Al«, sagte er, »du bist doch mit Billy gut befreundet. Ich hab da so'ne kleine Kamera, wie sie die Scheidungs-Detektive benutzen, um die Leute zu ficken, schau mal. Du könntest doch ein paar Fotos schießen, Al! Bitte!« Und die Jungs zogen Scheine raus und hielten sie mir hin.

»Keine Chance«, sagte ich, »weil nämlich Hurley Jim auf dem Foto drauf ist, und ein Mexikaner liebt sein Leben so, wie's ist.«

Frank bekniete mich, flehte mich an: »Aber hat denn dieses Chick inzwischen kapiert, was los ist?«

»Ich weiß von Garnichts«, sagte ich.

Hurley Jim hatte sich im Hotel Kingman in der Suite neben Billy einquartiert. Er fuhr Billy mit seinem Cadillac zum Lanes, verschwand dann für eine Weile und kam später zur Show. Er sagte, dass wir umsonst die Bowlingbahnen benutzen könnten, und das freute die Jungs sehr. Er fuhr Billy und das Mädchen immer nach Hause.

Spivak nahm alles hin, ohne ein Wort dazu zu sagen. Ich fragte Billy, warum. Spiel du nur dein Schlagzeug, sagte sie. Ich wagte es zu bemerken, dass es vielleicht nicht so gut wäre, wenn man sie in so 'nem Hinterwäldlerkaff mit 'nem High-School-Girl herumziehen sieht. Halt's Maul und zähl ein, meinte sie.

Berta erzählte, dass das Lanes ein Umschlagplatz für illegalen mexikanischen Schnaps war. Er wurde dort in andere Flaschen umgefüllt und dann nach Los Angeles geliefert. Auf der Südseite war das allgemein bekannt. »Ist ein Tauschgeschäft, mein Bruder weiß es genau«, sagte Berta. Smokey sagte, dass das stimmte, er hätte sie beim Verladen beobachtet. Du hast gesehen, wie Kartons eingeladen wurden? Ich war grade beim Pissen. Wieso gehst du auf den Parkplatz zum Pissen, wenn wir das Recht auf Toiletten erkämpft haben? Ich habe gesehen, was ich gesehen habe, mi jefe.

Eines Nachts bat mich Billy, ich sollte Betty nach Hause fahren. Sie wohnte auf der Nordseite. »Was hält eigentlich deine Familie von all diesen Sachen?«, fragte ich sie.

»Was meinst du mit all diesen Sachen?«

»Nachts unterwegs, Hotels, Cadillacs. Gibt Leute, die keine Musiker mögen, weil sie 'nen schlechten Ruf haben.«

»Billy hilft mir, meinen Gesang zu verbessern. Er sagt, dass ich ein Naturtalent bin. Er will mich in der Band mitsingen lassen, wenn ich soweit bin. Und meine Mama sagt, er ist'n echter Gentleman.«

»Und was ist mit Hurley Jim? Gefällt er deiner Mutter auch?«

»Oh, ja. Er hilft ihr dabei, das Geld von der Lebensversicherung von meinem Papa zu investieren.«

»Wo ist dein Papa?«

»Letztes Jahr gestorben. Herzschlag.«

»Das tut mir leid.« *Er wäre jetzt so oder so umgekippt.*

»Da ist unser Haus. Danke, Al.«

»Hasta mañana, Betty.«

»Wann kann ich anfangen?«, wollte Jim McGee von mir wissen. »Ich kann hier nicht mehr so lang rumhängen. Bowling ist in der Stadt, mein Magengeschwür hat sich wieder gemeldet. Dein Kumpel Ramon lässt mich nicht schlafen, singt dauernd oder knallt die Braut. Also, wann geht's los?«

»In Kingman ist Geld zu holen«, sagte ich. »Ich kann's riechen.«

Montags hatten wir unseren freien Abend. Ich trank Bier in der Otro Lado-Bar. Billy kam rein, sah sich um. Sie entdeckte mich und setzte sich zu mir in die Nische. »Willkommen auf der dunklen Seite, Billy«, sagte ich, »Enchiladas mit Schweinefleisch und grüner Soße kann ich dir empfehlen.« Ich war ein bisschen betrunken.

»Fahr mich nach Los Angeles.«

»Du siehst nervös aus. Warum flüsterst du? Musst nicht flüstern, hier sind nur wir Mexikaner, aber egal, du bist hier genauso ein Freund. Willst du 'n Bier, ich lade dich ein.«

»Halt die Klappe, Al. Hör dir einfach nur an, was ich dir sage. Ich zahl dir gutes Geld.«

»Kann ich immer gebrauchen. Gibt's ein Problem in Kingman?«

»Frag nicht.«

»Und wer fährt noch mit, ich würde gern vorher das Auto waschen lassen.«

»Betty.«

»Sie werden dir den Mann-Act* soweit reinschieben, dass du ihn nicht mehr rauskriegst. Du würdest den Knast nicht überleben, Billy.«

»Tausend Dollar.«

»Die werden mich am Kronleuchter hängen. Und das war's dann mit ›Leg los, Al Maphis.‹«

»Fünfzehnhundert.«

»Wann?«

»Jetzt sofort. Betty hatte Ärger, wir müssen sie aus diesem Staat rausschaffen.«

»Zweitausend, im Voraus.« Wir schlugen ein. Für eine Frau hatte Billy einen kräftigen Händedruck.

Billy gab mir das Geld, und damit war sie blank. Ich nahm mir ein paar Scheine für meine Unkosten und ließ den Rest bei Berta. »Pass auf Smokey auf«, sagte ich zu ihr, »ich bin irgendwann morgen wieder zurück.«

»Vaya con dios«, sagte sie.

Wenn ich da heil rauskomme, geh ich wieder in die Kirche, dachte ich, und erinnerte mich an Pater Bernalillo, meinen ersten Schlagzeuglehrer. Er lehrte mich, grade zu sitzen und die Stöcke gradaus nach vorn zu halten. Außerdem hatte ich Musikunterricht bei einem alkoholsüchtigen Zwerg namens Ray Diker. Das war zu der Zeit, als Gene Krupa der Held war, alle Schlagzeuger in der Stadt waren verrückt nach ihm. Ray aber sagte mir Folgendes: »Vergiss Krupa. Er spielt mit den Händen oben am Gesicht, als würde er Chop Suey essen. Wenn du isst, dann iss. Aber wenn du Schlagzeug spielst, lass deine Hände unten.« Ray starb an einem Blinddarmdurchbruch im Backstage von Cain's Ballroom. Die Jungs von der

---

* Seit 1910 ein nach R.L. Mann benanntes Bundesgesetz zur Verhinderung von Prostitution von Minderjährigen.

Band legten ihn auf zwei Stühle, so klein war er. Meine Mutter weinte, denn seine Art, Rhythmus zu machen, liebte sie am meisten. *Ich werde zurückkommen, Herr Pfarrer, aber ich weiß nicht, wann.*

Es war zwei Uhr morgens, als wir auf den Highway fuhren. Billy legte sich hinten Schlafen, Betty saß neben mir. Ich fand einen Sender, der Swing spielte. Wenn man nachts durch die Wüste fährt, fühlt sich das an, als hätte man alle Zeit der Welt.

Irgendwas stimmte nicht mit Betty, sie war totenstill. Ich hatte ein schlechtes Gefühl, als würde die Klan-Bande die Pferde satteln. Der Buick war alt und langsam – und nur die einfache Ausführung, ohne ein Geschütz auf'm Dach.

»Betty, wenn du mal unter den Sitz langst, da liegt eine Flasche. Trink doch 'nen Schluck.«

»Mir schmeckt kein Schnaps.«

»Nein? Mir manchmal schon. Wir haben hier 'n bisschen Weg vor uns, ich denke, ich trink mal 'nen Schluck, falls du nichts dagegen hast.«

Ich nahm die Flasche.

»Hab ich nichts dagegen.«

»Danke. Oder willst du 'nen Kaffee, hast du vielleicht Hunger? Wann hast du zuletzt was gegessen?«

»Ich hatte ein Sandwich.«

»Ich liebe Sandwiches. Was für'n Sandwich hattest du?«

»War so ein komisches. Rosa. Salzig.«

»Rosa und salzig? Das ist komisch, wo war das?«

»Soll ich nicht sagen.«

»Okay, aber dieses Sandwich interessiert mich. War's mit Rind oder Hühnchen? Oder Salami?«

»Nichts davon.«

»Und wie nennt man das?«

»Hab ich vergessen, ist doch egal.«

»Vielleicht Lachs? Klingelt's da bei dir?«

»Ja, Lachs. Er hat's Lachs genannt. Lag auf diesem

komischen runden Brot. War schwer zu kauen. Musste fragen, ob's normales Brot gibt.«

»Und was war dabei? Gab's auch Salat dazu?«

»So kleingeschnittener Salat und Pickles. Ich kann Pickles nicht ausstehn. Und er hat mich mit seinen Händen angefasst. Ich kann's nicht ausstehn, wenn das irgendjemand außer Billy macht. Er hat mich ausgelacht, hat mich eine Schickse genannt. Kann ich nicht ausstehn, was immer das sein soll.«

»Ich bin ganz deiner Meinung, das war nicht sehr nett. Viele Leute mögen keine Pickles. Was hast du dann gemacht?«

»Ich hab auf ihn geschossen.«

Meine Finger klammerten sich so fest ans Lenkrad, dass ich mir nicht sicher war, ob ich jemals wieder was anderes tun könnte als Autofahren. Schließlich schaffte ich es, die Flasche zu nehmen und zu trinken.

»Einmal, zweimal?«

»Weiß ich nicht. Ich hab immer wieder abgedrückt.«

»Muss aber 'n ganz schönen Krach gemacht haben, da im Hotelzimmer.«

»Weiß ich nicht.«

»Und war Hurley Jim bei eurem Abendessen dabei?«

»Er war im Schlafzimmer. Hat nichts zu Abend gegessen.«

»Wieso nicht?«

»Weil er tot war, deswegen.«

»Ganz klar. Und du weißt das mit absoluter Sicherheit. Kein Irrtum möglicherweise.«

»Das ist kein Irrtum, quatsch mich nicht so blöd an, ich hab's selber gesehn!«

»Ich bin auf deiner Seite, Betty, hundertzehn Prozent. Dennoch eine Frage, ich bin etwas verwirrt, hast du Hurley Jim erschossen?«

»Nein, hab ich nicht, erzähl nicht so'n Scheiß! Dein Freund war's. Er ist dein Freund, nicht meiner, ich kann ihn nicht ausstehn.«

»Wenn du ihn nicht leiden kannst, kann ich ihn auch nicht leiden. Wenn meinst du?«

»Hab ich dir doch gesagt! Warum fragst du schon wieder?«

»Der Mann, den du erschossen hast.«

»Ja. Harry Spivak.«

Die Beleuchtung von Cool Springs Bar & Grill war an, eine nette kleine, aus Stein gebaute Wirtschaft an der Straße. Ich musste unter normale Leute gehen, die ein normales Leben führten, vielleicht sogar Spaß hatten. Ich bog ein und hielt an.

»Ich geh da mal rein und besorg uns ein paar Cheeseburger. Ich weiß, dass du Cheeseburger magst. Warte hier auf mich, steig nicht aus dem Auto.«

»Mir ist kalt, ich werd' bisschen schlafen«, sagte Betty und schloss die Augen. Ich deckte sie mit ihrem Wollmantel zu.

»Nur noch eine Frage, Betty. Wo war Billy?«

»Ich weiß es nicht. Er kam erst später.«

Ich ging rein. Der leere Speiseraum wirkte sehr behaglich, die ganze Einrichtung war aus rustikalem Fichtenholz. Das sieht immer gut aus, freundlich. Und an einem Ende brannte ein kleines Feuer im Kamin. Ich setzte mich an die Theke und begutachtete das Kuchenangebot in der Auslage. Apfel, Kirsche, Blaubeer und Rhabarber. »Rhabarber, das ist genau das Richtige«, sagte ich laut. Aus einem Hinterzimmer kam ein Mann in einer weißen Schürze, auf der in blau »Floyd« gestickt war. »Hab ein Nickerchen gemacht. Um drei Uhr morgens ist nicht viel los. Was kann ich Ihnen bringen?«, sagte er.

»Drei Cheeseburger-Deluxe, Fritten, ein Stück Rhabarber-Kuchen.«

»Nur ein Stück?«

»Meine Frau und die Kleine mögen keinen Kuchen. Fritten sind ihr Ding. Der Kuchen ist für mich.«

Ein Streifenwagen der Arizona Highway Patrol fuhr auf

den Parkplatz und hielt. Zwei Beamte in grünen Uniformen kamen rein und setzten sich in eine Nische. Ich beobachtete sie im Spiegel.

»Hey, Bernie, Dan. Das Übliche?«, sagte Floyd.

»Sicher, Floyd. Lass dir ruhig Zeit.« Der eine Cop steckte Geld in die Jukebox und ging wieder zurück und setzte sich. Sie unterhielten sich auf die leise Cop-Tour. Und Glen Miller kam halblaut dazu. Floyd kam mit meiner Bestellung. »Das macht dann acht Dollar fünfzig.« Ich gab ihm zehn und sagte, er könnte das Wechselgeld behalten.

»Danke!«, rief er über die Musik.

Im Streifenwagen war das Radio eingeschaltet. Als ich mit den Cheeseburgern vorbeiging, hörte ich es. »Achten Sie auf eine männliche Person, unterwegs mit weiblicher Begleitung. Zuletzt gesehen in Kingman. Der Mann ist von mittlerer Größe, gewellte blonde Haare, grauer Anzug. Alter: Vierzig. Auch bekannt als Billy Tipton, Beruf Entertainer. Weibliche Person bekannt als Elizabeth Newlands, sie ist minderjährig, einsfünfundsechzig, Haarfarbe blond. Vermutlich auf dem Weg zur Staatsgrenze. Ziel unbekannt. Sind möglicherweise bewaffnet, nähern Sie sich mit Vorsicht.« Ich beobachtete die beiden Cops eine Minute lang durchs Fenster. Sie quatschten mit Floyd, sie bekamen die Radiodurchsage nicht mit. Billy war aufgewacht. Ich reichte das Essen nach hinten.

»Wir sind heiß, die Fahndung läuft im Radio. Was hältst du davon, wenn du aus deinem Anzug steigst? Sie suchen nicht nach 'ner Frau.« Ich fuhr raus. Billy aß ihren Burger, Betty schlief. »Wenn nicht, dann steht's fünf zu eins, dass wir's nicht bis zur Grenze schaffen. Betty hat mir die ganze Geschichte mit Jim Hurley und Spivak erzählt. Du hast mir von Harry nichts gesagt. Das bedeutet Ärger. Das heißt, dass nicht nur die Cops, sondern auch noch die Jungs vom Syndikat nach euch suchen. Harry gehörte dazu. Und wir haben keine Zeit, um uns hübsch zu machen.«

»Wir werden's schaffen. Ich hab Freunde in Hollywood.«

»Und ich sag dir, wir werden's nicht schaffen. Ich nicht. Ich hab keine Freunde in Hollywood oder sonstwo, außer Mexikaner, und ein Flugzeugmechaniker, der in Kingman am Arsch ist. Du kannst dich verkleiden. Nimm das Make-up und den Mantel von der Kleinen, du wirst irre aussehen. Es hat Licht hinten und 'nen Spiegel.«

»Ich hab seit fünfundzwanzig Jahren keine Mädelsklamotten mehr getragen. Was ist, wenn Betty mich sieht?«

»Scheiß auf Betty! Vamos!«

Ich hatte meine Einschätzung der Lage klargestellt. Billy machte sich an die Arbeit. Und sie putzte sich wirklich schön raus. So fuhren wir dahin mit dem guten alten Buick. Bernie und Dan hatten uns knapp hinter Oatman eingeholt.

Ich fuhr rechts ran und hielt. »Gibt's ein Problem, Officer? War ich zu schnell?«

»Papiere, bitte.« Der Strahl seiner Taschenlampe wanderte durch's Wageninnere.

»Meine Frau schläft. Meine Stieftochter schläft ebenfalls. Sie haben sich mit Pommes Frites ziemlich vollgestopft, hat sie anscheinend umgehauen.«

»In Ordnung, fahren Sie weiter.« Es gefiel ihm nicht, aber so war's eben. *Ein Mann mit Frau und Kind. Sie sahen aus wie Mexikaner.*

Wir passierten um vier Uhr morgens die Staatsgrenze, und in Essex, auf der kalifornischen Seite, fuhr ich raus. Es war nur eine große Raststätte am Highway – eine Tankstelle, ein Supermarkt und vier leere Hütten für Touristen. Es war kalt und absolut ruhig. Keine Bewegung. Wie auf der dunklen Seite des Mondes. Ich parkte hinter einer der Hütten.

»Wozu hältst du?«, sagte Billy.

»Ich möchte mich ein wenig unterhalten, und ich würde gern mal 'ne Weile die Straße beobachten«, sagte ich.

Billy nahm ihre Kleidungssachen und ging hinter eine der Hütten. Als sie zum Auto zurückkam, trug sie wieder Anzug und Fliege, war wieder ihr Gegenteil, wie Clark Kent.

»Siehst super aus, Billy«, sagte ich. »Dann lass uns das mal rekapitulieren. Betty war im Hotel. Hurley Jim war bei ihr, und Harry war da. Aber du warst unterwegs. Harry hat Hurley Jim erschossen, oder Betty nimmt an, dass er's getan hat. Dann machte er sich an Betty ran und sie kam irgendwie an die Waffe, oder sie hatte eine Waffe, und sie erschoss Harry, oder nimmt an, dass sie's getan hat. So wie sie's erzählt hat, fehlen ein paar Details. Die hat doch 'nen Sprung in der Schüssel, warum zur Hölle hast du sie allein gelassen? Erklär mir das mal.«

»Ich musste unbedingt was erledigen. Betty war dort mit Hurley Jim, woher sollte ich wissen, dass Harry auftauchen würde.«

»Hurley Jim hätte sich niemals mit einem Teenager-Mädchen in seinem Hotelzimmer aufgehalten, das weiß ich ganz sicher, und du weißt das auch. Das ist 'ne ganz harte Anklage in Arizona, da geht kaum was drüber.«

»Ich war nur eine halbe Stunde weg, nicht länger.«

»Wohin weg? Um was zu tun?«

»Das ist was Persönliches.«

»Das wollen wir natürlich nicht, dass eine Kleinigkeit wie 'n Doppelmord einer persönlichen Sache in die Quere kommt.«

»Niemand weiß, dass Betty dort war. Das war ein Streit zwischen zwei rivalisierenden Geschäftsleuten und dann kam's zum Kampf. Wusste doch jeder, dass Harry Spivak Hurley Jim Bowling hasste, er hat sich gewehrt, als Bowling seine geschäftlichen Interessen in Kingman bedrohte.«

»Und warum fahre ich dich dann den ganzen Weg runter nach Los Angeles?«

»Ich hab überraschend ein Angebot aus Hollywood bekommen. Ein Termin bei Capitol Records.«

»Erzählst du mir'n Scheiß oder stimmt das?«

»Das ist absolut wahr, alles ist arrangiert.«

»Und sind die Revolver da, wo sie sein sollten? Alles arrangiert und absolut wahr? Das interessiert die Cops immer.«

»Ich hab alles getan, was ich konnte, ich musste sie aus dem Hotel rausschaffen. Und musste dich finden.«

Betty wachte auf. Sie stieg aus und ging von der Straße in die Wüste rein. Wir sahen ihr nach.

»Was hast du jetzt vor?«, fragte ich Billy.

»Ich weiß es nicht. Sie will, dass wir in Los Angeles heiraten; sie will in der Hollywood Bowl singen. Ich hab das Angebot, zwei Wochen mit einem Trio im Embers in Santa Monica aufzutreten. Danach in Spokane, Washington. Hurley Jim wollte mich in Reno reinbringen. Das ist jetzt gelaufen.«

»Sehr schade. Was ist mit der Mutter?«

»Hurley Jim hat ihr Geld gegeben. Sie trinkt, sie weiß überhaupt nichts.«

»Ihr könnt ja 'ne Karte aus Spokane schicken«, sagte ich. Betty hatte ihr Geschäft erledigt und kam zurück.

»Mir ist kalt. Fahren wir jetzt nach Los Angeles oder fahren wir nicht?«, sagte sie.

»Wir fahren, Schätzchen«, sagte Billy. Ich betätigte den Anlasser und der Buick erwachte wie ein altes Pferd. Die Wolken bekamen langsam rosige Streifen. Es würde ein schöner Tag in der Wüste werden.

»Wohin? Da vorn ist der Ozean, viel weiter geht's nicht«, sagte ich. Es regnete heftig in Santa Monica.

»Dritte Straße. Das Embers ist neben der Dan-Dee-Schuhfabrik. Earl hat eine Wohnung für uns, wo wir bleiben können«, sagte Billy.

»Als was läuft Betty?« Sie lag immer noch hinten und schlief. War schon seit San Bernardino am Schlafen.

»Betty ist meine Nichte. Sie ist hier für Probeaufnahmen bei einer Filmgesellschaft.«

»Das ist passend. Vaya con dios, du wirst seine Hilfe nötig haben.«

»Wo willst du hin?«

»Kingman. Ich werd 'ne mexikanische Pension aufmachen. Weil's da keine gibt, verstehst du.«

»Ich habe dir zweitausend Dollar bezahlt.«

»Die ich mir verdient habe.« Ich hielt in der schmalen Straße hinter dem Embers. Betty wachte auf. »Sind wir in Hollywood?«, fragte sie.

Das Embers hatte eine Hintertür, und aus der kamen zwei Cops. Sie rannten zu ihrem Wagen, ohne sich umzusehen. Die schwarze Ford-Limousine stieß rückwärts raus und verschwand die Straße rauf.

Ich fuhr um den Block, bis ich ein Münztelefon entdeckte. Billy sprach ein paar Minuten mit jemandem.

»Ich bin hungrig«, sagte Betty.

»Halt die Klappe, Betty.«

Billy kam zurück. »Earl sagt, wir sollen nichtmal in die Nähe des Clubs kommen. Ich hatte einen zwei-Wochen-Job. Was jetzt?«

»Sag mir nicht, ich soll die Klappe halten«, sagte Betty. »Ich bin hungrig und ich will nach Hollywood, und ich glaube, es wäre besser, wenn ihr mich dorthin bringt. Ich hab nämlich eine Geschichte für die Cops, die sie ziemlich interessieren dürfte. Ihr habt gedacht, ich hätte die ganze Zeit geschlafen. Ich bin siebzehn Jahre alt. Sie werden mit dir den Boden wischen, *Herr* Billy Tipton.«

Ich nahm den Santa Monica Boulevard Richtung Osten. Die Scheibenwischer taten, was sie konnten, aber die Vakuumleitung hatte 'ne undichte Stelle. Und Betty fing zu üben an, wie sie einen Polizisten vollquatschte. »Es ist so, Officer, die gaben mir einen Drink, der komisch schmeckte. Als ich wieder aufwachte, war mein Kleid bis am Kopf oben und Harry Spivak lag auf mir drauf. Er hat mir weh getan. Billy hat mich mit ihnen allein gelassen, sie haben sie gezwungen, rauszugehen. Haben Sie mich verstanden, Officer? *Sie* wurde gezwungen, rauszugehen.

Billy hatte Angst vor ihnen, und deshalb hat sie es zugelassen, dass die über mich herfallen können, das war der Deal.« Ich beobachtete Billy. Ich beobachtete Betty im Rückspiegel. Haben Sie schon mal einen schlimmen Unfall auf dem Highway gesehen, und Sie konnten nicht aufhören, hinzuschauen? »Ich will ein großes Steak zum Abendessen, mit gebackenen Kartoffeln und saurer Sahne. Ich will ein paar neue Sachen zum Anziehen. Ich will berühmte Leute kennenlernen und Spaß haben«, sagte sie.

»Das ist ein Haufen Blödsinn, Al«, sagte Billy. »Das ist nie passiert. Betty ist nichts dergleichen passiert, das musst du mir glauben.«

»Weißt du, was Harry Spivak sagte, bevor er Hurley Jim erschossen hat? ›Eine Klavier spielende Lesbe schtuppt 'ne kleine Schickse in meinem Haus? Und dann hab ich auch noch dich am Hals, der mir 'nen Ball hart in die Fresse schlägt?‹« Betty machte ein Gesicht wie ein wütender Affe. Sie sah genau wie Harry aus.

»Was ich dir sage, ist von meinem Standpunkt aus die volle Wahrheit«, sagte Billy nochmal.

»Billy, ich fahre euch zu 'ner billigen Wohnung, die ich kenne. Dort seid ihr sicher«, sagte ich. »Was dann passiert, ist nicht mein gottverdammtes Problem.«

»Ach, tatsächlich, ist es das«, sagte Betty. »»Officer, Billy Tipton hat diesen Mann dafür bezahlt, dass er mich mit seinem Auto von Arizona hierher bringt. Er tut so, als wäre er ein Weißer, aber er ist Mexikaner. Er gab mir Schnaps zu trinken; er hat sich über mich hergemacht, während ich schlief. Mexikaner machen schmutzige Sachen mit Mädchen. Ich schäme mich so.‹«

Billy sah mich an. »Was ist das denn, Al?«

»Scheiß auf euch beide«, sagte ich.

Ich fuhr ins Zentrum, Ziel Bunker Hill. Das ist da, wo die Man-stellt-keine-Fragen-Sitte herkommt. Ray und ich hatten uns einmal im Clover Trailer Park auf der Court

Street eingemietet. Die Wohnwägen waren nicht schlecht und man konnte sie für eine Woche mieten. Für eine Woche kann man alles ertragen.

Das Büro war in dem alten Haus nebenan. Auf mein Klopfen öffnete ein kleiner kahler Typ in einem ärmellosen Unterhemd. Er hielt eine Ukulele im Arm.

»Ich suche den Manager«, sagte ich.

»Sie sprechen mit ihm.«

»Wo ist Hector?«

»Hector ist tot, seit zwei, drei Jahren.«

»Wir möchten einen Wohnwagen mieten.«

»Wann und für wie lang?«

»Sofort und weiß ich nicht.«

»Zehn Dollar die Woche.«

»Macht uns pleite, aber ich glaube wir kriegen's hin.«

»In Ordnung, folgen Sie mir.«

»Was sind wir, die armen Verwandten?«, sagte Betty, als sie Trailer Nummer acht sah. »Was ist denn mit den Wohnwägen da hinten?«

Die netteren waren mit kleinen Markisen und Geranien in Blumenkästen ausgestattet, aber im Regen sahen sie alle gleich traurig aus.

»Ist alles, was ich frei habe. Nehmt ihn oder lasst es, Zehner pro Woche.« Ich gab ihm meinen letzten Zehn-Dollar-Schein. Ich ging raus, um die Taschen zu holen, und der Manager folgte mir. »Ich will keinen Ärger in diesem Camp«, sagte er.

»Dann fangen Sie keinen an.«

»Falls ihr mit dem Mädchen Geschäfte macht, geht die Hälfte an mich.«

»Sie sind ja ein ausgekochtes Schlitzohr. Hälfte, abgemacht.«

Der Wohnwagen sah aus, als könnte man drin leben. Aber womit? Kein heißes Wasser, kein Herd, nur ein Abwaschbecken, eine Elektroplatte und drei schmale Schlafkojen. Man musste über die schlammige Wiese und die Holzstufen runter, um zu den Waschräumen zu kommen. »Was gibt's zum Abendessen?«, wollte Betty wissen.

»Steak, gebackene Kartoffel, Brechbohnen, Apfelkuchen«, sagte ich.

»Aber ich rieche nichts, wo ist es?«

»Im Lebensmittelladen. Hol's dir selbst.« Ich ließ die beiden allein und ging den Hügel runter zur Temple Street. Ich musste dringend weg von weißen Menschen.

Es hatte zu regnen aufgehört und es tat gut zu gehen. Ich ging an der City Hall auf der Main vorbei, dann weiter in die Los Angeles Street und die San Pedro. Die Lokale auf der Temple wurden langsam voll, es war Zeit fürs Abendessen. Ich roch Cheeseburger, Spaghetti, Schweinefleisch und Sachen, die ich nicht kannte. Ich hatte noch ungefähr zwei Dollar, deshalb ging ich weiter. Richtung Süden auf der Central Avenue, vorbei an drei Schnapsläden, einem Second-Hand-Laden für Kleidung, der die Nacht durch geöffnet hatte, einem chinesischen Kräuterladen und einer Spielautomatenhalle. Weiter oben in der Straße hörte ich ein Tenorsaxophon, auf dem jemand ein Riff mit nur einem Ton spielte, sowas wie ba-ba-bada, wieder und wieder. Ich ging dorthin, wo der Sound herkam – ein Pachuco in einem lila Zoot-Suit marschierte im Gleichschritt zum Rhythmus, den er trötete, gefolgt von zwei betrunkenen Matrosen, die eine Zwergen-Hure in die Mitte genommen hatten, einem weiteren Filipino mit einer zu großen Krempe am Hut und zuviel Luft in den Schuhen, und im Gefolge der Party torkelte auch noch ein Weinpenner aus der Fünften Straße im Regenmantel. Dann bog der Saxophonist in eine Bar mit dem Namen Club Rendezvous ein und die Party folgte ihm. Nur einen Moment später kam der Penner wieder rausgestolpert und fiel in den Rinnstein. Ich reichte ihm die Hand und half ihm auf, er bedankte sich höflich bei mir und ging seiner Wege. Ich ging rein.

Wenn man reinkam, war der Club sehr eng, mit einer

Bar an einer Wand. Die meisten der Gäste waren Filipinos, sie tranken Bier und unterhielten sich auf spanisch und pinoy. Nach hinten öffnete sich der Raum, da standen Tische, eine Bühne, und es gab eine kleine Tanzfläche. Eine Fünf-Mann-Kapelle versuchte eine Drei-Akkord-Folge hinter dem Saxophon-Riff zu halten. Piano, Bass, Schlagzeug, Gitarre und Trompete. Sie waren fast am Umkippen, als würde das seit einer Woche so gehen. Der Saxophonist gab ein Zeichen, und sie brachen das Stück genau da, wo's grade war, einfach ab. Die beiden Matrosen klatschten. Die Band schleppte sich von der Bühne.

Der Saxophonist legte sein Horn auf die Theke und setzte sich auf einen Barhocker. Ich ging zu ihm. »Gib mir fünf, Johnny«, sagte ich. Langsam dämmerte ihm, dass er mich kannte. »Al Maphis! Que pasó, carnal!«[*] Wir umarmten uns.

»Schön, dich zu sehen, Johnny«, sagte ich. »Was soll das mit dem Horn, du bist doch 'n Sänger.« Ich kannte Johnny von früher. Damals nannte er sich »Johnny Dolor and the Five Pains« und sein Markenzeichen war das Weinen auf der Bühne.

Es war ein Schluchzen und Klagen, bis er schließlich zu Boden ging und mit den Beinen strampelte. Eine spezielle Art Frau stand sehr auf ihn, aber er hatte es nie geschafft, von der Central Avenue wegzukommen.

»Das ist meine neue Bühnenshow. Ich spiele alles nur in b-Moll und die Jungs machen die Akkordwechsel. Sie singen ›Ich will Pussys‹, und ich antworte ›ba-ba-bada‹. Jetzt kommt's. Dann hab ich angefangen, hier im Laden mit dem Horn rumzugehen, nur so als Gag. Hab mich an die Tische gesetzt und geblasen, denn 'ne Show muss die Frauen packen, Al. Und dann bin ich raus auf den Gehweg gegangen. Bin rauf auf die Straßenbahn, zwei Blocks gefahren, wieder raus und zurück, und immer

---

* »Wie geht's, Bruder!«

weiter am Blasen. Die Band hat hier weitergemacht, und ich marschierte draußen an der Spitze und zwanzig Leute hinter mir her! Ich sage ›Wer will Pussys?‹, und sie antworten ›Wir woll'n Pussys!‹ Das ist'n Hit, Al!«

»Man muss dem Publikum geben, was es will, Johnny«, sagte ich. Einer der Matrosen ging raus, und die Hure versuchte, seinen Kumpel daran zu hindern, vom Stuhl zu fallen.

»Im Moment ist's ja etwas ruhig, wahrscheinlich hat der Regen die Leute vertrieben«, sagte Johnny.

»Ich bin grade mit Billy Tipton unterwegs«, sagte ich.

»Ziemlich gute Gesellschaft, Al.«

»Leih mir mal dein Ohr für 'ne interessante Geschichte. Unser letztes Engagement war in Kingman, Arizona. Bei den Gigs tauchte ein Mädchen auf. Wollte einsteigen, du weißt schon, singen.«

»Alle Chicks glauben, sie müssten nur einen Drink in die Hand nehmen, und schon können sie's wie Anita.«

»Sehr richtig. Aber Billy ist eben freundlich, also lässt er das Mädchen einsteigen. Ich sag's dir ganz ehrlich, großartig ist sie nicht. Aber dann wurde mir klar, dass sie was zu bieten hat. Ich möchte, dass du dir's mal ansiehst. Ich kann mit ihr nichts anfangen, aber du hast hier das perfekte Ding für sie.«

»Lass mal hören!« Johnnys große Augen waren feucht.

»Sie ist sportlich, und sie hat so eine Art, immer in Bewegung zu sein. Sie hüpft. Während sie singt, mein Bruder. Auf so 'nem kleinen elastischen Podest, damit sie etwas höher ist. In einem Club mit hohen Decken wie hier könnte sie echt toll hüpfen. Aber jetzt kommt der Clou, Johnny, das haut dich um. Was sie dabei anhat, ist so'n süßes Puppenkleidchen, und sie trägt kein Unterhöschen.«

»Zur Hölle! Ist das la verdad? Und Titten?«

»Ich schwör's dir. Die Titten springen raus.«

»Wahnsinn! Mann, wo ist sie, bring sie sofort her!«

»Sie muss sich ausruhen. Wie wär's mit morgen?« Wir

umarmten uns. Der Filipino mit den scharfen Klamotten kam zur Bar. Johnny gab ihm die Hand, dann fragte er mich: »Willst du was rauchen?« Ich schüttelte den Kopf. »Wir treffen uns morgen«, sagte ich. Johnny glitt vom Hocker und verschwand nach hinten. Ich verschwand durch die Vordertür. Schritt eins erledigt.

Schritt zwei war ein 10-Cent-Anruf bei Ramildo of Hollywood. Ramildo hatte eine kleine Maßschneiderei in Boyle Heights auf der anderen Seite des L.A. River. Weil Musiker zu merkwürdigen Zeiten unterwegs sind, war er immer zu erreichen.

»Sprechen Sie«, meldete er sich.

»Al Maphis. Wie sieht's aus, hab ich Kredit?«

»Sieht gut aus, Al, aber ich muss einen Auftrag für Jorge Negrete erledigen, der in drei Tagen Premiere im Million Dollar hat. Zehn komplette Charro-Anzüge. Dicke Goldknöpfe, silberne Nadelstreifen, passende Hüte. Ist ein großer Auftrag für mich, musste sogar eine Näherin einstellen.«

»Ich hab da ein Chick, das ein paar raffinierte Sachen für eine schmutzige Show mit Johnny Dolor braucht. Die Titten müssen böse raushüpfen.«

»Zwölf Uhr mittags, pünktlich. Kommt nicht zu spät.«

Betty war nach einer Nacht im Trailer zahm geworden. »Ich will nicht, dass ich wieder nach Hause muss«, sagte sie.

»Musst du vielleicht nicht. Ich hab da 'ne kleine Sache angeleiert, aber du musst mitspielen. Ein Bandleader, der'n Freund von mir ist, sucht ein Mädchen, das singt. Er ist einverstanden, dass du zum Vorsingen kommst. Aber zuerst besuchen wir einen Schneider, mit dem ich befreundet bin. Er entwirft für alle großen Künstler in der Stadt die Kleider. Er ist ausgebucht, aber er tut mir einen Gefallen und nimmt sich Zeit für dich. Du musst ein gutes Outfit haben.«

»Was soll ich denn singen? Billy meint, ich bin noch nicht soweit.«

»Johnny ist der Mann, der das entscheiden wird. Vergiss Billy.«

»Ich würde Gold-Lamee vorschlagen, das ist sehr ansprechend, sehr *Chaiselongue*-mäßig«, sagte Ramildo, als er Bettys Maße nahm und sie hin und her drehte.

»Wie wär's mit so einem?«, sagte Betty und zeigte auf einen von Jorge Negretes Charro-Anzügen, die im ganzen Raum hingen. »Ich mag schwarz.«

»Betty, das ist das typische Outfit für einen mexikanischen Ranchera-Sänger«, sagte ich. »Du willst wohl kaum wie ein Mexikaner aussehen, oder?«

Ramildo hielt seine Hand hoch. »*Au contraire*. Ich glaube, sie hat eine *inspiracion*. Ich glaube, das könnte sehr, sehr … *interessant* sein.« Pat, die maskulin aussehende Näherin, nickte und lächelte.

»Wir treffen uns im Club Rendezvous auf der Central«, sagte ich, »sechs Uhr.«

»Sie wird da sein«, sagte Pat.

Ich fuhr zur Central rüber. In einem Box-Club im zweiten Stock, wo es um die Tageszeit ruhig war, fand ich ein Münztelefon. Ich steckte für einen Dollar 5-Cent-Stücke rein. In Berta's Pollo Encantado gab's kein Telefon, in der Otro Lado-Bar gab's kein Telefon, aber bei Kingman Championship Lanes gab's eines. Hazel, die Kassiererin, war am Apparat. Ich verstellte meine Stimme so gut ich konnte und fragte, ob eine übergewichtige Brünette namens Joyce da wäre. Zuerst war Stille, aber dann meldete sich Joyce. »Mama?«, sagte sie.

»Hier Al Maphis. Sag ›Oh, du bist's, Papa.‹ Sag es.«

»Hallo, Papa«, sagte sie.

»Schreib dir diese Nummer auf. Dann geh zu einem Münztelefon und ruf mich zurück. Sag jetzt ›Bis später, Papa‹.« Ich gab ihr die Nummer des Münztelefons im

Box-Club, hängte auf und wartete fünf Minuten, bis das Telefon klingelte.

»Hier ist Joyce. Was ist denn passiert, wo seid ihr? Wo ist Betty? Wo ist Billy Tipton?«

»Joyce, hör mir zu. Wir mussten schnell verschwinden. Betty geht's gut, sie ist bei Freunden. Was ich wissen will, ist, ob die Cops aufgetaucht sind.«

»Ich kann dir sagen! Die Polizei hat mit jedem gesprochen, die haben Mr. Tipton gesucht. Ich wusste nichts, deshalb hab ich auch nichts gesagt.«

»Gut gemacht, Joyce. Und haben sie nach mir gefragt?«

»Nein. Gleich nachdem du weg warst, sind auch alle deine Freunde verschwunden. Mr. Spivak und Mr. Bowling sind tot, sie waren Gangster, hast du das gewusst? Die Polizei wollte die Bowlingbahnen schließen, aber darüber haben sich alle total aufgeregt, deshalb haben sie's offen gelassen, aber nur unter der Bedingung, dass hier nicht mehr getanzt wird. Wann kommt Betty zurück? Ist sie da, kann ich mal mit ihr reden?«

»Ich soll dir von ihr sagen, dass sie dir sehr bald schreiben wird.«

»Wo ist sie denn? Wo seid ihr?«

»Hasta la vista, Joyce. Mach dir mal keine Sorgen um Betty.«

Um fünf war ich wieder im Rendezvous. Ich setzte mich an die Bar und behielt die Tür im Auge. Pünktlich um sechs stolzierte Betty herein – und das Pinoy-Geschnatter an der Bar erstarb. Sie erschien in ihrem neuen Outfit: Schwarze Stiefel mit zehn Zentimeter hohen Absätzen, schwarzer Sombrero mit Brokat, und ein Revolvergürtel, in dem Patronen steckten. Das Bolero-Jäckchen war sehr knapp geschnitten und offen bis zur Taille, und darunter war sie nackt. Ihre Hosen saßen tief auf der Hüfte und waren so eng, dass ihr Arsch herausragte wie bei einem Stierkämpfer. In der Hand hatte sie eine Reitpeitsche.

»Wo hast du das her?«, fragte ich.

»Hat mir Pat gegeben«, sagte sie.

»Sammy«, sagte ich zum chinesischen Barkeeper, »begrüße deinen neuen Star, Miss Bunny Rae.«

»Geht's 'n so, Bunnylay?«, sagte er. Betty legte die Peitsche auf die Theke.

»Ich möchte eine Coke.«

Ich machte Betty mit Johnny bekannt. Er war charmant und sehr latinesque. Presste sich mit Betty in eine Nische und malte mit den Händen Diagramme in die Luft: Ich gehe hierhin, du kommst von da. Sie gingen auf die Bühne und probierten ein paar Schritte. Johnny wirbelte sie herum, legte sie flach und zog sie hoch. Betty war eine Cheerleaderin, sie hatte es sofort drauf. Er zählte »Hernando's Hideaway« ein – ein Pop-Tango für normale Muttis und Vatis. Aber Johnny brachte den gewissen Twist rein und interpretierte es als häusliche Szene von der dunklen Seite der Stadt. Der Mann ist erregt, die Frau verschämt-neckisch. Damit etwas Stimmung aufkommt, verpasst er ihr ein paar leichte Ohrfeigen. Er plustert sich auf, zeigt seine stolze Haltung. Sie umschlingen sich, sie tanzen, und dann rammt sie ihm ein großes Spielzeugmesser in den Schritt. Olé! Vielen Dank, Ladies und Gentlemen, besonders ihnen, Ladies.

Ein Mann kam herein. Er blieb stehen und sah zu, was auf der Bühne vor sich ging. Ein Schwarzer, mit seinen hohen Schuheinlagen einsfünfundsechzig groß, in einem grün-glänzenden Sharkskin-Anzug und einem grünen Hut mit breiter Krempe. Er sah nach Geschäften aus und war nicht betrunken. Johnny ruderte mit den Armen, um Applaus zu fordern. Die Filipinos schlugen mit ihren Gläsern auf die Tische.

Der Mann sprach mich an. »Gehört das Mädchen zu Ihnen?« Seine Stimme war tief und bedrohlich und schien in seinem schmalen Körper nicht genug Platz zu haben; aber sein Gesicht war sanft, und seine Augen, die hinter den schmalen Schlitzen kaum zu erkennen waren, schienen amüsiert.

»Ich bin ihr Manager«, sagte ich.

»Ich gebe Ihnen fünfhundert.« Er griff in seine Tasche und holte ein Bündel Scheine raus, das wie ein Heuballen zusammengerollt war.

»Sie ist nicht zu verkaufen.«

»Für alles gibt's 'nen Preis«, sagte er. Betty kam zu uns.

»Bunny, dieser Mann will dich *kaufen*. Was sagst du denn dazu?«

»Wieviel?«, sagte Betty.

»Ich bin John Lee Hooker. Ich hab zur Zeit den Nr.-1-Hit in Detroit. Aber in eurer Stadt bin ich nur'n Fremder, und nur weil ich'n Fremder bin, glaubt jeder, er könnte mich wie'n Hund rumstoßen. Ich brauch jemanden, dem ich von meinen Sorgen erzählen kann.« Er zog nochmal fünfhundert von seiner Rolle. »Ich hab'n großen«, sagte er zu Betty.

»Bunny Rae tritt mit Johnny Dolor and the Five Pains auf, jede Nacht und bis auf weiteres«, sagte ich.

»Das ist ein Johnny zuviel«, sagte Hooker. Und ging auf die Bühne, auf der die Jungs herumlungerten und rauchten. »Hey, Mr. Gitarrist«, sagte er, »leih sie mir mal kurz aus, ich werd' sie dir nicht kaputtmachen.«

Er nahm die Gitarre und setzte sich auf einen Stuhl. Er schraubte das Gesangsmikrophon runter und sprach zum Publikum.

»Ich möchte euch jetzt 'ne starke Nummer vorstellen, die'n Hit werden wird, und ich möchte, dass ihr's euch anhört und einsteigt, es heißt ›Too Many Johnnys‹.«

Er drehte den Regler an der Gitarre auf und schlug seinen Groove in E: Chunk-chunk-a-chunk-a-chunk, und dazu stampfte er mit beiden Füßen einen 4/4-Takt. »Ich brauche jemanden am Schlagzeug! Steigt mal jemand ein?«, brüllte er. Ich stieg ein. Ich ging auf die Bühne und legte ihm einen leichten Blues-Shuffle drunter. Doo-cha-doo-cha-doo-cha-doo-cha. Seine Stimme klang nach Ärger, und sie zwang einen, zuzuhören:

Too many Johnnys, 'bout to drive me out of my mind
Yes, too many Johnnys, 'bout to drive me out of
my mind
It have wrecked my life, an' ruint my happy home.

When I first got in town, I was walkin' down
Central Avenue
I heard people talkin' about the Club Rendezvous
I decided to drop in there that night, and when
I got there
I said yes, people, man they was really havin' a ball,
yes I know!
Boogie!

Die Filipinos hörten zu quasseln auf und wurden aufmerksam. Sammy ging ans Ende der Bar und hörte zu. Betty hörte zu.

I might cut you, I might shoot you, I jus' don' know
Yes, Johnny, I might cut you, I might shoot you,
but I jus' don' know
Gonna break up this signifyin'
'Cause somebody got to bottle up and go. *

---

* »Zu viele Johnnys, die machen mich noch verrückt / Ja, zu viele Johnnys, die machen mich noch verrückt / Das hat mein Leben zerstört und mein glückliches Zuhause ruiniert. / Als ich zum erstenmal in die Stadt kam, ging ich die Central Avenue runter / Ich hörte Leute über den Club Rendezvous reden / Ich entschloss mich, in dieser Nacht mal reinzuschaun, und als ich dort war / Sagte ich, ja, Leute, Mann, die machten wirklich Party, ja, kann ich euch sagen! / Boogie! / Vielleicht schlitz ich dich auf, vielleicht erschieß ich dich, keine Ahnung / Ja, Johnny, vielleicht schlitz ich dich auf, vielleicht erschieß ich dich, aber ich hab keine Ahnung / Ich mach jetzt Schluss mit den Andeutungen / Weil jetzt jemand austrinken und gehen muss.«

Er kam auf der Gitarre zum Ende mit ka-chunk-ka-chunk-ka-chunk-ka-chunk-doo-daa, sagte vielen Dank, stellte die Gitarre ab und ging von der Bühne. Es war das erste Mal, dass ich ein »vielen Dank« hörte, das wie 'ne Gnadenfrist klang. Und es kam mir so vor, als würden die Filipinos diesmal ihre Gläser härter knallen lassen.

Hooker kam an die Theke geschlendert und legte einen Zwanziger drauf. »Barkeeper, ich möchte einen Scotch, einen Bourbon und ein Bier.«

Sammy schaute mich an. »Er meint, er will sie gleichzeitig?«

»Stell sie in 'ner Reihe auf«, sagte Hooker. »Und ich möchte, dass alle meine Freunde was zu trinken bekommen. Solang ich Geld hab, hab ich fast jeden Tag Freunde.« Die Filipinos stürmten die Bar. Der Weinpenner im Regenmantel stand in der Tür und schaute rüber. Hooker zeigte auf ihn. »Gib ihm soviel zu trinken, wie er will, ich zahl's. Gib ihm 'nen ganzen Krug, stört mich nicht. Ich war selber ganz unten, und 's war schwer, 'nen guten Freund zu finden.«

Johnny grinste. »Mann, das war gut. Sehr geschmeidig. Hat mir total gefallen. Pass auf, wir spielen was, ich glaube, das wird dir gefallen.«

Die Band folgte ihm auf die Bühne. Er schnappte sich das Mikrophon. »Ein Song muy sencilla, passt sehr gut zu uns hier. ›Loco Amor‹. Eins, zwei, drei, vier.« Clink-clink-clink-*clink*-clink-clink, machte das Piano. To-to-to-*ta*-to-to machte das Schlagzeug. Eine Engtanznummer, Sechs-viertel in Moll. Es wurde still im Raum.

Este, este, loco amor. En la sangre, me hierve
No puedo estar, no puedo estar sin tu amor

Este, este loco amor. El amor de mi vida
No puedo estar, no puedo estar sin tu amor

Es loco amor, lo que en mi corazón, siento por ti
Toma, toma, todo mi amor, amorcito querido
No puedo estar, no puedo estar sin tu amor

Loco amoooor, loooocoooo amooor.

Wahnsinnige Liebe. Sie ist im Blut. Ich werde wahnsinnig, ich kann ohne deine wahnsinnige Liebe nicht leben. Johnny blieb in der Titelzeile hängen und wollte nicht mehr aufhören: »Loco, loco, loco, loco por tu amor.« Er fing zu weinen an, zerrte an seinen Haaren. Fiel auf die Knie, beide Hände an den Mikrophonständer geklammert. Rasend vor Schmerz. Er keuchte, er zitterte. »Loco, loco, loco, loco, loco...« Er hob den Kopf. Tränen des Leids rollten über sein Gesicht. Die Band trieb ihn an, unterstützte ihn. Das verstimmte Klavier hämmerte, die spacig-verzerrte Gitarre schepperte. Die Filipinos schlugen mit ihren Gläsern auf die Tische und pfiffen.

Und dann Auftritt Betty. Sie schlenderte über die Bühne, baute sich über dem am Boden liegenden Johnny auf und ließ die Reitpeitsche knallen. Er sah zu ihr auf und winselte, »Loca?«, und sie ließ die Peitsche auf ihn niedersausen. Er schrie, »Loco!«, und die Peitsche sauste wieder und wieder auf ihn herab. Und ihr Bolerojäckchen öffnete sich jedesmal und ihre Titten hüpften raus. Die Filipinos drehten vollkommen durch. Sie belagerten die Bühne und warfen mit Geld – Scheine, Münzen, alles, was sie hatten und später nicht mehr brauchen würden.

Hooker drehte sich zu mir um. »Dagegen komm ich nicht an«, sagte er. Und ging an der Bar entlang zur Tür und raus. Der Weinpenner hinter ihm her. Sieger: Johnny Dolor and the Five Pains, ohne jeden Zweifel.

»Was für Titten, meine Herren!«, sagte Sammy.

Johnny kam an die Bar und setzte sich. »Sie hat dich mit dem Ding aber nicht geschlagen?«, fragte ich ihn.

»Nein, nein, Alter. Ich hab zu ihr gesagt, pa' el *lado*, Chica, *hinter* mich! Was meinst du, sieht das gut aus?«

»Sehr gut. Da hast du wirklich was, Johnny.«

»Gracias por todo, du bist'n großer Freund, Al. Wo ist der Bluesmann?«

»Er musste weg. Bat mich, dir zu sagen, dass du auf der Central Avenue jetzt der Chef bist. Und übrigens, ich hab Betty bei Ramildos Näherin untergebracht, drüben in Boyle Heights.«

»Bei der Lesbe? Und Betty hat nicht protestiert?«

»Nein, sie ist dran gewöhnt. Sie will nicht mit Farbigen zusammenwohnen. Arbeiten ist was anderes. Ist nichts Persönliches, ich glaube, sie mag dich. Nur eine Sache gibt's, Betty kann, ich sag mal, ziemlich temperamentvoll sein, wenn sie nicht kriegt, was sie will. Ich hab's selbst erlebt.«

»Mach dir keine Gedanken. In mir hat sie 'nen Mann gefunden, der ihr Temperament *kontrollieren* kann. Ich denke, wir verstehn uns.« Ist Johnny Dolor vielleicht ein Saxophon spielender Clown? Bei deinem Leben nicht, du Scheißkerl. »Und was ist mit dir, mein Freund?«, fragte er.

»Ich muss weiter«, sagte ich.

»Du bist der einsame Cowboy.«

»Nur ein Schlagzeuger aus Tulsa.« Wir umarmten uns. Johnny drückte mir die Hand, in seiner war Geld. Die Filipinos drängten sich um Betty, grölend und trinkend. Sie gab Autogramme – eine spießige Unsitte, meiner Meinung nach. Ich ging. Schritt Nummer drei.

Ich sah die Glut von Billys Zigarette vor dem Trailer. »Pack dein Zeug«, sagte ich.

»Wohin geht's?«, fragte sie.

»Spokane. Ich fahr dich zur Union Station.«

»Was läuft da für'n Spiel?«

»Du bist vom Haken; ich bin vom Haken.«

»Ich hab nichtmal genug Geld für eine Fahrkarte bis zur Stadtgrenze.«

»Ich hab bisschen was für Auslagen organisiert.«

»Und wo ist Betty?«

»Betty ist unter Freunden, die sie sehr schätzen. Denk nicht mehr an Betty.«

»Sie war süß. Mädchen umschwirren mich wie Motten das Licht. Ist es meine Schuld, wenn sie sich die Flügel verbrennen, Al?«

Im Buick zogen wir ab. Ich hätte noch etwas Geld rausbekommen müssen, aber ich dachte mir, dass ich im nächsten Trailer-Park, in dem ich wohnte, selbst abkassieren würde.

»Ich hab gehört, Spokane soll eine freundliche Stadt sein«, sagte Billy. »Ich könnte dich dort sicher gebrauchen, könnte ein langes Engagement werden.«

»Danke, aber ich such mir was Gemütliches. Könnte sogar sein, dass ich ganz aus dem Geschäft aussteige.«

»Bürger Al Maphis? Versuch nicht, Billy Tipton zu verarschen.«

»Verarsch nie einen, der alle verarscht, stimmt's, Billy?«, sagte ich. Sie nahm ihren Koffer und ging in den Bahnhof Union Station. Und das war das letzte Mal, dass ich sie gesehen habe. Ihn, sollte ich sagen.

In San Bernardino tankte ich. Der Trip nach Kalifornien war hart gewesen, aber hier war ich wieder, auf derselben alten Straße unter'm Mond und den Sternen. Östlich von Barstow machte ich an der Straße eine Pause, um meine Augen zu entspannen und die Beine auszustrecken. Und entdeckte draußen im Wüstensand etwas, das wie ein Fahrzeug aussah. Es war ein Vorkriegs-Chevy, der so zertrümmert war, dass er sich mehrmals überschlagen haben musste. Es ist eine gefährliche Strecke durch diese Gegend, berüchtigt für furchtbare Unfälle. Kleidung war über den Boden verstreut, und ein kleines Akkordeon, die Sorte, die die Mexikaner an der Grenze spielen. Zwei oder drei Schallplatten. Ich hob sie auf, und entdeckte im selben Moment die Leiche. Sah nach einem dünnen Mann aus, aber es war schwer zu sagen, denn die Kojoten waren schon an ihm dran gewesen und hatten nicht mehr viel übriggelassen. Ein Bruder auf dem Weg zu einem Gig irgendwo. Vaya con dios, Freund, viel Glück beim letzten Auftritt, sagte ich zu ihm.

Ich ging zum Wagen zurück und fuhr weiter. Der Buick war alt und langsam, aber diesmal hatte ich keine Eile. Im Radio kam das Harry James Orchester live aus Hollywood. Guter Sound für einen braven weißen Mann. Es kam mir vor, als würde ich irgendwo zwischen Harry James und dem toten Akkordeonspieler stehen. Und das war ein ziemlich guter Platz.

Am Ende der Strecke

1954

Bitte beachten Sie: Die Firmenleitung von Baker Boy-Gebäck hat dieses Skript NICHT gesehen. Es scheint keine sehr positive Meinung über die amerikanische Familie zu verbreiten. Ich vermute, sie würde schärfstens gegen die Idee protestieren, dass Frauen ihre Arbeitgeber bestehlen und trinken. Das Ende ist moralisch nicht eindeutig. Baker Boy hat uns in der Vergangenheit schon deswegen verwarnt, daran möchte ich jeden erinnern. Danke, dass Baker Boy-Produkte in dieser Geschichte Beachtung finden, es könnte hilfreich sein!

(Musik, Einblendung Truman Bradley, Überblendung Schauspieler, Soundeffekte.)

Als ich zur Arbeit kam, schob die Wartungs-Crew den 606 durch den Reinigungssektor. »Was steckt hinter dieser tollen Idee?«, fragte ich Kappy, den Wartungsmeister.

»Anweisungen«, sagte er.

»Ihr wascht doch keinen Wagen, der auf'm Einsatzplan steht – du weißt das und ich weiß das. Niemand will in einer nassen Straßenbahn fahren«, sagte ich. Kappy gab mir einen Einsatzplan und einen rosa Zettel, beides unterschrieben vom Dienststellenleiter. Auf dem rosa Zettel stand mein Name: »Sie werden hiermit in Kenntnis gesetzt und sind angewiesen«, et cetera, et cetera. Ich stand da, und Kappy stand da.

»Tut mir leid, Ed. Ist eine miese Art, Neuigkeiten zu erfahren«, sagte Kappy.

Ich ging über die Straße in das Café, das alle Fahrer ansteuern, das Roundhouse, und setzte mich an die Theke. Die Bedienung kam zu mir.

»'n Abend, Ed. Kaffee?«

»Heute hab ich Zeit, Lydia. Was gibt's zum Abendessen?«

»Schmorfleisch und Karotten.«

»Das nehm ich.«

»Aber das Abendessen ist noch nicht fertig. Ich kann dir Eier mit Schinken bringen, oder Eier mit Speck, aber das Abendessen ist noch nicht soweit.«

»Ich kann warten«, sagte ich.

»Also, Ed, das hab ich mit dir in fünfzehn Jahren nicht erlebt, dass du auf's Abendessen warten wolltest«, sagte sie.

»Das stimmt, Lydia, du hast ein gutes Gedächtnis. Aber von heute an sind ich und die 606 aus dem Dienst ausgeschieden. Die Playa del Rey-Linie gibt's nicht mehr.«

»Wie bitte! Und wie sollen die Leute zum Strand rauskommen? Und wie soll ich dann meine Schwester in Venice besuchen?«

»Keine Ahnung. Zu Fuß wärst du den ganzen Tag unterwegs, und 'n Taxi ist verflixt viel zu teuer«, sagte ich.

Es wurde voller an der Theke. Ich las die Zeitung und aß das Abendessen. Und behielt das Straßenbahndepot im Auge. Die Jungs von der Putzkolonne beendeten ihre Arbeit und verließen das Depot. Ich beendete mein Essen und legte Geld auf den Tresen. Ich kaufte mir im Spirituosenladen an der Ecke eine Halbliterflasche Old Stagg Bourbon und eine Packung Baker Boy-Konfekt zum Nachtisch und ging über die Straße.

Es ist eine Drecksgeschichte, wenn man aus einem Job gefeuert wird, den man fünfzehn Jahre lang gemacht hat.

Fünfzehn gute Jahre. Ich bin heute ein besserer Wagenführer als jemals zuvor, und jetzt ich bin kein Wagenführer mehr, dachte ich. Für mich haben Straßenbahnen ein Gesicht, wie Menschen. Zwei große Augen – das sind die Vorderfenster. Der Kuhfänger unten an der Wagonfront sieht aus wie ein Mund, und die Scheinwerfer haben die Form einer Nase. 606 hatte einen besorgten Blick, als ob sie für mich alles rundum im Auge behalten wollte.

Auf dem Gelände war niemand zu sehen, also stieg ich ein und setzte mich in den Fahrersessel, wie ich's schon so oft getan hatte. Nur ich und die 606. Sie war ein Saint Louis-Wagen von der Saint Louis Car Company, Baujahr 1907. Abgesehen von einem neuen Kleid aus gelber und grüner Farbe, das sie 1947 bekommen hatte, war sie vollkommen original erhalten und vollkommen diensttauglich. Von den fünfzehn Jahren im Job, war in den letzten acht Jahren die 606 mein Wagen. Das ist eine lange Zeit, wenn man's in Stunden umrechnet. Einmal war ich verheiratet, aber meine Mutter mochte sie nicht. Mutter war schon tot, als ich der 606 zugeteilt wurde, Sie sehen also, es war eine wirklich dauerhafte Verbindung. Mit Ausnahme von Lydia kenne ich keine einzige lebende Person so lange, wie ich die Bahn 606 kenne, und ich kenne sie gut.

Dann will ich Ihnen mal erzählen, was ich dann getan habe. Ich klappte den Stromleitungsmast hoch bis zur Oberleitung, drehte die Fahrtanzeige auf »Nicht im Dienst« und löste den Sperrmechanismus, um die 606 rauszufahren. Die Strecke von Downtown bis zum Strand am Jefferson Boulevard ist etwa dreißig Kilometer lang. Zuerst fährt man durch die Siedlungen im Zentrum. Westlich von Crenshaw ist die Jefferson ein Niemandsland, bis man auf der linken Seite die Lagerhäuser von Hughes Aircraft sehen kann. Und dann bemerken Sie langsam den Geruch des Ozeans und des Ballona Creek-Schwemmlands. L.A.-Downtown hat einen ziemlich üblen Geruch, wenn es nicht gerade regnet.

Die Fahrt geht weiter über den Damm am Culver Boulevard, und die Strecke erreicht da, wo Culver aufhört, ihre Endstation. Danach kommt nur noch Sand, ein paar Strandhütten und der Ozean. Playa del Rey war der Plan irgendeines Bauherrn, aber aus dem Bauvorhaben am Strand wurde nichts. »Wer würde denn jemals soweit hier draußen wohnen wollen?«, sagten die Fahrgäste, die gern zum Strand fuhren, »hier ist doch niemand weit und breit und es gibt nichts zu tun.« Aber mich reizte die Idee sehr. Ich hatte gehofft, ich könnte eines Tages für so eine Hütte 'ne Anzahlung leisten, aber dafür braucht man einen festen Job. Und ich weiß nicht, was ich außer Straßenbahnfahrer machen könnte. Für mich gehörten Menschen und Straßenbahnen ganz natürlich zusammen. Warum sollte ich das ändern?

Es war Mitternacht, als ich am Ende der Strecke ankam. Ich schaltete die Scheinwerfer aus und blieb bei offener Tür sitzen und hörte den Wellen zu. Man kann den Ozean nachts hören, aber nicht sehen. Manchmal sieht man ein Glitzern draußen auf dem schwarzen Wasser. Boote, die durch die Dunkelheit schippern. Ich dachte, dass Boote und Bahnen sich doch ziemlich ähnlich waren. Ich nahm einen Schluck aus der Flasche. Nach einer Weile hatte ich den Eindruck, das Klacken von Schuhen zu hören. Es waren die hochhackigen Schuhe einer Frau, die dahin tap-tapte. Ein hervorstechendes Geräusch um diese Zeit in der Nacht. Dann sah ich sie, mit ihrem Koffer und dem langen Mantel. Sie kam vom Strand. Überquerte die Straße und kam zum Wagon.

»'n Abend, Miss«, sagte ich.

»Sitzen Sie hier die ganze Nacht nur herum?«, sagte sie in barschem Ton.

»Tut mir leid, Ma'am, bin außer Dienst«, sagte ich. Der Fahrzeugführer ist immer höflich.

»Nehmen Sie mich nicht auf den Arm. Was machen Sie denn hier, wenn Sie außer Dienst sind? Haben Sie das Ding geklaut?«

»Das ist meine übliche Strecke, Ma'am. Ich habe nichts geklaut.«

»Dann fahren Sie los.« Sie stieg ein.

»Ich darf keine Fahrgäste aufnehmen, wenn ich außer Dienst bin. Das sind die Vorschriften.«

»Verarschen Sie mich nicht mit Ihren Vorschriften. Ich muss zurück in die Stadt und Sie werden mich mitnehmen, oder es gibt Ärger, ich glaub nämlich, dass Sie hier irgend'n Ding drehen.«

Sie war das, was Mutter immer eine »Frau für krumme Geschäfte« genannt hat. Sie weckte seltsame Gefühle in mir. Ich hielt's für eine gute Idee von hier zu verschwinden, nur damit sie endlich die Klappe hielt, und sagte zu ihr: »Na gut, ich denke, wir können starten.« Ich musste ans andere Ende gehen, wenn wir in die andere Richtung fahren wollten, aber sie stellte sich mir in den Weg.

»Was soll das, was haben Sie vor?« Jetzt wurde sie wütend.

»Es ist so, Miss, wenn wir fahren wollen, muss ich zuerst den anderen Stromleitungsmast in Betrieb nehmen«, erklärte ich.

»Darauf könn' Sie wetten, dass wir fahren – und wenn Sie hier irgendwas versuchen, dann wer'n Sie schon sehn, was passiert.«

Um die Richtung zu wechseln, muss der Fahrzeugführer den Stromleitungsmast am einen Ende des Wagens einklappen, und den am anderen Ende bis zur Oberleitung hochklappen. Schließlich setzte sich die Frau endlich hin.

»Warum entspannen Sie sich nicht und genießen die Fahrt«, sagte ich. »Was machen Sie denn überhaupt so weit hier draußen? Um diese Zeit nachts fahren die Bahnen nicht mehr hier raus. Was, wenn ich nicht vorbeigekommen wäre? Was wollten Sie denn hier um diese Zeit in der Nacht?«

»Wenn Sie irgendwelche Tricks versuchen, schrei ich ›Polizei‹, dann werden wir ja sehn!«, kreischte sie. Im

Umkreis von Kilometern gab's hier keine Polizei, aber der Gedanke störte mich dennoch.

Ich löste die Luftbremsen, lockerte die Sperre um einige Grad, und wir fuhren an. Das Mädchen setzte sich auf die erste Bank und starrte geradeaus. Ich beobachtete sie unauffällig. Sie war jung, und sie sah gut aus, glaube ich, falls man auf Dünne steht. Ihren Hut hatte sie weit ins Gesicht gezogen, aber ich konnte erkennen, dass sie etwas durcheinander war. Da hat was ihre Nerven strapaziert, dachte ich. Sie ertappte mich dabei, wie ich sie beobachtete. »Passen Sie lieber auf, was Sie tun!« Ihre Art zu sprechen war, mit den Worten rauszuplatzen.

»Ich wollte nicht unhöflich sein. Hatten Sie vielleicht einen Autounfall da draußen?«

»Ich hatte keinen Autounfall! Ich bin gestürzt. Bin in der Dunkelheit auf irgendwas draufgetreten.«

»Vielleicht könnten Sie 'nen Schluck vertragen.« Ich reichte ihr die Flasche. Sie grapschte danach und schluckte die Hälfte weg. »Machen Sie lieber etwas langsam«, sagte ich. »Nehmen Sie 'n Baker Boy-Keks, die mag ich am liebsten.«

»Danke, Mister. Ich glaube, ich muss mich entschuldigen, dass ich Sie angebrüllt habe. Aber ich wusste nicht, was Sie vorhaben, ich dachte, ich steck da draußen fest.« Sie gab mir die Flasche zurück.

»Ich bin Ed Breen«, sagte ich.

»Ida Jenkins.« Die Lage schien sich zu bessern, sie nannte mir ihren Namen.

»Mögen Sie den Strand, Ida? Ich halt's für sehr entspannend. Manche Leute schlafen ein, wenn sie im Sand liegen, sie vergessen die Zeit.«

»Hab ich noch nie gesehen. Es war schon dunkel, als wir, als ich hinkam. Dunkel und laut und kalt. Waren Sie jemals in Saint Joe?«

»Nie davon gehört.«

»Gut für Sie. Ich hab schon sehr lang versucht, von dort wegzukommen. Ich dachte, jetzt wär's endlich soweit.«

Ich wartete, aber sie sagte kein Wort mehr.

Um genau zwei Uhr ließ ich die 606 sanft ins Depot zurückrollen. Niemand war zu sehen, außer Pop Cord, der Nachtwächter, der wie üblich schlief. Ida war seit der Western Avenue eingeschlafen. Mit verängstigtem Blick wachte sie auf, aber ich sagte zu ihr, alles wäre in Ordnung und ich würde sie mit einer Freundin bekannt machen, die sie vielleicht aufnehmen könnte.

Das Café-Restaurant Roundhouse ist im Erdgeschoß des Ziegelbaus auf der anderen Straßenseite. Im Stockwerk darüber gibt es ein paar Zwei-Zimmer-Apartments, und in einem davon wohnt Lydia. Keine so schöne Wohnung, würde Lydia sagen, aber es ist schwer, eine schöne Wohnung zu finden. Sie war dabei, das Restaurant zu schließen, als ich reinkam.

»Lydia, du kommst nicht drauf, was passiert ist«, fing ich an. Sie erspähte Ida draußen auf dem Gehsteig und sagte: »Schlechte Nachrichten zuerst.«

»Ich nahm die 606, um ein letztes Mal zum Strand zu fahren. Siehst du das Mädchen? Sie war da draußen gestrandet, vollkommen allein. Was sollte ich machen?«

»Mehr als zwei Tage ertrag ich's nicht. Drei allerhöchstens.«

»Danke, Lydia. Ich hab ein gutes Gefühl dabei. Irgendwie.«

Das war am Donnerstag. Am Samstag schaute ich im Roundhouse wieder vorbei.

»Wie läuft's denn mit Ida?«, fragte ich Lydia, als sie einen Moment Zeit hatte.

»Die Sache ist die, Ed. Sie hatte einen Revolver in ihrer Tasche. Ich schätze mal, du hast nichts davon gewusst, als du sie zu mir gebracht hast.«

»Was für einen Revolver?«

»Mensch, Ed, es ist eine 32er-Smith&Wesson mit 'ner Stupsnase. Ist klein, aber es wurde damit gefeuert. Was denkst du?«

»Bin mir nicht sicher. Mit 'nem Revolver sieht immer alles anders aus.«

»Und Ida sieht deiner Ex ziemlich ähnlich.«

»Hast eine gute Erinnerung, Lydia.«

»Und ich hoffe sehr, du auch.« Einige Kumpels von der Tagschicht kamen rein und Lydia hatte wieder zu tun. Charlie, der den Edgeware Road-Shuttlebus fuhr, setzte sich neben mich und schlug mit seiner Kaffeetasse auf den Tresen, bis Lydia mit der Kanne angeschwirrt kam. »Ed, das ist 'ne himmelschreiende Schande«, sagte er. »Sieh dich an, du hältst den Kein-Unfall-Rekord, den keiner schlagen kann. Und sieh mich an, ich hab in zwei Monaten drei Cadillacs geschrottet! Und sie haben mich auf einen lausigen Shuttlebus degradiert. Sie hätten dir irgendwas im Verkehrsbüro geben können, Ed. Ist 'ne gottserbärmliche Art, einen Mann so zu behandeln, nur weil er sich ab und zu einen Drink genehmigt.« Charlie hatte schon ein paar gehabt. Seine Augen füllten sich mit Tränen.

»Nein, Charlie, ich bin ein Mann, der auf die Strecke muss. Ich muss spüren, wie der Wagen über die Schienen rollt und die Elektrizität schmecken. Wenn das nicht geht, dann bin ich weg. Wir sehn uns.« Ein guter Satz, um zu entkommen.

In der Zeitung war mir auf der Seite mit den Lokalnachrichten ein Artikel aufgefallen, und ich wollte Charlie von der Pelle haben, um ihn zu lesen. »Mysteriöse Leiche am Strand«, lautete der Titel. »Die Polizei versucht die Identität einer männlichen Leiche zu ermitteln, die nahe Playa del Rey von der Brandung angespült wurde. Der Mann wird als mittelgroß und mittelschwer beschrieben, außerdem trug er einen schweren Mantel. Wie Detective Sergeant Duncan Mahoney dem Reporter dieser Zeitung vertraulich mitteilte, habe dieser Mann ›eine auffällige Ähnlichkeit mit einem gewissen Earl McDonnell, ein Mafia-Mann aus dem Mittleren Westen, und kein Bürger von der Sorte, über die wir uns in Los Angeles freuen würden. McDonnell hatte einige Verbindungen in der Gegend, die uns bekannt sind, und wir werden uns mit ihnen unterhalten.‹«

Ich ging wieder ins Roundhouse. »Sieh dir das an«, sagte ich zu Lydia. Sie las die Story und ließ dann die Zeitung verschwinden. Sie öffnete die Registrierkasse und zeigte mir den Revolver und einen Bund Autoschlüssel, die mit einem Lincoln-Medaillon an einem Schlüsselring hingen.

»Ich glaube, ich muss mich mit ihr unterhalten«, sagte ich und nahm die Schlüssel und den Revolver.

»Und behalt im Kopf, was ich über Ida und deine Ex gesagt habe. Wie's unter Freunden heißt, der Scheiß ist noch heiß«, sagte Lydia. Sie hatte meine Ex-Frau nie leiden können, wie die meisten Leute. Ich ging hoch und klopfte an die Tür von Nummer drei. Keine Antwort. »Ich bin's, Ed«, sagte ich leise.

Ida öffnete die Tür, die mit einer Kette gesichert war, und sah durch den Spalt. »Wo warst du?«, sagte sie.

»Du siehst erholt aus, das freut mich, Ida«, sagte ich. Sie nahm die Kette ab und öffnete die Tür. Im Zimmer hing ein fetter Nebel aus Zigarettenrauch. »Das wird Lydia nicht gefallen«, sagte ich.

»Du bist schuld, dass ich hier eingesperrt bin.«

»Du bist nicht eingesperrt, du bist nur auf dich allein gestellt.«

»Ich konnte hier meiner Gesundheit wegen nicht raus.«

»Du hast gesagt, du brauchst 'nen Platz, wo du bleiben kannst. Aber ich glaube, du musstest von der Straße weg. Fang mit dem Revolver an«, sagte ich.

»Du hast mich ausspioniert, als ich schlief!«

»Lydia ist nicht von gestern. Sieh mal, ich bin grade arbeitslos, und ich liebe 'ne gute Story. Lass doch mal was hören.« Ich gab ihr die Flasche Old Stagg, hatte schon mal funktioniert. Sie kippte den Rest runter.

»Mein Freund hat mir den Revolver gegeben. Er meint, dass Los Angeles eine gefährliche Stadt ist.«

Auf jeden Fall seit du da bist, dachte ich. »Dann sag ihm, er soll kommen und dich abholen.«

»Ich bin allein hergekommen.«

»Wie bist du hergekommen?«

»Was geht's dich an. Das ist doch nur'n Bluff von dir.«

»Es interessiert mich, so bin ich eben.«

»Bis Tulsa hab ich den Bus genommen, dann traf ich 'nen Typen, der ein Auto hatte, und der hat mich den Rest der Strecke durchgeritten, ich mein' mitgenommen hat er mich, im Auto mitfahren lassen, Herrgott nochmal. Als wir ankamen, wollte er zum Strand, sagte, dass er noch nie einen gesehen hat. Sagte, dass er schwimmen will. Wir tranken was, und dann verschwand er ins Meer. Ich hab da draußen was verloren. Du könntest mir helfen, wenn du willst. Ich dachte, du magst mich, aber vielleicht hab ich mich getäuscht.«

»Wie kann ich dir helfen?«

»Vielleicht bist du ja der Typ Mann, der's ausnutzt, wenn ein Mädchen in'ner peinlichen Lage ist und nicht gut auf sich selber aufpassen kann.« Ida drückte ihre Brust raus wie ein Mädchen, das in einer peinlichen Lage ist.

»Ein Mann wie ich könnte in eine wirklich peinliche Lage kommen, wenn er einem Lincoln hinterherschnüffelt, der Earl McDonnell gehört. Diesem Earl, der einer von diesen Männern war, die am liebsten im Mantel Schwimmen gehen.« Ich klimperte mit den Autoschlüsseln vor ihrem Gesicht.

Sie schoss aus dem Sessel hoch, als wäre 'ne Feuerwerksrakete in ihrem Höschen explodiert, und ging auf mich los. »Gib mir diese verdammten Schlüssel!«, fauchte sie. Ich schubste sie in den Sessel zurück. Sie blieb sitzen und funkelte mich an, bereit, sich wieder auf mich zu stürzen.

»Ich werde dir ausführlich berichten, Ida.« Ich haute ab. Sie versuchte nicht, mir zu folgen. Sie war verrückt, aber mehr verängstigt als verrückt. Und das war mir doch

sehr vertraut. Lydia hatte recht, da war eine gewisse
Ähnlichkeit.

*(Durchsage Baker Boy-Gebäck, Einblendung Truman
Bradley.)*

Vor meiner Heirat hatte ich nicht viel Ahnung vom Be-
kleidungseinzelhandelsgeschäft, oder von Frauen. Ich
kaufte mir ein Paar Schuhe pro Jahr, Hemden alle sechs
Monate, und einen neuen Anzug alle drei Jahre. Die
Bahngesellschaft stellte die Kappe und das Dienstabzei-
chen zur Verfügung. Ich habe mich nie besonders dafür
interessiert, wie man sich kleidet, aber ich bin auch nicht
so ablehnend gegenüber dem Thema Bekleidung wie
andere Kameraden.

Als ich meine zukünftige Ex-Frau kennenlernte, arbeitete sie im Kaufhaus Grayson's auf der Spring Street. Sie
war im zweiten Stock bei den Damenblusen, und die
Schwester meines Fahrerkollegen Fred Keller. Sie hieß
Inez. Fred machte uns eines Abends im Roundhouse miteinander bekannt. Er hatte seine Schicht beendet, und
meine fing an. Inez traf sich mit ihm dort zum Abendessen. Rückblickend denke ich, dass sie nur deswegen dort
war, um mich zu treffen. Ich wohnte mit meiner Mutter
zusammen auf der Hoover und hatte gerade als Fahrzeugführer bei der Los Angeles Railway Company zu arbeiten
begonnen.

Wir fingen an, an meinen freien Abenden miteinander
auszugehen – Kino, Bars, manchmal zum Tanzen. Inez
hatte Spaß daran, auszugehen und was zu trinken, und sie
unterhielt sich gern. Wir kamen in ein Lokal und setzten
uns, und schon fing sie an, von ihrem Job im Grayson's
zu erzählen. Auf das Thema war sie geradezu fixiert.
Eines Abends, als wir uns seit etwa einem Monat trafen,
erzählte sie mir eine Geschichte.

»Die Regel ist die, Ed, je höher die Etage, desto teurer
die Sachen. Das billige Zeug, wie falscher Schmuck und

Make-up, ist im Erdgeschoß. Zweite Etage ist Sport- und Freizeitkleidung, Blusen, Handtaschen. Das ist meine Etage. Dritte Etage ist Damenbekleidung und Schuhe und bessere Accessoires. Und die teuren Sachen sind in der vierten Etage – Pelzmäntel, echter Schmuck, Uhren und sowas. Auf jeder Etage gibt's jemanden, der nur herumgeht und auf die Sachen aufpasst, aber in der vierten sind's zwei Aufpasser. Nach Geschäftsschluss schließen die alles ab, und morgens schließen sie wieder alles auf. Jedes Stück auf der vierten Etage hat eine Seriennummer und eine Katalognummer. Da oben haben die'n Auge wie'n Habicht auf dich.«

»Sehr interessant, Inez. Du weißt ja 'ne Menge drüber.«

»Darauf kannst du wetten, ich hab ein richtiges Studium draus gemacht.«

»Wozu?«

»Sieh mal, Ed, du und ich, wir passen doch ziemlich gut zusammen, oder meinst du nicht? Ist also wahrscheinlich keine Überraschung für dich, wenn ich dir sage, dass ich 'nen Dreh herausgefunden habe, wie man 'ne gute Stange Geld machen kann.«

»Bezahlen sie dich nicht gut genug?«

»Machst du Witze? Als Verkäuferin verdienst du nicht mal genug, um davon leben zu können, und wirst du auch nie. Ich möchte Sachen haben, Ed. Nette Sachen, die sie oben in der vierten haben. Willst du nicht, dass ich nette Sachen habe? Willst du nicht, dass ich glücklich bin?«

»Sicher will ich das, aber was soll ich da machen? Du weißt ja, dass ich nur'n Fahrerlohn habe. Und der ist nicht berauschend. Wenn ich nicht bei Mutter wohnen würde, könnte ich mir nicht mal ein kleines Haus wie unseres leisten.«

»Das ist genau das, wovon ich spreche, Ed. Wenn du so wie ich bestimmte Sachen haben willst, und du hilfst mir, dann können wir uns die Sachen kaufen, die wir beide haben wollen. Ich glaube schon, dass du mich so gern hast, oder nicht, Ed?«

»Zuerst solltest du mir mal erklären, was du vorhast, wenn wir zusammen was machen wollen.«

Inez legte an diesem Abend alle Karten auf den Tisch. Sie hatte angefangen, Blusen zu stehlen, immer nur eine. Der Trick war, sie unmittelbar nach einer Inventur der Lagerbestände zu klauen. Jede Verkäuferin hatte Schiss vor der Inventur, jede befürchtete, man würde ihr die Schuld geben, falls irgendwas nicht stimmte. Aber es gab auch immer das, was sie »Schwund« nannten. Die Zahlen, die die Inventur ergab, die dazu diente, die Stimmigkeit von Lagerbestand und Verkaufsbelegen und Barvermögen zu überprüfen, stimmten nie exakt – diese Diskrepanz nannten sie »Schwund«, und dieses fehlende Geld schrieben sie ab. Der Trick war, zu wissen, wieviel Schwund sie akzeptierten. War es in einer Abteilung mehr als sonst üblich, schöpften sie Verdacht. Inez hatte herausgefunden, wo man Schwund als normal betrachtete und wo nicht. In der Schuhabteilung gab es offensichtlich keinen Schwund. Und bei den Luxusartikeln der vierten Etage gabs auch keinen. Dort oben wurde Ladendiebstahl nicht akzeptiert.

Ich hörte zu. Inez schaute mich an, um zu sehen, wie ich reagierte. »Gut, du nimmst also ab und zu eine Bluse mit«, sagte ich.

»Wir alle nehmen Kleinigkeiten mit. Ich kann mir keine Kleider aus diesem Kaufhaus leisten, nichtmal mit dem Angestelltenrabatt.«

»Und wie ist dein Plan?«, fragte ich. Wir hatten schon einige Drinks in diesem Lokal, das sie gut kannte, und das machte mich etwas leichtsinnig.

»Der geht so. Der Kaufhaus-Manager heißt Guy Richard Cummings. Ein großer fetter Mann, der alle Verkäuferinnen von oben runter behandelt. Nur die Ich-bin-der-mächtige-Boss-Tour. Er isst ununterbrochen Sen-Sen-Pastillen, weil er den ganzen Tag in seinem Eckzimmer-Büro auf seinem fetten Arsch sitzt und trinkt und telefoniert. Aber ich hab was über Mr. Guy herausgefunden, und zwar Folgendes: Wir klauen billige kleine Blusen, aber er klaut Geld vom Kaufhaus. Er stiehlt Geld von den Konten. Sein Dreh ist, zu behaupten, dass es an zehn verschiedenen Kassen Fehlbeträge, also Schwund gibt. Was kaum nachzuverfolgen ist. Die Summe der Fehlbeträge geht zu Lasten des Unternehmens. Und die Buchhaltung des Unternehmens zahlt nun diesen Schwund an das Kaufhaus zurück, und: sie zahlen es an ihn direkt und in bar. Was normal ist, weil das Kaufhaus jeden Tag eine Menge Bargeld benötigt. Und das ist das Geld, das in seiner Tasche landet. Das ist doch mal'n Trick, oder meinst du nicht?«

Und dann wurde mir klar, dass Inez Keller niemand war, der mit sich umspringen ließ. »Und jetzt willst du ihn verpfeifen?«, fragte ich.

»Machst du Witze? Ich hab seinen fetten Arsch genau da, wo ich ihn haben will. Er wird uns helfen, einen Nerzmantel zu stehlen, vielleicht sogar zwei oder drei.«

»Immer langsam. Wie hast du das alles rausgefunden?«

»Er hat mich in sein Büro rufen lassen. Sagte, dass er anhand der Buchhaltung sehen würde, dass ich drei Blusen nicht abgerechnet hatte, und das würde er mir vom Lohn abziehen. Hat mich beschuldigt, sie gestohlen zu haben. Es sei denn, na klar, ich wäre bereit, vernünftig zu sein. ›Vernünftig‹, verstehst du, Ed?« Inez formte mit Daumen und Zeigefinger einen Kreis und schob dann den anderen Zeigefinger rein und raus. »Dann sagte ich, ›Mr. Cummings, Sie beschuldigen mich, drei Blusen geklaut zu haben, aber ich weiß, dass Sie bluffen, weil ich nur eine genommen habe. Sie haben aber schon einen Wisch über die fehlende Summe von dreien eingereicht; und das, was die zuviel bezahlen, stecken Sie jetzt in die eigene Tasche. Hab ich recht, *Guy*?‹ Er wurde weiß im Gesicht. Da saß ich schon auf seinem Schoß und hab's von ganz nah gesehen. Er sagte: ›Du hast Eier.‹ Ich sagte: ›Das ist nicht alles, was ich habe.‹ Es war der schönste Tag in meinem Leben.«

»Was läuft schief bei der Firmenleitung, dass du über das alles Bescheid weißt, aber sie nicht?«

»Weiß ich nicht«, sagte sie. »Ich denke, da gibt's jemanden, der seine schützende Hand über ihn hält, aber das ist mir egal. Ich will diesen Nerzmantel. Ich hab ihn schon ausgesucht; ich weiß, welcher es sein soll. Ich will diesen Mantel mehr als irgendwas auf dieser Welt. Außer dich, natürlich. Willst du mich so sehr, wie ich dich will, Eddy?«

Einen Monat später wurden wir in ihrer Mittagspause getraut. Sie schaffte ihren Krempel zu Mutter und mir in das kleine Haus an der Ecke Washington und Hoover. Mutter und Inez kamen nie miteinander aus, sie stritten sich wegen allem. Sie sagte, sie würde meine Hilfe mit den Mänteln benötigen. Es war soweit, dass wir als Team arbeiten wollten. Cummings hing am Haken, er war der Insider. Doch jetzt sah es so aus, dass wir durch drei teilen würden. Ich hielt sie hin, sagte, ich müsste drüber nachdenken. Und schließlich kam ein Buchprüfer hinter den Finanzbetrug und sie verhafteten Cummings. Er hatte schon einige Zeit unter Verdacht gestanden. Und eines Morgens, nachdem Inez zur Arbeit gegangen war, stand die Polizei vor unserer Tür. Ich schlief noch, hatte bei der Bahn Nachtschicht gehabt. Sie sagten zu Mutter, dass im Kaufhaus ein Nerzmantel abhanden gekommen war, und dass Cummings ausgesagt hätte, ihn Mrs. Inez Breen gegeben zu haben und dass diese ihn erpressen würde. Er behauptete, die komplette Unterschlagungsnummer wäre ihre Idee gewesen. Sie bestritt die Anschuldigungen, aber Beamte fanden den Mantel in der Garage. Als Ehemann konnte ich nicht als Zeuge der Verteidigung auftreten. Inez machte einen Deal, sie wurde nur wegen geringfügigen Diebstahls angeklagt und kassierte dafür eine Verurteilung zu fünf Jahren, die sie immer noch absitzt, soweit ich weiß. Cummings war der große Fisch, den sie haben wollten.

»Deine Mutter hat mich reingebracht, und wie geht's

denn den Apfelbäumchen? Bis irgendwann, Eddy«, war alles, was sie sagte. Mutter ließ die Heirat aufgrund eines Verfahrensfehlers annulieren.

(Durchsage Baker Boy-Gebäck, Einblendung Truman Bradley.)

Bei Tag sah Playa del Rey wie eine Müllhalde aus. An den Klippen auf der Südseite stand eine kleine Siedlung mit älteren Häusern. Dann das Marschland und ein halbes Dutzend Strandhütten, die auf dem Erdwall am Bach standen. »Wir bauen nach Ihren Wünschen«-Schilder standen hier und da in der Gegend herum, und ein Fisch-und-Chips-Stand, der für den Winter dichtgemacht war. Ich ging den sandigen Feldweg weiter, der zu den Hütten führte. Die ersten vier sahen bewohnt aus, aber an der fünften und sechsten waren Schilder von Immobilienfirmen befestigt. Eine der beiden Garagen war versperrt, eine war's nicht, also schaute ich rein.

Der Lincoln war darin abgestellt, sah gut und gepflegt aus. Es war ein Continental-Kabriolett, genau die Sorte todschickes Auto, die sich ein Mobster-Junge für einen Ausflug in den Westen aussuchen würde. Das Nummernschild fehlte. Auf dem Boden lag eine Menge Zeug herum, als hätte jemand nach irgendwas gesucht. Der kleine Kofferraumdeckel war offen: nichts drin, und auf der Rückbank ebenfalls nichts. Ich öffnete die Motorhaube. Ein Lincoln-Zwölfzylinder, fahrbereiter Zustand. Was war mit diesem Luftfilter? Der war so groß wie'n Kochtopf. Ich schraubte ihn ab und hob ihn vom Vergaser, nahm den Filtereinsatz raus und spürte, dass sich auf dem Boden des Metallgehäuses sowas wie ein Päckchen befand. Ich stopfte den Filter wieder rein und versuchte, das sperrige Ding wieder am Vergaser zu befestigen. Es war heiß und dunkel in der Garage, und ich konnte nicht sehen, was ich da machte. Mir wurde schwindlig, und dann bekam ich Angst. Die werden bemerken, dass das jemand angefasst hat, dachte ich. Ich ging raus und sah mich um. Nirgendwo eine Menschenseele, nur der Wind und das Rauschen vom Strand, der etwa hundert Meter entfernt war: Wie hast du Earl da runtergeschafft? Eine Frau kann einen Mann nicht so weit schleppen, du musst ihn irgendwie zum Wasser gelockt haben. In der Nacht? Im Mantel?

Meine Hände waren ölverschmiert. Der Bach hatte grade genug Wasser, um das meiste Öl wegzubekommen, aber es beunruhigte mich. Und dann lag da ein Männerhut im Bachbett. Ich hob ihn auf. Im Hutband stand der Name eines Herrenbekleidungsgeschäfts aus Tulsa und in gold aufgedruckt die Initialen »EMD«. Du warst also mit Earl beim Einkaufen, dachte ich. Weil du rausfinden wolltest, wieviel Geld er dabei hatte.

Ich steckte das wasserdicht verpackte Päckchen am Rücken unter mein Hemd. Ich hatte ein Jackett an, und es schien mir gut genug verdeckt zu sein, um damit weggehen zu können. Ich ging die Culver rauf, dann nach Norden durch Venice bis zum Washington Boulevard. Ein weiter Weg. Und ich hatte ständig das Gefühl, dass mir jemand folgte, aber es passierte nichts. Dann nahm ich die Washington-Linie und fuhr in die Stadt.

Ich beachtete den Fahrer nicht. Normalerweise hätte ich mich mit ihm unterhalten, Hey-Kumpel-dies und Hey-Kumpel-das, aber ich war so müde und hungrig, dass ich fast umkippte. Dann erkannte ich das Pup Café vor mir auf der rechten Seite. Man kann's nicht übersehen, denn das Gebäude sieht aus wie ein großer Hund, der auf dem Gehsteig sitzt. Durch seinen Bauch geht man rein. Er macht einen bekümmerten Eindruck, als hätte er seine Mahlzeit verpasst. Ich nahm einen Cheeseburger mit Zwiebeln, Tomaten und Essiggurken. Ich bestellte mir noch einen. Der Mann hinterm Tresen sagte: »Wenn ich Sie so sehe, wie Sie Ihr Essen verschlingen, das erinnert mich an was, das letzte Woche hier passiert ist. Woll'n Sie hören, was passiert ist?«

»Klar«, sagte ich zwischen zwei Bissen.

»Es war Feierabend, neun Uhr. Ein Farbiger kommt rein, ziemlicher Brocken von 'nem Mann, und sagt: ›Fünf Cheeseburger mit Allem zum Mitnehmen.‹ Genau so, genauso frech.«

Die Tresenkraft wartete auf einen Kommentar von mir, aber ich aß weiter, und er fuhr fort: »Gut, ich sag also zu ihm ›Wir haben geschlossen.‹ Und wissen Sie, was? Der greift in seine Tasche und zieht 'ne Faust voll Geld raus, wie man's noch nie gesehn hat, und hält mir einen Hundert-Dollar-Schein hin. Und er sagt: ›Mach sechs draus, mit Apfelkuchen, und beweg dich'n bisschen!‹«

Der Tresenmann wartete auf eine Antwort, also gab ich ihm eine: »Okay, Sie haben also sechs Cheeseburger gemacht.«

»Da ha'm Sie verdammt recht. Ich hab's noch nie erlebt, dass'n Farbiger so'ne Nummer abgezogen hat, außer er ist'n Gangster oder'n Dopedealer oder'n total durchgeknallter Typ. Ich mach die Bestellung fertig, und er gibt mir die hundert Dollar! Und dann sagt er noch: ›Du solltest besser auf deine Manieren achten, mein Junge, denn du weißt nie, wer zur Tür reinkommt. Ich bin Charlie Parker. Du solltest den Hundert-Dollar-Schein aufbewahren, der könnte eines Tages was wert sein. Erzähl's deinen kleinen bleichen Enkelkindern.‹ Und draußen war er. Stieg in einen riesigen Cadillac und zog ab! Kriegt man das zusammen? Was ich hier schon alles erlebt hab – ich könnte ein Buch schreiben.«

»Wie wär's mit einem Stück Aprikosenkuchen«, sagte ich. Du kannst dir soviele Cheeseburger und Kuchen leisten wie du willst, wenn du fünfundzwanzigtausend Dollar hast.

Ich zeigte zuerst Lydia das Geld. »Ich schlage vor, dass wir's durch drei teilen. Ida bekommt ein Drittel, und du und ich nehmen den Rest. Was hältst du davon, Lydia?« Ich war völlig aufgeregt.

Lydia schüttelte den Kopf. »Du bringst mich um, Ed. Du bist in dieser Stadt seit fünfzehn Jahren Straßenbahnfahrer, aber du hast immer noch nicht kapiert, wie's läuft. Du siehst einfach nicht, was außerhalb von deinem Wagon läuft. Immer nur Bing-Bing, Lächeln, das-Fahrgeld-bitte und danke-meine-Damnherrn.«

»Moment mal, was ist denn so schlimm dran? Für mich war das immer in Ordnung. Ich hab auf die Art viele nette Freunde kennengelernt, dich eingeschlossen. Für einen Typ wie mich ist das die einzige Chance, die er jemals bekommt.«

»Ed, ich würde dir für dieses Geld nichtmal zehn Cent geben. Wenn Ida Jenkins nicht bekommt, was ihr ihrer Meinung nach zusteht, dann würde ich auf deine Chance keine zehn Cent wetten. Mit deiner Inez bist du noch glücklich davongekommen. Dass es dir mit Ida Jenkins nochmal gelingt, darauf würde ich nicht mal'n Zehn-Cent-Stück wetten.« Lydia ging zum Tresen zurück. Ich ging nach oben und klopfte.

Ida saß nur da und schaute mich an. Eine saubere Aufteilung wäre doch besser, als mit Earl keine Zukunft zu haben, sagte ich zu ihr. Ich hatte alles eingewickelt und packte alles aus. Ich zählte 12500$ in Hundert-Dollar-Noten ab. Sie nahm es. Und dann ihren Mantel, Hut und Koffer. »Ich dachte, du hast Angst, rauszugehen«, sagte ich.

»Vielleicht bist du einer von den Männern, die ein Mädchen verkaufen würden, nur um 'nen mickrigen Dollar zu machen.«

»Da sagst du mal wieder was sehr Interessantes. Ein Mädchen verkaufen, an wen genau?«

»Vielleicht findest du's raus. Dann wirst du nicht mehr so verdammt schlau rummachen. Adios, Eddy. Vielleicht seh ich dich mal wieder.«

Ich verkaufte das Haus auf der Hoover für 2500 Dollar in bar. Kaufte mir eine Strandhütte auf einem Grundstück in

Playa del Rey für tausend und zog ein. Eines Tages las ich in der Zeitung einen Bericht, dass die Los Angeles Railway Company ein Handelsgeschäft mit Argentinien über den Verkauf von ausgemusterten Straßenbahnen abgeschlossen hatte. Ich marschierte sofort hin und erklärte ihnen, dass ich den Wagen 606 kaufen wollte, und dass ich das, was Argentinien bezahlte, verdoppeln würde. Bar auf den Tisch. Sie gingen drauf ein, warum hätten sie's nicht tun sollen. Vom Standpunkt der Eisenbahngesellschaft war es nur Abfallholz und Schrottmetall. Ich zahlte achtzehnhundert Dollar.

Sie zogen die 606 mit der Großen Bertha, dem Abschleppwagen, die Jefferson runter, und dann die ganze Strecke bis zur Küste. Bertha war mit einem Hebekran ausgerüstet, und sie drehten die 606 so herum, dass sie auf meinem Grundstück seitlich und direkt am Fußweg stand. Der Konverter war ausgebaut worden, um nach Argentinien verschifft zu werden, ansonsten war der Wagon in perfektem Zustand für das, was ich vorhatte.

Das Pup Café hatte mich auf die Idee gebracht, die 606 zu einem Imbisslokal mit einer langen Theke umzubauen. Mit den schweren Arbeiten beauftragte ich einen örtlichen Schreiner. Es war kein schlechter Job, die Bänke um- und kleine Tische neu einzubauen. Für die Küche teilten wir das hintere Drittel des Wagons ab, und bauten ein Fenster für den Koch ein, um die Bestellungen für die Bedienung durchzureichen. Der Mann vom Fisch-und-Chips-Stand verkaufte mir seine Küchenausstattung billig. Er wollte nach Yuma, Arizona, und sich auf's Süßwaren-Geschäft verlegen, meinte, seine Lunge würde ihm Probleme machen wegen der salzigen Luft. Ich machte Lydia das Angebot, als gleichberechtigte Partnerin bei mir einzusteigen, aber sie wollte es nicht annehmen. »Ich bin im Roundhouse daheim, seit ich vom Saufen runter bin. Wahrscheinlich werden sie mich unter den Bodenbrettern begraben«, sagte sie. Arbeitszeit und Material für die Schreiner-, Klempner- und Elektrikerarbeiten kosteten mich weitere dreitausend Dollar. Der Stadt bezahlte ich zwölfhundert Dollar für die Lizenz.

Ich nannte es das »606 Café – Mit dem weltberühmten Straßenbahn-Burger.« Die Idee, um sechs Uhr ein spezielles Abendessen anzubieten, borgte ich mir von Lydia. Ich stellte den Koch von der Fisch-und-Chips-Bude ein, ein lustiger Japaner namens Mats, und wir eröffneten pünktlich zu Beginn der Sommersaison. Zuerst lief es etwas schleppend, aber dann ging das Geschäft langsam los. 606 war das einzige Imbisslokal an der Küste im Umkreis von Kilometern.

Ich fing an herumzuspinnen mit dem Plan für eine Sonnenterrasse mit Tischen und Schirmen. Die Leute schienen lieber auf der einen Seite zu sitzen und waren auch gern bereit, auf einen Platz zu warten, nur um einen flüchtigen Blick auf Strand und Wasser zu haben, während sie ihre Straßenbahn-Burger aßen. Es gefiel mir, mein eigener Boss zu sein. Gab keine Leine hier draußen, an der ich hing – meine Mutter war nicht mehr da, Inez war nicht mehr da, und ich rechnete nicht damit, Ida jemals wiederzusehen. In diesem Punkt täuschte ich mich.

(Durchsage Baker Boy-Gebäck, Einblendung Truman Bradley.)

Es war an einem Freitagabend, kurz vor sechs. Es war noch nichts los. Mit dem Abendessen am Freitag hatten wir angefangen, ein gutes Geschäft zu machen – die Leute sagten, dass sie's schön fanden, zum Sonnenuntergang an die Küste rauszufahren und bei einem netten Essen da zu sitzen. Sie kamen immer so um sechs Uhr dreißig, sieben Uhr. Ich ordnete grade die Registrierkasse, als ich sah, wie eine große schwarze Limousine vorn an der Straße hielt. Es war ein Sieben-Personen-Caddy, nicht unbedingt das übliche Familienauto. Zwei Typen stiegen aus und kamen herüber. Der eine war korpulent, der andere normal gebaut. Beide trugen Hüte und Mäntel.

Sie kamen rein und setzten sich an den Tresen. Sie behielten Hut und Mantel an.

»'n Abend, Gentlemen. Was kann ich Ihnen bringen?«

»Was willst du zu essen, Al?«

»Ich weiß nicht, was ich will.«

»Ich nehme Schweinskoteletts mit Apfelsauce.«

»Schweinskoteletts stehen auf der Abendkarte, aber das Abendessen ist noch nicht soweit, das gibt's erst ab sechs Uhr. Ich kann Ihnen jede Art von Sandwich anbieten, Eier mit Speck, Eier mit Schinken, aber das Abendessen gibt's nicht vor sechs Uhr.«

»Ich nehme Hühnchen-Kroquetten mit Kartoffelpüree.«

»Hühnchen-Kroquetten stehen ebenfalls nur auf der Abendkarte.«

»Alles, was wir wollen, steht also auf der Abendkarte. Auf die Tour machst du den Laden?«

»Wie nennt ihr'n diese Müllkippe?«

»Playa del Rey.«

»Das ist 'ne Müllkippe. Wo sind'n die Leute alle?«

»Im Moment sind nur der Koch und ich hier.«

»Du glaubst wohl, du bist'n ziemlich heller Junge, stimmt's?«

»Helle genug.«

»Tja, das bist du nicht.«

»Okay, bin ich nicht. Der Kunde hat immer recht.«

»Wie heißt du, heller Junge?«

»Ed Breen.«

»Wir haben draußen im Auto 'ne Freundin von dir. Sie heißt Ida. Du kannst dich sicher an Ida erinnern, heller Junge.«

»Ich bin mir nicht sicher, hier kommen viele Leute rein.«

»Ida hat sich an dich erinnert. Nicht sofort, aber bald. Und bald darauf hat sie sich richtig gut erinnert, stimmt's, Al? Sie hat uns alles über dich erzählt.«

»Alles über dich und das Geld. Zwölfeinhalbtausend Mäuse, die uns gehören. Was sagst du dazu?«

»Nichts. Ich hab nur grade über was nachgedacht und wollte es aufschreiben, bevor ich's wieder vergessen habe.«

»Hey, Al, der helle Junge ist'n Denker. Er hat Ideen.«

»Hast du irgendwas zu trinken, heller Junge?«

»Ich hab eine Flasche Old Stagg unterm Tresen.«

»Dann lass uns einen trinken, ich schätze, du wirst einen brauchen. Und dann wirst du uns eine Geschichte erzählen, die davon handelt, was alles mit unserem Geld passiert ist. Wir lieben 'ne gute Story.«

Earl McDonnells 32er-Smith&Wesson lag direkt unterm Tresen. Der fette Kerl schaute sich für eine Sekunde um, und damit war's ein Augenpaar weniger.

Ich packte den Revolver und sprang hinter die große National-Registrierkasse. Aus kürzester Entfernung schoss ich dem dicken Mann zwei Kugeln in den Bauch. Er drehte sich auf dem Stuhl und kippte um. Das brachte Al aus dem Konzept. Er zog eine 45er und feuerte auf mich, aber er hatte schlecht gezielt und traf die Kasse. Fünfzig Kilo solides Messing, eine gute Geschäftsinvestition. Mein Glückstreffer traf ihn in die Kehle. Sein Kopf schlug auf den Tresen und er bewegte sich nicht mehr.

Ich rannte raus. Es stimmte, es war Ida. Sie lag gefesselt auf der Rückbank des Cadillac. Ihr Kopf war in einem merkwürdigen Winkel verdreht, ihre Augen halb geschlossen, sie war tot. Sie hatten sich mit Ida eine Menge Arbeit gemacht. Das Wageninnere stank nach Blut. Man ist sich dessen nicht bewusst, wenn man Fotos in der Zeitung sieht. In acht Jahren hatte ich in der 606 nur zweimal Blut fließen gesehen, beide Male waren es Filipinos, aber es hatte nicht annähernd so gestunken wie der Caddy.

Ich ging wieder rein. Ich hatte Lydias Namen auf einen Briefumschlag geschrieben, während die hellen Mafia-Jungs ihre Wir-sind-harte-Kerle-Routine abspulten. Ich steckte ein Zehn-Cent-Stück in den Umschlag und klebte

ihn zu; dann verständigte ich die Polizei. Al und sein
fetter Kumpel waren echt harte Typen, aber sie quatschten zuviel. Wenn du was vorhast, dann tu's, pflegte mein
Stiefvater zu sagen. Dann sitz nicht die ganze Nacht rum
und quatsch drüber, denn es könnte dich jemand im Visier haben und dich erwischen. Das war das letzte, was
Daddy Rice zu mir sagte, bevor er starb. Er saß im
Wohnzimmer und hörte sich eine Folge von *Amos 'n'
Andy* an, als es passierte.

Ich hörte die Sirenen, die auf dem Culver Boulevard
näherkamen: »Abendessen ist fertig«, rief Mats aus der
Küche.

*Rundfunksprecher: »Und zum Schluss erzählt Ihnen
Truman Bradley etwas über unsere Story der nächsten
Woche.«*
*TB: »Nächste Woche, ein Filipino ersticht in einem
Filmtheater einen Mann, aber ein Mexikaner wird da-
für beschuldigt. Oder ist es doch genau andersherum?
Schalten Sie wieder ein zu einer neuen Folge von* Ich
liebe eine Story.«

*(Titelmusik hoch, Abspann: Namen der Schauspieler,
Namen Produktion/Regie, Ende Truman Bradley mit
Baker Boy-Gebäck.)*

Ewig klingelt mein Telefon

1956

Santa Monica ist Douglas Aircraft und Douglas Aircraft ist Santa Monica. Drei Schichten pro Tag und sieben Tage die Woche bedeuten Wohlstand für alle.

Douglas hat mit der Fritz Burns Company einen Vertrag geschlossen über den Bau einer Siedlung mit billigen Fertighäusern für die Arbeiter und ihre Familien am südlichen Ende der Stadt, zwischen Ocean Park Boulevard und der West Pico Street. »Sunset Park« heißt die Siedlung, ein netter Ort zum Leben und Arbeiten. Da weht immer eine frische Brise vom Ozean herüber, den man über den Hügeln von Ocean Park fast erkennen kann.

Sunset Park liegt auf einem Plateau, deshalb ist die Luft trocken und das Licht klar; den Untere-Mittelschicht-Verhältnissen angemessen, könnte man sagen. Es gibt drei Grund- und zwei Realschulen, und eine Oberschule, die Samohi heißt. Sie können in drei oder vier großen Supermärkten einkaufen, die zu Ihrem Komfort mit diesen modernen Einkaufswägen ausgestattet sind, außerdem gibt es Drogerien (Airport Rexall), ein Filmtheater (das Aero), Spirituosenläden, Cafés, und Bars − von denen die auf dem Ocean Park Boulevard hervorzuheben sind, die vierundzwanzig Stunden täglich geöffnet haben, weil bei Douglas Aircraft ebenfalls vierundzwanzig

Stunden pro Tag gearbeitet wird. An der Einunddreißigsten Ecke Pico Boulevard steht das Gresham-Gebäude, Hauptquartier der Gresham Detective Agency. Ein zweistöckiger Bau mit Stuckarbeiten und mit einem diagonalen Eingang an der Ecke. Sieht irgendwie hässlich und gedrungen aus. Wir sehen George Gresham in seinem 1950er-Oldsmobile vorfahren. George hat den Wagen kürzlich von Ned Hillael von Hillaels Gebrauchtwagen gekauft, einen Block weiter an der Ecke Dreißigste und Pico. Vierhundertfünfzig Dollar in bar hat er bezahlt, was 1956 ein Haufen Geld für einen Gebrauchtwagen ist, doch George denkt tatsächlich, dass er Ned mit seiner Barzahlung über den Tisch gezogen hat. Weil Ned deswegen um fünfundsiebzig Dollar runtergegangen war. Aber George macht's schon richtig; er steht dieses Jahr ganz oben. Hat das Haus gekauft, auf dem jetzt sein Name steht, und um das Geschäft ordentlich aussehen zu lassen, kümmert er sich ein bisschen um offene Rechnungen und überprüft die Kreditwürdigkeit von Leuten.

Ned ist der einzige Gebrauchtwagenhändler in der Umgebung des Flughafens, und er macht ein gutes Geschäft mit Douglas-Angestellten und gelegentlich einem Geschäftsmann wie George Gresham. Endlich war er dieses Oldsmobile los – der scheißkaputte Motor wollte das Öl nicht mehr behalten. Ned selbst fährt einen Cadillac Sedan DeVille, das neueste Modell. Und da gibt's noch den Mechaniker Herb Saunders, ein Farbiger, der für Ned arbeitet. Ned holt sich diese Autos bei Zwangsversteigerungen oder wenn von der Polizei beschlagnahmte Güter verkauft werden, und Herb flickt sie dann soweit zusammen, dass sie noch sechs Monate laufen. Alle verkauften Gebrauchtwagen landen schließlich bei Hillaels Gebrauchtwagen.

Herb fährt einen Muntz Jet, ein bizarrer kleiner Sportwagen, der von Ed »Madman« Muntz, dem König der Billigfernseher, erfolglos auf den Markt gebracht wurde. Er hat einen Cadillac-Motor eingebaut, ist in orchideepink lackiert und fährt so scharf wie er aussieht. Herb wohnt in der kleinen, von Schwarzen und Mexikanern bewohnten Siedlung am Woodlawn-Friedhof, in der Nähe der Sechzehnten und Michigan, in einem um 1900 erbauten Häuschen auf einem langgezogenen Grundstück. Er baut sein eigenes Gemüse entlang der Garage an, in der er die schrottigen Autos für Ned zusammenflickt.

Den Arbeitern in der Flugzeugindustrie geht's gut, sie wollen sich heutzutage Sachen leisten, und deshalb geht's Ned gut, und folglich geht's auch Herb gut. Er tauscht Gemüse gegen Eier mit der mexikanischen Frau, die neben ihm wohnt, Andrena Ruelas, die sich in ihrem Garten ein paar Legehennen hält. Andrena und Herb sind etwa gleich alt, vierzig, dreiundvierzig, so ungefähr. Andrenas Mann wurde im Krieg getötet, und sie lebt allein.

Es ist acht Uhr morgens und Herb ist auf dem Gebrauchtwagengelände, um die Arbeiten für die Woche abzusprechen. Ned sitzt an seinem Tisch in der kleinen Bude, die am Ende des Geländes steht. »Der Studebaker ist verkauft«, sagt er zu Herb, ohne von seinem Stapel mit Quittungen und Kreditauskünften aufzusehen.

»Das ist 'ne üble Karre. Ich konnte die Bremsen nicht richtig reparieren. Ich hab Klebstoff für die Bremsbeläge benutzt, aber das wird nicht allzu lang halten«, sagt Herb.

»Weiß ich doch alles. Der Mann hat dreihundert Dollar bezahlt, runtergehandelt von dreifünfundzwanzig«, antwortet Ned.

»Ein Vertreter, hoffe ich.«

»Adresse in Venice. Ein Mechaniker.« Ned blättert in seinen Papieren. »Douglas-Arbeiter.«

»Hätte es besser wissen müssen.«

»Seiner Frau hat die Farbe gefallen.«

»Hast du irgendwas für mich?«

»'48er Chrysler Windsor, zwei-türig.«

Herb fährt auf dem Pico Boulevard Richtung Süden, um einen Eindruck von dem Auto zu bekommen. Verglichen mit seinem Muntz Jet fühlt sich der Chrysler an wie eine Badewanne auf Rädern. Pomadig in der Beschleunigung. Und Automatik-Schaltung ist 'ne Schaltung für Kirchenweiber, dachte Herb. Er hält auf dem Weg hinter seinem Grundstück und öffnet das Gatter. Er fährt das Auto hoch auf zwei Straßenbahnschienen und rollt mit seiner Mechaniker-Dolly unter das Auto. »Ein Flüssigkeitsgetriebe braucht Flüssigkeit«, sagt er zu seinem kleinen Hund Scrubby. Scrubby liegt auf ihrem Kissen in der Sonne und schaut Herb beim Arbeiten zu. Er wechselt das Getriebeöl aus, die Zündkerzen und den Keilriemen. Das Motoröl sieht gut aus, die Bremsbeläge sehen okay aus. »Mach nur das Nötigste«, ist Neds Motto. Ned bezahlt Herb pro Stunde plus Material. Aber in der Realität ist's dann oft genug etwas anders: »Für mich sieht dieser Kühlerschlauch gut aus, bau ihn wieder hin«; »dieses Öl war absolut sauber, Herb.« Ned weiß eben, wo sein nächster Dollar herkommt, du kannst ihm nichts vormachen.

Nach dem Mittagessen fährt Herb den Chrysler zurück auf den Firmenparkplatz. Aber ein nicht gekennzeichneter Polizeiwagen steht in der Einfahrt, ein dunkelblauer Ford, und Herb bleibt in der schmalen Straße an der Rückseite des Geländes stehen und wartet ab. Nach einer Weile hört er Stimmen, die von der Bude kommen. Die Beamten sind auf dem Weg nach draußen. Er wartet noch eine Minute und geht dann um den Platz herum zum Büro.

»Was ist los?«

»Der Studebaker.«

»Was ist passiert?«

»Der Typ ist heute morgen in einen Bus gekracht und dann vom Unfallort abgehauen. Und die Papiere laufen immer noch auf mich.«

»Ich hab's dir gesagt, dass das Auto 'n Scheiß ist.«

»Weiß ich doch alles.«

»Der Chrysler ist in Ordnung, brauchte Getriebeöl und Zündkerzen.«

»Wir sehn uns später.«

Herb geht die Pico runter in Richtung Friedhof. Und denkt drüber nach, dass Ned heute Probleme hat; dass er in einem besorgten Ton gesprochen hatte, der klang wie'n kaputtes Kurbelwellenlager. Wollte sich nicht mal wegen der Zündkerzen streiten.

Die Frühlingsabende in Santa Monica sind angenehm mild, dank der Seeluft, die sich am Ende des Tages aufgestaut hat. In der Gegend um den Friedhof ist es genau richtig, um zum Abendessen draußen zu sitzen. Und genau das ist es, was Herb und Andrena machen. Herb hat für sie draußen eine nette Barbecue-Stelle aus Ziegelsteinen gebaut, die er drüben von der Ausschusshalde der Ziegelsteinfabrik geholt hat. Andrena hat ein Zicklein vorbereitet, mit Tomaten aus dem Garten und Avocadopaste, gewürzt mit Koreander, und Bier. Aus dem Radio kommt die Ansage: »Und jetzt ist es wieder Zeit für die *Hunter Hancock Show* mit Ihrem Gastgeber, dem alten H.H., und wie immer mit Margie, die Ihnen die besten Negersänger und Entertainer präsentiert! Von Swing bis Schmalz und Blues bis Boogie! Und wir starten wie immer mit *Das ist der Fortschritt*. Und der Fortschritt hat bekanntlich kein Ende, aber er hat einen Anfang!« Genau in der Mitte von *Das ist der Fortschritt* fängt Herbs Telefon zu klingeln an. Er hasst das Geräusch, es bedeutet immer schlechte Nachrichten. Er geht durch die Lücke in der Rosenhecke in sein Haus, um den Anruf entgegenzunehmen.

»Herb? Ned.«

»Ja, Ned.«

»Job für dich.«

»Nachtschicht?«

»Ja. Du musst den Chrysler zu einem Käufer fahren.«

»Sofort?«

»Ja, sofort.«

»Wohin?«

»Venice.«

»Ein besonderer Kunde?«

»Ja.«

»Wieso kann er ihn nicht selbst abholen?«

»Das Auto steht direkt vorn, Adresse und Schlüssel auf dem Sitz.«

Herb geht zurück ins Nachbarhaus und erklärt die Lage.

»Ich pass auf Scrubby auf«, sagt Andrena.

Der Chrysler steht vorn und die Schlüssel liegen auf dem Sitz. Herb fährt auf der Siebzehnten nach Süden, dann auf dem Pico Boulevard nach Westen Richtung Küste. Es ist acht Uhr dreißig, es wird dunkel. An einer Ecke biegt ein '50er-Oldsmobile ein und folgt ihm mit zwei Längen Abstand. Da kommt ja auch George Gresham zur Party, denkt Herb.

Venice Beach ist, neben Watts, der am wenigsten beachtete Ort in Südkalifornien. Es ist ein Mischmasch aus Strandhütten und alten Apartmenthäusern aus Holz, die in den Zehnerjahren oder noch früher erbaut wurden: Bumslokale, Drogensüchtige, Strandpenner, Jazzmusiker. Und eine kleine Gemeinde von Überlebenden aus den Konzentrationslagern. Diese Leute passen gut hierher, aus dem einfachen Grund, weil Venice nicht »familiär« ist und diese alten Juden keine Familien mehr haben, sondern nur sich selbst. Sie sitzen auf dem Gehsteig herum und unterhalten sich leise auf jiddisch und genießen die Sonne.

Herb sucht nach einer Adresse in der Gegend um den Kanal, wo die Ölbohrtürme stehen. Die unbefestigten Straßen verlaufen um die Fördertürme herum, und Hausnummern oder Straßenschilder sind kaum zu entdecken. Es stellt sich heraus, dass Dudley Court nur eine Ansammlung von fünf ziemlich heruntergekommenen Bungalows ist. Weit und breit kein Lebenszeichen. Nur ein Radiosound aus einem der Hinterhöfe, »Crazy Arms« von Ray Price. Das muss es sein – denn jüdische Leute hören Ray Price eher nicht, und normalerweise verlangen sie nicht, dass ihnen plötzlich mitten in der Nacht ein Auto geliefert wird. Er lässt die Schlüssel auf dem Sitz liegen und geht auf dem Nelson Way zurück Richtung Ocean Park.

Die Ölpumpen machen ein ächzendes, weinerliches Geräusch – »pass auf, da kommt was, pass auf« –, ein Chor von alten Männern, die ihre Schädel auf und ab schwenkten, als hätten sie wahrhaftig genug Schlimmes gesehen.

Als Herb den Washington Boulevard überquert, entdeckt er das Oldsmobile, das in einer Tankstelle geparkt hat. In der Dunkelheit ist George Gresham nur ein fetter Schatten auf dem Fahrersitz. Der Frau von diesem Mechaniker gefiel also die Farbe, und jetzt immer noch, Ned, alter Kumpel? Und Privatdetektiv George Gresham führt jetzt 'ne Observierung durch? Herb schüttelt seinen Kopf. Das waren vielleicht Clowns.

Herb ging bis zur Kreuzung Main und Rose, die Venice mit Ocean Park verbindet. Der Auftrag war schuld, dass er sein Abendessen verpasst hatte, er war hungrig. An einem Montagabend um neun Uhr dreißig war Olivia's Soul Food Café auf der Main Street leer, abgesehen von Olivia selbst.

»Herb Saunders, was für eine Freude.«

»Wie geht's dir, Olivia?«

»Alles rosa, Herb, alles rosa! Was kann ich dir denn bringen?«

»Ich glaub, ich werd' mal Rippchen probieren, mit Grünzeug und gesalzenem Schweinsmagen. Ich hab in letzter Zeit zu mager gegessen.«

»Warum drückst du nicht was in der Jukebox für uns? Irgendwas von deinen Sachen? Dass ich dich mal wieder sehe, bringt mich in Stimmung.« Herb ging zur großen alten Wurlitzer in der Ecke, die immer noch 78er-Platten hatte, übrig geblieben aus der Zeit während des Kriegs, als das Lokal ein Tanzschuppen war. Er drückte »My

Telephone Keeps Ringin'« von »Atomic Bomb« Saunders auf dem Imperial-Label.

My telephone keeps ringin', sound like a
long-distance call
Yes, my telephone keeps ringin', must be a
long-distance call
Sayin', don't look for me in Heerosheema,
Ain't nothin' left down there at all.
Well, I'm goin' to Nagasaky, see if my good gal is
down there
Well, if she ain't in Nagasaky,
Must be down on Central Avenue somewhere.[*]

»Das hast du mit Leib und Seele gesungen, Herb, ich spür's wie heute.« Olivia brachte Herb sein Essen.

»Ich war genau auf dem Punkt. Und Maxwell Davis hatte eine große Band, Spitzenklasse«, sagte Herb. Die Platte drehte sich von selbst um und die b-Seite lief, eine Jitterbug-Nummer in einem irrsinnig schnellen Tempo.

Here comes Robert Oppenheimer, got his finger
on the timer,
Droppin' by to let you know, we ain't got long to go!
Two minutes to bomb time,
Two minutes to boom time,
Two minutes to bust time, got two minutes to go!

Two minutes to shake time,
Two minutes to bake time,

---

* Mein Telefon läutet ständig, klingt nach einem Ferngespräch / Ja, mein Telefon läutet ständig, muss ein Ferngespräch sein / Mit der Nachricht, such nicht nach mir in Hiroshima / Denn da ist nichts mehr da / Dann geh ich nach Nagasaki, um mein Mädchen dort zu suchen / Und wenn sie nicht in Nagasaki ist / Muss sie irgendwo auf der Central Avenue sein.

He's gonna hit the switch and let it blow!
Got a minute to pray, Oh Lordy! Got a minute to say,
Oh Baby!
Got a minute to pray, a minute to say, and two
minutes to go!
Got a minute to spend my money! Got a minute
to call me honey!
Got a minute to spend and a minute to blend, and two
minutes to go!

J. Robert just wants to let you know,
Only got two minutes to go! Baby![*]

»Stark, Herb. Ich kann mich an den Song erinnern. Du hast's auf'n Punkt gebracht.«

»Der Songs hat's genau auf'n Punkt gebracht. Aber sie wollten ihn nicht spielen, nichtmal auf KGFJ. Meinten, er wäre subversiv. Meinten, ich hätte mich einseifen lassen. Der Typ von der Plattenfirma hat noch ein anderes Cover dazu gemacht – ein weißes Girl in einem Nachthemdchen, das eine Dose Tomatensuppe in der Hand hält – und ihm den neuen Titel *Rock and Roll Bomb Shelter* verpasst.«

»Du hast kein' Rock gemacht, Herb, du warst einfach der Zeit voraus.«

---

* Da kommt Robert Oppenheimer, hat seinen Finger auf dem Auslöser / Kommt vorbei, damit du weißt, wir haben nicht mehr lang zu leben! / Zwei Minuten bis die Bombe hochgeht / Zwei Minuten bis zur Explosion, zwei Minuten zu leben / Zwei Minuten, um zu tanzen / Zwei Minuten, um zu backen / Er drückt den Knopf und lässt es explodieren / Hast eine Minute, um zu beten, oh Gott! Hast eine Minute, um zu sagen, oh Baby / Eine Minute, um zu beten, eine Minute, was zu sagen, und noch zwei Minuten zu leben! / Hast noch eine Minute, mein Geld auszugeben! Hast noch eine Minute, mich Schatz zu nennen! / Hast eine Minute zum Ausgeben und eine Minute, was zu regeln, und zwei Minuten zu leben! / J. Robert will dich nur wissen lassen / Nur noch zwei Minuten zu leben! Baby!)

»Weißt du was, Olivia? Ich bereu's nicht, dass ich aus dem Geschäft raus bin, es ist ein mieser alter Scheißjob. Mir geht's heute viel besser. Der Mann, für den ich jetzt arbeite, versucht schon so'n bisschen mich auszutricksen, aber diese Schallplattentypen hatten Tricks drauf, von denen keiner eine Ahnung hatte. Mein kleiner Gebrauchtwagenhändler dagegen, sieht so aus, als würde er sich meistens selbst austricksen.«

George Gresham hatte Hunger bekommen. Er dachte an einen Teller Spareribs mit Gemüse, wie man's in den Farbigen-Lokalen in Ocean Park bekam. Den farbigen Typen bis in die Kanal-Gegend zu beschatten, hatte ihn dran denken lassen. Musste ein großer Teller sein. Und mit Kuchen. Es gab Süßkartoffel, Pekannuss und Rhabarber. Was will ich haben? Probier alle drei, das ist die Lösung.

George hätte die rote Ampel an der Ocean fast nicht bemerkt, als der Chrysler nach rechts abbog und auf dem Broadway weiterfuhr. Er fuhr drüber und bog ab, aber ein Mann, der grade über die Straße gehen wollte, musste schnell zurückspringen und brüllte George an. Dumme Sache, er hoffte, dass es dem Kerl im Chrysler nicht aufgefallen war. George übernahm in der Regel keine Beschattungsjobs, aber Ned Hillael zahlte ein ziemlich gutes Honorar. Verfolg den farbigen Typen, der bringt dich zu dem weißen Typen, beschatte ihn und finde raus, wo er hinfährt, mit wem er spricht, und ruf mich an. Kein Kontakt, keine harte Tour. George war der richtige Mann, um rauszufinden, hinter welcher Sache Ned her war; aber darum würde er sich später kümmern. Er war im Moment viel zu hungrig, um über sowas nachzudenken.

Der Chrysler fuhr auf den Parkplatz hinter der Dan-Dee-Schuhfabrik an der Dritten und Broadway. Das Zentrum von Santa Monica war verlassen, nur ein paar Autos parkten am Hintereingang der Embers Cocktail Lounge, ein beliebter Treffpunkt auf der Dritten Straße.

George parkte den Olds und beobachtete, wie der kleine Mann mit dem Hut aus dem Chrysler stieg und in die Bar ging. Neben dem Embers war das Café The Huddle. Ein Mann, der 'ne Observierung durchführt, braucht Kaffee, dachte George, ich muss mir einen besorgen. Ein Mann muss an der Sache dranbleiben, hatte Ned zu ihm gesagt. Aber ein Patty-Melt mit Fritten war doch wohl drin. Mach den Mann ausfindig, ruf mich an. Aber das gebratene Fleisch zwischen Toastscheiben machte das Rennen, wie immer. George sperrte den Olds ab und ging durch den Hintereingang. Ein freundliches Lokal, hatte was von einem Kaleidoskop: metallic-golden gesprenkelte Lampen im Bienenstock-Design, schrille Linoleumfliesen, die glitzerten, und blonde Bedienungen in orangen Shorts. George setzte sich an den Tresen und schon war eine bei ihm. »Zweimal Patty-Melt, zweimal Fritten, Kaffee, Apfelkuchen. Zweimal Kuchen«, sagte er zu ihr. Sie hatten eine dieser kleinen Jukeboxen, die man auf den Tresen stellt. George drückte Patty Page: *If you like the taste of a lobster stew, served by a window with an ocean view, you're sure to fall in love with Old Cape Cod.*[*] Die Bedienung kam, um Kaffee nachzuschenken. »Sieht so aus, als hätte Ihnen das Patty-Melt sehr gut geschmeckt«, sagte sie.

Nach seiner Mahlzeit fühlte sich George gut und bereit für etwas Detektivarbeit. Er kontrollierte die Armbanduhr: exakt eine Stunde vor Mitternacht. Draußen auf dem Parkplatz kam der Nebel gekrochen, und der Chrysler hatte sich nicht bewegt. Er sperrte den Olds auf, als er ein sanftes Geräusch hinter seinem rechten Ohr hörte. Nur ein Wispern. Wenn George nicht nur ein übergewichtiger Mann gewesen wäre, der sich um unbezahlte Rechnungen kümmerte, sondern ein richtiger Detektiv, wäre es

---

[*] Wenn dir Hummer-Eintopf schmeckt, serviert an einem Fenster mit Blick auf den Ozean, wirst du dich sicher in Old Cape Cod verlieben.

ihm sicher aufgefallen. Aber so wie's eben war, sank er einfach nur aufs Straßenpflaster und saß da, eine Hand am Türgriff, die andere auf dem feuchten Boden. In seinen Hinterkopf hatte der Totschläger ein klaffendes Loch geschlagen. In seinem Gehirn brannte die Sicherung durch und er starb in etwa zwei Minuten.

Herb kam um dreißig nach elf an die Ecke Dritte und Broadway. Er war die fünf Meilen von den Kanälen bis ins Zentrum von Santa Monica zu Fuß gegangen und langsam müde geworden. Er entschloss sich, den Bus Nr. 7 zu nehmen, der den Pico Boulevard entlang fuhr. Herb gefiel es, wie der Nebel die Lichter schimmern und sprühen ließ, und das Firmenzeichen der Dan-Dee-Schuhfabrik gefiel ihm besonders. Es war eine extravagante Neonkonstruktion mit lila Buchstaben und kleinen lila Schuhen, die scheinbar am Gebäude entlang dahintippelten. Er saß auf der feuchten Bank an der Bushaltestelle und sah den Schuhen zu, bis der Bus kam.

Eine dunkelblaue Ford-Limousine hielt am nächsten Morgen vor dem Haus. Als Herb sie sah, wusste er sofort, wer sie waren. Er hörte damit auf, seine Pflanzen zu gießen und drehte das Wasser ab. Herb hatte ein Leitungssystem in den Boden verlegt, das durch den ganzen Garten verlief. Wenn er am Spülstein im Hinterhof das Wasser aufdrehte, füllten sich die Rohre und bewässerten Tomaten, Zwiebeln, Kürbisse, Auberginen, Schnittlauch, Salat und den Zitronenbaum. Herb konnte den ganzen Garten in wenigen Minuten bewässern. Er ging nach vorn, stellte sich an den Zaun und erwartete sie.

»Guten Morgen, Gentlemen.«

»Herbert Saunders?«

»Prüfen Sie's nach.«

»Ja oder nein.«

»Das ist mein Name.«

»Gut. Sie arbeiten für Ned Hillael.«

»Richtig.«

»Welche Arbeit?«

»Reparaturen.«

»Festangestellt?«

»Freischaffend.«

»Ein ›freischaffender‹ farbiger Mann.«

»Genau so ist es.«

»Wann haben Sie ihn zuletzt gesehen?«

»Mr. Hillael?«

»Ich warte.«

»Gestern auf dem Gelände.«

»Was haben Sie dort gemacht?«

»Ein Auto abgeholt.«

»Erzählen Sie weiter.«

»Ich hab die Arbeiten hier erledigt und das Auto wieder hingebracht.«

»Was dann?«

»Ich ging nach Hause.«

»Was dann?«

»Mit meinem Nachbarn zu Abend gegessen.«

»Wo ist er jetzt?«

»Sie.«

»Gehen wir zu ihr.« Andrena hängte die Wäsche auf.

»Kennen Sie diesen Mann?«

»Mein Nachbar.«

»Haben Sie ihn gestern Abend gesehen?«

»Wir haben zusammen zu Abend gegessen.«

»Um wieviel Uhr war das?«

»Bei Sonnenuntergang. Wir haben Radio gehört.«

»Welcher Sender?«

»Hunter Hancock.«

»Verlassen Sie die Stadt nicht.«

»Warten Sie, eine Frage noch.« Der zweite Beamte hatte bisher keine Fragen gestellt, jetzt war er interessiert. »Sind Sie ›Atomic Bomb‹ Saunders?«

»War ich.«

»Mein kleiner Bruder hatte Ihre Platten. Er mochte die Niggermusik. Er ist im Krieg gefallen.«

»Tut mir leid, das zu hören. Meiner auch.«

»Verlassen Sie die Stadt nicht.«

Die beiden Cops fuhren in ihrem Ford davon. »Ein Nigger und 'ne Mexfrau?«, sagte der jüngere Polizist und schüttelte den Kopf.

»Ich wohne in South Gate. Da achten wir auf Sauberkeit. Die zwei wissen nichts.«

Andrena und Herb setzten sich für einen Moment.

»Danke«, sagte Herb.

»De nada, amigo«, sagte Andrena.

Mit Polizisten zu sprechen, strapazierte die Nerven, aber Autofahren beruhigte ihn immer. Er fuhr den Muntz Jet aus der Garage. Scrubby sprang auf den Beifahrersitz und war bereit für die Straße.

Der Cadillac-Motor schnurrte, gleichmäßig und tief. In einem leichten Auto wie dem Muntz war er wie 'ne Bombe. Sie fuhren auf dem Pico Boulevard nach Osten: ein lila Muntz, ein schwarzer Mann, und ein weißer Hund, der aussah wie ein alter Putzlumpen.

»Neds Parkplatz ist total verriegelt, das Gresham-Gebäude ist total verriegelt«, sagte Herb zum Hund. »Ned ist untergetaucht und George ist irgendwohin weg. George weiß, dass ich gestern diese Zustellung gemacht hab. George hat den Kanal-Typen beschattet, aber er hat keine Ahnung vom Beschatten. Ned hat mit dem Kanal-Typen irgendwelche Geschäfte am Laufen, aber er ist kein harter Bursche, er verkauft nur Autos, die nichts taugen. Die Wahrheit ist die, Ned und George sind nichts als ein paar Spießer aus Santa Monica, der kleinen Stadt der Spießer.« Scrubby saß aufrecht im Sitz, das Fell im Fahrtwind glatt nach hinten, die Augen starr nach vorn, und hörte dem gleichmäßigen Rhythmus von Herbs Stimme zu, mit dem er seine Gedanken äußerte. »Was wollen die Cops von Ned? Du kannst den Arbeiter ausbeuten bis auf die nackte Haut, das kümmert sie überhaupt nicht. ›Verlassen Sie die Stadt nicht‹, das ist ihr Standardspruch. Ich gehe nirgendwohin, mir gefällt's hier in der Spießerstadt. Ist für 'nen Mann wie mich ziemlich angenehm. Ich hab eine Vereinbarung mit Andrena. Sie wird mich in ihrem Garten begraben, und ich tu für sie dasselbe, egal, wer zuerst abtritt. Der Woodlawn-Friedhof ist ausschließlich für weiße Leute. Da ist kein Spaß erlaubt, kein Barbecue, kein Hunter Hancock. Unser Glück, dass wir'n bisschen was unter der Matratze zurückgelegt haben, stimmt's, Scrubby?«

»Ralph!«, stimmte Scrubby ihm zu.

Am Dienstagmorgen war es neblig und kühl unten am Pier, aber Ned Hillael fing zu schwitzen an. Seine Hände waren klamm, das Lenkrad wurde feucht. Und seine Gedanken fingen an, zu angenehmeren Dingen abzuschweifen, zum Luxus in seinem Cadillac, die Klimaanlage, das neuste Modell des Jahres, Cadillac, der Maßstab für die Welt.

»Hey, hörst du mir zu? Interessiert dich das nicht?« Lonny Tipton saß auf dem Beifahrersitz, und seine 38er lag auf seinem Knie.

»Garantiert, Lonny, absolut.«

»Das Geld ist nicht angekommen. Und deine Scheißkarre ist schuld, dass meine Knie schmerzen.«

»Völlig richtig, und du wirst dein Geld bekommen, ich bin froh, das sagen zu können.«

»Und was ist mit einem Arzt, du hast gesagt, du kennst genau den richtigen für mich. Das war der Deal.«

»Man wird sich zu hundertzehn Prozent gut um dich kümmern.«

»Pass mal auf, gestern abend hat mich ein Typ beschattet. Er hat sich unten bei den Kanälen an mich gehängt und mich bis nach Santa Monica beschattet. Ein großer fetter Typ. Sag mir, was du drüber weißt, Ned.«

»Nichts, nicht das Geringste. Dieser Chrysler ist sauber und bestens in Schuss, ich habe ihn persönlich überprüft.«

»Du bist derjenige, der wusste, wo ich war, und der fette Kerl wusste genau, wo ich war. War das vielleicht eine kleine Aktion von dir, Ned? Ein Freund von dir? Vertraust du mir nicht?«

»Mein Partner und ich, wir sind absolut zufrieden mit deiner Arbeit. Was hältst du von dem Vorschlag, nächsten Dienstag zur selben Zeit? Das Geld, der Arzt?«

»Und was hältst du davon, wenn ich diese Kanone jetzt benutze? Ein Bauchschuss, das ist es, worüber ich grade nachdenke. Ich mach's so, dass es ganz langsam geht, ich mach's dir nett und langsam. Hier, und hier… Möchtest du Radio hören, während du in deinem Cadillac verblutest?«

»Mein Wort ist so sicher wie Beton.«

»Ich fühl mich nicht so gut, ich mag's nicht, wenn ich verfolgt werde. Du besorgst mir einen Arzt, oder du wirst dringender als ich 'nen Arzt brauchen.«

»Ich rufe dich an, wir haben definitiv eine Abmachung. In Santa Monica weiß jeder, dass ich ein ziemlich mächtiger Mann bin.«

»Ein mächtiger, seriöser Mann. Was würde ein mächtiger, seriöser Mann wie du von zwei Kugeln in den Bauch halten? Nur so als winzig kleiner Anstoß?«

Lonny stieg aus dem Auto und ging den Hügel runter zum Pier.

Der Nebel verdunstete, es würde ein schöner Frühlingstag in Santa Monica werden. Windig, etwa achtzehn Grad, leichter Seegang, gute Sicht. Von dort, wo Ned auf der Ocean Avenue geparkt hatte, konnte er den KTLA-Übertragungswagen sehen. Zehn oder zwölf Autos standen diagonal aufgereiht, und der Fernsehmoderator startete mit der Sendung. Gebrauchte Autos wurden jetzt live im Fernsehen verkauft. Der Moderator stellte jedes Auto auf die reißerische Art vor, wie es die Talkmaster in den Talkshows machten. Die Autos waren vor allem schick und in grellen Farben. Autos, die Prominente fahren könnten. Ned zeigte den Fernsehleuten den Finger. »Ba-

starde! Versuchen den örtlichen Geschäftsmann zu unter-
bieten! Mit eurem Fernsehen die Preise kaputt machen!
Als hätte ich keine Unkosten!«, brüllte er.

Ned fuhr auf dem Ocean Park Boulevard weiter und
parkte dann vor dem Airport Center an der Ecke Acht-
zehnte Straße, gegenüber den Fabrikanlagen von Douglas. Es war ein im neuen Arkaden-Stil errichteter Komplex mit Büros und Geschäften, die auf die Bedürfnisse
der Arbeiter zugeschnitten waren, mit Ärzten, Zahnärz-
ten, Anwälten, und, am Ende der ersten Etage, mit den
Büros von Airport Fair Immobilien-Finanz.

»Ich möchte Bill O'Leary sprechen«, sagte Ned zur
Dame am Empfang.

»Mr. O'Leary ist den ganzen Tag auf der Baustelle,
Sir.«

»Dann machen Sie ihn auf der Baustelle ausfindig und
sagen Sie ihm, dass Ned Hillael auf ihn wartet, und bis
dahin werde ich mich hier hinsetzen.«

An der Wand hinter der Rezeptionistin hing eine große
Karte von Santa Monica, auf der das Bebauungsprojekt
Sunset Park rot markiert war: »Airport Fair: für den
freundlichen Flughafen.« Ned saß da und spürte wie sein
Bauch versuchte, durch die Hintertür aus seinem Körper
zu kriechen.

»Wo ist die Toilette?«, fragte er das Mädchen.

»Sie gehen runter in die Halle, rechts, dann wieder
rechts, dann die dritte Tür auf der linken Seite.«

Ned ging nach links, wo er nach rechts hätte gehen
müssen, und als er die Toiletten gefunden hatte, war ihm
schlecht. Er schaffte es gerade noch in eine Kabine und
kotzte sein Eier-mit-Schinken-Frühstück raus und einen
Teil des Hochrippchens, das er zu Abend gegessen hatte.
Er hing über einem der Waschbecken und versuchte sich
zu säubern, als Bill O'Leary reinkam.

»Ned, wo warst du denn, du siehst ja furchtbar aus.«

»Ich bin krank, Bill. Und Lonny Tipton ist verrückt
geworden, er wird uns umbringen.«

»Uns umbringen? Kann ich mir nicht vorstellen, Ned.«

»So ist es aber, gottverflucht. Er will Geld und Ärzte. Das alles ist dein Ding, deine Idee. ›Faire Immobilien-Zwangsvollstreckungen sind gutes amerikanisches Geld‹, hast du immer gesagt. George Gresham ist verschwunden, ich weiß nicht, wo er ist.«

»Es war dein Fehler, Ned, nicht meiner. Zuerst erzählst du mir, dass du Lonny Tipton unter Kontrolle hast, dann erzählst du mir, dass du ihn nicht unter Kontrolle hast und einen Detektiv brauchst, der ihn beobachtet, und dann will der Detektiv bei uns einsteigen. Und jetzt erzählst du mir, dass dein Mann da draußen verrückt geworden ist. Es ist deine Sauerei, und du machst das sauber.«

Neds Kopf fing wieder ein wenig zu denken an. »Oh nein, Bill. Du hast zu mir gesagt, ›finde einen Douglas-Angestellten, der irgendwas auf Teufel komm raus haben will, und dann bring ihn dazu, dass er dir die Kreditunterlagen der Angestellten besorgt.‹ Falls wir keinen Arzt für ihn auftreiben, wird er vor nichts zurückschrecken, da bin ich mir absolut sicher.«

»Nicht wir, Ned. Du. Ich bin ein angesehenes Mitglied der Geschäftsleute von Santa Monica. Während du kaum noch auf der legalen Seite bist, ein Kredithai und Gebrauchtwagenhändler, über dem sich eine Wolke von Verdachtsmomenten zusammengezogen hat, wie ich höre. Ich werde das alles abstreiten, Ned. Ich bin ihm nie begegnet; ich weiß nicht mal wie er aussieht. Und lass dich hier nicht mehr blicken. Ich bin es, der sich bei dir meldet.« Bill O'Leary drehte sich um und ging aus der Toilette.

Ned trocknete sein Gesicht ab, blieb stehen und betrachtete sein Spiegelbild. Nicht gut, dachte er. Der neue Anzug, den er bei Desmond's gekauft hatte, sah schrecklich aus. Er ging die Treppe runter und raus auf den Gehsteig. Da lag sein Cadillac am Bordstein und wartete auf ihn: zwei-farbig lackiert in den Tönen smaragdgrün und gold, mit grünen Ledersitzen, und außerdem, was für tolle Neuerungen, Klimaanlage ab Werk und ein AM/FM-WonderBar-Radio. »Schmock! Putz!* Gottverdammtes irisches Schwein!«, schrie er. Danach fühlte er sich etwas besser, aber er wusste, dass das keine Lösung für irgendwas war. Er ging in die Skywatcher's Lounge nebenan und setzte sich an die Bar.

»Ned, was soll's denn sein?«, fragte der Barkeeper.

»Wiskey sour. Und bring mir das Telefon, ich hab dringende Geschäfte zu erledigen.«

»Klar, Ned, klar«, sagte der Barkeeper. Ned wählte und wartete.

»Herb, Ned. Ich hab 'nen Job für dich. Kümmer dich nicht drum, wo ich war. Ich bin in zwanzig Minuten bei dir zuhause.« Ein Mädchen kam rein und setzte sich neben Ned an die Bar. Eine große Blondine mit einigen Kilo Übergewicht.

»Hallo, Ned.«

»Charmaine.«

»Gib mir doch einen aus«, sagte sie.

»Whiskey sour«, rief Ned zum Barkeeper.

»Mir schmeckt kein Whiskey sour«, sagte die Blondine. »Mach 'nen Ramos Gin Fizz draus.«

»Ramos Gin Fizz, wird gemacht«, sagte der Barkeeper.

»Wo warst'n du immer, Ned?«

»Ich war sehr beschäftigt, Charmaine, und ich bin auch jetzt im Moment sehr beschäftigt.«

»Der beschäftigte Ned, fickt mal wieder arme Arbeiter.«

»Vielleicht solltest du's auch irgendwann mal versuchen.«

»Ficken?«

»Arbeiten.«

»Nenn es wie du willst, Neddy.«

---

* So ähnlich wie Schmock, nur noch abfälliger.

Neds Augen verwandelten sich in zwei Sekunden, von Desinteresse in Hass. »Nenn mich nicht Neddy«, presste er durch die Zähne.

Das Mädchen glitt vom Hocker und ging nach hinten zu den Toiletten. »Also nenn ihn bloß nicht Neddy«, rief sie über die Schulter. Der Barkeeper kam zu Ned rüber, mit einem Lappen über den Tresen wischend. »Meine Meinung dazu? Eines schönen Tages wird dieser Hocker an ihrem Arsch kleben wie'n Ersatzreifen am Continental«, sagte er.

Ned legte ein paar Scheine auf den Tresen und ging auf die Straße raus. Mittagszeit auf dem Ocean Park Boulevard. Arbeiter in Overalls und Red Wing-Stiefeln spazierten über die Straße zu den Hamburger-Buden, und die Bürotypen in ihren billigen Anzügen steuerten die Cocktail-Bars an. »Nenn mich nicht Neddy«, sagte Ned Hillael nochmal, als er mit seinem Cadillac wegfuhr. Ein auffälliger Wagen in Sunset Park.

Zu Anfang des Jahrhunderts wurden an die kleinen Holzhäuser in den ärmeren Vierteln großzügige Vorderveranden gebaut, als würden Erholung und Komfort zum Leben eines Arbeiters gehören. Für Herb war die Veranda nichts Komfortables. Jedenfalls nicht bis jetzt. Ned Hillael hatte sich versteckt, und jetzt war er auf dem Weg hierher. Diesmal hatte es wirklich wie ein Ferngespräch geklungen. Der Cadillac hielt vor dem Haus. Ned ging raus, die Stufen zur Veranda hoch und setzte sich.

»Also, Herb, wir haben ein Problem.«

»Stop erstmal, Ned. Egal, was du von mir willst, ab hier haben wir einen neuen Vertrag.«

»Diese Angelegenheit verlangt einen sehr smarten Mann.«

»Spuck's einfach aus«, sagte Herb.

»Es ist so, Herb. Ich hab ein Geschäft am Laufen mit einem Freund, der im Immobiliengeschäft tätig ist, ein enger Freund, ein Partner. Wir stellen Kredite zur Verfügung, für Leute, die bei Douglas arbeiten, für einige Freunde dort. Kredite für Häuser. Ich bin dabei, in andere Geschäfte einzusteigen, hier in der Stadt, nicht nur das Autogeschäft. Geschäfte, mit denen es vorwärts geht, garantiert. Und es gibt einen anderen Freund, der uns dabei behilflich war, bei Douglas Kunden zu bekommen. Er heißt Lonny, sehr guter Mann, sehr nützlich ihn zu kennen. Er hat allerdings ein medizinisches Problem, von dem wir nichts wussten. Wir hätten genauer hinsehen sollen, aber die Dinge entwickelten sich rasend schnell. Und jetzt fühlen wir uns verantwortlich. Er hat uns geholfen, jetzt sollten wir ihm helfen! Wie sich das gehört. Lass es mich so ausdrücken, er sagt, dass es nicht das Richtige für ihn ist, ein Mann zu sein. Er möchte umsatteln und eine Frau sein. Er braucht einen Arzt, der fähig ist, den Job richtig zu machen, und ich muss diesen Arzt finden, oder es könnte einigen Ärger geben.« Ned saß da und war außer Atem.

»Warum kommst du damit zu mir, Ned? Sag's mir, das würde ich gern wissen«, sagte Herb.

»Herb, du weißt es und ich weiß es, dass du Leute kennst. Du bist herumgekommen, ein Entertainer wie du, im Nachtleben. Ich bin nur ein Geschäftsmann aus Santa Monica.«

»Und ich bin nur ein schwarzer Mann, der hier draußen am Rand lebt, wo die Freaks sind. Das ist 'ne Tatsache, und das ist mir bewusst. Also wieso sollte ich dir helfen? Die Cops sind hinter dir her, und ich weiß nicht, weshalb. Ich hab jeden Ärger mit den Cops gehabt, den ein Mann nur haben kann, aber das ist aus und vorbei.«

»Du wirst mir helfen, weil du zu mir gehörst. Wenn die Polizei was von dir will, dann sag ihnen, dass ich der Boss bin, und ich geb dir Rückendeckung, hundertzehn Prozent.«

»Ich gehör nicht zu dir, Ned. Ich erledige Jobs für dich im Autogeschäft, aber ich gehör überhaupt nicht zu dir. Ich bin Automechaniker und nicht der Laufbursche, wenn's Probleme gibt. Was hat dieser Mann gegen dich in der Hand?«

»Das ist ein Problem, um das ich mich kümmern muss. Und ein Problem für mich ist auch ein Problem für dich.«

Die beiden Männer saßen schweigend da. Da steht'n Wegweiser an der Straße, dachte Herb, und das Schild zeigt zwei Wege: »der kürzeste« und »der beste«. In diesem Land kannste tausend Tänze tanzen, aber 'ne zweite Chance kriegste nicht im Tal der zehn Millionen verrückten Sachen.

»Ich kann mich um Lonny kümmern, aber ich will dafür auch was haben, Ned. Jemandem in Santa Monica gehört dieses Haus und das Haus daneben von Andrena. Wem, weiß ich nicht. Wir zahlen die Miete an eine Firma auf dem Ocean Park, nennt sich Airport Fair. Ich will, dass unsere Namen ins Grundbuch eingetragen werden, eindeutig und ohne Kosten. 'ne einfache Sache für einen smarten Mann wie dich. So kleine alte Anwesen wie diese sind doch nichts wert, verglichen damit, dass ich dir diesen Typ vom Hals schaffe, würde ich schätzen. Deal?«

»Du hast den Deal, absolut garantiert.«

»Immer, wenn du das sagst, werd ich nervös.«

»Ich sage vollkommen die Wahrheit.«

»Okay, dann ist ja gut. Wo ist unser Mann?«

»Er wartet unten am Pier, ganz am Ende. Kleiner Typ, sandfarbene Haare, braunes Jackett, Hut.«

»Und wo ist George Gresham?«

»Ich mache mir große Sorgen um George. Er hat einen Auftrag für mich ausgeführt. Ich weiß nicht, wo er ist.«

»Mann, das wird dich was kosten. In dem Fall geht's nicht um neue Leitungen, Zündkerzen und Kühler.«

»Bitte setzen Sie sich, hier ins Licht. Lassen Sie mich sehen. Sie wissen, dass ich ein *especialiste* bin, Herb hat es Ihnen erklärt. Aber im Dienst am Menschen, das ist meine eigentliche Arbeit. Schauspieler, die in engen Hosen überzeugend aussehen müssen! Ha ha, ja, ich habe gute Arbeit geleistet, glaube ich. Aber Sie, Sie wünschen sich das Gegenteil, nicht? Das ist schwieriger, das ist mehr... mehr... como se dice? ... *komplex*, wie die Frau an sich eben. Gut, wir werden sehen.«

»Kommen Sie mir bloß nicht mit so 'nem ›wir werden sehen‹-Scheiß, ich sage Ihnen – «, wollte Lonny loslegen.

»Stop! Erheben Sie nicht Ihre Stimme gegen mich! Drohen Sie mir nicht, mein Freund. Bei dieser Arbeit gibt es nichts Schrecklicheres, als den Job schlecht zu machen, verstehen Sie, eh? Erinnerst du dich an Tony, Herb? Tony hat mir gedroht, hat die Hand gegen mich erhoben. Und wie haben ihn die Jungs danach genannt? Nadel-Schwanz! Ha ha, ja, Nadel-Schwanz, der Hühnerficker. Sie sehen also, Sie müssen ganz ruhig bleiben. Sie haben genau die richtigen Augen für eine Frau, denke ich. Und einen schönen Mund. Das sind die wichtigen Attribute, oder? Was meinst du dazu, Herb? Wird mir da eine Glanzleistung gelingen?«

»Du weißt, was du tust, Doc. Esquerita war großartige Arbeit.«

»Oh ja, und er hat auch weiterhin großartige Dinge gemacht. Das hat mich sehr gefreut. *Pianiste*. Also, akzeptiert, ich werde es machen!«

»Doc, ich hab einen guten Platz für ihn, um sich zu erholen. Bei meiner Nachbarin. Sie ist immer zuhause, arbeitet zuhause. Sie kann sich um ihn kümmern. Um sie.«

»Dein Name ist Lonny, wir werden nur die Aussprache verändern und dich *Lonnie* nennen. Ha, das klingt doch wie ein gutes Omen, oder, Herb?«

»Sicher, Doc, da kann nichts schiefgehen.«

Herb traf alle Vereinbarungen mit dem Arzt. In drei Tagen würde er Lonny abholen. Bezahlung bei Übergabe. Rekonvaleszenz zwei Wochen. Herb ging die alten Holztreppen hinunter. Auf einem Schild über der Eingangstür stand »The Edwin Apartments, 1914«.

»Ziemlich mickriger Eingang«, hatte Lonny bemerkt. »Was macht dieser Typ? Schrammen verarzten?«

»Ganz genau«, sagte Herb zu ihm, »aber er hat noch einen Nebenerwerb. Vor ein paar Jahren hat er einen Freund von mir bearbeitet, und das hat er großartig gemacht.«

»Wie heißt er, Dr. Frankenstein?«

»Doktor Mario.«

»Mex?«

»Kubaner, aber lass dich nicht täuschen, du wirst hier als freie Frau rausgehen.«

Herb erklärte Andrena den Deal. »Das ist kein Job gegen Bezahlung, das ist ein Tausch. Diese Dokumente sind unsere Sicherheit. Du kannst keinen Hausbesitzer aus seinem Haus werfen, das ist es doch, was Amerika bedeutet.«

»Ja. Auf jeden Fall bin ich hier glücklich. Als Arturo gefallen ist, dachte ich, Gott hätte sich von mir abgewandt. Und jetzt habe ich das Gefühl, dass er mir eine neue Tür geöffnet hat.« Sie saßen in dem winzigen Wohnzimmer, in dem Adrena ihre Näharbeiten machte. Tag und Nacht arbeitete sie an ihrer Maschine und schuf die wunderbaren Kreationen, die die Frauen in Brentwood und Beverly Hills so glücklich machten.

Lonnie schlief im Schlafzimmer, Andrena schlief im Wohnzimmer. Doktor Mario hatte ein Pulver mitgegeben, das mit den Mahlzeiten eingenommen werden musste. Leichte Mahlzeiten. »Belasten Sie Ihren Körper nicht. Und setzen Sie sich nicht mit mir in Verbindung, außer es geht Ihnen sehr schlecht, darauf muss ich bestehen. Ich bin ein Künstler, aber meine Kunst muss verborgen bleiben. Ein Geheimnis! Ha, die *Edwin Apartments*. Meine Tarnung, wie Sie bemerkt haben.«

Ned kam mit einer Tasche voll Geld. Der Griff war feucht. »Vier Riesen. Bringt mich zum Schwitzen, kann ich nichts dagegen tun«, sagte Ned.

»Fünf, hab ich zu dir gesagt, Ned. Vier für den Doc, einen für Andrena, damit sie sich um Lonny kümmert«, sagte Herb.

»Wir sehn uns in zwei Wochen, Herb«, sagte Ned.

Doktor Marios Einschätzung, wie lange die Genesung dauern würde, war zutreffend. Nach etwa zehn Tagen war Lonnie wieder auf dem Damm. »Sie hilft mir bei der Arbeit«, berichtete Andrena Herb, »sie hat geschickte Hände.« Herb blieb zunächst auf seiner Seite der Hecke. Er wollte sich zurückhalten, sich nicht zwischen die beiden Frauen drängen und ihr gutes Verhältnis womöglich stören. Ned Hillael ließ nichts von sich hören. Herb verbrachte viel Zeit in seinem Gemüsegarten und probierte neue Sachen aus, wie rote Kentucky-Stangenbohnen und Riesentomaten, die es neu im Sortiment gab. Er fühlte sich wie im Urlaub, und nicht als sollte er Ned fünfmal am Tag anrufen. Lonnie sah immer besser aus. Ihre Haare wurden länger und ihr Gesicht war wieder etwas schmäler geworden.

Herb hatte die Idee, ein Barbecue zu veranstalten. Zicklein, Kürbis, Avocado, Bier und Rippchen, Scrubbys Lieblingsessen. »Ich will euch eine Geschichte erzählen«, sagte Lonnie nach dem Essen. »Ich liebe eine Story«, sagte Herb. Er war guter Stimmung, in der besten seit langem.

»Vor vier Jahren bekam ich einen Job bei Douglas Aircraft. Sie suchten ausgebildete Mechaniker für die Konstruktionsabteilung ihres neuen Abfangjägers mit Marschflugkörpern. Ich war bei Lockheed in San Josey ausgebildet worden und sie stellten mich als einen der leitenden Mechaniker ein. Ist'n gutbezahlter Job, obwohl Douglas kein Gewerkschaftsbetrieb ist. Die Mechaniker-Gewerkschaft drohte mir, sie würden mich öffentlich als Streikbrecher hinstellen, aber ich dachte mir, wer weiß denn, wie lang's noch Arbeit gibt in der Verteidigungsindustrie, wir sind jetzt im zehnten Jahr nach dem Krieg.

Also zog ich hierher, Familie hatte ich keine. Aber ich hatte psychische Probleme, und das wurde nach dem Umzug schlimmer. Jetzt könnt ihr's verstehen. Eines Tages traf ich Ned Hillael in einer Bar am Ocean Park. Er war freundlich und gab mir Drinks aus und wir unterhielten uns. Er interessierte sich für mein Problem, meinte, er könnte mir helfen. Aber wollte dafür auch was haben. Meinte, wir wollten doch alle irgendwas haben. Er war an etwas bei Douglas interessiert, und zwar an dem Büro, das Kredite für Angestellte vergibt, und ganz genau wollte er wissen, wer war solvent, wer hatte Schulden und wieviel. Ich erzählte ihm, dass ich für meinen Job mit den Marschflugkörpern eine Sicherheitsüberprüfung durchlaufen musste und den Unbedenklichkeitsstatus bekommen hatte. Das interessierte ihn besonders. Konnte ich meine Unbedenklichkeit vielleicht dazu nutzen, um an die Angestelltenunterlagen aus dem Kreditbüro zu kommen? Ich denke schon, sagte ich. Und er sagte, wenn ich ihm die Kreditunterlagen besorgen könnte, dann würde er seinen Einfluss als erfolgreicher Geschäftsmann spielen lassen, um einen Arzt aufzutreiben, der mich operieren würde. Er meinte, ich wäre garantiert ein ziemlich hübsches Mädchen, und er würde mich schon jetzt attraktiv finden. Mit der Sicherheit ist's bei Douglas nicht weit her. Deine Sicherheitsleute hängen ziemlich oft in der Skywatcher's Lounge herum. Und jetzt passt mal auf. Arbeiter leben immer über ihre Verhältnisse, das ist nichts Neues. Sie fangen an, sich Dinge zu kaufen, Autos zum Beispiel, sie verschulden sich, und irgendwann können sie ihre Raten nicht mehr bezahlen. Das ist der Moment, in dem Ned und sein Partner ihren Kredit aufkündigen, den Besitz übernehmen, das Haus verkaufen und sich das Geld mit der Bank teilen. Und Ned hat einen Freund bei der Bank, die dafür zuständig ist, Airport Fair Immobilien-Finanz. Nettes kleines Unternehmen. Aber ich hab noch was rausgefunden, etwas, das ich Ned nie erzählt hab. Douglas Aircraft wird den Betrieb einstellen.

Sie werden das ganze Gelände dichtmachen, weil sie nämlich das Raketengeschäft mit dem Verteidigungsministerium an Hughes verloren haben. Und dagegen ist alles, was sie sonst noch machen, Kleinkram, und deshalb haben sie entschieden, dass sie mehr Geld machen, wenn sie die Firma schließen und ihren gesamten Grundbesitz verkaufen. Das weiß niemand. Nicht Ned, nicht die Bank, niemand.«

»Und was wird aus den Arbeitern?«, fragte Andrena.

»Die sind arbeitslos und bekommen keine zehn Cent«, sagte Lonnie mit einem Schulterzucken.

»Tja, und damit alle Leute, die ihnen Zeug verkaufen, und das heißt in Santa Monica, todo el mundo.«

»Wann soll das passieren?«, fragte Herb.

»In etwa zwei Jahren, spätestens.«

»Wer ist Neds Partner?«, fragte Herb.

»Ich hab ihn nie getroffen, weiß nur, dass Ned ihn Bill nennt.«

Am nächsten Morgen gingen Herb und Scrubby durch die Hecke zu Andrenas Haus. Scrubby war von ihrem langen Morgenspaziergang durch den Friedhof müde. Sie trank etwas Wasser und legte sich neben die Verandatür, um auf alles aufzupassen. Andrena saß an ihrer Nähmaschine, hörte sich im Radio *Der Weg des Lichts* an, gefolgt von *Die Romanze der Helen Trent*. Es gab keinen Morgen, an dem sie ihre Seifenopern verpasst hätte.

»Wo ist Lonnie?«, fragte Herb.

»Ich mache mir Sorgen«, sagte Andrena, und sie sah besorgt aus.

»Warum, was macht sie denn?«

»Es geht um den Verlobten von Helen, diesen Arzt. Er ist kein guter Mann, das wusste ich von Anfang an, dass er's nicht ist.«

»Ich dachte, du meinst Lonnie.«

»Sie war schon weg, als ich aufgestanden bin.«

»Heute sind's genau zwei Wochen. Und ich hab ein

schlechtes Gefühl, was Ned betrifft. Ich glaub nicht, dass er seinen Teil des Deals einhält.«

»Ich habe Angst, dass Helen herausfindet, dass der Arzt schlecht ist.«

»Ich habe Angst, dass Ned schlechter ist.«

Der Radiosprecher sprach in einem gefühlvollen Ton: »Mein Name ist Truman Bradley, und das ist die Sendung, in der wir uns die Frage stellen, kann eine Frau über fünfunddreißig nochmal die Liebe finden? Aber hören Sie zuerst diesen Hinweis. Wie Sie wissen, ist Verstopfung etwas, über das Menschen nicht gerne sprechen. Sollten Sie ein Problem mit Ihrer gewohnten regelmäßigen Abfuhr haben, dann nehmen Sie Ex-Lax, das kleine Abführmittel mit dem Schokoladengeschmack. Es beeinträchtigt Ihren Schlaf nicht, oder Geld zurück! Fragen Sie noch heute Ihren Apotheker nach Ex-Lax mit dem Schokoladengeschmack, und achten Sie darauf, nicht von Abführmitteln abhängig zu werden!«

Andrenas Nähmaschine summte und wimmerte. Sie schob den Stoff ununterbrochen herum und herum wie in Trance. »Lonnie ist zwei Personen. Und die Farben sind noch nicht trocken«, sagte sie.

Herb schüttelte den Kopf. »Ich weiß nicht. Da tickt irgendwas wie'n verklemmtes Ventil. Gefällt mir gar nicht. Ich glaub, ich geh mal raus und seh mich um.«

Im Radio sang jetzt ein jazziges Frauen-Trio: »Ist Ihre weiße Wäsche nicht porentief weiß, und leuchten auch die Farben nicht, dann nehmen Sie White King D! White Kinnngggg!«

Herb fuhr nach Süden und hinter der Washington in den Kanal-Distrikt. Die Kanalgegend stank nach Öl und Müll, vermischt mit dem Geruch von der Salzwasserkläranlage, der von der Küste rüberwehte, die nur zwei Blocks entfernt war. Dudley Court sah in der Nachmittagssonne so verlassen aus wie beim ersten Mal, als er hier gewesen war. Herb klopfte an dem Haus, das der Straße am Nächsten lag. Eine Frau kam an die Fliegengittertür. »Ja?«, fragte sie.

»Bitte entschuldigen Sie die Störung«, sagte Herb. »Ich bin hier am Dudley Court mit jemandem verabredet, aber ich weiß die Hausnummer nicht. Es ist eine Frau, klein, blond, um die dreißig.«

»So jemanden gibt's hier nicht!«, lachte die Frau. »Ich bin die Einzige, die noch hier ist. Und meine Toilette ist wieder mal kaputt. Was soll ich denn tun, ins Abflussrohr kriechen?«

»Diese Vermieter sind doch alle gleich«, sagte Herb. »Das ist der Grund, warum ich Mechaniker geworden bin. Wenn du was repariert haben willst, musst du's selbst machen.«

»Ich kann's nicht«, sagte die Frau.

»Ich könnte es mir mal ansehen.«

»Da wäre ich Ihnen dankbar. Bitte kommen Sie rein.«

Herb folgte der Frau in das kleine Haus. Überall hingen Photographien. Lächelnde Gesichter aus einem anderen Leben, einer anderen Zeit, einer anderen Welt.

»Hier geht's rein.« Sie machte Platz für Herb, damit er das winzige Badezimmer betreten konnte.

Herb nahm den Deckel vom Spülkasten. Der Kettenstopper war gerissen, wie üblich.

»Haben Sie ein Stück Draht?«, fragte er.

»Ich weiß nicht.«

»Ich könnte den Draht von einem der Photos nehmen.«

»Nehmen Sie, was Sie brauchen.«

Herb entfernte den Draht von der Rückseite eines der großen Bilder. Es war das Portrait einer jungen Frau mit sanften Augen und amüsiertem Blick. »Das bin ich, in Berlin vor dem Krieg«, sagte sie.

Herb befestigte den Draht und probierte dann den Abzug. Das alte Klo spülte stöhnend. »Für eine zeitlang ist's wieder in Ordnung«, sagte er.

»Vielen Dank. Bitte kommen Sie doch rein und setzen Sie sich. Mir ist da etwas eingefallen«, sagte sie.

»Schießen Sie los«, sagte Herb.

»Es gibt in der Nachbarschaft keine blonden Mädchen. Ich bin neugierig, warum Sie hierher zum Court gekommen sind, wenn Sie erlauben. Ich mache mir Sorgen, was die hier vorhaben. Die Häuser stehen schon seit einem Jahr leer, außer dieser Mann im Hinterhaus, und der ist jetzt verschwunden, glaube ich.«

»Ich weiß genau, was Sie meinen. Ich bin von keiner Immobilienfirma, und ich bin auch kein Schuldeneintreiber oder Polizist, glauben Sie mir. Ich bin ein Mieter wie Sie. Die Sache ist die. Sie sagen, dass Sie den Mann im Hinterhaus gesehen haben. Mich interessiert, wie er hierher gekommen ist und wer ihn hergebracht hat.«

»Das kann ich Ihnen sagen. Der Hausbesitzer hat ihn eines Nachts hergebracht. Seit dem Krieg kann ich nämlich nachts nicht mehr schlafen. Es ist zwar ein armseliges Leben hier, aber es ist ruhig und ich kann tagsüber schlafen. Wo soll ich hin, wenn ich hier ausziehen muss?«

»Wie heißt der Hausbesitzer?«

»Das ist Mr. Hillael. Jeden ersten Montag kommt er wegen der Miete, aber diesmal ist er zu spät. Er war gestern nicht da, und ich dachte, dass Sie er wären. Zu mir kommt niemand zu Besuch. Wie ist Ihr Name, bitte?«

»Herb Saunders.«

»Ich heiße Sadie. Freut mich sehr, Sie kennenzulernen, so einen freundlichen Mann.«

»Stimmt, ich bin eine echte Leuchte.«

»Eine Leuchte?«

»Jemand, der zwei und zwei nicht zusammenzählen kann.«

»Ich bin mir sicher, das werden Sie, Herb«, sagte Sadie.

Herb versprach Sadie, es sie wissen zu lassen, falls er irgendwas hörte. Sie bedankte sich nochmal bei ihm und verschwand dann hinter der Fliegengittertür. Und Dudley Court versank wieder in Schlaf.

Lonnie wartete im Empfangsraum von Airport Fair Immobilien-Finanz darauf, dass die Rezeptionistin ihr Telefonat beendete. »Kann ich Ihnen helfen?«, fragte das Mädchen.

»Ich bin wegen der Anzeige ›Büro-Assistentin gesucht‹ hier.« Lonnie zeigte dem Mädchen die Anzeige.

»Mr. O'Leary sucht jemanden, der ihm bei seinen Seminaren behilflich ist. Warum setzen Sie sich nicht und warten auf ihn, er wird jeden Moment zurück sein.« Zehn Minuten später kam Bill O'Leary hereingestürmt und schwenkte seinen dicken Aktenkoffer herum.

»Wer ist das?«, fragte er.

»Sie ist wegen der Anzeige hier.«

Lonnie folgte Bill in sein Büro. »Das wird ein Riesenevent in dieser Stadt, und ich werde sehr, wirklich sehr beschäftigt sein«, sagte er. In Bills Büro hing ebenfalls eine Karte an der Wand, die mit Büscheln von roten Nadeln bedeckt war.

»Wie sind die Arbeitszeiten?«, fragte Lonnie.

»Wenn ich was brauche, dann brauche ich's, wenn ich es brauche. Wir müssen promoten, promoten, promoten. Sie müssen sich um die Bewerber kümmern. Tabellen! Verkaufszahlen! Ich will, dass alles frontal und in der Mitte präsentiert wird!«

»Und was bezahlen Sie?«

»Das Immobilienbusiness ist ein phantastisches Geschäft, und wenn jemand kein Geld damit macht, dann ist das seine eigene Schuld.«

»Okay«, sagte Lonnie.

»Mary wird Ihnen alles erklären und Sie instruieren. Wie heißen Sie?«

»Judy Smith.«

»Gut. Airport Fair ist eine christliche Firma.« Er stopfte einige Papiere in seinen Aktenkoffer, marschierte aus dem Büro und schlug die Tür hinter sich zu.

Mary zeigte Lonnie, wo alles zu finden war und wie das Ablagesystem funktionierte. »Mr. O'Leary hat einerseits das Immobiliengeschäft und andererseits seine Seminare. Das ist zuviel für eine Person. Ich hoffe, es gefällt Ihnen hier.« Mary trank ständig Nehi-Orangenlimonade. »Coca-Cola schmeckt mir nicht«, sagte sie. Sie war so klein wie Lonnie, aber ihr Körper war fett und birnenförmig.

»Und wie ist er so, wenn man mit ihm arbeitet?«

»Ist in Ordnung. Immer in Hektik.«

»Verheiratet?«

»Nein. Er geht abends aus und hat geschäftliche Termine. Er ist Teilhaber der Los Amigos-Bar unten in Venice. Ich glaube, er erledigt abends viele Geschäfte.«

»Wofür sind alle diese Nadeln?«

»Die Nadeln markieren seine Mietwohnungen. Noch eines seiner Unternehmen«, sagte Mary. Lonnie stand vor der Karte und sah sich das an. Die meisten Nadeln ballten sich in der Gegend um den Pico Boulevard. Sie verfolgte die Spur der Nadeln zum Friedhof, bis sie die Sechzehnte Straße gefunden hatte. Herbs Block war komplett rot.

»Und ihm gehören alle diese Häuser?«

»Sie gehören ihm oder er verwaltet sie für andere Leute.«

»Das sind eine Menge Häuser.«

»Oh, ja. Mr. O'Leary sagt, eines Tages werden da überall nagelneue Apartmenthäuser stehen. Er ist mit den Vorbereitungen beschäftigt, er hat die Pläne schon fertig in der Schublade.«

»Und was passiert dann mit den Leuten, die dort wohnen?«

»Die fliegen raus. Die Häuser werden abgerissen, wenn die Apartments gebaut werden. Mr. O'Leary sagt, dass Santa Monica schon bald nur noch aus Apartmenthäusern bestehen wird. Er hat Freunde in der Stadtverwaltung. Er hat sehr gute Verbindungen.«

»Wie sollen sich die Arbeiter vom Flugzeugbau das leisten können, in schicken neuen Apartmenthäusern zu wohnen?«

»Mr. O'Leary sagt, dass es einige große Veränderungen geben wird. Er sagt immer, dass der Fortschritt vor der Tür steht.«

»Wo ist diese Los Amigos-Bar?«

»In Venice, ein Stück die Mildred runter. Mir gefällt es da nicht – ich gehe meistens ins Skywatcher's. Sie haben einen Fernseher und man kann sich *Wettlauf im Supermarkt* ansehen. Wenn's geht, seh ich mir's jeden Abend an. Es funktioniert so, dass sich die Teilnehmer mit ihren Einkaufswägen in einer Reihe aufstellen, und wenn das Startsignal ertönt, laufen sie durch den Laden und packen soviel sie können in ihre Wägen. Dann ertönt die Pfeife wieder und alles, was im Wagen hat, wird zusammengezählt. Wer die meisten Punkte hat, gewinnt.«

»Gewinnt was?«

»Alles, was er im Wagen hat. Es ist total aufregend. Du hast so viele Möglichkeiten, wenn du's geschickt anstellst. Ich würde in der Fleischabteilung anfangen. Ganze Hühnchen, Steaks, oh, mein Gott. Leber mag ich nicht. Dann Früchte und Gemüse. Grapefruit oder Lima-Bohnen mag ich nicht. Der Trick dabei ist, sich innerhalb der Zeit zu erinnern, wo die teuersten Sachen sind. Mr. O'Leary sagt immer, wer daran scheitert, sich vorzubereiten, hat sich auf sein Scheitern vorbereitet.«

»Ich werde dran denken«, sagte Lonnie.

Um fünf Uhr waren sie in der Skywatcher's Lounge. Mary saß an der Bar vor dem Fernseher. Lonnie und Bill saßen in einer der Nischen. Bill hatte schon einige Drinks intus und fing an, locker zu werden. »Du musst dich in deinem Territorium auskennen. Und dazu gehört, dass du in deinem Territorium den Mann auf der Straße kennst. Sprich mit ihnen, zeige dich interessiert. ›Was ist dein Job? Wo wohnst du? In welche Kirche gehst du? Was hättest du gerne?‹ Diese Art von Fragen. Was wir hier nicht haben wollen sind Farbige, Mexikaner, oder Hillbillys. Hat doch keinen Zweck, seine Zeit mit Leuten zu verschwenden, die keine Ambitionen haben. Frauen, da kommen nun Sie ins Spiel. Sprechen Sie mit ihnen darüber, wie sie mehr aus sich machen können, über die Familie, über Geld. Es gibt niemanden, der beim Flugzeugbau arbeiten will, sie alle wollen mehr erreichen auf der Welt, sie alle wollen Sachen kaufen. Und was wollen Sie?«

»Aber hier in der Gegend arbeitet doch jeder beim Flugzeugbau«, sagte Lonnie.

»Das wird sich ändern.«

»Wieso?«

»Weil ich ein oder zwei Dinge weiß, was glauben Sie denn, warum ich so erfolgreich bin? Sobald das Unternehmen schließt, wird der Grundstückswert hier in der Gegend in die Höhe schießen. Halten Sie sich an mich, passen Sie einfach nur auf.«

Lonnie machte große Augen. »Das kann ich einfach nicht glauben, Mr. O'Leary, dass der Betrieb dichtmacht. Wo haben Sie das gehört?«

»Muss dich nicht kümmern, wo Bill O'Leary das gehört hat.« Bill bemerkte selbst, dass er unvorsichtig wurde und versuchte, das Thema zu wechseln. »Was wünschen Sie sich?«, fragte er sie wieder.

»Nichts.«

»Jeder wünscht sich irgendwas. Warum sollten Sie anders als die anderen sein? Versuch nicht, Bill O'Leary auf den Arm zu nehmen.«

»Oh, mein Gott, das dicke Mädchen hat gewonnen!«, schrie Mary und klatschte in die Hände. Der Fernsehmoderator hatte seinen Arm um die siegreiche Teilnehmerin gelegt:

»Und die Gewinnerin des Hauptpreises heißt Daylene Batters! Mit einer Gesamtsumme von vierundsiebzig Dollar und siebenundachtzig Cent! Wie hast du dich denn da draußen gefühlt, Daylene?«
»Also am Anfang war ich aufgeregt. Ich bin ja ein biss-

chen langsam auf den Beinen, aber ich hatte mir einen Plan gemacht, und an den hab ich mich gehalten.«

»Und das hat sich ausgezahlt! Würdest du den Zuschauern mal erzählen, wie dein Plan ausgesehen hat, Daylene?«

»Hochrippchen. Das ist die teuerste Sache, die's hier im Supermarkt gibt, und deshalb hab ich meinen Wagen einfach damit vollgemacht.«

»Und außerdem, liebe Freunde, zusätzlich zu ihren Lebensmitteln nimmt Daylene eine nagelneue Eismaschine von ›Kold King‹ mit nach Hause! Und wie fühlst du dich als stolze Besitzerin von diesen vielen Hochrippchen.«

»Beten hilft immer.«

»Wenn ich da stünde, würde ich nicht weinen«, sagte Mary.

»Sie weiß, was sie will«, sagte Bill. »Sie mögen es, wenn du im Fernsehen weinst. Dann wissen sie, dass sie 'nen Gewinter vor sich haben. Gewinner.«

Es war Sommer geworden. Die Nächte waren warm und es gab keinen Nebel mehr. Herb, Andrena und Scrubby fuhren eines Abends zum Pier, um Meeresfrüchte zu essen. Am Pier war immer was los, es gab Leute, die man dort das ganze Jahr über antreffen konnte, unabhängig vom Wetter: Japanische Fischer, Penner, Bodybuilder und die Rollschuhsüchtigen, die an der Rollschuhbahn herumhingen. Herb und Andrena kauften sich frittierte Tintenfische auf Papptellern und setzten sich an einen der kleinen Tische am Geländer, das die große Holzplattform umgab. Das Gebäude war an der Vorderseite offen, und der Geruch von Salzwasser und Frittieröl mischte sich sehr schön mit dem typischen Tanzhallendunst aus Bohnerwachs und Schweiß. Wenn man 'nen Abend mit 'ner einfachen Unterhaltung haben wollte, dann gab's doch nichts Schöneres, als den Rollschuhläufern zuzusehen, dachte Herb. Einer von ihnen fiel besonders auf, ein schlacksiger Cowboy-Dandy in Westernkleidung, der an jedem Abend der Woche da war und dessen exzentrischer Laufstil Herb gefiel. Herb nannte ihn Tex.

»Das ist er«, sagte Herb zu Andrena, »schau ihm genau zu.«

Die Rollschuhläufer drehten ihre Runden gegen den Uhrzeiger, während eine Orgel non-stop einen Walzer spielte. Herb konnte das Instrument nirgendwo entdecken und er hätte nichtmal sagen können, ob sie live spielte oder vom Band kam. Die Musik sollte beruhigend wirken, aber es gab immer viele spannende Dramen auf der Fahrbahn. Lautsprecher hingen in den gewölbten Dachsparren, und wenn ein Skater zu sehr aus dem Strom der Fahrenden ausscherte, ertönte eine Stimme: »Skater im roten Shirt, ändern Sie Ihre Fahrtrichtung. Der Skater, der zu schnell ist, fahren Sie langsamer, letzte Warnung. Skater mit dem Cowboy-Hut, fahren Sie weiter.«

»Sieh mal«, sagte Herb, »Tex hat wieder angehalten. Sieh dir sein Gesicht an, er ist völlig abwesend.«

»Jetzt fährt er weiter«, sagte Andrena. »Er hat die Durchsage gehört.«

Dann kam's zu einem Streit auf der Bahn. Zwei Männer stießen zusammen und krachten in das Geländer. Sie brüllten sich an. Ein kleiner, untersetzter Mann kam auf Rollschuhen angefahren und schob die beiden mit verblüffender Geschwindigkeit und Kraft von der Bahn.

»Wenn sie dich dreimal von der Bahn holen, darfst du nicht mehr rein«, erklärte Herb.

Tex kam im Shuffle-Schritt vorbeigefahren und schwenkte seine langen Arme wie Buddy Ebsen, und die Orgel fing exakt im Rhythmus mit ihm an, »I'm An Old Cowhand« zu spielen. Tex beendete den Song mit einem gezierten Rückwärtsschritt und tippte an seinen Hut. Andrena und Herb applaudierten. Danach ertönte wieder der endlose Walzer.

»Das heißt, der Mann spielt hier irgendwo live und

kann sehen, was auf der Bahn los ist«, sagte Herb. »Das ist ja ein großartiger Job.«

»Ist eine Frau«, sagte ein alter Mann mit einem Kehrbesen.

»Wo ist sie?«, fragte Herb.

»Da oben, hinter dem Fenster.« Der Mann zeigte auf eine undurchsichtige Glasblende am anderen Ende der Bahn. »Sie sitzt in einem kleinen Raum, grade hoch genug, um die Fläche zu überblicken. Heißt Mary Dee, macht den Job seit zehn Jahren. Mein Name ist Ray Diker. Und Sie sind ›Atomic Bomb‹ Saunders.«

»Ja, das stimmt, der war ich mal. Das ist meine Freundin Andrena Ruelas. Ich komme schon lang immer wieder hierher, aber ich hab nie verstanden, wie das alles zusammenhängt.«

»Ich hab Sie schon öfter hier gesehn und wusste, wer Sie sind. Ich war Country & Western-Schlagzeuger, bevor ich Probleme mit meiner Lunge bekam. Leute, wollt ihr nicht mal fahren? Es ist nicht so voll. Ich kann auf Ihren Hund aufpassen.«

»Ich will, wenn du willst«, sagte Andrena zu Herb. Der Hausmeister sagte dem Mann, der die Bahn überwachte, sie wären seine Freunde. Herb und Andrena bekamen Skates und Rollschuhe. Der Bahnmeister ließ sie draußen warten, bis eine Lücke kam. »Ihr fahrt links herum. Bleibt an der Innenseite. Und probiert keine verrückten Sachen aus.« Sie machten winzige Schritte und fuhren los, wobei sie sich aneinander klammerten. Die Masse flog an ihnen vorüber. Tex kam angefahren und packte Andrenas freien Arm, zischte ab und zog sie mit. Andrena hing an Tex, und Herb hing an Andrena. Sie schafften es, sich auf den Beinen zu halten. Einen Sturz musste man unbedingt vermeiden, denn damit konnte man eine Massenkarambolage verursachen und überfahren werden. Herb fühlte sich, als wäre er hundert Stundenkilometer schnell, es war schockierend und berauschend zugleich. Als sie dann im Einklang mit dem Haufen liefen, ließ Tex

Andrena los und sie waren auf sich allein gestellt. Sie kamen durch die Kurven und blieben auf den Beinen. Nach einer Weile kam die Durchsage: »Die Bahn freimachen.« Alle Skater fuhren zum Eingangstor und warteten, während der Rollschuhbahn-Chef herumfuhr und mit einem Mop ein paar Schweißlachen aufwischte. Als er fertig war, griff er zum Mikrophon und rief: »Skate!« Und die Menge machte sich wieder an die Arbeit und hatte sofort ihr Tempo erreicht. Herb und Andrena zogen die Rollschuhe aus und ihre Straßenschuhe wieder an.

»Dios mio, ist das schwer«, sagte Andrena, außer Atem.

»Ihr habt das gut gemacht«, sagte Ray Diker. »Manche Leute kriegen den Dreh nie raus. Und wir müssen aufpassen, dass sie nicht verletzt werden. Einige von denen, die immer fahren, sind ziemlich rücksichtslos.«

»Euer Chef ist gut«, sagte Herb.

»Ein Ex-Profi, so wie ich«, sagte Ray.

»Wie wir«, sagte Herb. »Wenn du Musik gemacht hast, warst du wirklich auf 'nem üblen harten Weg.«

»Ich hab meinen linken Lungenflügel dafür gegeben. Was für 'ne Arbeit machen Sie heute?«

»Ich bin sowas wie ein Teilzeit-Automechaniker.«

»Ich hatte ein Auto, aber ich hab's irgendwo liegen lassen. Die meisten Leute, die man am Pier trifft, leben auch hier. Ich hab ein Zimmer auf der Rückseite, das gehört zum Job. Die Seeluft ist gut für meine Lungen, meine eine Lunge, sollte ich besser sagen. Ich hab eine Kochplatte und einen Kühlschrank drin. Und ein Radio. Ich hab das Pier schon seit Jahren nicht mehr verlassen, gibt keinen Grund.« Ray lachte und zeigte die paar Zähne, die er noch hatte. Herb und Andrena bedankten sich bei ihm und spazierten dann zum Ende des Piers.

Draußen auf dem Wasser hüpften einige Lichter in der Dunkelheit auf und ab. »Ein paar Leute leben da draußen auf ihren Booten«, sagte Herb. »Aber das wär mir zu einsam. Ray Diker hat immerhin die Gesellschaft von Mary Dee.«

»Ich bin mir nicht sicher, ob sie jemals von dort runterkommt«, sagte Andrena. Sie gingen zurück. Die Rollschuhbahn hatte inzwischen für die Nacht geschlossen, und Ray Diker wischte den Boden davor.

»Ihr könnt Mary begrüßen«, sagte er.

Eine Frau saß an einem der Tische und trank Kaffee aus einer Thermoskanne. Sie hatte dünne Gliedmaßen, einen breiten Mund und blitzende Augen. »Wie geht's, Leute, ich bin Mary Dee. Ich hab Sie schon mal hier gesehn. Ray sagt, Sie sind 'n Sänger, ein bekannter Mann?«

»War ich früher mal. Das ist Andrena Ruelas. Hat uns sehr gut gefallen, wie Sie gespielt haben.«

»Danke. Ja, es ist immer interessant und immer anders. Ich versuche Sachen zu spielen, die die Rollschuhfahrer anschieben könnten, wie diesen Burschen mit dem Cowboyhut. Die meisten Leute bemerken's wahrscheinlich überhaupt nicht, aber ich glaube, es ist besser als Kino.«

»Aber ganz sicher! Im Kino weiß man doch immer alles schon vorher«, sagte Ray. »Ich war seit zehn Jahren in keinem Kino. Gibt keinen Grund.«

»Wie kam's, dass Sie hier angefangen haben?«, fragte Herb Mary.

»Ich war Kirchenorganistin in Pasadena, aber ich war mit dem Kopf nicht richtig bei der Sache, also was die religiöse Seite betrifft, meine ich. Ich mochte Musik, aber an Jesus und dem Himmel und diesen Sachen war ich nicht so interessiert. Ich hab's versucht, aber ich konnte einfach nichts damit anfangen. Als ich dann drei Kirchen durchhatte, bin ich hier gestrandet. Eines Abends, als ich hier am Fahren war, hörte die Orgel zu spielen auf. Sie riefen einen Arzt, und dann haben sie den Organisten runtergetragen. Herzanfall. Ich hab dem Betreiber gesagt, dass ich spielen könnte und außerdem auf der Suche nach einem Job wäre. Er hat mich vom Fleck weg engagiert.«

»Und wo wohnen Sie?«, fragte Andrena.

»Über dem Karussell, in der obersten Etage. Es ist wunderbar – der Ozean, die Vögel, die Menschen. Es ist, als wären sie alle meine Freunde und kämen mich jeden Tag besuchen. Ich liebe jeden Tag.«

»So wie ich«, sagte Ray. »Ich bin zufrieden. Gibt absolut nichts, was dagegen spricht! Und außerdem, Sie wären überrascht, was man hier beim Saubermachen alles findet.« Er wischte weiter den Boden. Herb, Andrena und Scrubby gingen mit Mary Dee Richtung Strandpromenade. Sie wünschte ihnen eine gute Nacht und stieg die Holztreppe zu ihrem Zimmer im Karussellgebäude hoch. Sobald sie im Auto waren, schlief Scrubby ein. Um elf Uhr war der Parkplatz leer, abgesehen von den Autos, die den Bewohnern der Apartments an der Strandpromenade gehörten. Die meisten waren Pickups, und ein paar klapprige Vorkriegskisten. »Ich glaube, ich seh da einen Cadillac, und ich glaube, ich kenn den Wagen«, sagte Herb zu Andrena. Der Cadillac sah unheimlich und fehl am Platz aus, wie ein Hai in einem Goldfischbecken. Herb sah beim Fenster der Fahrerseite hinein. Ging dann zu seinem Muntz zurück und fuhr den Hügel rauf zur Ocean Avenue.

»Das ist Neds Wagen, ganz sicher«, sagte er.

»Was macht er hier?«

»Versteckt sich.«

»Vielleicht hat er hier eine Braut, vielleicht ist es Mary Dee.«

»Nicht unser Kumpel Ned. Er kann Musik nicht leiden, hat er mir selbst gesagt.«

Es war eine stickige Nacht in Santa Monica, und Ned Hillael hatte einen Albtraum. Bei heißem Wetter hatte er immer schlechte Träume, aber diesmal war es schlimmer als sonst. Da war ein Vortragssaal. Bill O'Leary stand an einem Vortragspult und sprach zu einer großen Menge. »Santa Monica High School« stand auf der Gipsverzierung über der Bühne. Männer und Frauen in Businesskleidung saßen regungslos in ihren Sitzen und hörten Bill zu. Ein Stoffbanner verkündete: »Das William O'Leary-

Seminar: Richtiges Handeln zur falschen Zeit.« Bill sah merkwürdig aus. Um seine Augen waren schwarze Ringe gemalt, seine Stimme war tief und rau. Seine Arme warf er in spastischen Bewegungen herum und er sprach im Tonfall eines Zombies, begleitet von planloser und dissonanter Orgelmusik:

Ich weiß, du schläfst nicht, und du wirst nirgendwohin gehen
Du siehst in den Fernseher, du liegst in deinem Sessel
Es ist drei Uhr morgens, und es gibt keinen Ausweg
Deshalb ruf besser diese Nummer an, ich bin dein einziger Freund

Gestern hat man dir mitgeteilt, dein kleiner Job ist futsch
Wie willst du das deiner kleinen Frau zu Hause erklären?
Sie glaubt, dass alles schon gut werden wird
Aber sie schläft drüben, und du rauchst die ganze Nacht Zigaretten

Du hast immer geglaubt, du hättest die ganze Welt am Schwanz gepackt
Doch jetzt kannst du froh sein, wenn ich dich vor'm Knast bewahren kann
Sieh mal, wer jetzt wen gepackt hat, und was für'n Geräusch hörst du?
Das muss der Wind sein, der um deine Ohren pfeift

Und er singt: »Zeit, Zeit, Zeit ist alles, was du hast...«

Die Leute fingen an, von ihren Sitzen aufzustehen und sich zu drehen wie Kreisel. Hohläugige Absolventen des Seminars für Verlorene Seelen. Bill O'Leary stand auf der Bühne, seine Augen fixierten Ned. »Zeit, Zeit, Zeit ist alles, was du hast«, krächzte er, während die Orgelmusik wie wahnsinnig immer und immer wieder dasselbe leierte. Ned zwang sich dazu aufzuwachen. Er war vollkommen nassgeschwitzt. »Diese gottverdammten Katholiken mit ihren gottverdammten Orgeln«, murmelte er. Die Uhr zeigte elfdreißig. Er zog sich an und ging dann die Treppen zum Parkplatz runter. Der Cadillac war feucht von der Seeluft. Er dachte, er könnte die Skywatcher's Lounge ansteuern, ehe ihm einfiel, dass dort Charmaine sein würde. »Schlampe«, murmelte er. Er fuhr zur Dritten Straße, parkte hinter dem Embers und ging durch den Hintereingang rein. Der Barkeeper begrüßte ihn. »'n Abend, Mr. Hillael, schön, Sie zu sehen. Whiskey sour?« Das Embers war ein angenehmes Lokal, anders als dieses Skywatcher's. Sie hatten eine Klimaanlage, Ned begann sich zu entspannen. War nur die Hitze, beruhigte er sich, und der Stress, den Cops aus dem Weg gehen zu müssen, nur weil einige der Autos keine ganz sauberen rosa Zulassungskärtchen hatten. Er bemerkte eine gutaussehende blonde Frau, saß allein an der Bar, ein paar Hocker weiter. Sie trug eine dünne blaue Jacke und weiße Handschuhe. Scharf, mein Typ, dachte er. Ned schmiss sich sofort an sie ran: »Wie geht's Ihnen denn heute Abend?«

»Wie es mir geht?«

»Anders gesagt, wie wär's mit einem Drink?«, fragte Ned. Er fühlte sich befreit, nachdem er in diesem Apartmenthaus über dem Karussell eingesperrt war. »Hey, Mac, noch zwei da rüber.« Er führte das Mädchen zu einer Nische nach hinten, und er war verblüfft, wie glatt und einfach das ging. »Also, ich bin Ned, und Sie heißen?«

»Judy.«

»Toll.« Die Bedienung brachte die Drinks und stellte sie ab. »Du bist garantiert neu hier in der Gegend, ich kenne mich hier aus.«

»Du hast recht, ich bin neu hier. Das ist ein nettes Lokal.«

»Es ist sehr nett, und du bist auch sehr nett.« Und

plötzlich gefiel Ned sein Leben wieder, mit einem Klick passte wieder alles zusammen. »Also, Judy, erzähl mir alles über dich.«

»Da gibt's nicht viel zu erzählen. Ich hatte bei Douglas einen Job in der Buchhaltung, aber sie haben mich entlassen. Ich hatte ein Apartment auf der Vierunddreißigsten Ecke Pearl, aber ich musste ausziehen. Und jetzt wohne ich in Venice.«

»Was fährst du?«

»Oh, ich kann mir kein Auto leisten, Ned. Ich fahre überall mit dem Bus hin.«

»Das ist ja wunderbar, weil ich nämlich genau in der richtigen Position bin, um dir zu helfen. Ich habe mit Leuten von Douglas sehr eng zusammengearbeitet, um ihnen bei finanziellen Fragen behilflich zu sein, zum Beispiel bei Autos.«

»Ach, tatsächlich?«

»Autos ist eines meiner Spezialgebiete. Wir unterhalten uns später genauer drüber.« Ned sah Charmaine durch den Eingang von der Straße kommen. Sie pflanzte sich an die Bar und fing an, laut auf den Barkeeper einzureden. Ned geriet in Panik. »Hör mal, Judy, der Laden geht mir langsam auf die Nerven, lass uns doch 'ne kleine Spazierfahrt machen.«

»Ist mir recht, Ned.« Sie stand auf und folgte ihm durchs Lokal zum Hintereingang auf den Parkplatz. »Da ist mein Cadillac, hier drüben. Na dann, mal sehn.« Ned bog auf den Broadway ein. »Na dann, mal sehn«, sagte er wieder. »Gibt hier viele nette Lokale…«

»Ich kenne eins, das heißt Los Amigos, in Venice. Warst du da schon mal, Ned?«, fragte das Mädchen.

»Das Los Amigos! Also los!« Ned war ein wenig übermütig geworden, von den Drinks, von der knapp gelungenen Flucht vor Charmaine, und von dem blonden Mädchen im Sitz neben ihm. Er fuhr die Nielson runter, durch Ocean Park und nach Venice rein. »An der Mildred fährst du rechts, und dann park an der Rückseite«, sagte das Mädchen. Das Lokal war nicht mehr als eine Fassade am Gehsteig, ohne Schild oder Namenszug. Nicht mein Stil, dachte Ned, aber das Mädchen hielt ihn am Arm, und er spürte, dass sie stark wie eine Sportlerin war. Im Club war es sehr dunkel und dunstig und vollgestopft mit tanzenden Körpern. Es gab eine winzige Bühne, auf der eine Vier-Mann-Combo Jazz zu spielen versuchte. Und ein Mann in einem Rüschenhemd sang: »Ich krieg keinen Kick von Kokain, aber ich krieg 'nen Kick ...« – und »*Whoa*!« schrie die Menge auf dem Schlag der Basstrommel – »... von diiiir.« Ned hatte Probleme, in der Dunkelheit etwas zu erkennen. »Kommt mir so vor, als wären hier nur Männer«, sagte er. Ein Kellner in einem hautengen, schwarzen Trikot und mit bemalten Lippen kam zu ihnen. Durch sein Make-up konnte man seine üble Akne erkennen. »Dann erzählt mal Tonette, was Ihr gerne haben möchtet«, sagte der Kellner mit einem Lispeln.

»Hi, Tonette. Zwei Whiskey sour«, sagte Judy.

»Schätzchen, du fällst ja richtig auf heute Nacht.«

»Was soll das denn bedeuten?«, fragte Ned das Mädchen.

»Ich war schon ein paarmal hier.«

»Mir gefällt das Lokal nicht«, sagte Ned.

»Wieso denn nicht? Mir schon. Für ein Mädchen, das allein unterwegs ist, ist es sehr angenehm. Niemand belästigt mich, man bemerkt mich nicht mal.«

Ned rieb sich das Gesicht. »Ich werd ganz nervös hier drin, es ist zu heiß.«

Er riss den Kopf herum, da war eine Stimme, die ihn an Bill O'Leary erinnerte. Er spähte in die Dunkelheit. Und entdeckte Bill in einer Ecke. Er saß mit einem jüngeren Mann in einer Nische, und sie küssten sich und lachten und befummelten sich.

Ned zog den Kopf zurück und duckte sich. »Ich muss sofort raus hier«, flüsterte er, und es klang, als könnte er keine Sekunde warten.

»Wo willst du denn hin, Ned?«, fragte das Mädchen.

»Ich muss zu meinem Auto, jetzt sofort. Bring mich hier raus.«

Das Mädchen schob Ned durch die Masse und zur Tür hinaus. Er fing zu taumeln an, und sie hatte Mühe, ihn aufrecht zu halten. Erst als er hinter dem Lenkrad saß, konnte er wieder etwas besser sehen.

»Das ist der gottverflucht übelste Schuppen, den ich je gesehen habe. Ein Schwulentreff. Der Vorsitzende der Christlichen Vereinigung der Geschäftsmänner von Santa Monica ist ein dreckiger Homo. ›Keine Juden bei den Frühstücksmeetings‹, sagt er zu mir. Bastarde! Gojische Scheißkerle!«

»Geht's dir gut?«, fragte das Mädchen.

»Was?« Ned drehte sich zu ihr um und sah so überrascht aus, als würde er sie zum ersten Mal sehen.

»Hast du mich vergessen, Ned?« Jetzt hatte sie einen Revolver, hatte einen kleinen, hässlichen, stupsnasigen 32er in der behandschuhten Hand, die auf dem Knie lag.

Plötzlich gefiel Ned sein Leben nicht mehr so gut. »Was soll das? Was willst du?«

»Nichts. Ich hab alles, was ich will. Sieh mich an, Ned. Sieh mich gut an.«

»Was soll ich mir denn ansehen? Ich habe kein Geld.«

»Ich bin nicht Judy, ich bin Lonnie. Sieh mich an.« Ned versuchte, was zu erkennen. Aber der Parkplatz war schlecht beleuchtet, und sein Kopf tat immer noch weh von dieser Los Amigos-Bar. Das alles ergab doch überhaupt keinen Sinn.

»Lonnie?«

»Doktor Mario hat gute Arbeit geleistet. Wann immer ich will, kann ich 'ne Pussy spüren. Meine eigene. Du hast mich belogen, hast mich rumgeschubst, hast mir Geld und Autos versprochen. Ich hätte in diesem Studebaker draufgehn können, hast du jemals dran gedacht, Ned? War auch nicht einfach, diese Unterlagen zu besorgen. Wegen diesem Job hat O'Leary versucht, mir die

Bullen auf den Hals zu hetzen, aber es gibt keinen Lonny Tipton mehr. Ich weiß alles über dich und diesen O'Leary. Den ich überhaupt nicht leiden kann. Ich werde ihn schön festnageln, und du wirst mir dabei helfen.«

Neds Zunge fühlte sich an, als wäre sie einen Kilometer breit. Er konnte kaum was sagen. »Helfen? Wie?«

»Du bleibst einfach sitzen und stirbst, das ist deine Hilfe. Das ist O'Learys Revolver. Nennt man eine Stupsnase. Gestern Nacht bin ich ihm und seinem kleinen Freund gefolgt. Sie haben Spielchen damit gespielt, im Edwin-Apartmenthaus drüben, und ich hab sie dabei beobachtet. Hab rausgefunden, worauf Mr. Bill steht. Dann sind sie weg, und ich bin rein und hab den Revolver geklaut. Hast du dich nie gefragt, was mit mir passiert sein könnte, Ned? Ich will dich mal auf den neuesten Stand bringen. Ich wohne in einem verlausten kleinen Zimmer im Edwin und arbeite für Bill O'Leary. Und wie gefall ich dir jetzt? Sieh dir den Revolver an. Diese Kanone ist dreckig, und Bill O'Leary ist ein dreckiger, fieser Mann. Aber die Gaskammer wartet schon auf Mr. Bill. Kannst du dich erinnern, was ich mal zu dir gesagt hab? Nur ein winzig kleiner Anstoß. Adios, Ned.«

Der Revolver knallte zweimal, zwei Kugeln knapp unter Neds Gürtellinie. Auf diese kurze Distanz wurde sein Oberkörper in den Sitz zurückgestoßen, als säße er in einer Achterbahn. Er japste und klatschte sich beide Hände auf den Bauch. Lonnie drehte das große WonderBar-Radio auf. Dann stieg sie aus und ging Richtung Strand. Ned saß da und konnte sich nicht bewegen. Das Blut sickerte zwischen seinen Fingern durch. Ein Radiosprecher sagte sanft und im Tonfall des Predigers: »Ladies und Gentlemen, es ist wieder einmal Zeit für *Ihre Stunde Rosenkranz*.« »Heilige Mutter Gottes, voll der Gnaden…«, ertönten die Stimmen. »Gottverdammte Katholiken«, zischte Ned durch die zusammengepressten Zähne. Nach einer Weile ging er dahin.

Johnny träumte von seinem alten Freund Johnny Ace. Johnny stand am Fußende des Betts und drehte den Kopf von dieser auf die andere Seite und zeigte ihm das Einschussloch in seiner Schläfe. Die Klaviereinleitung seines Hits »Pledging My Love« erfüllte Herbs Schlafzimmer mit seinem klagenden Sound. Johnny betrachtete Herb mit traurigen Augen. »Sag mir, Herb, warum sollte ein Mann mit einem Nr.-1-Hit Russisch Roulette mit einem geladenen Revolver spielen?«

Herb antwortete ihm: »Johnny, ich weiß, dass du das nicht getan hast. Es tut mir leid.«

»Herb«, sprach die Stimme wie ein Echo, »ich habe dir eine Botschaft von Ned zu überbringen. Er sagt, Blondinen haben mehr Spaß.«

»Johnny, wo ist Ned?«, fragte Herb, aber Johnny verflüchtigte sich langsam.

»Auf Wiedersehen, Herb, mein Telefon klingelt...« Und das Plink-plink-plink des Klaviers wehte davon.

Herb wachte auf. Scrubby hatte sich unters Bett verkrochen und wollte nicht rauskommen. »Alles in Ordnung«, sagte er zu ihr. »Johnny musste eine Botschaft überbringen, und jetzt ist er wieder nach Hause gegangen.«

Herb zog sich an und ging zu Andrena hinüber. »Ned ist tot und beerdigt, daran kann's keinen Zweifel geben.«

»Und was jetzt?«, fragte Andrena.

»Kann man nichts mehr machen. Jemand ist losgegangen und hat den armen Ned getötet, das ist alles. Wir können hier nur warten und sehen, was passiert. Aber es war Johnny Ace, der mir die Nachricht überbracht hat, und das kann nur eins bedeuten. Egal, was die über Ned sagen, es wird vollkommen falsch sein. Die Botschaft lautete: Blondinen haben mehr Spaß.«

Andrena schaute von ihrer Näharbeit auf: »Ist das wahr?«

An diesem Dienstag traf sich die Christliche Vereinigung der Geschäftsmänner von Santa Monica zu ihrem monatlichen Frühstück in der Moose Hall an der Ecke Ocean Park Boulevard und Sechzehnte. Der Vorsitzende Bill O'Leary hatte das Meeting soeben mit der freundlichen Erinnerung beendet, man möge sich doch für sein sehr bald stattfindendes Investment-Seminar eintragen. Das ganze Paket für zwanzig Dollar, Mittagessen inklusive. Geht um phantastische Möglichkeiten auf dem Sektor Wohneigentum und Zwangsvollstreckung, und das sollten Sie nicht verpassen. Meine Mitarbeiterin Miss Judy Smith steht für alle Fragen zur Verfügung.

Gegen Ende des Frühstücks waren zwei Männer hereingekommen. Sie setzten sich ganz hinten hin und lehnten die Einladung zu Pfannkuchen und Kaffee ab. Als das Meeting sich auflöste, standen sie auf und stellten sich an die Tür. Bill O'Leary ging durch den Mittelgang, Schultern klopfend und Hände schüttelnd und grinsend wie eine Cheshire-Katze. Dann sah er die beiden Männer, und dass sie natürlich Polizisten waren.

»Mr. O'Leary, könnten wir Sie sprechen, Sir?«

»Ich bin Bill O'Leary«, sagte Bill.

»Ich bin Detective Sergeant Donald McClure, und das ist Detective Charles Stahl. Würden Sie bitte hier entlang kommen, Sir?«

»Wohin?«, fragte Bill, und sein Cheshire-Katzenartiges Grinsen verschwand.

»Sir, wir sind hier in einer Polizeiangelegenheit.«

»Gentlemen, das kommt mir jetzt etwas ungelegen, aber was kann ich für Sie tun?«

»Ich möchte Sie bitten, uns aufs Polizeipräsidium zu begleiten.«

»Ich bin der Vorsitzende der Christlichen Vereinigung der Geschäftsmänner von Santa Monica. Ich werde behilflich sein, so gut ich kann.«

»Mr. O'Leary, besitzen Sie eine Kaliber-32 Smith & Wesson Detective's Special?«

»Ich bin eine der führenden Persönlichkeiten in dieser Stadt, dessen sollten Sie sich bewusst sein.«

»William O'Leary, ich verhafte Sie hiermit wegen Mordes an Nedwin Hillael. Alles, was Sie sagen, kann und wird gegen Sie verwendet werden. Leg ihm die Handschellen an, Chuck.«

Nennen Sie Ihren vollen Namen.

William O'Leary.

Beruf?

Immobilien-Makler.

Adresse?

3162 Ocean Park Boulevard.

Ist das Ihr Revolver?

Ich habe den Revolver einem Freund gegeben. Wir haben uns in einer Bar getroffen.

In welcher Bar?

Los Amigos.

Was haben Sie dort zu tun?

Ich gehe dahin, um Freunde zu treffen.

Sie gehen in diese Bar, um Männer zu treffen, um mit ihnen obszöne Handlungen zu begehen?

Larry sagte, er würde eine Waffe benötigen.

Haben Sie mit Larry unzüchtige Handlungen begangen?

Wir hatten einige Drinks, dann fuhren wir in seine Wohnung.

Wo war das?

In Venice, auf der Mildred.

Haben Sie ihm dort den Revolver gegeben?

Ja.

Haben Sie mit dem Revolver obszöne Handlungen begangen?

Er wollte den Revolver benutzen, um einem Freund Angst einzujagen.

Was haben Sie dann gemacht?

Wir verließen die Wohnung, wir gingen zum Strand.

In der Nacht, Sie gingen nachts zum Strand?

Ja. Den Revolver ließen wir in seiner Wohnung. Als wir zurückkamen, war er weg.

Wann war das?

Vor etwa zwei Wochen.

Wo war das?

Man nennt es die Edwin-Apartments. Auf der Mildred.

Okay, Bill. Ich werde Sie wegen Kontaktanbahnung und Zuhälterei drankriegen, außerdem für den Mord an Ned Hillael und den Mord an George Gresham. Und ich werde Sie wegen Einbruchs in die Geschäftsräume von Douglas Aircraft drankriegen, und das ist 'ne Sache, die mich sehr interessiert. Dieser Schwuchtelkram ist mir egal, das ist was für die Zeitungen. Mich interessiert das Motiv. Punkt Nummer eins: Hillael war angeschlagen, und Sie wussten, dass er jederzeit zusammenbrechen könnte und dann Ihr Konstrukt, mit dem Sie die Arbeiter von Douglas Aircraft betrogen haben, auffliegen lassen würde.

Wir haben einen Kellner aus der Los Amigos-Bar befragt. Er hat ausgesagt, dass Hillael in der Nacht, als er erschossen wurde, da war, in Begleitung einer blonden Frau. Ich vermute, dass die blonde Frau von Ihnen beauftragt wurde, Hillael in die Los Amigos-Bar zu locken. Sie hat ihn dort abgeliefert, und Sie sind ihm dann auf den Parkplatz gefolgt und haben ihn erschossen, als er im Auto saß. Es gab keine Anzeichen für einen Kampf, er kannte seinen Mörder. Und das Radio lief. Das war eine freundliche Geste, Bill.

Ich habe niemanden ermordet. Sie können nichts davon beweisen. Ich kenne überhaupt keine blonde Frau. Der Revolver wurde gestohlen, wie ich schon gesagt habe. Ich habe diese Dokumente nicht gestohlen. Es war Ned Hillael, der diesen Lonny Tipton angeheuert hat, um diese Dokumente zu stehlen.

Wie sieht dieser Tipton aus?

Das weiß ich nicht. Ich habe ihn nie getroffen.

Wir haben einen anonymen Hinweis in dieser Sache bekommen. Wir haben das überprüft. Bei Douglas ist ein »Lon Tipton« registriert, Mechaniker, vor sechs Monaten

*entlassen. Wir haben ihn im Telefonbuch gefunden, aber
er ist verzogen, keine neue Adresse, keinerlei polizeiliche
Eintragung. Führt zu nichts, das ist meine Meinung. Ned
Hillael hatte einen Farbigen, der für ihn arbeitete. Wir
haben ihn überprüft. Er hat eine dubiose Vergangenheit.
War früher ein Sänger von Jive-Musik, hat einiges so
genanntes subversives Material aufgenommen. Aber das
hat mit uns nichts zu tun, das hier ist nicht politisch. In
den Edwin-Apartments auf der Mildred wohnt kein »Larry«, wir haben das Haus überprüft. Da gibt's nur pensio-
nierte alte Juden und einen Kubaner, der sagt, er sei
Friseur im Ruhestand. Alles, was wir haben, ist Bill
O'Leary. Aber lassen Sie uns noch'n bisschen weiterma-
chen. Punkt Nummer zwei: Ned Hillael hat George Gresham damit beauftragt, Sie zu beschatten, weil er vermutete, Sie würden ihn aufs Kreuz legen. Meine Vermutung
ist, dass Gresham Ihnen damit gedroht hat, die Sache
aufzudecken, und deshalb haben Sie ihn auf dem Parkplatz hinter dem Embers erschlagen.*

Sie haben keine Indizien dafür, keinen Beweis, nichts.

*Am Strand von Venice hat ein Durchreisender einen
Revolver gefunden und abgegeben. Einen 32er mit kurzem Lauf, registriert auf Mary Miller, 3162 Ocean Park
Boulevard. Ihre Sekretärin, Ihr Büro. Unser Labor hat
auf der gesamten Waffe Fingerabdrücke von zwei Personen gefunden. Die einen sind von Ihnen, die anderen sind
nicht registriert. Wir haben auch Blutspuren festgestellt,
dieselbe Blutgruppe wie Gresham, und das alles sind für
mich ausreichende Indizien. Sie haben beide Männer in
ihren Autos ermordet. »Der Killer, der zum Auto kam«,
ich schätze, so werden sie Sie nennen. Doch, das gefällt
mir. Übrigens, Bill, in Quentin hat man kürzlich Caryl
Chessman vergast. Das Zimmer gehört jetzt Ihnen.*

Am nächsten Tag nachmittags gegen vier Uhr betrat
Lonnie zum letzten Mal das Büro von Airport Fair. Mary
saß weinend an ihrem Schreibtisch.

»Was ist denn passiert?«, fragte Lonnie.

»Mr. O'Leary ist im Gefängnis.«

»Weswegen?«

»Sie behaupten, er hätte jemand ermordet.«

»Wen?«

»Weiß ich nicht. Wie geht's denn jetzt weiter?«

»Hast du mit ihm gesprochen?«

»Er hat gesagt, machen Sie einfach weiter, als wäre nichts. Er sagt, das alles ist ein Missverständnis und er wird bald wieder hier sein.«

In zwanzig Jahren vielleicht oder auch nie, dachte Lonnie. Sie ging in Bills Büro und setzte sich hinter seinen Schreibtisch. Da lag ein großer Notizblock mit dem Aufdruck »Vom Büro William O'Leary« am oberen Rand. Sie warf ihn in den Papierkorb.

»Ich will hier nicht mehr arbeiten«, wimmerte Mary aus dem Empfangsraum. »Ich brauch was zu trinken.« Sie lief aus dem Büro.

Lonnie ging zu einem Aktenschrank und zog den Ordner mit der Aufschrift »Eigentümer/Urkunden« heraus.

Sie benutzte Bills Schreibmaschine, um zwei Formulare für Eigentumsüberschreibungen auszufüllen, betreffend die Hausnummern 334 und 336 in der Sechzehnten Straße. In den Formularen wurde beglaubigt, dass die Eigentumsrechte an den beiden bebauten Grundstücken auf Andrena Ruelas beziehungsweise Herbert Saunders übertragen wurden, und dass Airport Fair Immobilien-Finanz vom Besitzer, aufgeführt als Nedwin Hillael, wohnhaft in Santa Monica, dazu bevollmächtigt war. Etwa eine Stunde lang tippte Lonnie ununterbrochen, dann nahm sie die neuen Besitzurkunden und die Utensilien, die Mary für notarielle Angelegenheiten verwendete, und ging ein Haus weiter in die Skywatcher's Lounge. In der Jukebox lief »I Fall To Pieces«. Patsy Cline war eine der Favoriten der Trinker, die tagsüber am Ocean Park Boulevard unterwegs waren.

Mary saß in einer Nische. Lonnie legte die Papiere vor

sie hin. »Unterschreib diese Papiere und setz deinen Notarstempel drauf. Jetzt.«

»Wa –?« Mary war praktisch besinnungslos vom Trinken und Heulen. »Dokumenne?«

»Diese Dokumente.«

»Wasslos, wassache? Wassn Misser O'Leary?« Sie fing wieder zu heulen an.

»Ich erklär dir das jetzt«, sagte Lonnie in scharfem Flüsterton. »Bill interessiert sich für diese Sachen nicht mehr, er muss sich jetzt um andere Dinge kümmern.« Mary unterschrieb die Papiere, weigerte sich aber, den Notarstempel anzufassen. Lonnie packte ihr Handgelenk und drückte ihre Hand mit dem Stempel auf die Urkunden. Dann steckte sie die Papiere in einen großen Umschlag für Dokumente, der an Herbert Saunders adressiert war, und ging raus auf die Straße.

Lonnie warf den Umschlag in den blauen Briefkasten an der Ecke, ging dann wieder hoch ins Büro und legte Marys Dokumentenmappe und den Stempel in die Schublade zurück. Sie verließ das Gebäude über die Hintertreppe, überquerte die Straße und stieg in den Bus Nr. 10, der Richtung Osten nach Downtown Los Angeles fuhr.

Herb hatte Ned im Bestattungsinstitut Malinow Silverman auf der Fairfax Avenue einäschern lassen, und nahm Neds Asche in einem kleinen Gefäß, auf dem in hebräischer Schrift etwas geschrieben stand, mit nach Hause. Zuerst stellte er es auf den Kaminsims in seinem Wohnzimmer, aber Scrubby weigerte sich daraufhin, den Raum zu betreten, und deshalb nahm er das Gefäß wieder runter.

»Was wär denn das Beste, was ich damit tun kann?«, fragte Herb Andrena.

»Bei uns ist es Brauch, im Garten einen kleinen Schrein mit Blumen aufzubauen«, sagte sie. Andrena schien zu wissen, wie man das machte. Sie ließ Herb in einer Ecke seines Gartens eine fünfstufige Pyramide aus Ziegelsteinen aufbauen, etwa einszwanzig hoch. Sie schmückte sie mit Heiligenbildchen, einer Reihe von kleinen, silbernen Symbolen, elektrischen Christbaumkerzen, rosa Geranien und einer großen Gipsfigur der Heiligen Jungfrau von Guadelupe. Neds Urne platzierte sie hinter der Statue. Der Schrein sieht aus wie 'ne mexikanische Hochzeitstorte, dachte Herb.

Die Post mit den Urkunden kam an. Herb zeigte Andrena die Urkunden und erklärte, was das zu bedeuten hatte. »Scheint alles in Ordnung und legal zu sein. Hier ist deine, und das ist meine.«

»Bewahr meine für mich auf«, bat Andrena Herb. Herb ging zur nächsten Straßenkreuzung, um eine Flasche Champagner zu kaufen.

»Ich glaube, das ist Lonnies Art, gracias zu sagen«, sagte Andrena, als Herb damit fertig war, ihr soviel von der Geschichte zu erzählen wie er wusste, oder wissen wollte. »Vielleicht sind wir jetzt für eine Weile sicher.«

»Für eine Weile. Bill O'Leary hatte einen Plan, er wollte ein großes Ding aus diesem Viertel machen. Die Cops sagen, dass er was mit der Ermordung des armen Ned zu tun hatte, deshalb ist er jetzt aus dem Spiel draußen. Aber es werden andere kommen. Die Sache ist jeodch die, dass die meisten Leute mit Geld lieber nicht in der Nachbarschaft von 'nem Friedhof leben möchten.«

»Das hoffe ich, es ist so ruhig hier«, sagte Andrena.

Ist doch 'ne nette kleine Ecke in der Stadt der Spießer, dachte Herb. »Ned gehörten diese Häuser all die Jahre und er hat sich nie was anmerken lassen, nie ein Wort gesagt.« Sie saßen draußen auf Andrenas Barbecue-Terrasse. Herb drehte sich in seinem Stuhl um und prostete mit seinem Champagnerglas Neds Schrein zu.

»Hat sich alles zum Guten gewendet, Ned. Du kannst hier bei uns bleiben. Absolut garantiert.«

Boogie, Ufos und Gewehre

1958

Um zehn Uhr nachts war es auf dem Sierra Highway totenstill. Mike Brown hörte das Auto kommen; und er hörte am Knattern des Motors, dass sie ohne Schalldämpfer fuhren. *Ungefähr 'ne Meile weg*, dachte er. *Haben die Schalldämpfung ausgeschaltet, die halten sich für ganz tolle Burschen.* Mike kippte die Tagesladung an Zigarettenkippen und Asche auf dem Parkplatz vor dem Laden aus, blieb stehen und wartete darauf, dass das Auto um die Kurve hinter dem kleinen, heruntergekommenen Shopping-Center kam. Das Geräusch wurde lauter. *Die haben eine frisierte Nockenwelle drin*, dachte er. *Wahrscheinlich haben die so eine blöde J. C. Whitney-Welle drin und glauben, die Straße gehört ihnen.* Dann schlackerten die Scheinwerfer um die Ecke. Das Auto wurde langsamer und hielt am Randstein. Mike blieb stehen, wo er war, in der Hand die leere Folgers-Kaffeedose. »Hey, Kleiner«, brüllte jemand raus. »Hast 'nen Dollar? Wir ha'm kein Benzin mehr.«

»Nein.«

»Aber klar, du kannst doch sicher 'nen Dollar auftreiben.« Mike näherte sich dem Auto, es war ein violettes 49er-Ford-Cabrio mit Lake Pipes-Doppelauspuff und Hollywood Spinner-Radkappen. Das Dach war mit Kle-

beband geflickt. *Die haben die Stoßdämpfer so weit ver-*
kürzt, dass sie die Karre nicht auf der Straße halten kön-
nen. Mehr als 65 Stundenkilometer kannste damit nicht
fahren. Mike inspizierte den Vordersitz. Zwei Jungs und
zwischen ihnen ein Mädchen. Das Mädchen war in Mikes
Alter und sah nicht glücklich aus. Der Typ auf der Bei-
fahrerseite hatte auf eine besitzergreifende Art einen Arm
um sie gelegt. Zwischen seinen Beinen steckte eine
Viertelliterflasche Southern Comfort. Im Auto stank's
nach Whiskey. Der Fahrer sagte: »Pass mal auf, wir haben hier Lorrie Collins dabei. Hast du noch nie die Collins Kids im Fernsehen gesehn?«

Mike hörte, wie hinter ihm die Ladentür des Waffenge-
schäfts geöffnet wurde.

»Wer ist da draußen?«, rief Dolly.

»Die wollen einen Dollar, und da ist so ein Mädchen
dabei«, sagte Mike über die Schulter. Dolly kam über den
Parkplatz, seinen Stock in der einen Hand und in der
anderen eine abgesägte, doppelläufige 12er-Kaliber-
Schrotflinte, ohne die er das Waffengeschäft nachts nicht
verließ. Dolly beugte sich vor, um sie besser erkennen zu
können.

»Also, ihr habt die Wahl, Jungs«, sagte er, »ihr lasst sie
aussteigen und bekommt den Dollar und fahrt weiter.
Oder ich schieß euch die Türen von der Karre weg, und
die hier zuerst.« Dolly zeigte mit seinem Stock auf die
Beifahrertür. Der Fahrer beugte sich rüber. »Pass mal auf,
Vati, wir wollen nichts weiter als einen Dollar, damit wir
noch ein Stück bis zu einem Lokal kommen, in dem Lorrie Collins ein bisschen Spaß haben kann. Also hau ab
und kümmer dich um deinen eigenen verdammten
Scheiß.«

»Was wollt ihr, dass ich bis drei zähle wie sie's in den
Filmen machen?« Dolly hob das Gewehr und drückte ab,
ballerte den Kotflügel glatt vom Auto. Der Schuss hallte
draußen auf dem leeren Highway wie eine Feldhaubitze.
Der Kotflügel krachte auf den Gehsteig runter und blieb

liegen, schaukelte hin und her. »Seht ihr, was für'n Kick in dieser Knarre steckt? Ich kann die oft nichtmal ruhig halten, die ist schwer zu kontrollieren!«, rief Dolly und schwenkte das Gewehr wild durch die Gegend.

»Scheiße!«, schrie der Fahrer. »Raus, Johnny, schmeiß sie raus!« Johnny sprang raus und zerrte das Mädchen hinter sich her. Die Flasche Southern Comfort knallte auf den Randstein. Er krabbelte wieder rein und der Ford zischte mit ziemlicher Schräglage auf den Highway. *Als hätte ihm jemand 'nen Seitenhieb verpasst.* Sie hatten beim Einbiegen zuviel Tempo drauf und schafften es kaum um die Ecke. Man konnte zuhören wie das Echo der Auspuffrohre durch die Hügel knatterte. Dann wurde es wieder still auf dem zweispurigen Highway.

»Lasst uns reingehen«, sagte Dolly. »Keiner hat noch 'nen Funken Verstand heutzutage.« Mike Brown hob den Kotflügel vom Gehsteig auf und folgte Dolly und dem Mädchen.

Danke vielmals, du verrückter alter Mann. Die wollten sich nie an mich erinnern, aber von heute an tun sie's.

Durch das Gewirr von Werkzeug und Gewehrteilen gingen sie ins T-Bird-Zimmer, das Hinterzimmer, in dem Dolly seinen T-Bird-Wein trank und Pornos las. Es gab ein Feldbett, zwei Stühle und einen kleinen Kühlschrank mit einem »Holt die US aus der UN«-Aufkleber an der Tür. Das Mädchen setzte sich auf das Feldbett. Mike blieb stehen.

»Ich glaube, ich muss Ihnen wirklich danken, Sir«, sagte das Mädchen. »Diese beiden Jungs haben mir ziemliche Angst eingejagt. Wir fuhren einfach immer weiter. Ich hab keine Ahnung, wo ich hier bin.«

»Terry und Johnny Poncey. Was zur Hölle will denn ein junges Mädchen mit diesem Abschaum?« Dolly machte eine neue Packung Pall Mall auf, die dritte an diesem Tag.

Mike mischte sich ein: »Sie ist Sängerin, Dolly. Bekannt aus dem Fernsehen, glaub ich.«

»Ich hab sie auf einer Party getroffen. Und dann haben sie mir angeboten, mich dorthin zu fahren, wo mein Bruder ist. Aber ich glaube, sie wollten mich betrunken machen.«

»Haben sie dich gezwungen, was zu trinken?«

»Muss denn die Polizei was davon erfahren? Die Plattenfirma bekommt einen Anfall. Ich sollte zuhause im Bett sein. Sie haben mir nichts getan.«

»Wo ist deine Familie, Schätzchen?«, fragte Dolly. Er gab sich Mühe, nett zu ihr zu sein.

»Machen daheim in Oklahoma ein paar Besuche. Mein Bruder und ich sind bei Freunden geblieben.«

»Und wo sind deine Freunde jetzt?«

»Sie heißen Joe und Rose Lee Maphis. Joe ist irgendwo mit meinem kleinen Bruder Larry unterwegs.«

»Joe Maphis?«

»Ja.«

»Verdammt, ich kenne Joe, wir waren mal gute Bekannte. Ruf ihn an, er soll dich abholen.«

Das Mädchen wählte eine Nummer und wartete. »Mister B's, das ist ein Tanzlokal in Lancaster«, erklärte sie Dolly. Jemand ging dran, Mike hörte da, wo er immer noch stand, das Geräusch aus dem Hörer. »Hallo, hier ist Lorrie Collins. Kann ich bitte Joe Maphis sprechen?« Sie wartete. »Sie sagen, dass er grade mit Larry auf der Bühne ist.« Sie hielt Dolly den Hörer hin. »Du sagst Joe, er soll Dolly Carney anrufen«, bellte er rein, diktierte zweimal die Nummer und legte auf.

»Ich muss mich hinlegen«, sagte das Mädchen.

»Aber sicher«, sagte Dolly. »Wir warten auf Cousin Joes Anruf.«

Dolly und Mike gingen nach vorn. »Wer ist Joe Maphis?«, fragte Mike.

»Der schnellste lebende Gitarrist«, antwortete Dolly. »Der schnellste, nicht der beste. So vor zehn Jahren in Bakersfield hab ich paar Arbeiten an seinen Gewehren ausgeführt.«

»Was ist mit dem Mädchen, willst du sie hierbehalten?«, fragte Mike.

»Auf keinen Fall. Die muss zurück zu ihren Leuten. Joe soll auf sie aufpassen.«

»Ich dachte, du würdest vielleicht versuchen sie hierzubehalten, wie das andere Mädchen.«

»Halt's Maul von der Sache.« Das Geschäftstelefon läutete. Dolly nahm ab. »Dollys Gewehre und Schwerter. Hier Dolly. Joe? Ich bin's. Du kommst am besten sofort her und holst Lorrie Collins. Ich will keinen Ärger, ich bin sauber. Sierra Highway, am Half-Way Café drei Kilometer weiter. Wir warten.«

»Und du gehst jetzt besser nach Hause, Mike«, sagte Dolly. »Hast für heute genug getan, zisch ab.« Mike stand auf und verließ den Laden und schloss die Ladentür hinter sich. *Du willst mich nur aus dem Weg haben. Kümmert dich doch nicht, wohin ich gehe, oder wer da herumhängt, wenn ich dort bin.* Es war kalt draußen; diese Kälte, die spät nachts in der Wüste aufkommt. Mike knöpfte seine Levi-Jacke zu und ging in die Richtung, in die der Ford gefahren war. Aber er ging nicht weit, sondern umkreiste den Laden bis zum Eichenwäldchen dahinter. Er blieb dort stehen und beobachtete. Es war dunkel innen. Doch nach einer Weile sah er eine Bewegung. Ohne ein Geräusch zu machen, schlich er sich geduckt bis zum Fenster und spähte hinein. Das Mädchen lag schlafend auf dem Feldbett, und Dolly stand neben ihr und betrachtete sie. Er beugte sich runter und schob den Saum ihres Kleids ein wenig hoch. Sie bewegte sich. Dolly hielt inne und wartete ab. Dann schob er das Kleid noch etwas höher. Stand da und glotzte auf die Beine des schlafenden Mädchens. Dann zog er das Kleid wieder runter, ging aus dem Zimmer und schloss die Tür. Mike atmete tief durch. Jetzt hatte er ein etwas besseres Gefühl dabei, das Mädchen allein mit Dolly Carney zurückzulassen.

Mike Brown stieg am nächsten Tag um vier Uhr dreißig aus dem Schulbus. Er kaufte eine Tüte gebackene Donuts und ging über den Parkplatz zum Waffenladen. Dolly war nicht im Verkaufsraum, aber Mike sah, dass er gearbeitet hatte. Im Schraubstock klemmte der Repetier-Mechanismus einer .30-.30-Winchester und die Gravierungswerkzeuge lagen draußen. Mike schaute sich die Sache durchs Vergrößerungsglas an. In einem Raum, der kaum größer als eine Zündholzschachtel war, entdeckte er eine winzige Welt: Bäume, ein Vorgarten, ein stolzer Hirschbock. Genug, um zu sehen, dass die Idee gut war. Einmal hatte er mitbekommen wie Dolly erwähnte, er wisse alles über Gravierungen. Doch wenn manchmal Leute in den Laden kamen, um sich über Gewehre zu unterhalten und Dolly fragten, ob er Auftragsarbeiten übernehmen würde, bekamen sie immer dieselbe Antwort: »Ich bin nur ein alter Cowboy, der das nicht mehr machen kann.«

An der Wand über der Werkbank hingen Fotos von Dolly als junger Mann, wie er tolle Gewehre und Trophäen hochhielt, aber heute erledigte er in seinem Geschäft keine ernsthaften Arbeiten mehr, nur kleine Reparaturen und hin und wieder ein Verkauf. Meistens trank Dolly Billigwein und schaute sich Bilder von Gewehren und nackten Mädchen an.

»Dolly«, rief Mike. Als er keine Antwort bekam, ging er nach hinten und öffnete die Tür. Dolly lag auf dem Feldbett und sah schlecht aus, schlechter als üblich. Mike sah sofort, dass irgendwas passiert war. Dollys Augen waren geschlossen und er schien nicht mehr zu atmen. *Er ist tot, gewöhn dich dran.* »Dolly«, sagte er nochmal.

»Bin doch da.« Dolly machte die Augen auf.

»Was ist mit dir los?«

»Herzrasen. Zuviel Aufregung.«

»Wo ist Lorrie Collins?«

»Irgendwann kam Joe dann endlich.«

»Was kann ich für dich tun?«

»Nichts. Wird bald wieder gehen, oder auch nicht.«

Mike dachte, er sollte etwas Positives sagen. »Du hast einen tollen Anfang gemacht mit der Winchester.«

»Hatte Lust es zu versuchen. Aber ich krieg die geraden Linien einfach nicht mehr hin.«

»Für mich sieht's gut aus, Dolly.«

»Ich mach die Augen zu und ruh mich 'ne Weile aus«, sagte Dolly. Er atmete flach und unregelmäßig. Mike döste weg. Als er aufwachte, sah er, dass Dolly ihn beobachtete. »Wenn du schon dort sitzt, dann steck mir eine an.«

»Vielleicht wär das eine gute Gelegenheit, dass du's etwas einschränkst«, schlug Mike vor.

»Worauf willst du raus?«

Mike zündete eine Pall Mall an und gab sie ihm. Dolly nahm einen tiefen Zug und fing zu erzählen an. »Frank Pachmayr hat sich als Sponsor bei Gun-Shows angeboten. Will mich in die Szene reinbringen. Hat vorgeschlagen, dass er mal mit Winchester über mich redet. Aber ich hab ihm gesagt, dass ich nicht berühmt werden will, sondern schon zufrieden bin, wenn ich mein Leben damit bestreiten kann. Frank meinte, das läuft so nicht. Sondern die wollen was, und du musst ihnen klarmachen, dass du dich um das kümmerst, was sie wollen. Worauf ich sagte, dass es mir egal ist, was die denken oder wollen. Daraufhin nannte Frank mich einen Verlierer. Aber ich hab mich noch nie für sowas wie 'nen Verlierer gehalten, nicht mal im Gefängnis. Ich hatte in meinem Leben immer 'ne gute Zeit, bis vor ungefähr zwei Stunden. Bist du so nett und steckst mir noch eine an? Wieso isst du nichts? Nimm dir einen Donut.«

Der Ford Ranchero kam mit ausgeschalteten Scheinwerfern und parkte an der Rückseite von »Dollys Gewehre und Schwerter«. Zwei Männer stiegen aus. Um diese Zeit war vorne keinerlei Verkehr, und das Waffengeschäft, das seit dem Tod von Dolly Carney geschlossen hatte, war unbeleuchtet. Der Fahrer ging zur Hintertür und machte sich an die Arbeit. In einer Minute hatte er das Schloss geknackt und die Tür geöffnet. Er knipste den Strahler an, den er an seiner Brust befestigt hatte, und dann fingen die beiden an, Dollys T-Bird-Zimmer zu durchwühlen. Als sie nichts fanden, machten sie im Verkaufsraum vorn weiter, und als sie mit der Werkbank durch waren, machten sie mit den Regalen und Pappkartons weiter. »Zur Hölle, wo ist'n das Zeug?«, sagte der Fahrer zu dem anderen Mann. Ein Streifenwagen fuhr draußen auf der Straße vorbei, und sie gingen hinter der Werkbank in Deckung. »Irgendwo hier drin ist der Scheiß, den ich haben will. Der muss hier sein.«

»Zu spät, Woof. Wer zu spät kommt, macht 'n Dollar zu wenig«, sagte der andere Mann mit einem Kichern in seiner Stimme, die rasselte wie Kieselsteine.

Mit Dollys Tod musste Mike Brown einen neuen Job auftun, und der Besitzer des Donut-Ladens erkannte darin die Möglichkeit, einen High School-Jungen um den Mindestlohn zu bescheißen. Seine Nichte hatte mit der Hoffnung bei ihm zu arbeiten angefangen, als Familienmitglied ins Geschäft einsteigen zu können, aber jetzt meinte Onkel Ralph: »Ich kann's mir nicht mehr leisten, dich zu beschäftigen, das war's.« »Gut, aber das Hot-Dog-am-Stiel-Ding werde ich nicht mehr machen, das ertrag ich nicht«, sagte sie zu ihm. »Tante Louise wird nicht einverstanden sein, dass du mich feuerst, und ich muss etwas Geld verdienen.« Ihre Tante und ihr Onkel hatten einen Nebenerwerb mit einem Hot Dog-Wagen, mit dem sie am Wochenende zu Rodeos, Autorennen oder Flohmärkten fuhren. »Wieso lässt du mich nicht den Laden führen, und du kannst mit dem Hot Dog-Wagen rumfahren. Mike Brown könnte hier mit mir arbeiten. Was wäre schlecht dabei?« Onkel Ralph musste zugeben, dass es machbar war. Und er fuhr tatsächlich lieber herum, als am Sierra Highway zu kleben, ganz zu schweigen davon, was einem Mann dort draußen alles über den Weg laufen konnte. Tante Louise erzählte er, er habe eine gute Idee, wie sie etwas mehr Schwung in ihre Geschäfte bringen könnten. Wenn Sheree das will, dann wird's gemacht, sagte Louise, die selbst keine Kinder hatte.

In der Schule bat Mike darum, einen großen Spind zu bekommen, anstatt des normalen, den er seit drei Jahren hatte. Wozu der Aufwand, wenn's nur noch einen Monat dauert, wollte der für die Spinde zuständige Lehrer wissen. »Ich hab jetzt einen Job nach der Schule, und dafür muss ich mich umziehen. Meine Mutter ist krank und kann nicht arbeiten«, sagte Mike. »Schön für dich, Brown«, sagte Lehrer Nunez. Die Schulleitung wusste über Mike Brown Bescheid, kannte die Situation zuhause – der Vater irgendwo im Knast eingesperrt, die Mutter Alkoholikerin, die ganze Palette. In seinem Zeugnis drückte sich das so aus: »Lernfähigkeit: gering. Sozialverhalten: sehr gering.« In der Zeile bei »Aussichten« stand nichts.

Das Problem war, dass die großen Spinde im Bereich vor den Duschräumen standen und vollkommen einsehbar waren; und dass alle Spind-Räume etwas an sich hatten, das jeden neugierig machte. Aber es war immer noch besser als der Versuch, Dollys Sachen zuhause zu verstecken. Man konnte sowas wie Dollys pornografische Winchester nicht irgendwo herumliegen lassen, wo jemand leicht drüber stolperte.

Aus den sprunghaften und T-Bird-getränkten Reden des alten Mannes hatte sich Mike irgendwann zusammengereimt, dass es ein paar Sachen gab, die er in Sicherheit bringen sollte, wenn das Ende gekommen war. Wie seine Gravierungswerkzeuge, die eine besondere Geschichte hatten, und die Trophäen. Dolly sprach oft von Gewehren, an denen er gearbeitet hatte und die über die Jahre verschwunden waren. Aber da war noch die Winchester. »Die werden sie sich holen wollen. Die musst du hier rausschaffen, wenn ich tot bin. Und erzähl keiner Menschenseele davon, denn da draußen gibt's Leute, die du nicht an der Hacke haben willst.« Das war die Gelegenheit, Mike bat ihn, sie ihm zu zeigen. Dolly entfernte ein loses Brett aus dem Fußboden und holte eine lange Gewehrkiste aus Holz raus. Sie enthielt eine Winchester Modell 1895, eine Gedenkausgabe, die Dolly mit Gravierungen überzogen hatte, mit minutiösen und bis ins letzte Detail ausgeführten Portraits eines nackten Mädchens in verschiedenen, eindeutigen Posen. Ständig waren Kunden hinter Dolly her, er solle ihre Gewehre mit Verzierungen schmücken, oder mit Naturszenen mit wilden Tieren und Bäumen. Aber die Bilder auf diesem Gewehr waren so hyperrealistisch, wie es sich Mike nie hätte vorstellen können. Sogar in den Holzschaft hatte Dolly Silber- und Elfenbeinstücke eingelegt, in die er winzige Ganzkörperabbildungen graviert hatte. Mike erkannte, dass da nicht irgendwelche Frauen abgebildet waren, sondern immer wieder ein und dasselbe Mädchen, aus jedem Blickwinkel – von vorne, hinten, oben und unten. Sie war jung, dachte Mike, ein Teenager womöglich. Und er fragte Dolly: »War's das, weswegen du Ärger bekommen hast?«

»Das haben sie nie gesehen, was glaubst du, wieso ich's noch habe?«, sagte Dolly. »In Bakersfield hat ein Mann für mich gearbeitet, ich glaube, der hat ein paar Bleistiftzeichnungen gefunden und ein Gerücht in die Welt gesetzt, und das Gerücht hat dann angefangen, ein Eigenleben zu führen. Es gibt einen Typ Mensch, der auf das scharf ist, was sonst niemand hat. Rücksichtslos. Die schrecken vor nichts zurück. Halte dich fern von ihnen, und es geht dir vielleicht gut im Leben.«

An einem Freitag um vier Uhr nachmittags wurde Dolly von den Sanitätern abtransportiert. Sie boten Mike an, er könnte mitfahren, aber er lehnte ab, gab vor, sich um einige Dinge im Laden kümmern zu müssen. Als er sicher war, dass sie nicht zurückkamen, entfernte er das lose Brett und hievte die Holzkiste raus. Er wickelte das

Gewehr in eine Decke, verstaute das Gravierungswerkzeug in einer Papiertüte, und legte die Kiste und das
Dielenbrett an ihren Platz zurück. Dann fiel ihm ein, dass
Dolly im Hinterzimmer etwas Geld aufbewahrte. Er fand
den Umschlag in einem Waffenmagazin zwischen den
Fotos von fetten, nackten Frauen, die auf Tontauben
schossen. Es waren hundertvierzig Dollar Bargeld und
ein auf Dolly ausgestellter Scheck über 28,50 $, unter-
schrieben von Merle Travis.

Mike zerlegte die Winchester, um sie einfacher in die
Schule schmuggeln zu können. Er legte die Teile und das
Gravierungswerkzeug in einen Seesack aus Segeltuch,
den er in seinen neuen Spind stopfte. Er versperrte ihn
mit einem der an der Schule üblichen Kombinations-
schlösser, es war jedoch ein Schloss, das er selbst im
True Value-Haushaltsgeschäft gekauft hatte, denn die
Schulverwaltung hatte eine Liste mit allen Kombina-
tionszahlen der ausgegebenen Schlösser. Aber Mike
schätzte, dass es so gut wie ausgeschlossen war, dass sich
jemand einen Monat vor Schulende an die Arbeit machte,
alle Spinde nach Dope und Alk zu durchsuchen. Für seinen Donut-Job zog er sich jeden Tag nach der Schule um,
und niemand schenkte ihm die geringste Beachtung.
Denn Mike Brown war einer von den Schülern, die niemand beachtete.

Sierra Vue Donuts öffnete jeden Tag außer Sonntag um
sechs Uhr morgens. Sheree arbeitete allein bis Mike aus
der Schule kam. Gewöhnlich ging sie um sieben zum
Abendessen nach Hause und kam nochmal zur Arbeit bis
zum Ladenschluss um zehn. Bis elf Uhr nachts arbeitete
Mike dann allein, machte in der Küche die Ladung für
den nächsten Tag fertig. Manchmal war er so müde, dass
er in der Küche auf dem Feldbett einschlief, das er aus
dem Waffenladen rübergeholt hatte.

Als Woof Daco und Indian Charlie Smallhouse in den
Waffenladen einbrachen, hatte Mike sie gehört. Der Do-

nut-Shop war nur zwei Eingänge weiter, und die Laden-räume dazwischen waren leer. Mike wusste sofort, worum's ging. Er beobachtete, wie sie mit leeren Händen abzogen, und er sah ihr Auto, ein Ford Ranchero mit einer Fieberglasverkleidung über der Ladefläche. Das Auto und die zwei Männer hatte er nie zuvor gesehen.

Um kurz vor sechs am nächsten Morgen stand Mike auf und schürte den Ofen an. Im Verkaufsraum putzte er mit dem Mopp den Boden und wischte die Tische. Er war dabei, die Tabletts mit den Donuts reinzutragen, als Sheree kam.

»Und, Mike, werden sie dir den Abschluss geben?«, fragte sie.

»Weiß ich nicht.«

»Auf jeden Fall hoffe ich sehr, dass du hier bleibst.«

Mike stieg in den Schulbus, der auf dem Highway hielt. Er stand an seinem Spind, als Sportlehrer Frazer um die Ecke von den Duschen kam. »Wo warst du, Brown? Du sollst ins Büro kommen. Ich habe keine Lust, meine Zeit damit zu verschwenden, hinter Nichtsportlern wie dir herzulaufen.« Sportlehrer Frazer hatte ihn schon immer im Visier gehabt, aber Mike hatte nie verstanden, warum. Einmal hatte er ihn gezwungen, in einen Abfalleimer aus Metall zu steigen, und sich dann auf den Deckel gesetzt, während er die Anwesenheitsliste durchging. *Bastard.*

Das Bürogebäude war voller Kinder, die lachten und sich darüber unterhielten, was sie machten und wo sie hinwollten. Besonders die Mädchen, dachte Mike. *Sie sehen alle so gut aus. Warum?* Mr. Potts stand in der Tür und starrte ihn an. Mr. Potts' Starren war sensationell. Er hatte einen nervösen Tick, er bleckte das Unterkiefer und ließ dann geistesabwesend die Klappe offenstehen wie Charlton Heston.

»Du hast nicht so gut *abgeschlossen*, Mike.« Mr. Potts schaute über den Rand seiner Brille und raschelte mit einigen Blättern. »Du hast nicht so gut abgeschlossen, wie es einige von uns *gehofft* hatten. Einige von uns sind sich der mildernden Umstände aufgrund der häuslichen Situation bewusst, aber es gibt hier noch andere Schüler, deren familiärer Hintergrund deinem nicht unähnlich ist, und die es geschafft haben, gute Arbeit zu leisten. Mir kommen einige in den Sinn, die sich sehr bemüht haben, sich aus eigener Kraft hochzuziehen. Wir haben da ein mexikanisches Mädchen, Andrena Palacios, die bei der Abschlussfeier eine Rede halten wird. Auf *sie* sind wir stolz.« Er lehnte sich in seinem Stuhl zurück. »Nun gut, ich werde dich für etwas vorschlagen, was man ein Allgemeines Ausbildungszeugnis nennt. Das bescheinigt dir, dass du die High School abgeschlossen hast, aber es ist kein Diplom. Denn das wäre unfair denen gegenüber, die dafür hart gearbeitet haben, und ich muss dir leider mitteilen, dass du an der Abschlussfeier nicht teilnehmen wirst. Verstehst du?« Mr. Potts heftete die Blätter zusammen und setzte seine Unterschrift auf das oberste Blatt.

»Yeah«, sagte Mike. *Du Scheißkerl mit deiner Pavianfresse.*

»Also, Mike. Ich würde sagen, wahrscheinlich zum Militär?«

»Nein«, sagte Mike.

»Viel Glück, Mike.« Sie gaben sich nicht die Hand. Mike ging aus dem Büro und durch die Halle, durch die Massen von glücklichen Kindern. *Moment mal. Ich kann genau jetzt von hier verschwinden; Pavianfresse hat den Wisch unterschrieben.* Er ging zur Turnhalle, um den Seesack und seine Donut-Arbeitsklamotten zu holen und verließ die Schule, ohne jemandem etwas zu sagen. Der Seesack war schwer, aber Mike bemerkte es nicht.

Wer traf diese Entscheidungen? Dass der eine hundert Freunde hat, und ein anderer nicht einen. Es ist in Ordnung, dieses Kind in den Mülleimer zu stecken, da mischen wir uns nicht ein. Ein winziger Teil von ihm hatte immer darauf gewartet, dass er einmal einen Freund bekommen würde, aber es war nie passiert. Als er jetzt dem plötzlichen Impuls folgte, sofort zu verschwinden, vertraute er einfach nur auf sein Glück, und mit jedem Schritt verstärkte sich sein Gefühl, dass er das Richtige getan hatte.

Das erste Problem war, wo er leben sollte. Heim zu seiner Mutter würde er nicht zurückgehen. Sie und ihr neuer Freund hingen die meiste Zeit betrunken herum, und wenn die Kacke zu dampfen anfing, wie's eben immer passierte, wollte er nicht dabei sein. Es konnte auch nicht so weitergehen, dass er im Donut-Laden schlief. Er brauchte einen Platz für sich, und außerdem ein paar Räder. Mike dachte an einen Pickup mit einem Wohnwagenaufsatz, in dem er bequem leben könnte, aber sowas kostete eine Menge Geld. Sheree bezahlte ihn fair, doch für so ein Schiff reichte es nicht. Mike stand auf Motorräder. Seiner Meinung nach gab es nur drei Fahrertypen: Diejenigen, die japanische Motorräder fuhren; sie waren unter aller Kritik. Dann die Fahrer von amerikanischen Riesenbikes; sie waren okay, aber sie alle wollten immer nur dasselbe Motorrad. Und es gab die Chopper-Jungs. Sie hatten die richtige Idee: bau dir deine eigene Maschine – das war der einzige Weg, wenn einer nur er selbst sein wollte. *Wenn du es nicht auseinanderbauen kannst, dann gehört's dir nicht*, pflegte Dolly zu sagen. Mike hatte sich einige Fähigkeiten im Schweißen erworben, und Dolly hatte ihm die Grundkenntnisse über die Mechanik von Schusswaffen beigebracht: der Schlüssel war Balance und Simplizität. Bau deine Karosserie um ein einfaches, gutes Prinzip. Wie das Repetiergewehr von Winchester oder der Trommelrevolver von Smith & Wesson. Toll aussehende, aber komplizierte Dinge taugten auf die Dauer nichts, das galt auch für Gewehre und für Frauen.

Aus dem »Klassiker«-Teil eines Motorrad-Magazins hatte Mike das Foto von einer Maschine ausgeschnitten, die »Der ehrliche Charlie« genannt wurde. Es war keine Harley-Davidson aus der Serienproduktion, sondern eine

Einzelanfertigung mit einem klassischen Ford-60-PS-V8-Flathead-Automotor, der der Länge nach in einen langen Rahmen montiert war. Keine Kotflügel, dicke Reifen, das gab dem Bike ein raues Ich-bin-ein-harter-Hund-und-mach-keine-Gefangenen-Aussehen, das Mike liebte. »Nichts für schwache Herzen«, mahnte der Titel. Man musste nichts weiter dafür tun, als an eine Werkstatt in Tennessee zweitausend Dollar zu schicken und sechs Monate warten. Zweitausend Dollar waren soviel wie zwei Millionen. Tief in seinem Herzen jedoch wusste Mike, dass er bei Null anfangen und so eine Maschine selbst bauen könnte. Und wenn er das schaffte, würde die Welt endlich die geheime Wahrheit über diesen Mike Brown erfahren.

Mike erinnerte sich, dass Dolly eine Freundin gehabt hatte, eine Polizistin im Ruhestand. Sie lebte in einem alten Farmhaus in der Nähe, und im Hinterhof stand ein Wohnwagen. Er hatte erzählt, dass sie sich an der Sache mit den Aliens und der Invasion aus dem All etwas zu sehr festgebissen hatte. *Bewaffnet und gefährlich, aber ansonsten ziemlich nett.* Das Haus war ein gutes Stück weg von der Straße, von Eichen umgeben, und aus dem Dach ragten drei gigantische Amateurfunkantennen. In der Zufahrt stand ein '47er-Plymouth-Coupé. Mit einem »Unterstützt die örtliche Polizei und bewahrt ihre Unabhängigkeit«-Aufkleber. Mike ging die Treppe rauf und klopfte. Wartete und klopfte wieder. Dann erschallte eine Frauenstimme aus Lautsprechern, die in den Bäumen aufgehängt waren: »Ich kann Sie sehen. Wer sind Sie?«

»Mike. Ich arbeite für Dolly.«

»Dolly Carney ist tot.« Die Tür wurde geöffnet, sie war mit einer schweren Eisenkette verhängt, und da stand diese Frau und schaute auf Mike herunter. Sie war groß, einsachtzig mindestens, und sie war knochendürr, sah aber kräftig aus. In ihrer rechten Hand hielt sie einen großkalibrigen Revolver mit extra-langem Lauf, der nach unten gerichtet war.

»Was willst du hier?«, fragte sie und nahm den Revolver weg.

»Ich wollte wegen Ihrem Wohnwagen was fragen.«

»Ist nicht zu verkaufen.«

»Ich suche dringend einen Platz zum Wohnen.« *Sag es so, dass es sich gut anhört.* »Ich arbeite im Donut-Shop. Meine Mutter hat einen neuen Freund, und ich kann da nicht schlafen. Und mein Vater sitzt oben im Norden im Gefängnis.« Die Frau kam auf die Veranda heraus. »Dann sehn wir's uns mal an«, sagte sie. Mike folgte ihr die Zufahrt hoch. Sie stapfte mit großen Schritten über den Kies und ihre Füße machten laute Knirschgeräusche. Der Revolver steckte in einem Schnellzieh-Holster an ihrer rechten Hüfte. »Der Wohnwagen ist leer, seit ich meine Ausrüstung ins Haus geschafft hab.«

»Welche Ausrüstung?«, fragte Mike. Der Versuch, Konversation zu machen.

»Was geht's dich an?«

»Nichts. Ich mag Werkzeuge, das ist alles«, sagte Mike.

»Observierung und Enttarnung. Hatte nicht mehr genug Platz im Wohnwagen, und zusätzlich hat's hier kürzlich etwas Ärger gegeben.«

»Ärger?«

»Worauf du einen lassen kannst. Ich hab die Sheriffs gerufen. Sie hatten nichts gehört von irgendeinem Einbruchsdelikt in der Gegend. Wir haben das hier mit einer feindlichen Überwachung zu tun, sagte ich, aber ihr würdet doch nicht mal 'nen Einbruch an euren eigenen Arschlöchern erkennen.« Sie sperrte den Wohnwagen auf. Es war ein fünf Meter langer Kenskill-Einachser aus Aluminium, hoch genug, um darin stehen zu können. Achtern war ein Schlaf- und Badezimmer, vorne standen ein großer Tisch und ein Bootsherd. Es war staubig, aber in gutem Zustand.

»Den hab ich mit dem Plymouth gezogen, wenn ich zu Treffen fuhr – nach Roswell oder Mount Rainier – und es war ein Vergnügen, mit dem zu fahren. Aber ich fahr nicht mehr zu den Treffen, aus offensichtlichen Gründen.«

»Ich könnte Ihnen behilflich sein, ein Auge auf die Sachen zu haben. Ich arbeite bis spät nachts.« Mike wusste nicht, wovon die Frau redete. Sie war ein harter Brocken, wie Dolly gesagt hatte, aber sie war nicht böse.

»Bist du mit fünf Dollar die Woche einverstanden?«, sagte sie.

»Danke.«

»Dann zieh ein, ich bin selber meistens bis spät auf. Das mit Dolly ist wirklich traurig. Sie holen sich, was sie wollen. Ich hatte Glück, bis jetzt.«

»Die Sanitäter haben Dolly geholt, ich hab's gesehen«, sagte Mike.

»Du hast nur gesehen, was du sehen solltest. Wer hat sie gerufen, du?«

»Ja.«

»Von Dollys Telefon?«

»Ja.«

»Er wusste, dass er abgehört wurde. Wie lang hat's gedauert, bis sie da waren? Wie viele?«

»Fünf Minuten. Zwei Männer in weißen Kitteln mit einem weißen Kombi.«

»Die Sanitäter, die auf dem Sierra Highway unterwegs sind, sind von RFD, und die tragen gelb und ihr Wagen ist gelb. Oder von ETA, und die brauchen dreißig Minuten mindestens. Ich muss wieder rein und alles vorbereiten. Hast du 'ne Waffe?«

»Ich hab eins von Dollys Gewehren.« Mike hob den Seesack hoch.

»Ich wette, du hast das schmutzige bekommen. Vielleicht ist's gut so, vielleicht auch schlecht. Wir werden's mitbekommen. Ich heiße Gerri.« Sie hielt ihm die Hand hin und Mike schlug ein. Ihr Händedruck war zugleich zart und kräftig, und das verblüffte ihn. Sie ging ins Haus zurück. Mike hörte, wie die Hintertür verriegelt wurde, einmal, zweimal, dreimal. *Kurze Zündschnur, starke Explosion.*

Der Parkplatz vor *Brakke's CharUrOwn* füllte sich langsam: Da stand der Plymouth von Deputy-Sheriff Fred Early, der unbezahlte Buick Roadmaster von Barkeeper Ray McKinney, Smokey McKinneys Mercury Kombi, den er benötigte, um seine Pedal Steel-Gitarre und den Verstärker zu transportieren, ein lila '49er-Ford-Cabrio ohne rechten Kotflügel, und ein ungewöhnlicher Ford Ranchero.

Im Lokal war alles bereit. Merle Travis hatte Cousin Joe gebeten, ihn abzuholen; er hatte Lust zu spielen. Sie luden Merles Gibson Super 400-Gitarre und seinen Standel-Verstärker in den Cadillac und machten sich auf den Weg, aber Merle bat Joe, beim Schnapsladen zu halten, denn er brauchte was für die Fahrt. Als sie bei Brakke's ankamen, fing Merle bereits zu schwanken an, und Alice Brakke gab ihm einen Kaffee und setzte sich mit ihm in eine Ecke, während Joe die Verstärker aufbaute. Smokey McKinneys Sho-Bud Pedal-Steel war einsatzbereit, auch die beiden Stühle, die er benötigte, um seinen 300 Kilo schweren Fleischberg zu parken. Kam selten vor, dass sich Smokey nochmal vom Fleck bewegte, wenn er Platz genommen hatte.

Brakke's machte nicht viel her, war eher eine Straßenkneipe als ein Restaurant, aber die Atmosphäre war gesellig und es gab viel Musik. Wenn eine Frau dem Barkeeper einen Drink spendierte, holte er seine Gitarre unter der Theke hervor und sang einen Song für sie. Die Gäste waren aufgefordert, sich in der Küche ihr Steak selbst auszusuchen und es draußen auf den Grill zu legen, der mit Eichenholz angefeuert wurde und heiß genug war, um Blei zu schmelzen. Es machte allen großen Spaß, in der kühlen Nachtluft des kalifornischen Hochlands um ihre bruzzelnden Steaks herumzustehen. Die Ergebnisse waren unterschiedlich, das hing davon ab, welchen Alkoholpegel jemand hatte. Cousin Joe packte sein Markenzeichen aus, seine Mosrite-Gitarre mit den zwei Griffbrettern, was mit einem Applaus beantwortet wurde, der Merle dazu brachte, seinen Tisch zu verlassen und rüberzukommen. Er nahm seine Gibson und schlug einen G-Akkord an, und dann erschien dieses gewisse Merle Travis-Lächeln. »Freunde, es gibt doch nichts auf der Welt, was mir lieber wäre als'n großes dickes Mädchen«, sagte er. »Weißt du was, Merle, damit sind wir schon zwei«, sagte Joe. Barkeeper Ray McKinney hatte sich hinter sein unbezahltes Radio King-Schlagzeug gesetzt. Er zählte ein nettes Swingtempo ein und sie legten los.

Warm in the winter, shady in the summertime,
That's what I like about that fat gal of mine[*]

Alle im Raum wussten es: Joe Maphis und Merle Travis waren die perfekte Kombination, wie ein Flathead-Motor mit einem Lincoln-Getriebe. Alle, das heißt, mit Ausnahme der vier Männer, die am Ende des Raums hinter einer Säule saßen: Woof Daco, Indian Charlie Smallhouse, und die Brüder Poncey, die aussahen, als wären sie einem Gespenst begegnet. Falls jemand nicht Joe und Merle, sondern ihnen seine Aufmerksamkeit geschenkt hätte, dann hätte er vermutet, dass da über ein Geschäft gesprochen wurde und dass es keine freundschaftliche Besprechung war.

»Ihr habt die Wahl«, sagte Woof. »Ich hab euch bezahlt. Ihr habt nochmal zwei Tage, um mir das zu bringen, was ich haben will, oder ich werde euch sehr weh tun. Oder siehst du das anders, Charlie?« Er sah den Indianer an.

---

[*] »Warm im Winter, schattig im Sommer / Das mag ich an meinem dicken Mädchen.«

»Sie können abhauen, aber sie können sich nicht verstecken«, sagte Indian Charlie mit einem heiseren Flüstern. Er lächelte die Jungs an.

Terry Poncey hatte ein bisschen was von einem coolen Rockabillytypen an sich, und daran hatte er die meisten seiner zweiundzwanzig Jahre gearbeitet, aber das war auch alles, was er hatte. »Wir haben doch nur kurz die Spur von dem Jungen verloren, aber jetzt wissen wir, wo er ist. Wir besorgen das Ding. Sie haben kein Problem.«

»Ein kleines Problem für mich ist ein großes Problem für euch Penner«, sagte Woof.

»Wir sehn uns, Baby«, sagte Charlie. Die zwei Jungs standen auf und gingen. Terry benutzte ein Stück Kupferdraht, um den Ford zu starten, und mit leichter Schräglage stotterte das Auto in die Nacht Richtung Palmdale.

Eine Frau in einem Dodge-Coupé, Vorkriegsmodell, kam ihnen entgegen. Ihr Ziel war Brakke's. Sie bog in den Parkplatz ein und fuhr direkt an den Vordereingang. Während drinnen die Band in dem Moment anfing, den Song »Divorce Me C.O.D.« zu spielen, mit dem Merle einen großen Hit gehabt hatte. Die Frau öffnete den Kofferraum und fing an, Teile von Männerkleidung auf den Parkplatz zu werfen, Anzüge, Hemden, Unterhosen, Schuhe und alles Mögliche. Als sie fertig war, stieß sie mit dem Dodge zurück, und in einer fetten Ölwolke fuhr die zukünftige Ex-Frau von Ray McKinney nach Norden Richtung Willow Springs.

Indian Charlie bahnte sich einen Weg zur Bar. Er hielt zwei dicke Finger hoch. Ein Mann, der an der Bar stand, musterte Charlie von oben bis unten. »Alice hat 'nen Sinn für Humor, ich nicht«, sagte er.

»Ist schon in Ordnung, Earl«, sagte Alice.

»Du bist 'ne freundliche Frau, Alice. Aber das ist Männersache«, sagte Earl. Er war halb betrunken.

Charlie sprach den Mann an. »Was trinken Sie, mein

Freund? Wär mir ein großes Vergnügen, wenn Sie mir erlauben, Sie einzuladen.« Charlie lächelte sein seltsames Navajo-Lächeln und nickte.

»Ich erlaub's keiner Rothaut, mich auf die Art und Weise anzusprechen, und ich schätze es auch nicht, wenn Rothäute ein Gasthaus betreten, in dem ich was trinke«, sagte Earl.

Es war seine letzte Äußerung, gefolgt von einem tiefen, keuchenden Atemzug voller Schock und Schmerz, den ihm Charlie mit seinem überraschenden Eier-im-Schraubstock-Griff verpasste, sowie der unmissverständliche Lauf der abgesägten Schrotflinte, den Woof Daco in den Hintern von Earls Western-Hosen rammte. Niemand achtete darauf, als Charlie und Woof Earl durch die Seitentür auf den Parkplatz schleppten.

»Du hast die Wahl«, sagte Woof, nachdem Charlie Earl auf dem Asphalt gepresst hatte. »Sprich mir nach: ›Es ist eine allgemein bekannte Tatsache, dass ich nicht mehr als ein Sack voll Schweinescheiße bin‹, oder wir nehmen dir deine Hosen und Schuhe weg.« Earl bemühte sich, was zu sagen, brachte aber nur ein Grunzen heraus. Als er keine Antwort bekam, zog Woof ein 45cm langes Bowie-Messer aus der Scheide und schlitzte Earls Hose vom Bund bis zum Saum auf. Charlie riss die Hose weg und überlegte. »Ich denke, die Schuhe lassen wir ihm«, sagte er. Die beiden Männer fuhren mit ihrem Ranchero davon. Nach einer Weile spürte Earl, dass sich seine Eier langsam erholten, aber in seinem Kopf drehte sich alles, weil er zuviel Roggenwhiskey gesoffen hatte. Er lag da, glotzte zu den Sternen rauf und versuchte den Blick auf einem Punkt zu halten. Die Band war inzwischen bei einem Walking-Bass gelandet, der eine Honkytonk-Ballade begleitete, die er nicht kannte, und jemand anders als Merle Travis sang:

Going to Shmengy Town, back to Shmengy Town
Big city life has really got me down

It's a place of sin, there's no room for me
I won't be around, I'm going to Shmengy Town

My dreams of yesterday have all passed and gone
I watched them slip away like a bird that's flown
I saw my chance go by, and the sands of time
Drift through my hands, I'm going to Shmengy Town. [*]

Er spürte die kalte Luft an den nackten Beinen. Earl versuchte aufzustehen, aber er stolperte und knallte mit dem Gesicht wieder auf den Asphalt. Die Enttäuschung und das Selbstmitleid aus dem Song packten ihn. Stechende Erinnerungen, an seine Ex-Frau, damals, in Oklahoma. Er fing zu weinen an, und weil er weinte, fing seine Nase zu bluten an.

»Also, Freunde, die alte Uhr an der Wand sagt mir, dass wir das Brakke's jetzt verlassen müssen. Kommt gut nach Hause, und möge der liebe Gott Gefallen an euch finden.«

»Merle, ich glaube, den Spruch hast du von Roy geklaut.«

»Joe, ich glaube, da hast du recht. Willst du dem noch was hinzufügen?«

»Ich glaub nicht. Wie sieht's mit dir aus, Kash?«

»Sag ihnen, sie sollen austrinken und nach Hause gehen, falls sie eins haben.«

»Das ist'n guter Rat, Kash, und danke, dass du reingeschaut und mit uns gesungen hast.«

»War mir ein Vergnügen. Ich glaube, mein Steak ist schon rausgegangen. Ich schau jetzt besser mal, dass

* »Ich geh nach Shmengy Town, zurück nach Shmengy Town / Das Großstadtleben hat mich fertiggemacht / Es ist ein Ort der Sünde, da ist kein Platz für mich / Ich will da nicht sein, ich geh nach Shmengy Town / Aus meinen Träumen von gestern wurde nichts / Ich sah sie wie einen Vogel, der wegfliegt, verschwinden / Ich sah meine Chancen zerrinnen, und die Sandkörner der Zeit / Laufen durch meine Hände, ich geh nach Shmengy Town.«

ich's noch einholen kann, bevor's die Kojoten erwischen.«

Gerris Haus war ein Überbleibsel aus einer Zeit, als die Menschen fünfzehn Stunden täglich draußen arbeiteten und nur ins Haus gingen, um zu essen und zu schlafen. Mike kam durchs Esszimmer herein, in dem kaum mehr stand als ein mit einem Wachstuch bedeckter Tisch und ein Klavier. Ein Flur führte in ein Wohnzimmer mit einem aus Feldsteinen gemauerten Kamin. Das Zentrum des Raums bildete ein Schaltpult mit einem integrierten Fernsehschirm, umgeben von großen Hydro-Transformatoren, die von den örtlichen Stromwerken geschnorrt waren. Gerri saß am Schaltpult und beobachtete phosphoreszierende Schleifen und Muster. Mike setzte sich auf eine Holzkiste und sah ihr zu.

»Ich suche nach Unregelmäßigkeiten in den Mustern, das ist so ähnlich wie wenn du 'nen Stein ins Wasser wirfst. Seit Dollys Tod bewegt sich da draußen irgendwas. Es ist klein, es kann sich tarnen, aber ich hab's hier erkennen können. Und hier. Sieh mal.« Mike sah zu, wie sich die hellen Linien bewegten. Einige war wellenförmig, andere zuckten rauf und runter. Die Linien fingen an, sich schneller zu bewegen. »Jetzt kommt's, pass auf.« Mike passte auf, ohne dass ihm etwas aufgefallen wäre. »Ich bin bis zum Letzten gesichert und bewaffnet«, sagte Gerri. »Als ich noch bei den Cops war, lag meine Trefferquote im Schnellfeuern bei hundert Prozent, also mach dir deswegen keine Sorgen.«

»Worüber machst du dir Sorgen?«

»Ich bin ein Beobachter. Ich bin ihnen auf der Spur, und sie wissen, dass ich über sie Bescheid weiß. Ich war bei den Treffen dabei, bis ich entdeckt habe, dass unsere Bruderschaft infiltriert wurde. Der neue Präsident verkündete, wir seien von einer Gruppe von ›erleuchteten Meistern‹ auserwählt worden, und sie würden uns in ein neues goldenes Zeitalter führen. Wir hätten nichts weiter zu tun, als einen Eid auf unsere Geheimhaltung zu leisten und dem Präsidenten unser ganzes Geld zu geben.«

»Was ist ein Eid?«

»Ein Schwur.«

»Und hast du diesen Eid geschworen?«

»Aber bei deinem Leben nicht. Dolly Carney und ich und ein Freund namens Orlando Hopkins haben uns abgeseilt und wollten unsere eigene Gruppe gründen. Orlando war ein guter Mann, aber er machte einen schlimmer Fehler und musste dafür bezahlen.«

»Was ist passiert?«

»Orlando fuhr raus nach Giant Rock, um dort eine Nachtwache im Gebet zu verbringen. Wollte seine Sünden büßen oder was er sonst glaubte, falsch gemacht zu haben. Er war unbewaffnet. Wir haben von ihm nur seine Bibel und seine Taschenlampe gefunden, alles andere war verbrannt.«

»Hast du Waffen hier drin?«

»Smith & Wesson Police Positive, Colt .45 von Pachmayr, .30-.30 von Dolly, .30-06 mit Nachtsichtgerät und eine Marlin Pumpgun Kaliber 12. Fünfhundert Hohlspitzgeschosse und fünfzig japanische Handgranaten. Ich bin bereit.«

»Hat Dolly an diese Sachen geglaubt?«

»Sicher hat er's geglaubt, aber du kennst ja Dolly. Er wollte mir'n dreckiges Kunststück mit Zigaretten beibringen, aber da hab ich die Grenze gezogen. Und jetzt muss ich die dünne weiße Linie ganz allein verteidigen, ohne die Hilfe von Fred Early und seinen schwachsinnigen Hilfssheriffs.«

»Ich werde dir helfen«, sagte Mike. »Was soll ich tun?«

»Beobachte den Himmel«, sagte Gerri. »Beobachte Leute, speziell die, die du kennst. Sie können in jeden eingedrungen sein.«

»Woran erkennst du das?«

»Sie sehen aus wie immer, aber handeln anders. Zum Beispiel, wenn jemand, der ein ruhiger Typ war, plötzlich laut quatscht, ohne was Sinnvolles zu sagen, und dauernd lacht. Ich glaube, die ganze Bande im Brakke's wurde geschnappt, so wie's da läuft. Und genauso Leute, die dich herumkommandieren wollen und dir befehlen, Dinge zu tun.«

»Alle Hurensöhne in der Schule«, sagte Mike.

»In die Schulen gehen sie immer zuerst. Um die jungen Leute zu verderben.«

»Mich haben die Bastarde nicht gekriegt.«

»Das ist die RMH, um zu überleben. RMH steht für Richtige Mentale Haltung.«

Mike hoffte, noch mehr darüber zu hören, aber Dolly konzentrierte sich wieder auf den Fernsehschirm und sagte nichts mehr. Mike stand auf und ging raus in den Hof und schaute in die Nacht. Ertappte sich dabei, wie er in den Himmel starrte. Wie er beobachtete und die Ohren aufsperrte.

Terry Poncey wurde klar, dass Johnny anfing, panisch zu werden. Aber für den Job, die Winchester aus dem Wohnwagen zu klauen, waren zwei richtige Männer nötig.

»Die werden uns killen«, sagte Johnny. »Diesem Woof Daco steht doch der Wahnsinn schon im Gesicht. Du hast gesagt, wir würden nach Hollywood gehen.«

»Hör mir zu, Johnny. *Wir* haben eine Neuigkeit für Mr. Woof Daco, und die lautet, *wir* kassieren die Prämie zuerst, und erst *danach* bekommt er sein Gewehr, und dann fahren *wir* nach Hollywood und schnappen uns Lorrie Collins, genau wie ich's dir gesagt habe.«

»Erzähl mir, wie's läuft«, sagte Johnny.

»Wir sperren sie in ein Zimmer und dann wirst du sie richtig schön ficken.«

»Das war zu schnell! Erzähl's so, wie's mir gefällt.«

»Wir haben jetzt nicht die Zeit dafür. Wir müssen uns jetzt um's Geschäft kümmern. Geht's dir jetzt besser, Johnny?«

»Nein.«

»Aber klar. Wir verstecken das Ding, wo sie's niemals finden können, wenn wir's ihnen nicht sagen. Sie haben keine andere Wahl, als uns mehr Geld zu geben.«

»Aber ich kann nicht laufen.«

»Du bleibst im Auto. Musst nur drauf achten, dass der Motor läuft. Dauert zu lang, wenn wir erst starten müssen, wenn wir abhauen. Kapierst du das?«

»Ich lass den Motor laufen«, sagte Johnny.

»Wenn ich zurückkomme, rutschst du rüber und ich fahre. Du musst dich nur drum kümmern, dass der Motor läuft.«

Terry hatte den Plan, dass er von der Rückseite aus auf Gerris Grundstück kommen würde, wo ein seichter Bach zum Highway runterlief. Dort standen Eichen, die ihm etwas Deckung geben würden. Terry hatte das Anwesen bei Tageslicht ausgekundschaftet und konnte gut einschätzen, wie weit Gerris Haus entfernt war. Es gab keinen Zaun an der Rückseite des Grundstücks, nur die Bäume. Es war jedoch schwierig, da im Dunkeln zu gehen. Endlich entdeckte er den Wohnwagen im Mondlicht. Er schlich sich von hinten an und wartete ab. Drüben im Haus flackerte blaues Licht. Als nichts weiter passierte, ging er zur Vorderseite des Wohnwagens. Er hatte eine kurze Brechstange dabei, innerhalb von Sekunden hatte er die Tür aufgebrochen. Er zog seine Taschenlampe und sah sich um. Der Tisch war mit Motorrad-Magazinen und technischen Zeichnungen bedeckt. Unter dem Tisch stand ein Seesack. Terry zog ihn raus und schaute rein. Und erkannte Teile von einem Gewehr.

»Da ist der Scheiß«, flüsterte er. Dann hörte er das Geräusch von schweren Schritten im trockenen Dickicht. Eine Stimme schrie: »Terry, wo bist du?« Und da war Johnny. Kam aus dem Bach gewankt wie das Monster aus der Schwarzen Lagune.

Durch die plötzliche Bewegung flammten die Flutlichter auf, und eine Stimme donnerte aus den Bäumen: »Ich kann euch sehen. Wer seid ihr?« Johnny versteinerte mitten in der Bewegung und schaute auf. »Johnny Poncey«, antwortete er. Terry packte den Seesack und rannte los. Die Hintertür des Hauses ging auf und Gerri kam heraus. Hob die Smith & Wesson mit beiden Händen und schoss auf Johnny. Die große 38er brüllte. »Terry!«, heulte Johnny, stolperte, fasste sich ans Bein. Terry packte Johnny am Arm und zerrte ihn den Kiesweg runter, der zur Vorderseite des Hauses führte. Noch mehr Strahler gingen an, Gerri verfolgte sie, feuerte weiter, Johnny kreischte. »Lauf, Johnny!«, schrie Terry, und Johnny rannte und kickte dabei das rechte Bein komisch zur Seite.

Sie schafften es bis zum Ford. Der Motor lief noch. Es gelang Terry, Johnny und den Seesack reinzukriegen. Es gab einen kleinen Weg raus zum Highway. Der Motor krachte, als sie losfuhren.

Terry hatte es so geplant, dass er den Treffpunkt zuerst erreichte und das Gewehr versteckte. Aber mit Johnnys Verletzung hatte er nicht gerechnet. Er bog in den Feldweg ein und fuhr bis zur Müllhalde. Es war stockfinster und totenstill. Er schaltete Motor und Scheinwerfer aus. Im selben Moment tauchten Woof Daco und Indian Charlie Smallhouse auf, wie beschissene Zombies auf Streifzug. Woof riss die Fahrertür auf. »Die frühen Vögel. Was kriegt der frühe Vogel, Charlie?«

»Man gibt ihm 'ne Chance«, flüsterte der Indianer.

»Wie sieht's aus?«, sagte Woof. Terry griff nach hinten und zog den Seesack vor. Warf ihn auf die Erde. Woof schaltete seine große Taschenlampe ein, um nachzusehn. Dann machte er den Sack wieder zu und wollte gehen.

»Warte mal 'ne verdammte Minute«, sagte Terry. »Johnny ist angeschossen worden.«

»Wo angeschossen«, sagte Charlie.

»Rechtes Bein«, sagte Terry.

»Leucht ihn mal an«, sagte Charlie. Er beugte sich über

Johnny und untersuchte erst das eine, dann das andere Bein. »Ich kann nichts entdecken, soll das'n Witz sein?«

»Diese Schlampe hat ihn angeschossen. Und was ist mit dem Rest von unserm Geld?«

»Kleiner, deinem Bruder ist nichts passiert, außer dass er 'ne Scheißangst hat. Ich würde einfach eine Weile hier bleiben, damit er sich ausruhen kann. Und uns lasst ihr jetzt in Ruhe abfahren. Woof ist nicht traurig, wenn er euch und eure Scheißkarre nicht mehr sehn muss.«

Der Indianer schenkte Terry ein Lächeln und verschwand in der Dunkelheit. Terry hörte, wie derRanchero angelassen wurde, und dann hörte er ihn raus auf den Highway fahren.

Mike nahm den Weg durch das Eichenwäldchen hinter dem Donut-Laden. Dann sah er die Lichter der Streifenwagen, und als er näherkam, hörte er die Stimmen. Zwei Hilfssheriffs wollten sich auf ihn stürzen. »Nur die Ruhe«, kommandierte Gerri, »er ist mein Mieter.« Und ohne weiter darüber nachzudenken, gingen die Beamten wieder in Ruhestellung. »Sie sind in den Wohnwagen eingebrochen, Mike. Ich glaube, ich hab einen von ihnen am Bein erwischt, aber sie konnten abhauen. Ich bin nicht mehr in Übung.« Ihre Augen befahlen ihm, die Klappe zu halten.

»Zu deinem Glück, Gerri, hast mir nämlich schon genug von meiner wertvollen Zeit gestohlen mit deinen verrückten Anrufen«, sagte Fred Early.

»Mach du nur deinen verdammten Job, Early. Ich hab dir gesagt, dass sie mich ausspioniert haben, aber das hat dich ja nicht gekratzt. Jetzt hast du endlich dein blödes Einbruchsdelikt.« Der Sheriff schüttelte nur den Kopf und rauschte mit seinem Plymouth ab.

»Tut mir leid, Mike«, sagte Gerri. »Dein Seesack ist weg. Ich schätze, sie haben die Winchester.« Sie legte ihre Hand auf Mikes Schulter. »Early hab ich gesagt, dass sie nur Werkzeug geklaut haben.«

»Wer war das?«, fragte Mike.

»Sahen aus wie zwei Typen in einem alten Ford-Cabrio. Du musst es ihnen überlassen. Sie haben angefangen, Mike, sie haben jetzt wirklich angefangen.«

»Das sind nicht deine verdammten Außerirdischen, das sind die Poncey-Brüder.«

»Oh, ja sicher, Mike. Zwei kleine Strolche sind hinter Dolly Carneys berühmter Winchester her und wissen genau, wo sie zu holen ist. Red' dir nur ein, was du glauben willst. Ich geh wieder ins Haus, ich muss nachladen.«

Mike stieg aus seinen Arbeitsklamotten und legte sich in die Schlafkoje. Er war sich sicher, dass seine Vermutung stimmte. Die Poncey-Brüder arbeiteten für die beiden Fremden mit dem Ford Ranchero. Die Poncey-Brüder wussten, wer Mike war, und daraus hatten sie richtig geschlossen, dass er die Winchester hatte. Dolly hatte Mike davor gewarnt, dass sowas passieren würde, aber plötzlich fand er's nicht mehr so wichtig. Gerris Theorie, dass die Außerirdischen Terry und Johnny Poncey und ihren '49er-Ford zu Replikanten transformiert hatten, funktionierte doch nur unter der Voraussetzung, dass die Eroberung der Erde vom Sierra Highway aus ihren Lauf nahm. Genau das war für Mike der Punkt – wer sollte denn daran ein Interesse haben? Nichtsdestotrotz nahm er ein Blatt Papier und einen dicken schwarzen Filzstift und schrieb WILLKOMMEN BRÜDER AUS DEM ALL in großen Großbuchstaben.

Irgendwas stimmte nicht. Einer nach dem andern hörten die Gäste zu essen auf und schoben ihre Teller weg. Die T-Bone- und Spencer-Steaks, die Rippchen, die frittierten Tintenfische und das Knoblauchbrot blieben liegen. Das Gelächter erstarb und die Gespräche versickerten in ein Gemurmel. Es war der Geruch, etwas Überfallartiges, Schreckliches, das über den Raum hereingebrochen war und jeden Spaß ausgelöscht hatte.

Sheriff Fred Early kam angefahren, hielt, ließ den Motor laufen. »Ich brauch 'nen doppelten Bourbon, sofort«, sagte er. Alice hatte die Theke übernommen seit Ray losgezogen war, um irgendwo nach seiner Frau zu suchen. Sie schenkte dem Sheriff einen Dreifachen ein, er musste das Glas mit beiden Händen halten. Die Gäste sahen ihm zu, wie er's austrank. Dann wandte er sich ihnen zu.

»Ihr wollt wissen, was das für'n Geruch ist? Ich sag's euch ganz offen. Es sind zwei Männer in einem Ford Ranchero. Sitzen im Auto, vollkommen schwarz verbrannt bis auf die Knochen. Ich hab ihre Zähne gesehen.«

»Ein Kurzschluss?«, fragte Smokey McKinney.

Early schüttelte den Kopf. »Auf dem Boden steht'n leerer Fünfliter-Benzinkanister wie eine Visitenkarte. Da geht's um Mord. Das ist nicht mein Job.« Er wankte raus zum Steifenwagen, gab die Meldung durch und übergab sich auf den Sitz. Die Gäste rannten wie auf ein Kommando zu ihren Autos, um sich den Ranchero anzusehen bevor der Leichenwagen eintraf.

Gerri saß vor ihrem Monitor und hatte ein blaues Gesicht. Die Linien zogen über den Bildschirm, auf und ab und auf und ab. »Jetzt ist es ruhig draußen. Sie haben bekommen, was sie wollten«, sagte sie.

»Was wollen die denn mit der Winchester?«, fragte Mike.

»Weiß ich nicht. Dolly gehört jetzt zu ihnen, vielleicht wollte er sie wiederhaben.«

»Dolly hat sein Gewehr bekommen?«

»Klingt doch vernünftig, oder?« Gerri hatte Mike gebeten, ins Haus zu kommen, wenn er Sonntagnacht von der Arbeit kam. »Nimm dir einen Stuhl und sieh dir das an«, sagte sie. »Das war auf dem Bildschirm, als ich reinkam. Sieht aus wie eine Angriffswaffe oder 'ne neuartige Foltermaschine. Ich weiß nicht, wie lang ich durchhalten würde, wenn sie mich foltern.«

Mike studierte das Bild. Es schien sich um ein dreidimensionales Diagramm zu handeln. Sah aus wie ein Plan. Die Zeichnung drehte sich um die eigene Achse. »Kannst du's anhalten?«, fragte er Gerri.

»Keine Ahnung«, sagte Gerri. Sie drückte planlos an Knöpfen und Schaltern herum. Das Bild blieb stehen.

»Lass es genau so«, sagte Mike. »Das kommt mir bekannt vor. Ist so ähnlich wie diese Querschnittpläne in meinem Hot-Rod-Magazin. Das ist ein Motor. Mach mal, dass mehr zu erkennen ist.« Gerri drehte an einem großen schwarzen Knopf, und die Abbildung wurde neu aufgebaut. Jetzt erschien ein Rahmen, und dann zwei Räder.

»Das ist 'n Motorrad«, schrie Mike, »das ist ›Der Ehrliche Charlie‹!«

»Die haben dich reinkommen gesehen«, sagte Gerri.

»Kannst du's vergrößern? Ich will sehen, wie das Getriebe konstruiert ist«, sagte Mike. Gerri drehte wieder an dem Knopf rum und alles, was mit dem Antrieb zu tun hatte, wurde größer. »Genau das ist es! Woher zur Hölle wissen die Bescheid, was ich einfach nicht rausfinden konnte?«, sagte Mike.

»Hab ich dir doch gesagt, dass die über alles Bescheid wissen, was wir denken und tun.«

»Von mir aus, jetzt krieg ich's hin, da bin ich mir sicher«, sagte Mike. Er nahm sich ein Blatt und einen Bleistift und zeichnete eine Skizze von der Getriebekonstruktion. Als er fertig war, wurde der Bildschirm schwarz.

»Hast du alles?«, fragte Gerri.

»Ich glaub schon«, sagte Mike. Und dann erschienen wieder die Wellenlinien.

Mike ging ins Verkaufsbüro der Hammond Holzfabrik. Er war auf der Suche nach jemandem, der ihm etwas zu der alten Bandsäge mit dem Flathead-Motor sagen konnte, die hinten in einer Ecke stand. Die Maschine war ausgemustert und verrostet, aber Kupplung und Getriebe waren die Originalteile, die er brauchte, und wenn sie's ihm verkaufen würden, könnte er mit seinem Motorrad anfangen. Im Büro war nur ein mexikanisches Mädchen, sie saß hinter dem Kassentresen und weinte. Sie hob den Kopf und sah Mike. »Entschuldige bitte«, sagte sie und rieb sich die Augen. »Kann ich dir helfen?«

»Sorry, dass ich störe.« Sie tat ihm leid.

»Geht schon wieder. Nur eine dumme Familienangelegenheit«, sagte sie.

»Was ist passiert?«, fragte Mike.

»Hab grade mit meiner Schwester gesprochen. Ihr Freund ist ein Dreckskerl, und sie ist noch so jung. Aber was willst du machen, wenn kein Vater da ist.«

»Mein Vater sitzt irgendwo im Gefängnis«, sagte Mike.

»Und unser Vater ist zurück nach Mexiko, oder wer weiß wohin.« Das Mädchen lächelte Mike an. Es fiel ihm auf, dass mit ihren Zähnen etwas nicht stimmte. Sie sahen kaputt aus, und sie tat ihm schon wieder leid. Ein hübsches Mädchen mit ramponierten Zähnen, das war hart.

»Bist du aus der Gegend?«, fragte Mike.

»Ja. Ich war auf der Canyon Country High School.«

»War ich auch«, sagte Mike.

»Hab dich aber nie gesehn in der Schule.« Das Mädchen runzelte die Stirn und versuchte sich zu erinnern. »Hast du'n Abschluss gemacht?«

»Sie haben mich rausgeschmissen, ich hab kein richtiges Zeugnis bekommen.«

»Ich hab auch keins bekommen. Ich hab was angestellt, das sie wütend gemacht hat.«

»Was denn?« Mike beugte sich weiter über die Theke. Das interessierte ihn.

»Sie wollten, dass ich bei der Abschlussfeier vor der Klasse eine Rede halte. Ich fragte: ›Warum ich?‹ Sie sagten: ›Lern das auswendig.‹ Ging nur darum, wie die Mexhäute denken und handeln sollen. Ich sagte: ›Das seh ich aber anders.‹ Die stellvertretende Direktorin sagte: ›Willst du deinen Leuten denn nicht helfen?‹ Ich sagte: ›Wie soll ihnen das denn helfen?‹ Sie sagte: ›Entweder du tust, was wir sagen, oder du wirst kein Zeugnis wie die anderen bekommen. Du kannst dir selbst einen Gefallen tun, oder du bleibst eben nur eine Mexhaut von vielen.‹ Ich sagte: ›Aber die weißen Mädchen werden mich hassen, wenn ich da vor ihnen stehe.‹ Sie sagte: ›Wie können Sie es wagen, so etwas zu behaupten.‹ Ich hab die Rede nicht gehalten, und ich hab mein Abschlusszeugnis nicht bekommen.« Das Mädchen schaute, als würde sie wieder zu weinen anfangen.

Mike hatte sich ihre Geschichte gebannt angehört. »Glaub mir, das sind einfach nur unverschämte Lügner. Ich hab schon von dir gehört. Mr. Potts hat mir alles von diesem mexikanischen Mädchen erzählt, das viel besser war als ich. Mir ist genau dasselbe passiert, ich hab nicht das getan, was die wollten, egal, was es war. Aber was soll's? Es gibt nichts, weswegen du dir Sorgen machen musst.«

Mike lachte, und das Mädchen lachte auch.

»Wie heißt du?«, fragte sie.

»Mike Brown.«

»Andrena Palacios«, sagte sie. Sie kam um die Theke herum und nahm Mikes Hand und drückte sie, und das jagte elektrische Schwingungen durch seinen Körper wie eine Vertex-Magneto-Doppelzündung.

Mike war in seine Zeichnung vertieft, als zwei Männer reinkamen. Sie sahen staubig und verschwitzt aus, als hätten sie einige Zeit draußen verbracht.

»Ich hab so einen verdammten Hunger, ich könnte meine rechte Hand essen, wenn's Brot dazu gibt«, sagte der eine.

»Trockenes Brot ist sicher nicht fettig, und harte Arbeit ist sicher nicht leicht«, sagte der andere.

»Trockenes Brot und harte Arbeit, das ist mein Leben«, sang nun der erste Mann, und Mike erkannte die Stimme sofort.

»Merle Travis«, sagte Mike.

»Und Frau Bigsbys Sohn Paul«, sagte Merle. »Und wie heißt du, mein Sohn?«

»Mike Brown. Ich habe für Dolly Carney gearbeitet. Sie erinnern sich sicher an Dolly.«

»Aber ziemlich sicher«, sagte Merle.

»Der Letzte der Besten«, sagte Paul Bigsby. »Was empfiehlst du zwei alten Burschen, die grade von 'nem dreitätigen Rennen am El Mirage kommen?«

»Wir haben Cheeseburger neu auf unserer Karte«, sagte Mike. »Dauert nur 'ne Sekunde.«

Mike stellte zwei Deluxe Cheeseburger-Teller auf den Tresen und ging zurück zu seiner Zeichnung.

»Was machst'n da?«, fragte der Mann namens Paul.

»Ich versuche ein Motorrad zu bauen, aber das Getriebe macht mich völlig fertig«, sagte Mike.

»Ich sag dir mal was, Mike«, sagte Merle Travis, »heute ist dein Glückstag, denn Paul ist das größte Mechanikergenie von Downey, vielleicht sogar weltweit. Sieh's dir mal an, Paul, hilf dem Jungen.«

Mike schob die Zeichnung zu Paul rüber, und er sah sie sich an, während er seinen Burger aß. Dann schaute er Mike an und sagte: »Also, das ist ja sehr interessant. Ist das deine Idee?«

»Nein, Sir, hab ich aufgeschnappt. Ich will's mit einem Flathead-Motor kombinieren, aber ich hab einfach nicht genug Ahnung davon.«

»Ich schlage vor, du bringst uns erstmal noch zwei Cheeseburger. Ich weiß nicht, wo du das aufgetrieben hast, Junge, aber es ist ziemlich interessant und ziemlich ungewöhnlich. Sieh's dir mal an, Merle, das ist sowas ähnliches wie ein Planetengetriebe, wie's auch das alte Ford-T-Modell hatte. Du hast 'ne konstant angepasste Übersetzung, ohne dass du umschalten musst, und am Lenker stellst du's ein. Und 'ne Kardanwelle statt einer Kette. Sehr schön, sehr gut durchdacht. Was hast du gesagt, woher du das hast?«

»Aus dem Fernsehen.«

»Mein Sohn, im Fernsehen gibt's kein einziges menschliches Wesen, das auch nur annähernd soviel Grips hätte.«

»War auch kein Lokalsender.« Mike hatte den Eindruck, dass er das besser nicht erklären sollte.

»Ich sag dir jetzt was, ich werde das in meiner Werkstatt in Downey zusammenbauen. Wenn du mir den Rahmen und den Motor bringst, dann schrauben wir's dort zusammen. Gib mir sechs Wochen, ich muss zuerst eine neue Pedal Steel mit drei Griffbrettern für Buddy Emmons bauen.« Die beiden Männer beendeten ihr Essen und standen auf, um zu gehen.

»Mike, das war absolut der beste Cheeseburger von allen Cheeseburgern, die ich in meinem Leben gegessen habe«, sagte Merle. »Rund, fest und gut bestückt.«

»Komm mit und sieh dir an, was wir auf dem Anhänger haben«, sagte Paul. Draußen stand ein Pickup mit zwei Motorrädern, die auf einer Plattform festgemacht waren. Jedes Teil von ihnen war zu einem Kunstwerk geformt, in dem alles gewellt und fließend und verbunden war. Die großen Bikes waren geputzt und poliert, und das Metall hatte einen satten Glanz, der für Stahl oder Chrom untypisch war.

»Alles aus Aluminium, wie's beim Flugzeugbau verwendet wird und von Null an selbst gebaut«, sagte Paul. »Wir haben sie gestern bis zweihundert hochgejagt, stimmt's, Merle?«

»Hab nicht drauf geachtet«, sagte Merle. Er deutete auf das Schild im Schaufenster. »Da steht ›Willkommen Brüder aus dem All‹. Erwartest du sie in nächster Zeit?«

»Könnte sein«, antwortete Mike.

»Ich hoffe nur, dass sie Countryschallplatten mögen, weil meine Verkaufszahlen langsam übel runtergehn. Diese Typen, die mit den Hüften wackeln, werden mich noch aus'm Geschäft werfen.«

Paul war schon am Losfahren, als er nochmal anhielt. »Einziges Problem für 'nen Kameraden von deiner Statur könnte das Gewicht sein. Der Ford-60-Motor macht das Ding schwer, wird nicht leicht zu fahren sein. Denk mal über einen Vierzylinder nach. Gibt Möglichkeiten, dass ein Vierer genauso abzischt und genausoviel Spaß macht wie'n Achtzylinder, ist aber nur halb so groß und du kannst doppelt so weit fahren. Ist nur'n Vorschlag.« Der Laster fuhr in einer Staubwolke davon.

Sheree sah Mike zu, als er die Tabletts mit Donuts raustrug. »Andrena Palacios ist ein nettes Mädchen, Mike. Ich hab gesehn, wie ihr euch gestern unterhalten habt. Du könntest sie einladen, und dann könnten wir uns zu 'ner Doppel-Verabredung treffen. Wir könnten zu Brakke's gehen. Ich bestelle immer das Spencer-Steak, das hat genau meine Größe.«

Mike hantierte weiter mit den Tabletts. »Und wer ist deine Verabredung?«, fragte er.

»Ich hab dran gedacht, meinen Golflehrer aus dem Antelope Valley Country Club zu fragen. Vic ist zwar ein bisschen älter als ich, aber er hat ein persönliches Interesse an mir. Er sagt, ich hätte 'ne natürliche Begabung und könnte bei Turnieren vorne mitspielen, wenn ich abnehmen würde. Er gibt mir Tips für meine Diät und Ernährung.«

»Wie bist du denn dazu gekommen, dich für Golf zu interessieren?«

»Weil ich als Kind Krocket gespielt habe.«

»Was ist das?«

»Sowas wie Golf für Kinder, damit können sie's lernen.«

Sheree starrte die Reihen über Reihen von frischen Donuts auf den Tabletts an, jeder Donut so perfekt und schön wie der nächste: der Einfache, der mit Schokolade, mit Streuseln, der Frittierte, Glasierte, mit Gelee gefüllte, und, ganz neu, der mit Zitronencreme, den Mike erfunden hatte. Sie probierte einen. »Schmeckt phantastisch, Mike, das schlägt alles«, rief sie entzückt mit vollem Mund aus. »Du bist der Beste.«

»Ich weiß nicht, ob Andrena für Brakke's bereit ist, ich glaube, die mögen's nicht, wenn Mexikaner reinkommen. Könnte alles durcheinander bringen. Ich hab's nicht eilig, sie wird nirgendwohin gehen. Und ich werde auch nirgendwohin gehen.«

Mike schloss gerade den Donut-Shop ab, als er das Auto hörte – ein Flathead-Motor mit ausgeschaltetem Schalldämpfer. Er stand auf dem Parkplatz und beobachtete, wie das Ford-Cabrio um die Ecke des Shopping-Centers gefahren kam. Im Mondlicht war es nur ein dreckiges lila Auto mit einem rechten Kotflügel in grauer Grundierungsfarbe. *Wo ist Johnny?*, wunderte sich Mike. Dann erinnerte er sich, dass Gerri erzählt hatte, sie hätte einem der Killer aus dem All in den Flügel geschossen. Mike winkte. Terry Poncey winkte nicht zurück. Das Auto fuhr weiter auf dem Sierra Highway. Mit seinen Hollywood Spinners, den Radkappen der Verdammten.

Lächeln

1950

Ich werde Ihnen sagen, wie es ist, und es ist so und nicht anders: Verbrechen ist eine Straße für Vollidioten, und wer diesen Weg geht, endet im Knast oder in der Leichenhalle... oder beim Zahnarzt.

Mein Name ist Sonny Kloer. Ich bin Zahntechniker und Steel-Gitarrist. Ich wohne in Los Angeles. Sie kennen mich nicht, aber da gibt's eine Geschichte, die ich Ihnen erzählen muss. Was sagen Sie da? In Los Angeles passiert doch nichts? Setzen Sie sich, entspannen Sie sich, probieren Sie von dem gebratenen Schweinefleisch mit Reis. Die Sache lief folgendermaßen ab.

Das Telefon klingelte, und ich erkannte die Stimme sofort: »Hey, Schonny, hier isch Ray.« Der alte Ray Randucci, der König des C6-Akkords. Als Ray Randy ist oder war er in der Branche bekannt. Ich hatte schon seit einer Weile nichts mehr von ihm gehört, aber ich bekomme ohnehin nicht mehr viele Anrufe.

»Ray, alter Kumpel«, sagte ich, meine übliche Begrüßung. »Wo bist du gerade?«

»In der Schtadt«, sagte er, die übliche Musikerantwort. »Mich will keiner mehr anheuern. Ischt wegen meinen Zschähnen. Kannscht du mir irgendwie helfen?«

Ich hatte immer noch meinen alten Job im Dentallabor Walgreen, deswegen war ich der Mann, den man in so einem Fall anrief. Schließlich waren wir seit vielen Jahren gute Bekannte, was die Musik betraf, obwohl ich nie in der Liga von Ray gespielt hatte.

»Kann ich dir nicht versprechen, Ray«, sagte ich. »Ich bin der einzige Techniker im Labor und ich hab schon mehr als genug zu tun.« Was nicht ganz die Wahrheit war. »Hast du Geld?«

»Nein. Kann dir für die Arbeit 'nen Tausch anbieten, Schonny.«

»Was hast du denn zum Tauschen?« Da kannte ich die Antwort schon, aber ich musste es hören, um es wirklich glauben zu können.

»Ich hab immer noch meine Bigschby. Die hascht du doch immer schehr gemocht, jetzscht kannscht du schie haben.«

Die Bigsby mit den drei Griffbrettern – der Heilige Gral unter den Steelgitarren. Das einzigartige Instrument, das jeder haben will, ist jedoch ein Preis, den nur wenige je erringen können. Dass es einem Durchschnittstypen wie mir gelingt, hat keiner je gehört.

»Okay, Ray. Dann werde ich mich schwarz um dich kümmern. Das Belfont-Gebäude, Ecke Siebte und Main. Nimm den Aufzug, dritter Stock, am Ende des Flurs. Neun Uhr.«

Ich arbeitete nachts, deshalb traf ich den Boss nie, Puss Walgreen. »Bei Schwarzarbeit kassier ich die Hälfte«, sagte Puss zu mir, als ich vor zehn Jahren im Labor zu arbeiten anfing. Aber mit einer Bigsby-Steel ist es nicht anders als mit König Salomon und dem Baby – du kannst sie nicht in zwei Hälften schneiden. Aus Paul Bigsby wäre sicher ein großer Zahntechniker geworden, wenn er die Laufbahn eingeschlagen hätte. Sie sollten mal sehen, wie sich die kleinsten Teile perfekt ineinander fügen, und alles Handarbeit, bis hin zur Legierung, die eigentlich beim Flugzeugbau verwendet wird. Und der Sound! Ich hatte eine Fender Stringmaster gespielt, ein gutes Stück, aber ich tauschte sie für ein Auto, das ich brauchte, um zur Arbeit zu kommen. Ich kann keiner Straßenbahn nachlaufen. Verglichen mit dem Bigsby-Cadillac ist die Stringmaster ein Oldsmobile. So ist es eben, wir können nicht alle Cadillacs sein. Ich mach das Beste aus dem, was ich habe, und das sind unter anderem kaputte Beine.

Sie haben mich '45 aus Leyte rausgeholt und getan, was sie konnten. Die Militärärzte sagten irgendwas von peripherem Nervenschaden. Ich gehe mit einem Stock, aber in letzter Zeit hat es sich verschlechtert. Im G.I.-Hilfsprogramm wurde eine Ausbildung zum Zahntechniker angeboten, und das schien mir eine gute Wahl zu sein, weil's eine sitzende Tätigkeit ist. Aufgrund neuer Materialien, die sich in der Flugzeugindustrie bewährt hatten, kam es in Los Angeles nach dem Krieg zu einem Boom in der Zahnmedizinbranche. Als Steel-Gitarrist hatte ich kaum eine Chance, da brauchte ich mir nichts vorzumachen, und die Instrumente und Verstärker sind so verdammt schwer, dass es für einen Mann mit kaputten Beinen besser war, die Sache als Hobby zu betreiben und sich einen festen Job zu suchen. Aber ich wollte auch weiterhin mit Musik und Musikern zu tun haben, und deshalb kannte ich Ray Randy.

Um Punkt neun kam Ray durch die Bürotür. »Ich habe Angscht«, sagte er. Ich hatte eine Füllungsform aus Albastein vorbereitet, eine mit feinstem Zement gefüllte Schablone, die exakt wie eine Zahnreihe geformt ist. Der Patient beißt drauf und wartet, bis es sich etwas gehärtet hat. Aber nicht zu lange, denn die Masse wird sehr schnell zu hart, und dann gibt's keine Möglichkeit mehr, das Ding wieder runterzukriegen! Gibt verdammt gar nichts, was man dann tun kann. Ray war nervös, aber er schlug sich tapfer. Es dauerte etwa zehn Minuten.

»Wir machen jetzt Folgendes, Ray«, erklärte ich ihm. »Ich forme jeden Zahn, der implantiert wird, und der Implanteur setzt dann einen Zahn nach dem andern ein. Und es gibt noch eine zweite Möglichkeit. Wir entfernen auch die Zähne, die du noch hast, und ich baue dir eine komplette Zahnreihe, die als Ganzes implantiert wird.

Eine Brücke nennen wir das. Der Implanteur ist sehr gut im Zähneziehen. Er lässt sich bar bezahlen, aber das nehm ich auf meine Kappe.«

»Warum brauscht du ihn?«

»Ich bin nur ein Techniker, Houseley ist ein richtiger Arzt. Er zieht die Zähne, dann fertige ich die Prothese, dann kommt er wieder und passt sie ein. Wir werden gute Arbeit leisten, denn ich will die Bigsby haben!«

»Wird'sch weh tun?«, fragte Ray.

»Du wirst nicht das Geringste spüren. Wenn wir versuchen, deine übrigen Zähne zu retten, müssen wir die Prozedur allerdings nochmal machen, wenn sie irgendwann rausfallen, und ich schätze, das werden sie.«

»Dann weg in ei'm Aufwasch«, sagte Ray.

»Ich benachrichtige Houseley«, sagte ich.

In Chavez Ravine war starker Nebel. Ich parkte, wie mich Houseley instruiert hatte, ein Stück unterhalb des Barlow-Sanatoriums neben der Straße. Es ist eine ziemlich abgelegene Gegend: nur Hügel und Bäume und Feldwege – und ein paar roh zusammengenagelte Hütten, in denen Mexikaner leben. Ich sah kein anderes Auto rein- oder rausfahren. Ich rauchte eine Zigarette, hörte Radio und wartete. Der Nebel hüllte mein Oldsmobile ein, ein Vorkriegsmodell mit einem der ersten Automatikgetriebe. Es war ein Schrotthaufen von 'nem Getriebe, aber ich musste keine Kupplung treten.

Etwa zu der Zeit, als ich in Walgreens Labor anfing, war ich Houseley das erste Mal begegnet. Puss Walgreen hatte ihn für Spezialbehandlungen angeheuert, die er Kunden zum halben Preis des üblichen Zahnarzthonorars anbot. Puss unterbot sogar Dr. Beauchamp, den freundlichen Zahnarzt, der auf Kredit behandelte, und den er hasste.

Die Patienten schienen sich bei Houseley nicht wohl zu fühlen, aber er war gut, machte seine Arbeit geradezu kunstvoll, und deshalb sagten sie nichts. Wir hatten eine

Routine entwickelt. Er gab mir eine Adresse am Telefon, und ich fuhr los und holte ihn ab. Er stand nie zweimal am selben Ort, und er arbeitete nur nachts.

Die Tür wurde geöffnet und Houseley glitt rein wie ein Schatten. Er roch nach feuchter Erde und nassen Eukalyptusbäumen.

»Zigaretten! Ich kann den Gestank nicht ertragen«, sagte er. »Gibt's Whiskey?«

Ich reichte ihm die Flasche. Ich fuhr durch Ravine bergab und bog auf dem Broadway nach rechts. Houseley wurde langsam alt, sein Gesicht war zerfurcht, seine Haare weiß, und seine Augen steckten irgendwo tief hinter den Falten seiner hängenden Lider. Seine Klamotten waren dreckig und er hatte eine Rasur dringend nötig.

»Hatte einen kleinen Beraterjob im Barlow«, sagte er, »die interessieren sich für meine Behandlungsmethoden bei Schizophrenie.«

»Heute geht's nur um 'ne Ziehung bei einem Freund von mir, nichts Großartiges«, sagte ich.

»Wär mir lieber, wenn ich nicht für Puss Walgreen arbeiten müsste! Dem Mann kann man nicht trauen, er hat mich bedroht.«

»Weswegen hat er dich bedroht?«

»Er hat mich 'ne Abtreibung machen lassen vor ein paar Jahren. Sieht so aus, als sei das Mädchen dann gestorben. Und Beauchamp kam dahinter.«

»Beauchamp, der Kredit-Zahnarzt?«

»Walgreen und Beauchamp waren mal Partner. Beauchamp drängte ihn raus und übernahm die Praxis. Heute ist er 'n reicher Mann, und Walgreen hat sein dummes Pipilabor auf der Main Street. Als das Mädchen starb, gab Walgreen mir die Schuld und hat behauptet, Beauchamp hätte mir den Auftrag gegeben.«

»Hat er?«

»Mir unterlaufen keine Fehler. Das Letzte, was ich mitbekommen hab, war, dass es dem Mädchen gutging. Nettes Mädchen, 'ne Sängerin. Hat dieses Hillbillyzeug gesungen, das dir gefällt. Ich ertrag's nicht, klingt für mich wie fickende Katzen.«

»Und wieso hab ich nie was davon mitbekommen?«, sagte ich. Houseley hielt die Flasche mit beiden Händen und trank und verschüttete Whiskey auf sein Hemd.

»Willst du meinen Rat? Kümmer dich um deinen eigenen Kram.« Womit der alte Houseley diesmal recht hatte.

Ich gab Ray genügend Natrium-Pentothal, um ihn für zwei Stunden zu betäuben, und Houseley riss die paar verbliebenen Hauer raus. Nur die Schneidezähne sollte er drinlassen, zwei unten und zwei oben. Die werden benötigt, um die Brücke zu verankern. »Ich ruf dich an, wenn's fertig ist«, sagte ich zu ihm.

»Lass dir nicht zuviel Zeit«, sagte Houseley. »Der Mann hat eine Zahnfleischerkrankung, er braucht eine Gingivektomie. Ansonsten kann ich für die Haltbarkeit nicht garantieren, keine Lust, dass man mich dafür verantwortlich macht.« Ich gab Houseley etwas Geld und er verschwand.

Ich hörte Radio und wartete, dass Ray aus der Narkose auftauchte. Es schien mir die beste Lösung zu sein, wenn ich einzelne Zähne nahm, die ich vorrätig hatte. Sie wären überrascht, wie oft das vorkommt. Die Leute brauchen einen Zahnersatz, aber dann lassen sie sich nie wieder blicken, oder sie können's nicht bezahlen. Ich hatte Schubladen voller Zähne in allen Formen und Größen, für Männer, Frauen, Kinder. Das würde Zeit sparen, und ich wollte nicht, dass Puss Walgreen herumschnüffelte und Fragen stellte.

Als Ray aufwachte und sich im Spiegel sah, geriet er in Panik. Er sah aus wie einer der Fuselsäufer auf der San Julian. Ich gab ihm eine dieser Fertigprothesen, die man vor zwanzig Jahren hergestellt hat und die's im Laden zu kaufen gab. »Das sind nur Übergangszähne, nur für kurze Zeit.« Und ich fügte hinzu: »Bring die Bigsby mit, wenn du wiederkommst.«

»Gottamm, Schonny! Isch mea schssn! Ah luh *Hölle*!«
Ich sagte ihm, er müsste sich keine Sorgen machen.

Die eigentliche Arbeit bei der Sache ist die Struktur der Brücke. Wenn die Struktur nicht stabil ist, wird sich die Brücke lockern und anfangen herumzurutschen und schließlich keinen Halt mehr haben, wenn der Träger spricht oder isst oder was auch immer. Für die Gussform benutzte ich die Abdrücke, die ich von Rays Zahnfleisch genommen hatte. Ich befestigte das Plastikmaterial am Drahtgestell und legte es in die Gefriertruhe, um hart zu werden. Ich schloss das Labor ab und benutzte meinen eigenen Schlüssel für den Fahrstuhl, um ins Erdgeschoss zu kommen, denn unser Fahrstuhlführer beendete seinen Dienst um zehn Uhr abends.

Auf dem Heimweg schaute ich bei Sammy's Hot Spot rein, ein Ladenlokal in einem alten Block mit chinesischen Geschäften auf der Ord Street. Es ist der einzige Laden in der Gegend, der so spät noch offen hat. Ich setzte mich an die Bar, und Sammy kam sofort zu mir.

»Wie steht's denn so, Sonnyboy! Wie wär's mit Fliegenläuseschwein?« Er begrüßte mich wie üblich. »Aber ohne Fliegen und Läuse, Sammyboy.« Meine übliche Antwort. Sammy stellte mir ein Glas von diesem klaren Reiswein hin, der einfährt wie'n Schwarzgebrannter, und genau das war er auch.

»Houseley gekommen vorbei, hat bezahlt bar!« Sammy erzählte es, als wär's ein bedeutendes Ereignis gewesen.

»Wir arbeiten grade zusammen«, sagte ich. Sammy brachte mir eine Schüssel Reis mit Stäbchen und scharfer Sauce. Am Ecktisch saßen vier chinesische Mädchen und lachten und tranken. Sie waren immer noch begeistert von dem Tanzpalast, den sie besucht hatten, von der Swingband, die sie gesehen und den Musikern, die ihnen besonders gefallen hatten. Ich kannte den Zenda Ballroom auf der Siebten und Figuera. Tetsu Bessho und seine Nisei Serenaders spielten dort jeden Montagabend.

Jimmy Araki, der Saxophonist, war ein heißer Typ. Joe Sakai war sehr entzückend. Die Mädchen sprachen Englisch, gemischt mit dem Hipster-Slang, den Musiker benutzen, und soweit ich das beurteilen konnte, unterschieden sie sich nicht von irgendwelchen anderen amerikanischen Mädchen, außer dass sie Chinesinnen waren. Eines der Mädchen drückte in der Jukebox immer wieder ein und denselben melancholischen mexikanischen Song und tanzte dazu für sich allein. Ich beobachtete sie im Spiegel hinter der Bar. Sie trug einen jadegrünen Sweater über einem engen schwarzen Hemdchen, weiße Socken und Schuhe in typisch leuchtendem chinesisch-rot. Sie war eine gute Tänzerin. Hielt den Kopf seitlich geneigt, hatte die Schultern bis zum Kinn hochgezogen und die Hände nach vorn gestreckt wie eine französische Nachtclub-Sängerin. Ich fragte mich, wo sie das wohl gesehen hatte. »Gib mir noch'n Schlag, Sammy«, sagte ich. Er kippte mir einen großen ins Teller. Es brannte wie der helle Wahnsinn. »Verrückte Braut, Sammy«, sagte ich.

»Yah, verrückt. Total verloren Kopf. Chinesisches Mädchen gefällt trauriges Lied. Sie hat gebrochen mit ihrem Freund, sagt adios muchacho.«

»Sie hatte einen mexikanischen Freund?«

»Yah, ein Pachuco-Junge. Nicht gut für chinesisches Mädchen. Böser Junge mit komischer Hand.« Sammy hielt seine linke Hand hoch und spreizte die Finger. »Er hat zu viele, hat sechs! Zeichen schlecht, Junge schlecht.«

»Ein Pachuco mit sechs Fingern? Das werde ich mir merken. Hasta manana, Sammyboy.« Ich zahlte und ging. Chinatown war totenstill. Auch die Mädchen verließen Sammy's und gingen auf dem Broadway nach Norden. Sie machten eine Menge Krach in der nebligen, leeren Straße, lachten und sangen den Song aus der Jukebox mit ihren hohen, schrillen Stimmen. Vielleicht könnte ich einen Job im Zenda bekommen, wenn die Bigsby-Steel mir gehört, dachte ich. Tetsu Bessho war noch nie auf die Idee gekommen, einen Steel-Gitarristen anzuheuern. Wär doch mal was Neues. Ich sollte mich mit ihm in Verbindung setzen. Es war so lange her, seit ich zuletzt gespielt hatte, dass es fast wie ein Neuanfang wäre, aber einen Versuch war's wert. Es musste im Leben mehr geben als Zähne vermessen und gebratenes Schweinefleisch mit Reis. Ich bemerkte den alten Ford-Laster kaum, der aus der Gasse hinter Sammy's herausfuhr. Er bog in die Richtung ab, in die die Mädchen gegangen waren. Nur einer von der Nachtschicht, wie ich, auf dem Weg nach Hause.

Der alte Woody Dickpants, unser Fahrstuhlführer, döste auf seiner Bank, als ich am nächsten Abend zur Arbeit kam. »Hallo, Woody«, sagte ich. »Dritte Etage.«

»Meine Güte, ich glaube, mir ist Ihre Etage bekannt, Mr. Kloer. Ist mir seit gut zehn Jahren bekannt, oder was meinen Sie?«

»Könnte passieren, dass ich Sie bald mal überrasche und meinen Hut nehme«, sagte ich.

»Gibt aber rein gar nichts, was mich noch überraschen könnte«, sagte Woody.

»Seit wann machen Sie den Job hier, Woody?«, fragte ich.

»Ich war schon hier, als am Empfang in der Lobby noch der Mann mit den Kastagnetten saß. Das war mal ein schönes Haus, damals wurde noch der Boden gewischt.«

Von der Straße kam eine Frau in die Halle und stöckelte über den Marmor durch die leere Lobby, als wäre sie zu spät dran. »Warten Sie, Boy!«, rief sie. Wir warteten. Sie war eine gutaussehende Frau um die Dreißig in Pelzmantel und High Heels. Blonde Haare, äußerst aufgestyled. Ohne Hut. »Vier«, sagte sie. Mit dem Gesicht zur Tür blieb sie stehen und sah nach oben, so wie's die meisten Leute machen. Woody schloss die Gittertür, betätigte den Schalthebel, und wir fuhren los. Er betrachtete den Hintern der Frau. Er bekam seinen traurigen Blick, dann beulte sich seine Hose vorn aus, etwa eine Fußlänge. Armer alter Woody. Das passierte jedes Mal, wenn eine Frau mit dem Aufzug fuhr. Er machte das nicht mit Absicht; es war eher eine Art Krankheit.

Woody meldete die dritte Etage und ich stieg aus. Und fragte mich, was eine scharfe Uptown-Blondine um diese Zeit nachts im Belfont machte?

Ich nahm Rays Brücke aus dem Gefrierschrank und legte sie auf meine Werkbank. Sie sah sehr gut aus, sie würde aus Ray einen neuen Mann machen. Wie es dann weiterging, war nicht mein Problem. Er konnte sich eine andere Steel-Gitarre beschaffen. Ich hatte das Gefühl, dass die Bigsby mein Leben ändern würde; dass ich damit aufsteigen könnte. Ich nahm das Telefon und wählte. Sammy meldete sich.

»Wersda?«

»Sammy, hier Sonny. Wenn sich Houseley meldet, sag ihm, er soll ein Taxi nehmen. Ich warte auf ihn.«

Bei Rays Vermieterin hinterließ ich eine ähnliche Botschaft. Ich rauchte eine Zigarette; ich nahm einen Schluck aus der Flasche und hörte Radio. Es war Donnerstagabend und das hieß Swing live aus dem Hollywood Roosevelt Hotel. Ich zählte fünf Saxophone, mindestens.

Jede Wette, dachte ich, dass eine Blondine wie diese Blondine im Aufzug jeden einzelnen von den Saxophonisten beim Vornamen kennt. Und jede Wette, dass sie 'ne dicke Freundin von allen im Roosevelt werden könnte. Ich hörte jemand klopfen. Ich erwartete Ray Randy, aber es war Woody Dickpants.

»Sie müssen mir helfen, Mr. Kloer.« Woody vibrierte wie eine Stimmgabel.

»Kommen Sie erstmal rein, setzen Sie sich«, sagte ich. »Was zu trinken?«

»Oh, danke, Sie sind'n wahrer Freund, ich brauch unbedingt 'nen Drink, was Schreckliches ist passiert.«

»Aufzug mal wieder stecken geblieben?«

»Das ist kein Scherz, Mr. Kloer, lachen Sie nicht. Sie hat mich ausgelacht, so ging's los.«

»Erzähl einfach, was passiert ist, Woody«, sagte ich.

»Die Blondine, Sie erinnern sich, Sie haben sie gesehen, die im Pelzmantel? Ich hab nur gesagt, ›das ist aber ein sehr schöner Mantel‹.«

»Sie haben sie im Vierten rausgelassen.«

»Ja, aber das passierte später. Sie hat'n Summer gedrückt, also fuhr ich rauf. Hatte grade schon Schluss gemacht, aber ich hab gedacht, das macht mir jetzt nichts, wenn ich mich da noch drum kümmer. Ist ja dunkel in den Gängen. Ich hab mir nichts dabei gedacht, Mr. Kloer, ich bin ein kranker Mann.«

»Sie sind also nochmal raufgefahren, erzählen Sie da weiter.« Ich schaute auf die Bürouhr. Es war 10:30.

»Ich bin nochmal raufgefahren zum Vierten. Sie sagt, ›Runter, Boy.‹ Ich sage, wie ich's immer sage: ›Wir fahren runter.‹ Dann kam sie ganz nah an mich ran, sie presste sich an mich. Sie sagt: ›Ich meinte, runter mit *diesem* Boy.‹ Ich sage: ›Lady, ich bemühe mich, den Aufzug zu bedienen.‹ Sie sagt: ›Zeigst du dein Kunststück allen Mädchen oder stehst du auf mich ganz besonders?‹« Woody fing zu weinen an.

»Was ist dann passiert?«

»Mir ihrem großen Mund hat 'se mich ausgelacht. Und ich hab 'se weggestoßen, vielleicht bisschen zu stark weggestoßen, ich weiß es nicht. Der Allmächtige weiß, wie krank ich bin. Sie is' gefallen, ich glaub, mit 'm Kopf isse hingefallen. Bitte helfen Sie mir, Mr. Kloer.«

»Wo ist sie jetzt?«

»Hier im Dritten, im Aufzug.«

Ich ging den Gang runter zum Aufzug. Es war dunkel im Flur. Aber das Licht im Aufzug war grell, sie hatten eine der Außenlampen eingebaut. Sie lag auf dem Rücken, der Kopf in die Ecke gepresst. Sie lag völlig unnatürlich da, als hätte man ihr die Sehnen durchgeschnitten – so wie sie auf Polizeifotos aussehen –, ein Arm unter dem Körper, der andere weit ausgestreckt. Ein Schuh abgestreift. Ihr Kleid war bis ganz nach oben geschoben und das Höschen zerrissen. Der gute alte Dickpants. Und eine Blutlache. Mir wurde schlecht. Ich durchsuchte ihre Geldbörse, wie sie's in den Filmen machen, dann hörte ich, wie sich jemand näherte. Ich geriet in Panik, ließ die Brieftasche fallen, versuchte aufzustehen und taumelte. Eine Hand stützte mich. Es war Houseley. »Er ist abgehauen«, sagte Houseley, als ich mein Gleichgewicht wiedergefunden hatte.

»Wer?«, fragte ich.

»Die Bürotür ist offen. Die Whiskeyflasche ist leer. Ich vermute, es war Woody, der das Chaos inszeniert und dich dann im sprichwörtlichen Regen stehengelassen hat.«

Ich fühlte mich schwach, krank. Die Militärärzte hatten mich vor, wie sie es nannten, überhöhter Nervenbelastung gewarnt.

»Ich glaube, sie ist tot, aber ich habe Angst davor, sie zu berühren«, sagte ich zu Houseley. »Du bist der Arzt, du wirst es doch sicher überprüfen wollen. Ich gehe die Cops verständigen.«

Houseley schüttelte den Kopf. »Sie ist so tot wie man nur sein kann. Ich werde in fünf Bundesstaaten gesucht, gestatte mir bitte, dass ich mich höflich verabschiede. *Au revoir, mon vieux.*« Er verschwand über die Hintertreppe. Auf der dritten Etage war nichts mehr, nur noch das tote Mädchen im Licht und das Klingeln in meinem Kopf und das Radio im Labor. Der Moderator sprach grade die Absage: »Und vergessen Sie nicht, nächste Woche wieder einzuschalten, um den eleganten Sound von Harry Spivak und seinen Jungs und die glamourösen Gesangseinlagen von Miss Josephine Hutchinson nicht zu verpassen! Dieses Programm wurde für eine Sendung des Armed Services Radio Network aufgezeichnet. Am Mikrophon Roy Rowan.«

»Kloer, pack deinen Kram und lass dich nie wieder sehen«, war alles, was Puss Walgreen dazu sagte. Er behauptete, Woody sei mit seinem Vorrat an Zahngold im
Wert von fünftausend Dollar geflüchtet, während ich den
Raum verlassen hatte. Und er machte Andeutungen, dass
ich in die Sache verwickelt sei. Während ich die Vermutung hatte, dass Puss die Versicherung übers Ohr hauen
wollte, denn es war bisher nie vorgekommen, dass er
soviel Gold vorrätig hatte; man bestellt es je nach Bedarf.
Die Cops nahmen meine Aussage auf und wiesen mich
an, die Stadt nicht zu verlassen. Ich erklärte ihnen, dass
es mein Auto ohnehin nicht mehr weiter als bis zur
Stadtgrenze schaffen würde.

Sie gaben eine Fahndungsmeldung nach Woody raus.
*Könnte eine versteckte Waffe tragen, nähern Sie sich mit
Vorsicht.* Detective Spangler kaufte die Story nicht, die
mir Dickpants erzählt hatte: »Das war Penetration mit
einem Gegenstand. Und den werden wir finden.«

Die Polizei wollte wissen, was das Mädchen im Belfont-Gebäude gemacht hatte. Sie hatte nicht viel Geld in
ihrer Geldbörse, war also nicht gekommen, um zu kassieren. Es sei denn, ich hätte es geklaut. Sie war in den
Vierten raufgefahren, hatte aber nicht gesagt, weshalb,
nicht in meiner Gegenwart. Und ich war noch nie dort
oben gewesen. Und woher sollte ich denn wissen, ob
sich's hier um 'ne ausgetickte Hassnummer handelte? Ich
mache Zähne, das ist alles, worüber ich was weiß. Mit
Woody hat es bisher nie Ärger im Haus gegeben. Er ist
ein alter Mann, er hatte keine mir bekannten Partner.

»Er ist ein abnormer Sexkiller«, meinte Spangler. »Das
ist ein Fall wie die Schwarze Dahlie, und das Baby gehört
mir.«

Es war sieben Uhr morgens, als ich aus dem Polizeipräsidium entlassen wurde. Ich war seit Jahren nicht mehr um
diese Uhrzeit vor der Tür gewesen. Ich fuhr zu Philippe's
auf der Alameda, um zu frühstücken. Bei mir gibt's nor-

malerweise kein Frühstück, aber ich bestellte Eier mit Schinken. Ich hatte seit meiner Militärzeit keinen Schinken mehr gegessen. Der Militärschinken bestand vor allem aus Fett.

Ich bin ein Mensch, der systematisch vorgeht, das ist der Steel-Gitarrist in mir. Eine Steel ist ein sehr systematisches und sehr logisches Instrument, und das ist der Grund, warum ich sie mag. Du sitzt da und legst den Stahlstab auf die Saiten und spielst deine Riffs. So sieht's aus, wenn wir spielen. Für ein Genie wie Joaquin Murphy ist es toll, frei und locker zu spielen und einfach so dahinzufliegen, aber der Durchschnittsjoe muss es sich zuerst im Kopf zurechtlegen.

Als die Normalbürger fertig waren, wurde es ruhig im Philippe's, und ich wollte mir ein paar Gedanken machen. Es war unmöglich, dass ich einen Job annahm, bei dem ich längere Zeit stehen musste. Und ich hatte keinerlei Fähigkeiten, die für Büroarbeiten verlangt werden. Neben der Herstellung von Zähnen gab's nur eine Sache, mit der ich mich auskannte, das war Steel-Gitarre spielen, und ich besaß nicht mal eine. Aber das konnte sich ändern.

Ray Randy: Warum war er nicht wiedergekommen, um seine Zähne abzuholen? Musste einen schwerwiegenden Grund dafür geben. Ich notierte mir alle Orte, wo er sein konnte: das Sunshine Hotel in Bunker Hill; die Musikergewerkschaft in Hollywood; das Riverside Rancho, ein Country & Western-Lokal in Glendale. Außerdem konnte er in jeder beliebigen Bar von hier bis zum Pazifischen Ozean sein. Wie sich herausstellte, war er an keinem dieser Orte.

Woody Atkins, auch bekannt als Dickpants: Er schlief auf einer Liege im Keller, und der Gebäudeverwalter bezahlte ihm seinen Lohn in bar aus. Die Polizei fand ein altes Exemplar von *Vereinigte Menschheit*[*] unter seinem

---

[*] Beliebte verschwörungstheoretische Schrift von Arthur Bell.

Kissen. *Alles Gute zum Geburtstag Woodrow von Gertrude* stand auf dem Vorsatzblatt. Für mich war Woody nur ein einsamer alter Mann, der den Aufzug bediente und eine peinliche Nervenschwäche hatte. Und jetzt war er verschwunden. War nicht mein Problem. War's doch, wie sich herausstellte.

Houseley Stephenson: Wenn es mir gelang, ihn ausfindig zu machen, konnte er mir vielleicht helfen. Ich schaffte es, ihn zu finden. Aber als ich ihn hatte, war seine Hilfe gleich null.

Das Barlow-Sanatorium war seit Anfang des 19. Jahrhunderts eine Klinik für Tuberkulosekranke. Es war sehr heruntergekommen und sehr ruhig. Die Eingangshalle war dunkel, es roch nach Bohnerwachs.

Die typische Krankenschwester saß am typischen Empfangstresen, und ich erinnerte mich schlagartig an das Militärkrankenhaus in San Diego. Ich hätte mir meine Orden anstecken sollen, und ich habe viele.

Die Krankenschwester starrte mich an. Ich stützte mich schwer auf meinen Stock. Aus der Nähe sah sie nicht so gewöhnlich aus: um die dreißig, mit sehr zarter, reiner Haut und schwarzen Haaren. Ihre Augen stürzten dich in tiefste Verwirrung, und im selben Moment stoppten sie deinen Traum. Sie waren tatsächlich violett.

»Howdy, Ma'am«, sagte ich und salutierte ein bisschen dazu. »Mein Name ist Loren Kloer. Man nennt mich Sonny. Ich möchte Dr. Stephenson sprechen.«

»Es gibt hier niemanden mit diesem Namen«, sagte sie. Ihre Stimme gefiel mir, sie hatte mit Militär nichts zu tun.

»Ich spreche von Dr. Houseley Stephenson. Er hat mir gesagt, er wäre hier als Berater tätig. Könnte sein, dass er nicht zur normalen Belegschaft gehört.«

»Einen Moment, bitte«, sagte die Schwester. Sie verschwand in einen Seiteneingang und kam mit einem Mann in einem weißen Kittel zurück. Er war sehr groß und dünn und hatte eine hohe, gewellte Frisur wie ein

Gospelsänger. Seine dicken roten Lippen hatte er verärgert nach vorn geschoben, und er hatte dunkle, kleine, runde Augen. Er stach mit seiner langen Nase auf mich runter und sagte: »Ich bin Dr. Cross. Dies ist ein Privatkrankenhaus, was wollen Sie hier?«

»Nichts Besonderes. Ich möchte Dr. Houseley Stephenson sprechen, falls er abkömmlich ist. Falls nicht, komme ich später nochmal«, sagte ich.

»Da ist Ihnen ein Fehler unterlaufen. Es gibt hier keinen Houseley Stephenson.«

»Ich mache Fehler, aber ich glaube, das ist keiner davon. Ich wette, dass er hier irgendwo ist. Wie wär's denn, wenn ich mich mal etwas umsehen würde?« Das gefiel Dr. Cross überhaupt nicht. Er spitzte die Lippen und zuckte mit den Augenbrauen. Und zeigte mit seinem Klemmbrett auf mich.

»Schwester Bari, begleiten Sie diesen Mann sofort hinaus. Ich lasse mir derartige Aufdringlichkeiten nicht bieten.« Damit drehte er sich um und ging durch den Seiteneingang wieder hinaus. Die Schwester kurvte um ihren Empfangstresen herum und baute sich neben mir auf. Sie hatte etwa meine Größe, aber einen erheblich strengeren Blick.

»Würden Sie mir bitte folgen«, sagte sie.

»Sicher, aber wozu die ganze Vorstellung? Houseley ist ein guter Freund von mir, vorgestern Nacht hab ich ihn hier abgeholt. Er sagte, dass er hier gearbeitet hat, irgendwas mit Schizophrenie. Können Sie mir glauben, dass ich das nicht erfinde, warum sollte ich?«

»Dr. Cross ist ein sehr beschäftigter Mann«, sagte sie und hielt mir die Tür auf.

»Ich bin selber auch sowas Ähnliches wie ein Mediziner«, sagte ich. »Es wäre besser, wenn Sie dem Doktor seine Pillen wegnehmen. Er macht einen völlig überspannten Eindruck, er könnte jeden Moment einen Kollaps erleiden.« War nur ein kleiner Scherz, aber Schwester Bari erstarrte. Ihre Augen wechselten die Farbe, und verwandelten sich wieder zurück, und mit diesem strahlenden Violett konnte man's deutlich erkennen. Ich humpelte raus und die Stufen runter. Sie wartete bis ich im Auto saß, dann ging sie rein und schloss die Tür. Es war wieder absolut ruhig.

Houseley Stephenson war ein ungewöhnlicher Name, ein Klotz im Maul, wenn man's aussprach, und dafür hatte ihn mir Dr. Cross doch etwas zu schnell zurückgeworfen. Ich entschloss mich, etwas Aufklärungsarbeit zu leisten. So wie wir's damals auf Leyte machten. Die beste Methode war, hatte man uns in der Army gelehrt, eine erhöhte Position gegenüber dem Objekt einzunehmen, um es von oben zu sehen und ein Gesamtbild zu bekommen. Das Barlow-Sanatorium war eng an den Hügel gebaut, der Palo Verde oder »grüner Hügel« genannt wurde. Ich fuhr die Straße bis zum höchsten Punkt hinauf und parkte. Durchs hohe Gras ging ich bis dahin, wo sich der Hügel zu neigen begann und ich den gesamten Krankenhauskomplex überblicken konnte. Das Dach der L.A.-City Hall war über dem nächsten Hügel gerade noch zu erkennen. Die Stadt war um Ravine herum gewachsen, doch Ravine selbst hatte sich seit den alten Tagen, als das Barlow erbaut worden war, nicht groß verändert. Ich breitete mein Jackett auf der Erde unter einem Eukalyptusbaum aus und setzte mich, um meine Beine zu erholen. Da es sich vermutlich nicht um eine militärische Operation handelte, rauchte ich eine. Und nach einer Weile schlief ich ein.

Mein befehlshabender Offizier in Leyte pflegte zu sagen: »Ihr seid die Aufklärung, ihr mischt euch ins Geschehen nicht ein, es ist mir scheißegal, was ihr da draußen vorfindet.« Das war gegen Ende, als wir den Laden nur noch aufräumen mussten – so hatten wir uns das jedenfalls vorgestellt. Und dann stießen wir auf einer Lichtung an einem kleinen Teich auf eine Kompanie japanischer Infanteriesoldaten.

Wir beobachteten sie, und es war furchtbar, das mitanzusehen. Sie waren ausgehungert und ausgezehrt und ihre Uniformen nur noch Fetzen. Einer der Soldaten stopfte sich Kieselsteine in den Mund und wimmerte wie ein verängstigtes Kind. Ein anderer Soldat ging zu ihm und schlug ihn nieder. Der erste Soldat hob seine Hände und bettelte und flehte, und der andere hörte auf, ihn zu schlagen. Und dann fing das Ganze wieder von vorne an.

Wir zogen uns zurück und berieten uns. Einer sagte, er wäre dafür, den ganzen Haufen niederzumachen, aber ein anderer meinte: »Wir sollten sie zum Stützpunkt bringen, vielleicht kriegen wir was aus ihnen raus.«

»Ich bin für Abknallen und Weitergehen«, sagte ein anderer Kamerad.

Wir konnten uns nicht einigen, deshalb wurde abgestimmt. Das Ergebnis war vier gegen zwei, sie zum Stützpunkt zu bringen, obwohl wir damit gegen unsere Befehle handelten. In einer Kreisformation rückten wir vor. Als uns die Soldaten bemerkten, fielen sie auf die Knie und fingen anscheinend zu beten an. Wir überzeugten uns davon, dass sie ihre Waffen abgelegt hatten, und befahlen ihnen aufzustehen und sich in einer Reihe aufzustellen.

Und dann brach die Hölle aus. Plötzlich waren wir unter Beschuss. Es waren sicher weitere fünfzig Japaner, die in den Bäumen auf uns gewartet hatten, und die besorgten es uns richtig. Diese anderen Typen waren nur Lockvögel. Sie hatten darauf gesetzt, dass diese Amerikaner Weicheier waren, und ihr Plan ging auf. Demokratisch und so, Sie wissen schon. Für uns war's genauso ein Massaker wie für diese armen ausgehungerten Soldaten. Ich schnappte mir einen von ihnen, rannte zurück in den Wald und benutzte ihn als Schutzschild. Er schrie die ganze Zeit, ein unfassbares Schreien, das mich krank machte, aber er bekam alle Kugeln ab, und das rettete mir das Leben. Nur ich und mein Kumpel Clark kamen lebend raus und schafften es zurück zu unserer Einheit. Ich war an beiden Beinen getroffen. Clark musste mich einen Großteil der Strecke tragen.

Der befehlshabende Offizier wollte keinen Ärger, deshalb lautete seine Meldung ans Oberkommando, dass wir Helden wären. Ich wurde ausgezeichnet. Mein Offizier versprach mir, dass er mich, falls ich jemals auch nur ein Wort verlieren würde über das, was tatsächlich passiert war, bis ans Ende der Welt jagen und töten würde. Ich hörte, dass er kürzlich gestorben war. Wegen ihm musste ich mir also keine Sorgen mehr machen. Aber im Prinzip hatte er recht. Starte keinen Angriff, wenn du die Stärke des Feindes nicht kennst. Denk an die Japaner in den Bäumen.

Als ich einen Motor hörte, wachte ich auf. Ein kleines Mexikanermädchen mit rosa Schleifchen im Haar saß neben mir im Gras. Es hatte zu dämmern begonnen.

Unten hatte ein alter Lieferwagen vor dem Sanatorium geparkt. Das Mädchen zeigte auf den Laster. »Cousin Beto«, sagte sie. Sie drückte eine aus Lumpen genähte Puppe an sich, die aussah, als hätte schon Pancho Villa mit ihr gespielt. »Deine Puppe gefällt mir«, sagte ich, »wie heißt sie denn?«

»Lydia.«

»Und kennst du Cousin Beto?«

»Ja.«

»Wohnt er hier in der Nähe?«

»Ja. Da ist mein Haus.« Sie zeigte auf eine schiefe Holzhütte ein Stück die Straße runter, an der mein Wagen stand. Im Garten davor war eine Ziege an einem Baum festgebunden.

»Regreso a la casa para comer. Adios.« Sie musste zum Essen nach Hause oder so ähnlich. Ich hatte seit Phillipe's nichts mehr gegessen. Sie winkte mir zum Abschied und rannte mit ihrer Puppe davon.

Noch ein zweites Auto stand vor dem Barlow. Es war ein Plymouth-Cabriolet, Vorkriegsmodell, schickes Auto, das Auto einer Lady. Ich hatte es schon mal gesehen. Konnte bedeuten, dass Schwester Bari noch im Dienst war. Oder gehörte es vielleicht einem Black-Jack-spielenden Krankenpfleger? Ich bin keiner von diesen Burschen, die man aus den Pulp-Magazinen mit den verrückten Umschlägen kennt, die im Zehn-Cent-Laden rumliegen, diese Sorte cooler Junge, der durch ein Fenster im zweiten Stock kracht und das Mädchen rausholt, während er die bösen Jungs mit einer 45er wegpustet und pausenlos schlaue Sprüche klopft. Das läuft beim alten Sonny nicht. Ist mit seinen im Armee-Hospital zusammengeflickten Beinen nicht drin. Dennoch musste ich rausfinden, ob Houseley dort war. Und deshalb setzte ich mich wieder in den Olds und fuhr den Berg runter. Ich stellte mich direkt vor's Sanatorium neben den Plymouth. Auf dessen Sonnenblende war der Fahrzeughalter registriert: »Lynn Bari, Barlow Sanatorium, Chavez Ravine Road, Los Angeles.«

Im Hauptgebäude war es dunkel. In einem der kleinen Nebengebäude entdeckte ich ein helles Fenster, und so leise wie's einem Mann mit einem Stock möglich ist, näherte ich mich. Hinter dem Fenster war ein kleiner Aufenthaltsraum, in dem Schwester Bari im Licht einer Bodenlampe in einem Buch las. Sie trug ein Hauskleid mit einem Blumenmuster, nicht besonders schick oder stilvoll, als hätte sie sich für die Nacht umgezogen und würde niemanden mehr erwarten. Ich beobachtete sie. Sie strahlte diesen Reiz aus, den Frauen auf Gemälden haben, wenn sie allein einfach nur dasitzen und nichts tun. Durchs Fenster war Orgelmusik zu hören, die aus einem Kofferradio neben ihrem Sessel kam. Ein Mann sprach im mitfühlenden Tonfall eines Totengräbers: »Korla Pandit beendet nun diese Stunde der gesegneten Meditation. Senden Sie Ihre Fürbitten zusammen mit Ihren Dollars an *Die bessere Zukunft*, zu Händen dieser Radiostation.« Dann erstarb die Orgel allmählich. Niemand hätte bei Schwester Bari mit den violetten Augen und dem Alabastergesicht eine Schwäche für jemanden wie Korla Pandit vermutet.

Sie legte das Buch weg und ging durch eine Verbindungstür. Ich schlich mich zum nächsten Fenster. Jemand lag ausgestreckt auf einem Bett. Bari blieb ein paar Minuten bei ihm und fühlte seinen Puls. Entfernte sich wieder. Ich entdeckte eine Balkontür mit Vorhängen, die unverschlossen war. Ich schob sie einen Spalt auf und wartete ab. Kein Alarm; keine Gummiknüppel schwingenden Wachmänner kamen angerannt. Was auch immer das Barlow war, besonders gesichert war es nicht. Ich ging rein. Da lag Houseley. Seine Augen waren geschlossen und er atmete tief und gleichmäßig.

»Houseley, aufwachen«, flüsterte ich. Beugte mich näher zu ihm und flüsterte wieder. »Houseley, ich bin's, Sonny.« Ich packte ihn am Arm und schüttelte ihn. Er bewegte sich. »Will nich' dazu«, murmelte er. Ich rüttelte weiter an ihm. Seine Hände griffen in die Luft. »Whiskey!«, krächzte er.

»Du kriegst deinen Drink, aber zuerst musst du eine Frage beantworten«, flüsterte ich. Er ließ die Hände sinken und runzelte die Stirn. »Was machst du hier?«, fragte ich ihn.

»Macht mich zum Sergeant, her mit dem Schnaps!«

»Pass auf, ich war in der Army, ist schwierig, an Schnaps ranzukommen. Wo bekommst du ihn her?«

»*Captain* Cross.« Houseley salutierte höhnisch. »Große Nummer im Militärkrankenhaus, kriegt was er will.«

»Der Krieg ist vorbei, Houseley, du bist jetzt wieder Zivilist. Was will Cross von dir?«

»Er hat mich bedroht! Ich will nicht für ihn arbeiten! Ich will nicht belästigt werden!«

»Schwester Bari ist los, um dir was zu trinken zu holen, sie wird gleich wieder hier sein.« Er lächelte, Schwester Bari gefiel ihm. Ich hörte das Radio, ging zur Tür und spähte rüber. Jetzt war sie mit einer Stickerei beschäftigt. Aus dem Radio kamen lärmige, hallende Geräusche.

»Live aus Temple City ist es wieder einmal Zeit für *Die Bowling-Meisterschaft*, präsentiert von Miller, dem Champagner der Flaschenbiere!« Bari drehte einen anderen Sender rein. »Juwelier Slavick präsentiert Ihnen *Musik zur Nacht*, mit Ihrem Gastgeber Thomas Cassidy.« Ein Orchester fiedelte herum, Bari wandte sich wieder ihrer Stickerei zu.

In der Armee wurde uns eingebläut, wir sollten entscheidungsfreudig sein. Schätze deine Möglichkeiten ein, aber nimm dir nicht zuviel Zeit, denn jemand könnte dich ins Visier nehmen und verletzen. Also setzte ich mein Geld auf violett und marschierte in dieses Zimmer. Bari sah auf, erkannte mich und legte ihre Stickerei weg – es war eine dieser gerahmten Holztafeln mit nostalgischem Schriftzug: »Zum Wohlbefinden meiner Gäste...«, soweit war sie gekommen. Ich deutete auf das Ding. »Und wie lautet der Rest, Schwester Bari?« In ihren violetten Augen war keine Regung. »Aus meiner Küche nur das Beste«, sagte sie mit ihrer tiefen Stimme. Ich setzte mich in den Sessel ihr gegenüber. »Meine Beine bringen mich um«, sagte ich.

»Ich glaube, wir haben Sie unterschätzt«, sagte sie.

»Das tun die meisten Leute, falls Sie mich überhaupt bemerken. Was mich interessiert ist, was hier mit Houseley passiert. Er hat mir erzählt, er wäre hier Arzt. Cross sagte, ›diese Person gibt's hier nicht.‹ Und Sie sitzen hier und passen auf ihn auf. Jetzt sind Sie dran.«

»Der Mann, den Sie Houseley Stephenson nennen, ist ein Patient von uns, schon seit Jahren. Er und Dr. Cross lernten sich beim Militär kennen. Er leidet unter einer ungewöhnlichen Krankheit und ist seit dieser Zeit bei Dr. Cross in Behandlung.«

»Er ist Alkoholiker, was ist daran so ungewöhnlich?«

»Er braucht spezielle Medikamente.« Ihr Buch lag mit dem Umschlag nach oben auf dem Tisch neben dem Nähkorb. Es war weniger ein Buch als ein Pamphlet mit dem Titel »Erfolgreich Sprechen bei Meetings mit kleinen Gruppen«. Als sie bemerkte, dass ich den Titel las, bedeckte sie es mit einem Wollknäuel.

»Sie können mir das Blaue vom Himmel erzählen, Lynn, falls das Ihr richtiger Name ist, aber ich verdiene meinen Lebensunterhalt mit falschen Zähnen, ich bin in der Beziehung sowas wie'n Experte. In dieser Nacht erzählte mir Houseley, er würde hier etwas untersuchen, und vorhin brabbelte er was von er hätte irgendwas, das Cross haben will. Hat anscheinend was mit dem Krieg zu tun, wie meine Beine. Was ist so geheim an der Sache?«

»Ich weiß nicht, was ich dazu sagen soll, ich bin hier nur angestellt seit vier Jahren. Und bisher war nie jemand hier, um Mr. Stephenson zu besuchen.« Baris Augen wurden groß, als sie über meiner Schulter irgendwas entdeckte. Ich drehte mich um und spürte schon, wie ein durchgedrehter Wachmann mit 'nem Schraubstockgriff meine Luftröhre abdrückte, aber es war nur Houseley, der in der Tür stand. »Wo bleibt mein Drink?«, sagte er. »Hab Ihnen doch gesagt, dass mir keine Fehler unterlaufen, dem Mädchen ging's gut, solang sie bei mir war. Warum erzählen Sie überall herum, dass sie gestorben ist? Cross hat's mir fest versprochen, du kannst keinem trauen.« Bari stand auf und führte Houseley ins andere Zimmer zurück. Sie war freundlich zu ihm, und er folgte ihr ohne einen Ton. Nach fünf Minuten kam sie wieder.

»Dieses tote Mädchen taucht immer wieder auf, sie quält ihn«, sagte ich. »Ich weiß nicht, was passiert ist. Haben Sie irgendwas zu essen da?«

»Nein. Und ich denke, Sie sollten jetzt besser gehen, es ist spät geworden.«

»Warum? Ich bin ein Nachtmensch, bin daran gewöhnt. Ich dachte, dass wir uns gerade etwas näher kommen.«

»Wenn der Doktor zurückkommt, wird's Ärger geben. Ich kann Ihnen eine Tasse Kaffee machen, das ist alles, was hier ist«, sagte sie.

Mir wurde etwas schwindlig. Die Militärärzte hatten mich vor niedrigem Blutzuckerspiegel gewarnt. In Los

Angeles gab's zu viele Ärzte. Wenn man sie alle aneinanderlegen würde, dann würde das von Chavez Ravine bis zum Belmont-Gebäude reichen.

»Ich glaube, dass Houseley in Gefahr ist, ich werde ihn mitnehmen. Ich habe Ihnen nichts anzubieten, aber warum sollten Sie hier noch länger rumsitzen? Los Angeles ist das Land der besseren Zukunft.«

»Ich danke Ihnen, wirklich«, sagte sie. Aber sie rührte sich nicht. Und es war Zeit zu gehen. Ich ging in das Zimmer mit dem Bett, in dem Houseley schlief. Ich legte seinen Arm um meine Schultern und hievte ihn hoch. Schwer auf meinen Stock gestützt, schleppte ich ihn rüber zur Balkontür und stieß sie auf. Weiter waren wir nicht gekommen, als ich zu schwitzen anfing. Jetzt hatten wir den Park vor uns. Kein großer Park, aber groß genug.

»Wenn du losgehn willst, dann geh los«, pflegte unser befehlshabender Offizier zu sagen. Ich ging los.

Draußen war es kalt und feucht. Der Boden war weich, mein Stock war keine große Hilfe. Wir gingen im Schneckentempo, aber wir schafften es. Der Boden vor dem Sanatorium war mit Kieseln bedeckt, da ging's leichter. Als ich mit Houseley den Olds erreichte, legte ich ihn auf der Kühlerhaube ab und gab mir Mühe, nicht auf ihn draufzufallen.

Plötzlich flammten die Scheinwerfer auf und fixierten uns wie Kojoten auf der Straße. Jemand stieg aus dem Auto, kam über den Kies näher und blieb so stehen, dass er hinter den Scheinwerfern war.

»Ganz entzückend. Buenas noches, amigos.« Die Worte kamen gewispert wie Wind in den Bäumen.

»Was machen Sie in meinem Auto?«, sagte ich. War völliger Blödsinn, das zu sagen, aber mein Puls raste und ich konnte nicht denken.

»Ich mag diese Kisten, das Getriebe ist so *coool*.«

»Was wollen Sie?«, sagte ich.

»Man nennt mich Cousin Beto.«

»Arbeiten Sie für Dr. Cross?«

»Ja. Claro. Ist so ruhig in Palo Verde en la noche. Warum müsst ihr so schnell abhauen?«

»Ich muss diesen Mann hier rausbringen. Aus dem Weg.«

»›Aus dem Weg‹? Ist das hospitable? Ist das vielleicht *freundlich*? Mi amigo, du bist nicht in der Position, zu befehlen.«

Hinter den Scheinwerfern war er nur ein Schatten. Und aus der Dunkelheit kamen andere Schatten, die sich zu ihm stellten.

»Wir fahren jetzt.« War völliger Blödsinn, das zu sagen. Ich würden nirgendwohin fahren. So schwach wie ich war, hätte ich das Auto keine dreißig Meter fahren können.

»Pass auf die linke Hand auf, Messer«, flüsterte Houseley. Die Schatten schnellten vor.

»Pa'tras, cabrones!« Cousin Beto zischte, und die Schatten wichen zurück. Er kam ins Licht, wo ich ihn sehen konnte. Er war klein, aber seine Pachuco-Frisur legte nochmal zehn Zentimeter drauf. Er trug ein weißes Unterhemd und einen langen Mantel, der nicht zu seinen plissierten Hosen passte. »Sie werden erwartet«, sagte er, und verbeugte sich wie der Maître eines Tacoschuppens an der Olvera Street.

Beto und seine Jungs sperrten uns in einen Raum, der Cross' Büro zu sein schien. »El doctor ist beschäftigt im Moment, pero er wird bald bei euch sein«, sagte Beto. Er schien die Gewohnheit zu haben, seine linke Hand in der Manteltasche zu vergraben.

In Houseley kam wieder etwas Leben, er fing an, die Schubladen von Cross' Schreibtisch zu durchwühlen. »Cross ist ein Doperaucher, könnte aber sein, dass er aus medizinischen Gründen irgendwas hier hat.«

»Hab ich gar nicht gewusst, dass du beim Militär warst, Houseley.«

»›Entwaffnen Sie die Welt‹, sagten sie. Ah, aber zuerst wollten sie etwas von mir, um ihre Macht demonstrieren zu können, etwas Großes und Eindrucksvolles. Fein, sagte ich zu ihnen, kein Problem, ich werde die Amplitude so hochjagen, dass den Leuten noch hundert Kilometer weiter die Augen bis zu den Socken runterhängen! Sie waren begeistert! Ich sagte zu ihnen, sorgt für den Schnaps und ich mach's! Idioten! Kein Weg dahin, natürlich.«

»Die Welt entwaffnen? Wer, die Army?«

»Nannte sich ›Vereinigte Menschheit‹. Bekamen Ärger während des Kriegs. Haben inzwischen einen neuen Decknamen, fällt mir jetzt nicht ein. Cross ist am Abrutschen. Mir unterlaufen keine Fehler.«

»Und was ist Cross' Aufgabe hier?«

»›Verantwortlicher Sektionsleiter‹ nennt er sich! War ihm nicht gestattet, eine Geliebte zu haben, passte den Gläubigen nicht. Dann Auftritt FBI, bezichtigte die Organisation, einen Umsturz zu planen, und wollte diese Geliebte zum Verhör holen. Cross behauptete dann, sie sei bei dem Einsatz ums Leben gekommen.«

»Aber sie ist nicht tot«, sagte ich. »Wo ist sie untergetaucht?«

»Hat einen Deal mit Cross gemacht. Ihr Schweigen gegen einen neuen Namen und ein neues Gesicht. Das war mein Job. Verdammt gute Arbeit, ich scheue mich nicht, das zu sagen.«

»Wo ist sie jetzt?«

»Du musst die alte graue Masse da oben wieder etwas in Schwung bringen, Sonny. Schärf deine Aufmerksamkeit, nimm Vitamine ein, falls du anfangen willst, für die Organisation zu arbeiten. Sie haben für jeden Verwendung, sogar für Mexikaner.« Houseley ging dazu über, die Medizinschränke zu durchwühlen. »Meine Meinung? Diabetiker«, sagte er und schaute mich dabei an.

»Ich muss etwas essen, ich kann hier nicht länger bleiben«, sagte ich. Es gab noch eine Tür in Cross' Büro, sie führte in einen dunklen Flur, von dem einige Türen mit Glasfenstern abgingen. Ein Fenster war hell, ich schaute hinein. Ein kleiner Raum mit gepolsterten Wänden und einem schmalen Bett. Auf dem Bett lag ein Mann, verschnürt in einer Zwangsjacke. Er musste meinen Blick gespürt haben, er drehte den Kopf zur Tür. Vermutlich war das Fenster nur einseitig durchsichtig. Ich konnte Woody sehen, aber er konnte mich nicht sehen.

Die Tür war nicht versperrt. Woody geriet in Panik, als er bemerkte, dass die Tür geöffnet wurde. Dann erkannte er mich. »Mr. Kloer! Helfen Sie mir, um des Allmächtigen Gottes Willen!«

»Wer hat Sie gefesselt?«

»Sie haben mich entführt. *Die Sponsoren* denken, dass ich ein Spion der *Heimlichen Herrscher* bin. Sie haben mich geschlagen! Aber ich bin kein Spion, Mr. Kloer! Ich war in all den Jahren immer ein treuer Diener, Sie müssen sie aufhalten!«

»Die Polizei sucht nach Ihnen. Wer war dieses Mädchen, Woody? Ich helfe Ihnen, wenn Sie mir die Wahrheit sagen. Und verscheißern Sie mich nicht damit, Sie hätten sie nicht gekannt.«

»Aber das hab ich nicht, ich schwör's!«

»Das war's, Woody. Ich werde jetzt Schwester Bari suchen und ihr sagen, dass Sie gelogen haben.«

»Nein! Nicht ihr! Das nicht! Sie sagt's Dr. Cross und der lässt mich in Zelle Sieben bringen! Sie dürfen nicht zulassen, dass sie mich in Sieben stecken!«, schluchzte er. Zu Tode erschrocken. Mein befehlshabender Offizier pflegte zu sagen, jeder lebende Gefangene ist ein durchgeknallter Höllenhund bis zum Beweis des Gegenteils. Der Punkt war, dass ich hier auf die Schnelle keinen Beweis für das Gegenteil bekommen konnte. Ich erklärte Woody, dass ich ein wenig Aufklärungsarbeit machen müsste. Als die Tür zu war, konnte man ihn nicht mehr heulen und betteln hören.

Einmal hatten wir einen Fehler gemacht, der uns teuer zu stehen kam. Ein japanischer Soldat war schwer verwundet worden und der Arzt meinte, er würde sterben.

Der Arzt sprach etwas japanisch. Er erklärte uns, der Mann würde darum bitten, mit einem Schwert Harakiri begehen zu dürfen, um die Familienehre zu retten. Er hatte soviel Blut verloren, dass wir ihn für ungefährlich hielten, und Clark gab ihm sein Bayonett. Er war jedoch in der Lage, von der Bahre zu springen und Clark das Bayonett in den Bauch zu rammen. Ich und zwei Kameraden versuchten, ihn zu fassen zu kriegen, aber er war zu schnell für uns, er war's, der hinter uns her war mit dem Bayonett und »Banzai!« kreischend. Er schlitzte den Arzt auf, der ihm den Rücken zugewandt hatte. Ich erledigte ihn mit meinem 45er-Armeerevolver, aber er hatte sehr großen Schaden angerichtet. Und diesmal stauchte uns der befehlshabende Offizier wirklich zusammen.

In einem Zimmer am anderen Ende des Gangs saßen Schwester Bari und Dr. Cross. Die Tür war offen. Ich war verblüfft, wie sich Baris Stimme verändern konnte, so stark wie sich ihre Augen veränderten. In der einen Minute war sie nur eine Krankenschwester, in der nächsten war sie der Boss. Der mit den *Chops*, wie wir Musiker sagen. Du brauchst Chops, um *echt* gut zu spielen, oder um schnell zu denken, oder um jede Situation unter Kontrolle zu haben. Joaquin Murphy hat Chops, Sonny Kloer hat keine Chops, nie gehabt. Es war sehr interessant, ihnen zuzuhören, besonders mit leerem Bauch.

»Du bist ein Dummkopf, Richard, du warst schon immer ein unglaublicher Dummkopf. Du bist groß, und der Ausdruck in deinen Augen weckt in Leuten den Wunsch, an das zu glauben, was du glaubst. Aber du hast dich in die materielle Welt verstricken lassen. Ich habe getan, was ich konnte, aber *Die Sponsoren* sind sehr aufgebracht.«

»Ich bin müde, ich habe schwer unter Druck gestanden.« Cross war ein Naturtalent von einem Schmierenkomödianten, aber seine Stimme war auch ein gutes Instrument, wie die eines Radiopredigers.

»*Die Sponsoren* haben mir befohlen, so schnell wie

möglich eine neue Zentrale zu finden. Ich kann mir nicht länger Entschuldigungen ausdenken und Leute belügen. Ich habe auch den Mann mit dem Stock nicht an der Nase herumgeführt, er ist zurückgekommen, wie du vielleicht bemerkt hast. In gewisser Weise hat er mir sogar einen Antrag gemacht.«

»Dieser Mann ist nichts als ein Einfaltspinsel. Aber wie's aussieht, wirst du niemals müde, mir andere Männer ins Gesicht zu werfen.«

»Oh, ich weiß nicht, er ist auf seine Art ein richtiger Mann. Sogar mutig. Du dagegen kommst mir vor wie einer dieser Vögel, die glitzernden Kram aufpicken, um sich selber bewundern zu können. Ich bin mir sicher, dass *Die Sponsoren* nichts dagegen haben, wenn du hier bleiben willst, dann kannst du Doktor spielen, solang dein Herz mitspielt. *Die Sponsoren* haben mir den Umzug befohlen, nicht dir.«

»Und du erwartest von mir, dass ich großmütig abtrete? ›Ewigen Dank für alles, lass dich nicht stören‹? Ich habe dich gerettet, ich habe dich in die Organisation geholt, und ich bin immer noch der Verantwortliche Sektionsleiter!«

»*Die Sponsoren* haben entschieden, die Sektion zu schließen. Wir müssen die Organisation nach vorn bringen. Die Menschen haben Angst vor dem Kommunismus, die Zeit ist perfekt für uns, um wieder auf der Bildfläche zu erscheinen«, sagte Bari. »Und was die Männer betrifft, die ich dir ins Gesicht werfe, da bin ich in meinem Leben an einem Punkt angekommen, an dem ich den Einfaltspinsel mit dem Stock einem spirituellen Krüppel wie dir vorziehen würde. In jedem Fall, ich gehe.«

»Was ist mit Atkins? Die Polizei fahndet nach ihm. Was möchten *Die Sponsoren*, dass ich ihnen erzähle?«

»Woody ist wie ein kläffender Hund, der auf der Couch schlafen möchte. Sag ihm, falls er nicht von der Couch verschwindet, wirst du ihn in die Sieben stecken. Die Polizei kommt nicht hierher, warum sollten sie?«

»Du bist perfekt, meine Liebe, versprich mir, dass du dich niemals änderst. Stephenson hat herrliche Arbeit geleistet. *Die Sponsoren* haben nichts zu befürchten.«

Schwester Bari und Dr. Cross beendeten ihr Gespräch. Es wurde still. Jeder schien den anderen zu verstehen. Ich ging durch den Flur zum Büro zurück. Das Fenster war offen, Houseley war abgehauen. Es wurde langsam hell in Chavez Ravine.

Der Tag, an dem ich zum letzten Mal das Militärkrankenhaus verließ, war ein großartiger Tag. Es hatte geregnet, und über San Diego hingen große fette Wolken. Ich holte meinen Seesack von der Entlassungsstation und nahm die nächstbeste Verbindung, es war ein Greyhound-Bus nach Los Angeles. Ein Kumpel von mir hatte seine Wohnung auf der Monte Vista Street in Highland Park aufgegeben. Es war nur eine Hütte mit zwei Zimmern hinter einem Lebensmittelladen, aber ich musste keine Treppen steigen und die Miete war so billig, dass ich mir keine Gedanken machen musste. Als ich in diesem Greyhound nach Norden ritt, fühlte ich mich aus irgendeinem Grund wie ein Millionär. Ich hatte keine Arbeit, kein Mädchen, keine Freunde, nichts, nur meine alte Fender Stringmaster, aber ich war glücklich, einfach nur am Leben zu sein. Wir G.I.s dachten alle, dass wir es diesen Bastarden gut gegeben hatten, und dass die Welt aufhören konnte, sich vor Hitler und Hirohito und sogar Joe Stalin zu fürchten.

Ich fuhr den Berg runter und nahm Kurs auf Chinatown. Ich dachte, dass mich eine doppelte Portion gebratenes Schweinefleisch mit Reis wieder in Ordnung bringen sollte. Ich hatte was von einem Kommunismus gehört, aber ich wusste nicht, was das bedeuten sollte, und deshalb wollte ich mir keine Sorgen deswegen machen. Oder wegen sonstwas. Ich hatte mich entschieden, mir keine Sorgen mehr zu machen. Los Angeles war das Land der besseren Zukunft, und irgendwas Gutes lag für mich bereit.

Glossar

S. 11: Die **Molokanen** (Milchesser) sind eine russische, streng bibeltreue, christlich-orthodoxe Abspaltung, deren Mitglieder die an Fasttagen verbotenen Milchprodukte zu sich nahmen. Die meisten wanderten im 19. und 20. Jh. nach Amerika und Australien aus.

S. 33/208: Hinter diesem **Johnny** ist der echte Johnny Ace zu erkennen. Im Juni 1952 erschien die erste Single des Unbekannten auf einem kleinen Label, und war fünf Monate ein Nr.1-R'n'B-Hit. Nie wieder sei jemand so schnell an die Spitze geschossen, schreibt Nick Tosches in seinem Buch *Unsong Heroes of Rock'n'Roll*, in dem er die gängige Ansicht, Ace habe sich bei einem Russisch Roulette-Solo am 24.12.1954 im Backstage des Houston City Auditoriums erschossen, in Frage stellt. Johnny Otis, der die meisten von Aces Aufnahmen mit seiner Band begleitete, habe ihm dies berichtet: Er, Otis, habe Aces Angewohnheit, mit einem Revolver derartig herumzuspielen, selbst erlebt; von diesem Abend habe ihm Big Mama Thornton, die mit anderen Gästen im Raum war, jedoch dies berichtet: Ace habe den Revolver auf eine junge Frau gerichtet, deren Begleiter ihn aufforderte, das zu unterlassen; dann habe Ace die Waffe auf sich selbst gerichtet, und bei seinem, eigentlich immer kontrollierten, Russisch Roulette einen Fehler gemacht. Kommentar Tosches: »Es gibt noch eine andere Geschichte, aber die Anwälte haben den Abdruck hier untersagt, weil sie lebende Personen betrifft, die ihre eigenen Anwälte haben.« In der Woche nach dem Tod des 25-jährigen erschien »Pledging My Love« und wurde sein größter Hit.

S. 35: *Los Angeles Sentinel*, seit 1933 eine der größten und wichtigsten afro-amerikanischen Zeitungen.

S. 35: **Slim Gaillard** war Sohn eines Deutschen und einer Afroamerikanerin, und gleichermaßen Jazzsänger, Multiinstrumentalist, Komiker und Spracherfinder. Seinen eigenen Hipsterslang nannte er »vout« und gab sogar ein kleines Wörterbuch dazu heraus. Eine gute Performance nannte er »vout-o-reen-ee«, den Polizist »tracy« und ein Bein »ge-hen-gee«. **Areecheepoochies** (S. 53) stand nicht in seinem Wörterbuch und ist, erklärt Ry Cooder, ein Thai-Gericht. Ende der 1930er wurde G. mit seinem Duo Slim & Slam populär, was auch zu einem Auftritt in Jack Kerouacs Roman *On The Road* führte. Eine Radiostation verbannte seinen scheinbar unverständlichen Song »Yep Roc Heresay«, weil er politisch verdächtig schien, dabei sang G. »nur« die Speisekarte eines armenischen Lokals vor. Der geniale Scherzkeks wurde musikalisch unterschätzt, allerdings nicht von Dizzy Gillespie oder Charlie Parker. In einem gewissen Sinn hatte er leider keinen Einfluss auf Marvin Gaye, dessen Schwiegervater er ein paar Jahre war. (Mehr: www.pocreations.com/vout.html).

S. 38: Die **Pachucos** formierten sich um 1940 herum in Südkalifornien zu einer Jugendbewegung, die sich durch Abstammung, Mode, Slang, Autos und Musik definierte, damit mehrere rebellische Fronten aufbaute und dem erst noch kommenden Rock'n'Roll verblüffend ähnlich war. Den aktuellen Rhythm'n'Blues mischten sie mit traditionellem Mariachi und Mambo. Don Tosti, als alter Mann Gastsänger auf Ry Cooders *Chávez Ravine*-Album (wie auch Lalo Guerrero, dem wir hier in einer Jukebox begegnen), hatte mit dem »Pachuco Boogie« 1948 einen Hit. Die **Zoot Suit** genannten Anzüge waren hervorstechendes Merkmal, die massiven Unruhen wurden **Zoot Suit Riots** genannt, deren Auswirkungen, wie hier in mehreren Stories zu lesen ist, noch viele Jahre spürbar waren. Was in den eine Woche dauernden Unruhen, Straßenschlachten, Überfallen ausbrach, hatte sich jahrelang hochgeschaukelt und durch den Krieg verschärft. Die eindeutige Ursache war rassistische Diskriminierung. Durch den Krieg waren Rassentrennungen durchlöchert worden, in vielen Betrieben wurden die Jobs der eingezogenen weißen Männer von Mexikanern und Afroamerikanern übernommen, deren Selbstbewusstsein dadurch gestärkt wurde. Besonders sichtbar durch das stolze Auftreten der Pachuco-Halbstarken mit grellen Anzügen mit breiten Schultern. Soldaten, die in einer Stärke von 50.000 am Wochenende in L.A. einliefen, fühlten sich provoziert. Diese Spannung explodierte Anfang Juni 1943, als ein Trupp Matrosen in einer Nacht bewaffnet und geplant zuschlug, um diese frechen »Meskins« in die Schranken zu verweisen; was die Gefühle eines Großteils der bleichen Amerikaner ausdrückte. Die Behauptung, es handle sich nur um eine Auseinandersetzung zwischen guten Amerikanern und rebellischen Jugendlichen, war falsch: Soldatentrupps, die bis zu einer Stärke von 1500 Mann anwuchsen, zogen in den nächsten Tagen auch in abseits von Downtown gelegene Mexikanerviertel (um dann etwa Ältere anzugreifen, die über ihre Pachuco-Kinder nicht glücklich waren) und sogar ins afroamerikanische Watts. Die (Militär-)Polizei, das ist heute offizielle Geschichtsschreibung, schaute weg. Die weiße Presse applaudierte dem Mob mehr oder weniger deutlich, und die *Los Angeles Daily News* verbreitete die perfideste Falschmeldung: hinter den Pachucos würden die Nazis stecken. Die Bezeichnung »Zoot Suit Riots« ist also falsch, deshalb nennt sie der Autor in der nächsten Story »anti-Mexican riots«. (Mehr: www.pbs.org/wgbh/amex/zoot/index.html).

S. 44/257: In Santa Monica aufgewachsen, habe er es schon als Kind geliebt, in Los Angeles' Ecken zu kommen, wo es immer noch alte Leute gab, die kein Englisch sprachen, aber in **Chávez Ravine** sei er nie gewesen, schrieb Ry Cooder zu seinem gleichnamigen Soloalbum 2005. Eine Geschichtsstunde in Text und Musik, die von Migration, Rassismus, Riots und dem politischen Betrug erzählt, der als

Fortschritt verkauft wird. 1949 wurde den Bewohnern des Dorfs innerhalb von L.A. verkündet, man werde sie an dieser Stelle mit einer schönen Sozialbausiedlung beglücken. 1952 hatte man die Mexikaner weggeräumt, die Pläne wurden von Korruption und der rechten Politik der McCarthy-Ära weggefegt, die das Projekt als anti-amerikanisch betrachtete. 1959 hatte sich das Großkapital durchgesetzt, die Bauarbeiten für das modernste Baseballstadion der Welt konnten beginnen. (http://www.pbs.org/independentlens/chavezravine/cr.html)

S. 77: Einige dieser Stories arbeiten mit Personen, die gelebt haben, hier ist es **Carlos Bulosan**, Einwanderer, Aktivist, Romancier. Und eine Verbindung zum Album *My Name Is Buddy*, mit dem sich der Autor stärker denn je als Songwriter in der linken Tradition eines Woody Guthrie präsentierte. In dieser Fabel über die 50er hatte Cooder jeden Song mit einer kurzen Story ergänzt, und in der zu »Red Cat Till I Die« sprengen die Cops eine Tanzveranstaltung, in deren Anschluss Bulosan eine geheime Rede halten sollte... die politische Essenz dieser Erzählung.

S. 102: **Billy Tipton** war kein Geist, sie wurde 1914 als Dorothy Lucille Tipton geboren, begann mit etwa zwanzig als Mann aufzutreten und zu leben, und starb 1989 in jenem Spokane, Washington, zu dem er am Ende dieser Story aufbricht. Zu Lebzeiten kannten ihre Geschichte wenige, nach dem Tod ging die Story durch die halbe Welt. »Billy wurde buchstäblich zum Aushängeschild eines neuen, zwischen Sex (biologisch) und Gender (gesellschaftlich) differenzierenden Bewusstseins, als er kurz nach seinem Tod auf dem Cover eines Ratgebers für Transvestiten und Transsexuelle erschien«, schreibt Biografin Diane W. Middlebrook in *Er war eine Frau* (München, 1999). Was nicht mal alle seine fünf Ehefrauen wussten, von denen eine ein unerfahrener Teenager, eine andere jedoch ein Callgirl war. Keine hatte den Eindruck, eine Lesbe geheiratet zu haben, weil Tipton eben keine war, sondern ein »Nachahmungstalent« und »geniale Illusionistin«, die nicht nur das Talent, sondern sozusagen die Aufgabe hatte, »sowohl die Rolle wie auch den Schauspieler, der sie spielte«, zu spielen. Tipton selbst hat keine Bekennerschreiben, nur Spuren hinterlassen. Unter den vielen, nie ganz greifenden Erklärungen, die sich um diesen Fall von »gender blending« ranken, ist auch diese sicher nicht falsch: Was sollte ein weißes Mittelschichtmädchen sonst tun, wenn es in einer Jazzband spielen wollte? In dem einen Moment, als aus einer jenseits der Musikzentren sehr gut beschäftigten Band vielleicht eine bekannte hätte werden können, zog sich Tipton in die Provinz zurück und verlagerte seine Arbeit in eine Musikagentur. Er hatte Angst vor Popularität, sie hätte die Gefahr gesteigert, dass ihn jemand aus seinen Mädchentagen erkannte. Billy Tipton starb verarmt in seinem Wohnwagen, in den Armen des jüngsten seiner drei Adoptivsöhne. Der nach der Enttarnung bekannte, für ihn würde diese Frau immer sein Dad bleiben.

S. 123: Die Lesbe **schtuppt 'ne kleine Schickse** ist jiddisch, d.h. sie vögelt ein nichtjüdisches Mädchen, das hier wohl eher als Schlampe beschimpft wird; vgl. bei Leo Rosten: »über das Rotwelsche ist der Begriff *schickse* in abwertender Bedeutung ins Deutsche gelangt«.

S. 128: Für die Frage **Willst du was rauchen?** steht im Original nur: »Eyes?« Die Abkürzung von »Do you have eyes for this?«, erklärte mir Ry Cooder. Der Ausdruck kommt aus Lester Youngs Hipsterslang. Der Saxophonist war, wie Gaillard, in Sachen Musik, Mode, Sprache wegweisend. Billie Holiday nannte ihn Prez für Präsident, Charles Mingus schickte ihm »Goodbye Pork Pie Hat« ins Jenseits nach. Die Bedeutung von *cool* aus dem Younglexikon kennt heute jeder.

S. 132: Den Song »**John Lee Hooker** For President« erträumte Ry Cooder 2011 auf seinem neuen Album. Er stellte sich vor, sein alter Freund würde sich um das Amt bewerben mit Versprechungen wie »every man and woman get's *one scotch, one bourbon and one beer, three times a day if they stay cool.*« Mit dem Trinker-Klassiker von Amos Milburn hatte Hooker 1966 einen Hit. Viele Plattenbosse hatten ihre speziellen Finanztricks, die keiner durchblickte (wie der Ex-Sänger Atomic Bomb Saunders in einer dieser Geschichten erklärt). Aber Hooker hatte auch seine Tricks. Um mehr Verträge und Platten machen zu können, benutzte er eine zeitlang mindestens diese Pseudonyme: Birmingham Sam, Texas Slim, Delta John, Johnny Williams, Johnny Lee, Little Pork Chops, The Boogie Man, John Lee Booker, John Lee Cooker und Sir John Lee Hooker. Ob sie alle 2001 gestorben sind?

S. 220: Unter der realen Countryszene um **Joe Maphis**, Merle Travis und den Collins Kids (die noch leben und gelegentlich auftreten), liegt sozusagen das Album *I, Flathead*, das viel über frisierte Autos und die Racingszene der 1960er erzählt, und den Song »Steel Guitar Heaven« (ebenfalls mit einem Auftritt von Paul Bigsby) immer wieder in diesem Buch anklingen lässt.

S. 266: Die **Schwarze Dahlie** wurde Elisabeth Short von den Medien genannt, eine Anspielung auf den Kinohit *The Blue Dahlia* (zu dem Raymond Chandler das Drehbuch geschrieben hatte). Sie wurde 1947 in Los Angeles grausam ermordet, der Täter nie gefunden. Der Fall bewegte die Nation, den Roman von James Ellroy verfilmte Brian de Palma.

Aus der Reihe Critica Diabolis

http://www.edition-tiamat.de